먼 북쪽

먼 북쪽

FAR NORTH

마르셀 서루 지음
조영학 옮김
무라카미 하루키 후기

사월의책

먼 북쪽

1판 1쇄 발행 2014년 12월 20일
1판 5쇄 발행 2017년 3월 10일

지은이 마르셀 서루
옮긴이 조영학
펴낸이 안희곤
펴낸곳 사월의책

편집 박동수
디자인 김현진

등록번호 2009년 8월 20일 제396-2009-126호
주소 경기도 고양시 일산동구 무궁화로 7-45 451호
전화 031)912-9491 | 팩스 031)913-9491
이메일 aprilbooks@aprilbooks.net
홈페이지 www.aprilbooks.net
블로그 blog.naver.com/aprilbooks

ISBN 978-89-97186-37-2 03840

* 책값은 뒤표지에 있습니다.
* 이 도서의 국립중앙도서관 출판예정도서목록(CIP)은 서지정보유통지원시스템 홈페이지(http://seoji.nl.go.kr)와 국가자료공동목록시스템(http://www.nl.go.kr/kolisnet)에서 이용하실 수 있습니다.
(CIP제어번호: CIP2014030023)

차례

I

여행의 시작

1

매일 아침 나는 권총 두 자루를 챙겨 이 암울한 도시를 순찰한다.

오래전부터 해온 일이라 내 몸이 그렇게 굳어졌다. 혹한에 양동이를 나르는 손처럼.

겨울은 최악이다. 잔뜩 웅크리고 잠을 자다 꾸역꾸역 일어나 어둠 속에서 부츠를 찾노라면 정말……. 그나마 여름은 견딜 만하다. 이곳은 끝도 없는 빛에 중독되어 한두 주 정도는 시간이 옆으로 샌다. 봄이나 가을은 찾아보기도 어렵다. 여기에서는 한 해에 열 달 동안 날씨에 이빨이 달려 있다.

지금은 늘 조용하다. 도시는 천국만큼이나 텅 비어 있다. 하지만 과거에는 너무도 끔찍했던 시절이 있었다. 그때는 상호 동의하에 결투를 벌여 생긴 살인사건이 고마울 지경이었다.

그렇다. 세월의 사다리 어디쯤엔가 나는 전성기를 잃었다.

옛날에 내가 어렸을 땐 풍요롭고 행복한 시절이 있었다. 세월은 잘 맞는 시계처럼 흘러갔다. 밭을 일굴 만큼 땅이 풀리면 우리는 온실에 있던 작물을 내다 심었다. 유월에는 툇마루에 앉아 어깨가 욱신거릴 때까지 누에콩을 까기도 했다. 그때만 해도 감자를 말리고 양배추를 거둬들이고 고기를 절였으며 가을에는 버섯과 작은 과실들을 수확했다. 추위가 사방에서 밀려들면 아버지와 함께 사냥이나 얼음낚시를 하러 갔다. 우리는 호숫가에서 떠내려온 나무로 모닥불을 피우고 물고기와 사슴고기를 구웠다. 차를 몰고 겨울 길을 달려가 퉁구스족에게서 모피 옷과 순록도 샀다.

학교도 있었다. 도서관에서는 그레나딘 선생님이 책에 도장도 찍어주고 겨울엔 장작난로 옆에서 책을 읽어주기도 했다.

방과 후에 분지를 가로질러 집으로 돌아가던 기억도 있다. 그러니까 세상이 얼어붙기 전에 마지막으로 따뜻했던 시절 이야기다. 불 켜진 창문들이 호박 빛으로 반짝일 때 우리는 버터 맛이 나는 마로니에 열매를 찾아 숲속을 헤맸다. 샤를로의 웃음소리가 안개 속에서 딸랑거리고 나뭇가지들은 발밑에서 딱! 딱! 비명을 질렀다. 밤송이들이 우리 주위로 후드득거리며 쏟아져 내렸다.

마을 밖에 있는 옛 공회당에서는 예배를 올렸다. 우리는 조용히 앉아 장작불이 지글거리고 타닥거리는 소리에 귀를 기울였다.

마지막으로 공회당에 가본 때가 5년 전이지만 그나마 실내에는 들어가지 않았다. 어렸을 때도 그런 엄숙한 분위기에 강제로 앉아 있기가 죽기보다 끔찍했다.

냄새는 지금도 마찬가지다. 잘 마른 땔감, 회반죽, 솔잎 냄새…. 하지만 나무의자들은 모두 잘려 땔감이 되었고 창문들은 모조리 박살이 났다. 모퉁이를 지나다 뭔가 발밑에서 으깨지는 기분이 들어 확인해보니 사람 손가락이었다. 시신의 나머지는 흔적도 없었다.

지금 사는 집은 내가 자란 곳이기도 하다. 어릴 때와 마찬가지로 마당에는 우물이 있고, 쪽문 옆의 낮은 건물에는 아버지의 작업장이 있다.

당시 집에서 최고 좋은 방이자 특별히 일요일과 손님들 그리고 크리스마스를 위해 준비해두던 방에는 어머니의 자동피아노가 놓여 있고, 그 위에 메트로놈과 부모님 결혼사진이 세워져 있다. 금박을 입힌 커다란 M자 장식도 있는데 내가 태어났을 때 아버지가 나무를 깎아 만들었다고 한다.

집안의 첫째 아이였기에 나는 신흥종교에 대한 부모님의 맹신에 시달려야 했다. 그래서 이름도 메이크피스, 즉 평화 만들기가 아니던가. 샤를로는 두 해 뒤에 태어났고 안나가 그 다음해였다.

메이크피스. 내가 학교에서 얼마나 놀림을 받았는지 알겠는가? 아이들이 놀릴 때면 주먹질로 응징했는데 그때 부모님이 어떻게 나왔을지도.

그렇지만 나는 그런 식으로 싸움을 사랑하게 되었다.

지금도 이따금 자동피아노를 틀어놓는다. 아직 작동하는 피아노롤이 한 상자 남아 있기는 한데 조율은 완전히 맛이 갔다. 문제는 조율할 정도로 귀가 발달하지 못했으면서도 개의치 않을 만큼 나쁘지도 않다는 데 있다.

자동피아노는 땔감만큼이나 소중하다. 한겨울 날 지붕에 눈이 잔뜩 쌓이면 담요를 잔뜩 뒤집어쓴 채 이를 달그락거리며 안타까운 시선으로 피아노를 바라볼 때가 있다. 빌어먹을, 당장 도끼를 가져와, 메이크피스. 그럼 따뜻하게 지낼 수 있잖아! 하지만 내게는 말 그대로 자존심 문제다. 이제 어디에서 자동피아노를 구하겠는가? 당장에야 조율도 못하고 고쳐줄 사람도 없지만 그렇다고 그런 사람이 존재하지 않거나 언젠가 태어나지 않는다는 얘기는 아니지 않은가. 우리 세대야 자동피아노 조율은커녕 글도 제대로 읽지 못하지만 부모와 조부모 세대는 자랑거리가 많았다. 내 말을 믿지 못하겠다면 당장 저 피아노를 보라. 단풍나무로 된 겉판의 옹두리 무늬를 보고 황동 페달의 세련된 마무리를 보라. 피아노를 만든 사람은 분명 그 일을 좋아했다. 사랑으로 저 물건을 만들었다. 그런데 어떻게 땔감으로 날려버릴 수 있단 말인가.

책은 모두 가족들 물건이다. 샤를로와 어머니는 대단한 독서광이었다. 하지만 바닥 선반에 있는 것은 그렇지 않다. 그 책들은 내가 구해서 가져다놓았다.

나는 책을 찾으면 대개 딜런시에 있는 옛 무기고로 가져간다. 지금은 텅 비어 있지만 바깥문이 철판이라 열쇠가 없으면 화약 한 통이라도 준비해야 한다. 조금 전에 말했듯이 나는 책을 읽지 못하지만 누군가를 위해 보존할 필요는 충분하다. 어쩌면 자동피아노 조율법이 섞여 있을지도 모르는 일이다.

내가 그 책들을 찾은 경위는 이렇다. 어느 날 아침에 나는 머서 거리로 내려갔다. 깊은 겨울이었다. 사방이 눈에 덮이고 바람 한 점 없었기에 말이 내뿜는 콧김이 주전자 김처럼 위로 올라갔다. 바람 없는 날이면 소리는 눈에 묻히고 만다. 세상을 뒤덮은 정적이란 정말 기이하기 이를 데 없다. 소리라고는 저벅거리는 말발굽 소리와 말의 가벼운 숨소리뿐.

그런데 그 순간 갑자기 탁 소리가 나더니 하늘에서 책 무더기가 떨어져 눈 속에 처박혔다. 고개를 들자 깨지지 않은 유리창이 하나 보였는데 아무래도 그 거리에서 유일하게 남은 유리창일 듯싶었다. 말이 그 소리에 놀라 뒷걸음을 쳤다. 나는 말을 달랜 후 다시 창문을 올려다보았다. 그런데 이게 뭐야, 작은 사람 하나가 창문에 매달려

책 무더기 속으로 뛰어내리고 있지 않은가. 그는 펑퍼짐한 청색 내리닫이와 털모자로 온몸을 감싸고 있었다. 이제 책을 모아 떠날 참이었다.

내가 소리쳤다.

"이봐, 지금 무슨 짓이야? 망할, 그 책 그냥 두지 못해? 태울 게 그렇게 없어?"

물론 욕설도 몇 마디 던지긴 했다. 그러자 그가 등장만큼이나 순식간에 책을 집어던지더니 허리춤의 총을 향해 손을 뻗었다.

다음 순간 탕 하는 소리가 들리고 말이 다시 뒷걸음쳤다. 거리는 전보다 더 적막해졌다.

나는 가볍게 말에서 내려 놈에게 다가갔다. 손에 아직도 연기가 모락거리는 총을 들고서. 총싸움 탓에 다소 흥분은 했지만 벌써부터 마음이 무거워졌다. 저 친구가 죽으면 오늘밤 잠들기는 또 틀렸다. 멍청한 짓을 하고 말았어.

그는 길게 뻗었으나 그래도 숨은 가삐 내쉬었다. 쓰러지면서 벗겨진 모자는 몇 발짝 떨어진 눈 위에 놓여 있었다. 그는 조금 전보다 너무나 왜소해 보였다. 빌어먹을, 그도 그럴 것이 기껏해야 어린 중국인 소년이었다. 게다가 엉덩이에 매달린 물건도 총이 아니라 보이 나이프였다. 치즈도 자르기 어려울 만큼 날이 무딘.

장하다, 메이크피스.

그가 조금씩 정신을 차렸다. 그러고는 신음을 흘리면서도 나를 밀쳐내려 애를 썼다.

"어디 맞았는지 보자. 도와줄게. 이곳 보안관이다."

하지만 옷이 두꺼운 탓에 상태를 확인하기 어려웠다. 게다가 이런 곳에서 어슬렁거리는 건 너무 위험했다. 말에서 내린 데다 총도 집어넣었으니까. 이런 대낮이라면 더욱 그렇다.

안전하진 않겠지만 해결책이라고는 아이를 옮기는 수밖에 없다. 물론 책도 가져가야 한다. 그래야 이 멍청한 짓거리나마 의미가 있을 테니까 말이다. 나는 책들을 삼베 가방에 던져 넣었다. 소년은 너무도 가벼웠다. 그마저도 가슴 아픈 노릇이었다. 몇 살이나 됐을까? 열넷? 나는 그를 안장 앞쪽에 얹어 내 앞에 태웠다. 아이는 집에 돌아갈 때까지 의식이 오락가락했다.

그래도 아직 숨을 쉬고 있었다. 말에서 내릴 때는 두 팔로 맥없이 내 어깨를 잡기도 했다. 아직은 고통이 그렇게 심하지 않을 것이다. 총에 맞으면 몸이 스스로 마약을 만들어내니까. 그런 생각을 하면서도 바보짓을 했다는 느낌을 떨칠 수는 없었다. 고칠 줄도 모르는 물건을 망가뜨린 데 대한 후회랄까. 혹시 아이가 잘못된다면 나는 평생토록 이 일에서 벗어나지 못할 것이다.

소년은 나를 접근도 못하게 했다. 다치게 해서 미안하며 어쨌든 돕고 싶다고 아무리 설명을 해도 내 손을 자꾸 쳐냈다. 언어가 통하지 않는다는 것만은 분명했다. 대개는 대여섯 단어면 그 중 한 단어 정도는 통했는데 이번에는 그렇지 않았다. 우리는 아무런 공통점이 없었다.

나는 쟁반에 뜨거운 물주전자를 담고 족집게 세트, 거즈, 소독용 비누를 챙겨준 다음 방을 빠져나왔다. 문은 잠갔는데 물론 안전을 위해서다.

책들은 가방에서 꺼내 거실 책장에 올려놓았다. 크기가 들쭉날쭉해 부모님 책처럼 줄이 깔끔하지는 않았다. 일부는 그림책이었다. 저 아이는 이 책들을 읽으려 했을까, 아니면 땔감으로 쓸 생각이었을까. 물론 대답은 뻔하다.

책을 불태운다고 생각하면 항상 마음 한구석이 무거워진다.

총알은 하나 사용할 때마다 곧바로 다섯 개를 더 만들었다. 한동안 철칙처럼 지키기도 했는데 사실 비용이 너무 많이 들었다. 시간도 많이 들고 제련에 필요한 연료도 마찬가지다. 소량으로 제작하는 총알은 전혀 경제적이지 못하다.

어쨌든 내 계산은 이랬다. 연료가 모자라면 얼마든지 구할 수 있다. 참나무를 베어 숯을 만든다든지, 아니면 까놓고 말해서 아무리 자동피아노라 해도 태울 수 있다. 하지만 총알에 대해서는 뭐든 대충 넘어갈 수 없다. 총알이 부족하도록 방치할 수는 더더욱 없다.

누구든 거래할 사람이 있다면 분명 총알에도 값이 매겨질 것이다. 그런데 누군가 시비를 걸어온다면? 그래서 패거리와 함께 추적한다면? 그때 총알의 가격은? 공이가 텅 빈 약실을 때리지 않도록 해주는데 그 대가를 어찌 값으로 따지겠는가?

게다가 나는 그 일이 좋았다. 금속이 녹으면서 일어나는 변화들이 좋다. 도가니 위에 잔뜩 웅크리고 서서 아버지가 쓰던 용접 고글을 통해 불꽃을 보는 것도 좋고, 납이 수은처럼 흐르며 변화하는 모습도 좋고, 식은 총알을 틀에서 털어낼 때의 조잡한 강선 모양도 좋다.

물론 내 총알들이 깔끔하지 못하다는 문제는 있다. 행여 다시 총에 맞는 일이 있다면 부디 이 못생긴 총알이 아니라 윤이 반짝거리고 날씬하고 날렵한 총알이기를. 내 총알은 말 그대로 누군가 편자 공장에 떨어뜨렸다가 먼지와 오물을 잔뜩 묻혀 가져온 모양새였다.

총알 다섯 개를 만들어놓고 약간의 음식과 물 그리고 호롱에 붙일 불을 가져갔다. 아이는 눈을 감고 있는데 열이 있는지 눈썹 아래가 파르르 떨렸다. 검은색의 짧고 빳빳한 눈썹, 베개 위의 검푸른 머리카락이 너무도 애처로워 보였다. 꼬마는 자기네 말로 헛소리까지 했다.

요강은 비었지만 그래도 나는 소년의 악취 나는 청색 내리닫이를 벗겼다. 어떻게든 살아난다면 샤를로의 옷을 입힐 수 있으리라.

동이 트자마자 아이에게 아침식사를 가져다주었다.

핏기가 완전히 가신 탓에 아이의 맨살은 뼈다귀처럼 창백했다. 구레나룻은 거뭇거뭇했지만 턱수염이나 콧수염 비슷한 흔적은 보이지 않았다.

가져간 음식은 다 먹었지만 내가 요강을 가져가자 아이는 크게 당혹스러운 표정을 지었다. 숫기 없는 놈. 난 꼬마가 마음에 들었다. 하마터면 나한테 죽을 뻔했건만 내가 제 똥을 볼까봐 수줍어하다니. 이 얼마나 아이 같은 반응인가.

나는 손짓발짓을 섞어 최대한 분명하게 당분간 침대에서 요양하라는 뜻을 전했다. 그는 여전히 좋아 보이지 않았다. 하지만 말들에게 여물을 주고 있는 중에 그가 마당으로 나왔다. 샤를로의 격자무늬 재킷을 입고 슬리퍼를 신으니 훨씬 어리고 작아 보였다. 아직 걸음걸이가 불안정했지만 그래도 용케 마구간으로 건너와 내가 여물주는 모습을 지켜보았다. 말 구경이 재미있다는 표정이었다.

"마." 그가 말을 가리키며 말했다.

나는 동물들한테 이름을 지어주지 않고 그냥 암말이, 덜렁이, 회색이 따위로 불렀다. 언젠가 죽여 식용으로 쓸 동물한테 이름을 붙이는 게 합당치 않다고 여겼기 때문이다. 그러니까 폴리애나 혹은 데이지메이의 고깃덩어리보다는 그냥 말고기가 훨씬 잘 넘어간다는 얘기지만 아이한테 설명할 방법은 없었다. 덕분에 그때부터 그 암말은 "마"가 되었다.

그 다음 그가 자신을 가리키며 말한 단어는 "핑"과 거의 비슷했다. 그렇다. 핑이다. 술집 종을 때리는 소리. 셔츠에서 단추가 뜯겨 나가는 소리. 혹은 밴조 줄이 끊기는 소리. 핑. 도대체 어떤 종파의 이교도 이름일까. 아니면 내가 들어보지 못한 성자 중에 핑이라는 이름이 있는 걸까.

어쨌든 꼬마의 이름은 핑이다. 이름은 이름이다. 그래서 나도 내 소개를 하기로 하고 나를 가리키며 이름을 말했다. "메이크피스."

그가 당혹스러운지 얼굴을 찡그리며 사팔눈을 만들었다. 제대로 듣지 못했거나 아니면 내 이름을 되뇌기 싫다는 표정이었다. 그래서 다시 말해주었다. "메이크피스."

"메이크 어 피스(오줌 싸)?"

가만히 아이를 보았지만 놀리는 것 같지는 않았다. 그저 내 이름이라고 생각했을 뿐이다. 어쨌든 공평했다. 나도 핑이라는 이름 덕분에 웃었으니까 이름을 잘못 불렀다고 화낼 이유는 없다.

핑과 함께 살기로 마음먹은 이상 불신할 이유는 없었다. 나는 비열하고 외롭고 의심이 많다. 이렇게 오래도록 살아남은 것도 바로 그 덕분이다. 나를 제외하면 이 집 지붕 아래에서 마지막으로 잠을 잔 사람은 샤를로였지만 그건 벌써 십 년도 더 된 일이다. 그 당시에도 그랬지만 지금도 누군가를 집 안에 들일 생각이면 철저히 믿어야 한다는 입장이다. 물론 말을 타고 마당을 나설 때마다 누군가 나를 죽이거나 강도짓을 할 수 있다는 생각을 하지만 내 집에서까지 그런 식으로 살 수는 없다. 나는 핑을 믿기로 했다. 확신이 있어서가 아니라 내가 살 수 있는 유일한 방법이기 때문이다.

그렇긴 해도 점심시간에 돌아왔을 때 자물쇠도 무사하고 장작도 그대로인 것을 보며 살짝 놀라기는 했다. 닭들도 모이를 쪼고 지하 저장실의 양배추와 사과도 그대로였다. 정작 핑은 보이지 않았는데, 솔직히 고백하자면 그가 떠났을지도 모른다는 생각에 슬퍼지기까지 했다.

나는 부츠 발로 쿵쿵거리며 이층으로 올라갔다. 계단에서 큰소리로 이름을 불렀지만 대답은 없었다. 샤를로의 방으로 뛰어 들어가는 순간, 나는 눈앞의 광경에 놀라 그만 움찔하고 말았다.

핑이 있었다. 그는 거울 앞에 호롱불을 밝혀놓고 어머니의 낡은 반짇고리를 꺼내와 녹슨 바늘을 하나씩 불꽃에 소독한 다음 자기 귓불에 꽂아 넣고 있었다.

그는 미소를 짓더니 내 놀란 모습을 보며 웃기까지 했다. 귓불 전체가 고슴도치처럼 가시투성이였다. 분명 엄청나게 고통스러울 텐데 전혀 내색하지 않았다. 아니, 그러고도 계속해서 바늘을 찌르더니 나중에는 코와 양쪽 어깨에도 한두 개 박아 넣기까지 했다. 그것도 아주 상당한 깊이였다.

나도 비위는 강하다. 당연한 얘기다. 하지만 그 광경에는 은근히 욕지기가 났다. 핑은 자신이 미치지 않았으며 바늘은 어깨의 부상을 치료하기 위해 찔렀다고 해명했지만 솔직히 백마술인지 흑마술인지는 나도 모르겠다.

2

핑에게는 몇 가지 이상한 버릇이 있었다. 팔이 다 낫자 그는 나보다 먼저 일어나 아직 어두운 겨울 새벽마다 밖으로 나갔다. 처음에는 나도 몰랐다. 그러다 어느 날 아침 몰래 따라가 보니 그가 마당에 서서 춤을 추고 있지 않은가.

그것도 끔찍할 정도로 느린 춤이었다. 머리 위에 물주전자를 올려놓은 듯 자세가 꼿꼿했는데 춤은 그런 식으로 십여 분 정도 이어졌다. 천천히 마당을 돌며 허공에서 두 팔을 젓거나 다리 하나로 균형을 잡거나 아니면 고양이처럼 잔뜩 웅크리는 동작이었다.

춤을 끝낸 후 내가 보고 있는데도 동요하는 기색은 없었다.

"도대체 뭘 한 거냐?" 내가 물었다.

"쿵푸. 쿵푸." 그가 대답했다.

그게 다였다. 그는 나한테 쿵푸 스텝 몇 가지를 가르치려 했지만 나는 아무리 해도 집중을 할 수가 없었다. 너무 동작이 느리기에 내가 얼마나 바보처럼 보일까 하는 생각만 들었다. 결국 곧바로 다른 생각을 하기 시작해서 머릿속은 금세 오만 가지 잡념으로 가득해졌다. 샤를로, 안나, 어머니와 아버지. 결국 나는 발이 꼬이고 핑은 깔깔대며 웃었다. 어쨌든 적어도 해로울 건 없어 보였다. 아니 솔직히 말해 춤을 추는 동안 쓸 만한 아이디어도 몇 개 건졌다.

핑을 맞이한 후 여행에 대해 생각하기 시작했다. 북쪽 산악지대에는 순록을 키우는 사람들이 사는데 그들은 고기와 위스키 거래를 좋아했다. 문제는 목장이 너무 멀고 높은 데다 수십 킬로미터에 달하는 늪지를 지나야 한다는 점이었다.

여름에 그곳에 가려면 한 달은 잡아야 한다. 행여 도착한다 해도 집으로 가져오기 전에 고기가 썩고 말 것이다. 사실 겨울에 오랫동안 집을 비우고 싶지는 않았다. 겨울은 여행의 계절이고 절박할 정도로 굶주린 사람들이 움직였다.

하지만 핑과 함께 살려면 도리가 없었다. 썰매를 타고 겨울 길을 따라갔다가 고기를 싣고 돌아오면 될 것이다. 고기는 냉동 상태를 유지할 테니, 핑과 내가 해빙기까지 먹을 수 있다. 신선한 고기 생각에 입에 침까지 고였다. 핑도 철분이 필요해 보였다. 여전히 핏기 없이 창백하기만 얼굴이었다.

일주일에 한 번, 핑은 춤 동작을 마친 후 면도기로 머리를 밀었다. 솜씨가 그만이라 살을 베는 모습은 본 적이 없다.

며칠 후 핑을 찾아갔을 때도 역시 머리를 미는 참이었다. 나는 숯 조각으로 저장실 회벽 위에 그림을 그려 내 계획을 설명해주었다.

낡은 썰매를 마한테 묶고 위스키 병들로 가득 채웠다. 어떻게 술을 손에 넣었는지는 쓸데없는 이야기다.

텐트와 침낭도 챙겼다. 출발 전날 밤에는 과식을 한 탓에 식은땀을 흘리고 복통도 심했지만, 다음 날 아침에 동이 트자마자 핑과 작별하고 길을 나섰다. 꽁꽁 언 강을 따라가니 곧 마을 어귀였다.

물론 총 몇 정과 실탄을 포함한 몇 가지를 챙겼다. 떠나기 전에는 집에 남아 있을 핑에게 라이플 사용법도 가르쳤다.

강둑을 따라 더러운 텐트가 여기저기 보였는데 쓰레기 악취에 숨이 막힐 것만 같았다.

동구 밖에서는 깡마른 여자가 꽁꽁 언 열매를 줍고 있었다. 오랜만에 처음 본 사람이다. 여자는 나를 보고 미소를 짓더니 갑자기 외투를 열어 말라비틀어진 젖꼭지를 보여주고는 다시 혀를 돌려 입술을 한바탕 핥고 키득거리며 웃었다. 나는 대꾸도 않고 발길을 재촉했다.

인간이란 쥐새끼처럼 교활해서 따뜻한 식사 한 끼만으로도 기꺼이 타인을 죽이려 든다. 이미 오랜 경험으로 터득한 사실이다. 반면 배가 부르고 창고에 식량이 넘치고 난로에 열기가 남아 있다면야 또 인간만큼 매혹적이고 너그러운 존재가 없다. 배부르고 등 따스운 인간이야 별 문제 없을 것이다. 하지만 그의 식량을 훔쳐 미래를 위태롭게 만든 뒤, 그를 감시하는 사람이 아무도 없다고 믿게 해보라. 그러면 당신을 죽이기 전에 당신이 죽어야 마땅한 이유를 백한 가지는 만들어낼 것이다. 그를 멸시했다거나 그의 여자에게 추파를 던졌다거나 손도끼를 빌려주지 않았다거나 땅을 많이 가졌다거나 그의 콩은 뿌리를 내리지 못했는데 당신의 콩은 뿌리를 내렸다거나 등등. 심지어 이런 이유를 댈지도 모른다. 일전에 따뜻한 한 끼 식사를 제공했는데도 감사편지 한 장 없었다고 말이다. 옛날에 법관과 변호사와 재판이 있고 기소에 대해 항변의 기회가 주어져 있을 때는 다들 늘 "재판관님, 전 정당방위였습니다"라고 말하곤 했단다. 하지만 지금은 누구든 스스로를 지켜내야 한다. 그것만은 분명하다. 그렇지 않으면 우리 머리 가죽을 벗기려는 자, 옥수수 밭에 불을 지르는 깡패들, 싸구려 회중시계를 빼앗으려는 총잡이들을 어쩌겠는가?

얼음 위로 다시 쌓인 눈이 말발굽을 파고들었다. 나는 이따금 말에서 내려 말과 함께 걸었다. 강가를 따라 불에 탄 초가집, 묘지 위의 나무십자가, 여기저기 무너진 벽. 최근에 사람이 정착했던 흔적이 남아 있었지만 이미 고지에 접어든 터라 보이는 거라곤 온통 숲들뿐이었고 뒤쪽으로도 첩첩산중이었다. 그렇게 오랜 세월이 흘렀건만 이상하지 않은가. 그렇게 오랜 세월을 지배했건만 아직 망가뜨리지 못한 땅이 있다니?

소위 문명의 마지막 잔재를 떠난다고 생각하니 마음까지 들떴다. 해가 저물기 직전, 저녁식사를 위해 새하얀 목도리뇌조 한 쌍을 사냥했다. 한 녀석은 깨끗하게 죽었다. 다른 녀석은 나뭇가지에서 떨어진 후에도 여전히 퍼덕거리는 통에 부츠로 숨통을 끊어주어야 했다.

동이 트기 전에 텐트를 거두고 다시 움직였다. 마음이 새벽 어스름을 헤매기 시작했다. 핑이 뭘 하고 있는지 궁금했다. 그리고 저 피폐한 황무지에서의 내 삶에 대해서도 생각했다. 몇 년 동안 아무런 보수도 없이, 그것도 기회만 생기면 서로를 지옥으로 보내려 작심한 시민들을 위해 일하지 않았던가. 그런데 왜 아직도 그걸 신경 쓰는 걸까. 나는 마을 외곽의 변방인으로 충분히 잘 살고 있다. 생계를 위해 식량을 약탈하거나 납치를 할 필요도 없다. 몇 번이고 되새겨 보았지만 떠나지 못하는 이유라고는 집밖에 없었다. 옛 생활을 어떻게든 이어가고 싶기도 했다. 어머니와 아버지, 샤를로와 안나 같은 이들이 언제든 돌아올 수도 있지 않은가. 우리는 운이 좋을 때는 운이 좋은지 모르고 산다. 난폭하지 않은 사람들과 살고, 일하는 대가를 받고, 지붕 슬레이트나 수리하고, 왜 빵이 부풀지 않는지 걱정할 때가 바로 운이 좋을 때다. 숲속에서 만난 여자 생각도 했다. 늘어진 젖꼭지와 썩어나간 이빨을 드러내던 여인. 상황이 달랐다면 그녀도 완전히 다른 사람이 되었을 것이다. 갓난아기였을 때만 해도 그 누가 꽁꽁 언 과일을 따고 먹거리를 위해 이방인에게 몸을 팔 거라고 생각했겠는가? 그렇다. 우리는 종말의 시대에 살고 있는 것이다.

닷새째 산악지대에 다다랐다.

순록인들은 이미 수천 년 전부터 이 산맥에 들어와 살았다. 백인들이 들어오기 훨씬 전이다. 그들의 삶은 단순하다. 여름에 순록을 몰고 목장으로 올라갔다가 겨울에 다시 내려온다. 생존에 무척이나 유리한 생활방식이다.

아버지는 손수 하는 일을 좋아했다. 기계가 들어와 작업이 편해졌을 때도 마찬가지였다. 우리도 여느 아이들처럼 새로운 물건을 좋아했기에 새 기계 좀 들이라고 떼를 써봤지만 아버지는 끄떡도 하지 않았다.

"그래 봐야 일만 꼬이고 고장도 많아진다."

뭐든 복잡할수록 고장도 심하다. 그 점에 대해서라면 아버지 주장이 백 번 옳다.

순록 목동들은 끝내 단순한 삶을 지켜냈다. 계절을 따르고 고칠 수 없는 물건은 아예 사용하지 않았다. 고장 날 엔진 따위도 없었다. 말을 타고 다니고 항상 똑같은 식사를 하고 똑같은 짐승을 길렀다. 물론 나야 이런 식으로 오래 못 버틴다. 곱게 빻은 밀과 신선한 야채도 먹고 싶기 때문인데 요즘에는 내가 최후의 문명인이라는 생각도 들기 시작했다. 만약 나한테 아이가 있었다면 당연히 순록 목동들과 비슷해졌으리라. 물론 지금이야 그들한테도 아이가 있을 것 같지 않지만.

옛날에 서쪽 사람들이 모피를 찾을 때만 해도 거래가 고가에 이루어졌기에 이들 순록인들도 사냥을 했다. 그때는 겨울 길도 분주해서 11월에 도로가 얼 때부터 해빙기까지 장사꾼들이 쉴 새 없이 오르내렸다. 지금은 황량하기 그지없다. 그래도 강이 급격하게 굽이치는 곳, 그러니까 순록 마을 어귀의 작은 땅덩어리에는 오두막이 한 채 서 있다. 꽁꽁 언 강이 내려다보이는 곳인데 지붕의 양철 굴뚝에서 연기가 모락모락 피어오르는 것으로 보아 분명 사람도 살고 있었다.

마당 여기저기 만들다 만 낙엽송 썰매들이 뒹굴었다. 커다란 순록 사체 한 마리를 툇마루에 매달아 냉동 중이고 오두막 뒤에서는 가죽 대여섯 벌을 무두질하고 있었다. 개 한 마리가 처마 끝 지붕 밑에 이어 만든 개집에서 나와 개 줄을 팽팽하게 당기며 짖기 시작했다. 썰매가 얼음을 따라 미끄러지는 소리를 들은 모양이었다.

잠시 후 오두막 문이 쾅 하고 열리더니 키 큰 퉁구스족 남자가 현관까지 나와 손을 흔들어주었다. 툇마루에 외투가 하나뿐인 걸 보면 지금은 사람이 거의 없는 듯했다.

내 계획은 최대한 빨리 거래를 해치운다는 것이었다. 필요 이상으로 산악 깊숙이 들어가고 싶지 않았기 때문인데 그런 점에서라도 이 집이 제격이다.

나는 오두막으로 들어갔다. 집은 더럽지만 따뜻했으며, 외관으로 보아 대여섯 명이 생활하는 듯 보였다. 지금은 하나를 빼고 모두 순록을 몰고 나갔다.

그는 차를 끓이고 순록 고기를 조금 튀겨 내왔다. 오랜 여행 끝이라 맛이 좋았다. 나는 식사를 마친 후 사업 얘기를 꺼냈다. 그의 이름은 솔로몬, 캠프 요리사란다. 잠시 기다리면 동료들이 돌아올 텐데 그들도 분명 거래를 원하리라는 대답이다.

오두막 선반에는 포장지로 묶어 올려놓은 죽은 늑대가 있었는데 다리가 셋뿐이었다. 솔로몬이 설명하길 몇 달 동안 순록 떼를 괴롭힌 놈인데 아무리 해도 잡을 수가 없어 결국 독을 놓았다고 한다. 사냥꾼으로서는 별로 달갑지 않은 방법이다. 순록인들이 늑대에 상당한 현상금을 걸었기에 마을에 돌아갈 때 가져가려고 보관하는 듯했다.

해가 지면서 목동들이 하나씩 돌아왔다. 그들은 문을 쾅 열고 들어와 더러운 식탁에 앉더니 아무 말 없이 식사부터 챙겼다. 솔로몬이 순록고기 덩어리를 내오면 목동들은 자기 칼로 조금씩 썰어 소금에 찍어 먹었다. 순록 반추위를 내용물 그대로 끓인 수프도 있었다. 냄새는 역겨웠지만 아무래도 겨울 내내 야채 대용으로 그만한 게 없으리라는 생각이 들었다.

한 사람이 식사를 끝내면 식탁보의 부스러기들을 두 손으로 털어내고 자리를 양보했다. 그러면 다른 사람이 식탁에 들어가 앉았다.

누군가 다 찌그러진 기타를 들고 누더기 침대에 길게 눕더니 노래를 부르기 시작했다.

먼 길을 여행하고 배불리 먹은 데다 난로까지 열기를 내뿜는 덕에, 목동들이 내준 침상에 누워 나도 모르게 잠이 들고 말았다. 그런데 한밤중에 깨어나 보니 기타 연주자가 나를 내려다보고 있었다. 그가 내 총 하나든 두 개 모두든 팔지 않겠냐고 물었다. 나는 지금 당장 그 자리에서 물러나지 않으면 머리에 얼마든지 총알을 박아주겠노라고 으르렁거렸다.

그가 주춤주춤 물러나며 괜한 신경질이라고 투덜댔다. 그에게 잠든 사람을 건드리는 건 바보 같은 짓이니 거래는 아침에 하자고 덧붙였다.

아침식사 후 제일 먼저 위스키 한 병을 보여주었다. 한눈에 보기에도 다들 군침을 흘리는 눈치였지만 어떻게든 흥정을 벌이려고 들었다. 물론 순진한 친구들이라 기껏해야 위스키에 별 관심 없다는 시늉 정도였다. 어쨌든 나도 목동들이 체면을 구기지 않도록 장단을 맞춰주었다.

우리는 고기 값을 놓고 한동안 줄다리기를 벌였다. 제일 좋은 방법은 순록을 산 채로 데려가는 것이다. 썰매에 묶어 끌고 가면 놈들은 스스로의 체온으로 버티며 눈 밑의 이끼를 파먹는다. 그렇게 하면 내가 원할 때 죽여 고기로 만들 수 있지만, 목동들은 그러려면 가죽 값도 내야 한다며 강경하게 버텼다. 어쨌든 우리는 가격을 정했기에 침을 뱉고 악수를 한 다음 함께 위스키를 마셨다.

그들은 우리에서 순록 네 마리를 끌고 나와 하나씩 오두막 뒤로 끌고 가 도살했다. 마지막 순간까지 살살 구슬리는 이유는 고기에 두려움이 배이면 육질이 단단해지기 때문이다. 목을 따는 순간 짐승들이 눈을 까뒤집으며 눈 위에 피를 뿌렸다. 그들은 시체를 끌고 가 가죽을 벗기고 내장을 들어냈다. 짐승들의 눈에서 생기가 사라지고 내장에서 김이 모락모락 피어올랐다. 내장을 목동들에게 넘기자 무척이나 좋아했다.

해가 중천에 떠오를 때쯤 짐을 챙기고 떠날 준비를 했다. 이 자들이 위스키 파티를 벌이는 와중에서 뭉그적거릴 생각은 전혀 없었다. 그들도 머리가 있다면 또 다른 사람과 그 위스키로 거래를 해볼 수도 있겠지만 그럴 가능성은 별로 없어 보였다. 이름이 구스타프라는 기타 연주자는 아예 술독에 빠지기로 작심한 것 같았다.

결국 놈은 생각보다 훨씬 똑똑했다. 나도 분명 방심했다. 늑대 시체와 술 취한 목동 여섯이 전부라고 생각했던 것이다. 하루 종일 이동하다가 야영지를 정하고 잠을 잤는데 아침에 일어나보니 누군가 내 총들을 훔쳐갔다. 라이플, 권총 두 자루, 목숨을 걸고 만든 총알 상자까지 몽땅 사라졌다.

멍청이, 이런 실수를 하다니! 나를 멍청이로 낳아준 어머니, 순록 목동들의 교활한 범죄까지 싸잡아 비난했지만 어느 욕설로도 총을 되돌려받지는 못했다. 집에 돌아가 봐야 낡은 엽총 한 자루와 핑을 위해 남겨둔 라이플이 전부다.

무기가 없으면 어차피 죽은 목숨이기에 선택의 여지는 없었다.

나는 암말에 안장을 얹고 흔적을 추적했다. 구스타프는 애써 숨으려 하지도 않았다. 무장한 남자를 쉽사리 쫓지는 못하리라 생각했으리라. 기껏해야 순록을 탔을 터이니 당연히 내가 빠르다는 생각은 했지만 나보다 몇 시간 앞섰는지는 알 도리가 없었다.

성급하게 덮칠 생각은 없었다. 놈과 마찬가지로 야음을 틈타 기습해야 승산이 있다는 정도는 안다. 놈에게서 멀지 않았음을 감지하고부터는 나도 말에서 내려 걷기 시작했다.

제일 먼저 모닥불이 눈에 들어왔다. 그 옆에 텐트도 보였다. 어둡기 전에 접근해봐야 소용이 없기에 때를 기다리기로 했다.

머릿속으로 몇 가지 계획을 돌려보기는 했지만, 그가 캠프에서 빠져나오는 꼴을 나중에 본 후에야 계획이 맞아떨어졌음을 알았다.

나는 어둠을 틈타 접근한 다음 모닥불 불씨로 텐트에 불을 붙였다. 텐트 바닥은 순록 가죽이었지만 그 아래 마른 가지들을 잔뜩 깔아 잠자리로 만들었기에 불은 쉽게 옮겨 붙었다. 연기와 열기 때문에 정신이 몽롱해졌는지 아니면 술에 잔뜩 취했든지, 놈은 한참 후에야 졸린 꿀벌처럼 꾸역꾸역 벌집에서 기어 나왔다. 자신의 살가죽을 구한 사실이야 물론 기쁘겠지만 지금 어떤 곤경에 처했는지 깨달았을 땐 상황이 완전히 다를 것이다.

겨울에 극북(極北) 지방을 여행할 때면 외투는 반드시 텐트 밖에 걸어놓아야 한다. 퉁구스족들도 그것만은 엄격하게 지켰다. 그래야 털이 덜 빠지고 모양도 망가지지 않기 때문이지만 다른 이유도 있었다. 확률은 희박해도 마냥 무시할 수는 없는 이유다. 만약 밤에 볼일이 급하거나 뭔가를 찾기 위해 밖에 나가다 잠결에 실수로 모닥불을 걷어차기라도 하면 텐트는 날아가고 그 안의 물건도 모두 잿더미가 된다. 그러면 불에 타죽지 않았음을 기뻐하는 것도 잠시, 고개를 드는 순간 별 반짝이는 하늘을 보고 숨을 쉴 때마다 얼음 결정체들이 함께 쨍그랑거리는 소리를 듣게 될 것이다. 소위 "천사의 속삭임"이라는 바로 그 소리 말이다. 그리고 비로소 셔츠 차림의 팔을 문지르다 보면 기어이 불길한 생각이 척추를 훑고 말리라.

내가 목동이라면, 훔친 총으로 먼저 자기 머리에 총알 하나를 박아 넣었을 것이다. 동사야말로 너무도 끔찍하다. 그날 밤 기온이 영하 40도였기에 그가 죽기까지는 두 시간도 걸리지 않았을 것이다.

얼어 죽기 직전에는 정말 온몸에 불이라도 붙은 느낌이 든다. 신체 장기들이 작동을 멈추면서 심장이 뜨거운 피를 살갗을 향해 모조리 뿜어대기 때문이다. 간이 꽁꽁 얼어가는 와중에 옷을 잡아 뜯는 것도 바로 그래서다.

그를 발견한 건 아침이었다. 나는 옷자락을 쫓아 숲속 깊숙이 들어갔다. 그는 벌거벗은 채 시퍼런 몸을 드러냈는데, 머리카락은 흰서리로 덮이고 성기는 꽁꽁 얼어 있었다. 다행히 총은 그대로였다.

3

살인을 하면 늘 이렇게 마음이 무겁다.

내가 여자이기 때문인지, 성격이 원래부터 약해서인지는 모르겠다.

정말 너무너무 오랫동안 내 여성적인 면과 싸워야 했다. 지금은 물러터진 여성 시대가 못 된다.

키가 크고 어깨가 넓고 목소리도 굵직한 덕에 남자로 통하는 정도야 어렵지 않았지만 그럼에도 그 더러운 목동 때문에 한참이나 눈물을 흘리고 말았다. 그가 날 위해 울어줄 리 없었으니 마음 아파할 필요 없다며 다잡아도 보았지만 도리가 없었다.

나약함과 양심 그리고 선한 믿음은 자동피아노와 같다. 딜런시의 무기고에 보관해둔 책들도 마찬가지다. 이 시대에 더 이상 설 자리 없는 무용지물들. 하지만 내가 쓰레기나 먹고, 주저 없이 살인을 하고, 춤을 추거나 음악을 듣지 않는다고 해서 그런 갈망까지 없다는 의미는 아니지 않은가.

들개들이 고기를 조금 뜯어가기는 했지만 아직 많이 남았기에 여행은 성공적이었다고 자평할 수 있었다. 신선한 고기도 구하고 총도 모두 돌려받았다. 내가 부르자 숨겨두었던 말도 달려 나왔다.

무게가 더 나갔기에 자연히 속도가 더뎠다. 덕분에 여행은 닷새가 아니라 일주일이 걸렸다. 몸은 피곤했고 고약한 냄새가 났다. 그런 꼴로 마을로 들어섰다.

문을 두드리자 핑이 라이플을 들고 이층 창밖을 내다보았다. 나를 보자 표정도 금세 밝아졌다. 우리는 해가 들지 않는 뒷마당에 고기를 매달았다. 문득 제대로 목욕을 하고 싶다는 생각이 들었다.

떠나 있는 동안 겨울이 더 깊어졌기에 우물이 꽁꽁 얼었다. 핑은 방법을 몰라 근근이 버티고 있었다. 물이 부족하다니 나로서는 용납할 수 없는 일이었다.

아직은 낮에 빛이 조금 남아 있었다. 그래서 얼음 톱을 챙긴 다음 핑을 카트에 태우고 호수로 나가 두 시간 동안 얼음을 잘라 썰매에 가득 실었다. 누런빛의 석양에 얼음이 반짝거렸는데 그 모습이 설탕을 잔뜩 바른 사탕이나 터키과자처럼 보였다. 우리는 얼음을 싣고 돌아와 마당에 쌓아두었다.

나는 욕실 난로에 불을 붙였다. 아버지가 삼나무로 지은 욕실이라 혹한에도 향이 좋았다. 물론 날씨가 더워지면 나무 향에 코가 찢어질 정도다. 구리 주전자를 난로 위에 놓고 물을 조금 끓여 얼음에 붓자 얼음덩이가 쉭 소리를 내며 깨지기 시작했다.

김이 날 정도로 더워지기까지는 상당한 시간이 걸렸다. 이윽고 해가 지고 별들이 바늘처럼 남색 밤하늘을 찔러댔다. 김이 모락모락 혹한의 대기를 기어오르다 하늘을 가로질러 빨랫줄처럼 번져갔다.

나는 문 바깥 고리에 옷가지를 건 뒤 삐걱거리는 문을 열고 들어가 한증막을 마주보았다. 몸의 오물이 하나씩 떨어져나가며 배꼽에 더러운 웅덩이를 만들어냈다.

핑은 마당을 오락가락했다. 들어오기를 망설이는 것 같아 내가 이름을 불렀다. 잠시 후 널빤지가 삐걱거리고 문이 빼꼼 열리더니 그 사이로 핑이 얼굴을 들이밀었다. 열기가 빠져나가는 것도 싫고 귓불에 피가 몰리는 통에 짜증까지 더해져, 그에게 빨리 들어와 문 닫으라고 빽 고함을 질렀다. 그가 후다닥 안으로 뛰어들었다. 샤를로의 가운으로 목까지 여미고 수건까지 몇 장 걸친 터라 맨살은 조금도 보이지 않았다.

그가 눈을 동그랗게 뜨고 나를 보았다. 물론 수건 밖으로 나온 내 젖통과 그 아래 수풀 때문이었다. 당연히 충격이었을 것이다. 남자인 줄 알았건만 깡마른 여자 알몸을 보게 되었으니 왜 아니겠는가. 어쨌든 그래 봐야 달라질 건 하나도 없다. 나는 분명히 여자다. 다만 달리 어떤 방법으로 밝힐지 몰랐을 뿐이다.

그는 한참 동안 바라보았다. 그러다가 뭔가 얘기하려는 듯 입을 열더니, 갑자기 두 손을 파르르 떨며 가운 매듭을 풀기 시작했다. 서둘러 옷을 벗으려 애를 쓰는 모양새라, 문득 지금 자신이 원하던 목표를 발견하고 어떻게든 손에 넣을 작정이라는 생각까지 들었는데, 그야말로 내 의도와는 멀어도 한참 멀었다. 그래서 한 발짝이라도 다가선다면 정신을 바짝 차리게 해줄 요량으로 두 주먹을 단단히 쥐었다. 그런데 다음 순간 그가 가운을 떨구더니 몸을 반쯤 구부린 채 흐느끼기 시작했다. 눈물과 콧물이 얼굴을 흘러내렸다.

무엇보다 경악할 일은, 핑이……여자다.

오해의 여지는 없었다. 꽉 조인 엉덩이, 동양인 특유의 작은 가슴, 칠흑처럼 짙은 터럭. 아니 그게 전부가 아니다. 볼록한 배를 보니 아무래도 임신 3, 4개월은 됨 직했다.

나는 두 손을 풀었다. 핑이 두 팔로 나를 끌어안고 민 대머리를 뺨에 대더니 육신이라도 빼앗긴 영혼처럼 울부짖기 시작했다.

나도 이 시대의 여자인지라 왜 우는지 어느 정도 이해한다. 가방에 갇힌 채 서로 싸우는 고양이 같은 세상. 비일비재한 폭력. 마을 서쪽 외곽에서 묻지도 못한 채 탈색해가는 뼈 무덤. 그녀는 안도감에 오히려 탈진할 지경이었으리라. 나한테 어떻게 말해야 할지 몰라 그동안 얼마나 고민했을까.

나는 어깨의 총상을 떠올리며 몸서리를 쳤다. 맙소사, 그때 안장에 배 쪽을 얹었으면 어쩔 뻔 했는가.

그녀는 내게 배를 만지게 했다. 가운데 누에콩 주름처럼 선이 나 있었다. 젖꼭지도 컸고 암갈색으로 변해 있었다.

도대체 이 아이를 어떻게 남자라고 생각했는지 이해가 가지 않았다. 사실 지난 십 년 동안, 내가 만난 여자라고는 하나같이 누군가의 아내이거나 재산이었다. 이 아이가 어떻게 살았고 어디 출신이고 아버지가 누구인지 알고 싶었지만 그런 의문을 전할 단어 하나 아는 바가 없었다.

그 순간 아이가 얼마나 작아보이던지 흡사 내가 엄마고 핑이 딸이라는 생각마저 들었다. 나는 그녀를 안고 아기처럼 반들거리는 머리를 쓰다듬어주었다. 마침내 울음소리도 흐느낌 정도로 줄어들어, 어쩌면 지쳐 잠들었는지 모르겠다는 생각이 들었다.

다음 날 집이 너무도 조용했다. 핑은 평소보다 늦게 일어나 졸린 눈을 비비며 계단을 내려왔다. 나를 보더니 멋쩍은 표정을 지었는데, 어젯밤의 충격이 그만큼 컸다는 얘기겠다.

그날 아침, 새로운 생명을 품은 덕인지 세상이 다소 달라보였다.

4

순록 목장에서 돌아온 것도, 핑이 임신 중임을 안 것도 정월 말이었다. 달력과 달 그림들을 끌어들여 함께 아이 밴 날을 추론해보니 산달은 아무래도 한여름이 될 모양이었다.

봄이 가까워지면서 약간의 땅을 개간해볼 생각을 했다. 식구가 더 늘 테니 말이다. 나한테 봉지 씨앗들은 넘쳐날 지경이었다. 지난 몇 년간 어느 상점이든 모두 약탈당했지만 그나마 쓸모없는 종류 몇 가지는 그대로 남아 있었다. 월로 가의 종묘상에도 봉지 씨앗이 상자째 쌓여 있었건만 아무도 손댈 생각은 하지 않은 모양이었다. 지금 당장 살아갈 걱정이 앞서다 보면, 머릿속엔 배를 채우고 자신을 보호할 방법 말고는 아무것도 남지 않는 법이다. 당연히 작물을 기르는 일에 관심을 기울일 사람이 있을 리 없다.

봉지마다 파종 기한 날짜를 스탬프로 찍어두기는 했지만 어차피 허튼 짓이다. 씨앗은 나름대로의 힘이 있다. 서쪽 사막에는 씨앗 상태로 100년 동안 비가 오기를 기다리는 식물들도 많다. 그저 다시 꽃 피울 날만 기다리는 것이다. 직접 본 적은 없지만 비가 100년 만에 내렸는데도 바위와 모래가 온통 꽃과 식물로 뒤덮였다는 이야기를 여러 번 들었다.

소방서 꼭대기에 감시탑이 있다. 산불을 감시하기 위해 세워둔 곳이다. 가게에서 씨앗을 긁어모은 후, 어느 날 나는 쾅쾅거리며 사다리를 올라가 하이웨이 이쪽저쪽을 살펴보았다. 도로는 하얀 실크리본처럼 숲 사이를 뚫고 굽이쳐나갔다.

도시는 그 어느 때보다 황량해 보였다. 차라리 다행이라는 생각도 들었지만 솔직히 예전의 모습이 그리웠다. 어쨌든 나와 과거 사이에는 건널 수 없는 강, 피와 불의 강이 놓여 있었다.

처음으로 내가 마지막이라는 생각이 들었다. 어쩌면 나와 핑이 최후의 종족일 것이다. 한두 달 전만 해도 도시 반대편에 최소 세 가족이 쓰레기를 뒤지며 근근이 살아갔건만 지금은 어느 가족 하나 흔적이 보이지 않았다.

그날 아침은 안개가 걷히고 흐린 날씨에 영하 20도 정도의 혹한이었다. 그런데 어느 오두막에서도 연기 자락 하나 솟아오르지 않았다.

아주 오래전부터 이곳은 내 삶의 터전이었다. 내가 태어나기 전에 부모님이 개척자 가족들과 함께 이 도시에 들어왔다. 그리고 내 반평생 사이 이곳은 다시 텅 빈 황무지가 되었다. 내가 서 있는 곳에서 소프트볼 구장이 보였다. 외야석에도 나무들이 울창하게 자랐지만 경기장 자체가 온통 덤불숲이었다. 큰 도로의 광고판들은 풍파에 험상궂게 뒤틀렸고 옛날에 맥아우유를 마시던 잡화상은 까맣게 타버린 유리와 나무뿐이었다. 기차역은 여전히 미완성 상태였지만 앞으로도 영원히 기차가 들어올 일은 없으리라. 그 무수한 시간과 세월 동안 인간이 이 도시를 세우고 지켰건만 마치 개구쟁이들이 개밋둑을 차버리듯 그렇게 주저앉고 말았다.

이 도시는 최초의 정착민들에게 모든 것을 약속했다. 그런데 지금은? 유령마을뿐이다. 그것도 썩어서 황무지로 돌아가고 있는.

도시 전체에 우리 말고 아무도 남지 않았다. 날이 갈수록 확신만 더해갔다. 상상해보라. 3만의 도시 인구 중 이제 여자 둘과 태아 하나만 남았다. 그런데 이상한 일은, 지금이 훨씬 더 좋다는 사실이다. 심지어 걸어서 돌아다니기 시작했다. 실로 몇 년 만에 처음이다. 그러자 도시와 점점 더 가까워지는 느낌도 들었다. 발밑의 깨진 유리와 휴지를 밟으며, 더러운 인형, 안경, 찢어진 구두 같은 누군가 버린 물건들을 살펴보았다. 그 모두가 내 도시의 이야기를 들려주었다.

챌러너와 벨라스케스 가족의 집도 텅 비었다. 나는 외벽에 사다리를 기대놓고 안을 엿보았다. 챌러너의 마당에 처참할 정도로 비쩍 마른 고양이 한 마리가 보였지만 인기척은 없었다. 벨라스케스의 집은 상대적으로 깨끗했다. 가구도 그대로이고 정원을 손본 흔적도 있었지만 식구들이 없다는 점에는 의문의 여지가 없었다. 살인마 루디와 깡패 아들 에밀까지 모두.

인간이 사라지자 자연이 세상을 회수하겠다고 결심이라도 한 듯 보였다. 컨시딘 거리에서 멧돼지 떼를 만나기도 했다. 오래된 쓰레기 더미를 파헤치고 있었는데 적어도 열둘은 되어 보였다. 다 자란 놈들은 여행용 궤짝처럼 시꺼먼 데다 덩치도 컸다. 나는 말 등에서 권총 두 자루를 꺼내 그 중 둘을 처리했다. 다른 놈들은 꽥꽥거리며 달아나버렸다. 나는 거리에서 곧바로 놈들을 도살해 집으로 끌고 갔다. 허파와 내장은 챌러너 집 마당에 있던 고양이에게 던져주었다.

집에 다다라 돌아보니, 도로 얼음 위에 핏자국이 길게 늘어진 광경이 어딘가 섬뜩했다. 나는 빈 총 두 자루를 꺼내 부엌 식탁에 두었다. 그러고 보니 무기도 장전하지 않은 채 도시를 돌아다닌 것도 15년 만이었다.

우리는 며칠 동안 배가 터지도록 먹고 나머지는 여름을 위해 훈제했다. 놈들이 뭘 먹고 저렇게 살이 쪘는지는 애써 모르는 척했다.

나중에는 고양이에게 선심 쓴 내장도 아까웠는데 핑이 내장으로 소시지 만드는 법을 알기 때문이었다.

새들도 신경이 쓰였다. 4월만 되면 아침 새소리가 어찌나 시끄러운지 어둠 속에서도 눈을 뜨곤 했다. 종류도 무척이나 다양했다. 맹금들은 대충 알고 있다. 하지만 작은 새들은? 기껏해야 참새와 개똥지빠귀가 고작이었는데 지금은 완전히 새로운 종들이 등장했다. 환경이 너무 많이 바꿔놓은 것이다. 우선은 낙과와 장과들이 새들 차지인 데다 보금자리를 만들 곳도 너무 많았다.

핑과 나는 서로 대화할 방법을 찾아가고 있었다. 그 아이 언어는 아무리 들어도 모르겠지만 차 대신 "차이"를 찾고 매 끼니 때마다 "디너"를 외쳤다. 그 밖에도 우리 생활을 더욱 간소하게 만들어버리는 단어들이 있었지만 정치 논쟁은커녕 사는 이야기를 나누는 수준과도 거리가 멀었다. 솔직히 그런 얘기들이 그리웠다.

아기가 처음으로 움직일 때, 핑이 갑자기 놀란 표정을 짓더니 자기네 말로 중얼거리며 내 손을 자기 배로 가져갔다. 그녀는 손가락으로 내 팔을 두드리며 어떤 느낌인지 가르쳐주려 했지만 솔직히 아무 느낌도 없었다. 6주인가 8주 뒤에 작고 말랑말랑한 배에서 뭔가 꿈틀거리는 느낌을 받았고 4월에는 형체도 또렷해졌다. 그렇다고 내 손에 닿는 쪽이 발인지 엉덩이인지, 아니면 조막만 한 머리인지는 알 길이 없었다.

핑은 딸이라고 확신했지만 어떻게 아는지는 나도 모른다. 자그마한 존재는 흡사 자동피아노 같았다. 내가 피아노롤을 연주하면 태아도 무척이나 팔팔해졌다. 나중에 음악가가 되어 피아노를 조율해주면 좋으련만. 솔직히 지금은 소리가 달라도 너무 달랐다.

봄 내내 무척이나 잘 지냈다. 핑은 건강해지고 머리도 자랐다. 배도 점점 더 불룩해졌다. 나는 종묘상에 건너가 몇 시간씩 텃밭에 뿌릴 씨앗을 골랐는데, 갈색의 작은 봉지 씨앗들 덕분에 뭐든 미래에 대한 희망을 덤으로 얻을 수 있어 무척이나 행복했다. 콩, 옥수수, 시금치, 덩굴호박, 순무, 무, 멜론, 완두, 토마토, 애호박, 양배추, 근대. 얼음이 녹자마자 나는 재와 말똥으로 비료를 주었다. 망할, 그래 꽃도 심어보자는 생각도 했다. 꽃이 많으면 좋지 않겠는가. 개야광나무, 이베리스, 금잔화, 팬지꽃 등등. 나는 매일 이른 시간에 나와 새들 노랫소리에 맞추어 텃밭을 가꾸었다. 흡사 문화와 색과 질서가 내 세계로 돌아온 듯한 기분까지 들었다.

4월 말, 쌍안경을 들고 다시 감시탑에 올랐을 때 동쪽 멀리 도로 위에서 뭔가 움직였다. 처음에는 먼지에 불과했지만 차츰 지평선에서 사람들이 솟아오르기 시작했다. 방향도 이쪽이었다. 쌍안경을 통해 그토록 요란한 광경을 보고 있는데 사방이 조용하니 오히려 기분이 이상했다. 물론 그곳에는 소음이 있으리라. 무거운 짐에 낑낑대는 말들, 채찍과 회초리, 떨그렁거리는 체인, 느림뱅이를 욕하는 소리. 하지만 아무 소리도 들리지 않았다. 쌍안경이 그 모두를 그림책처럼 잠재운 것이다. 무리가 선명하게 드러나면서 제일 먼저 떠오른 생각은 어린이 성서에 있던 홍해를 가르는 모세 그림이었다.

대형 컬러 그림 속에서는 물 벽이 유리처럼 매끈하게 잘린 채 갈라서고, 그 사이 물이 빠져나간 바닥에서 퍼덕거리는 물고기들이 달아나는 이스라엘 사람들한테 밟혀 죽고, 검은 말 두 필이 콧김을 내뿜으며 파라오의 마차를 끌었다. 그때는 그들한테 쫓기는 악몽까지 꾸었다. 꿈속의 나는 말발굽 소리에 기가 질려서 그만 헐떡이는 물고기 사이에 무릎을 꿇고 "빨리 죽여, 빨리 죽이란 말이야"라고 외치고 말았다. 눈을 뜨자 샤를로가 화통처럼 코를 골며 잠을 자고 있었고 방은 이른 아침의 햇살로 넘실거렸다.

보통 때라면 이렇게까지 고민하지 않았을 것이다. 하지만 핑에게 아기가 있다는 사실을 안 이후로 정작 내 삶에 대해서는 신경이 덜 갔다. 어쨌든 나는 이 도시 유일의 법 집행자다. 따라서 저렇게 거대한 무리가 도시 외곽을 지나가는데 결혼식장에 온 도둑처럼 꽁꽁 숨어 있을 수만은 없었다.

하이웨이는 도시 북쪽에 접해 있었다. 자갈로 된 도로가 위에까지 이어졌지만 십여 년간 얼고 녹기를 반복한 터라 지금은 다 파손되어 잡석만 남은 터였다. 도로를 탔다가는 말발굽이 남아나지 않을 것이기에 나는 대신 개활지를 가로질렀다. 행렬은 적어도 200명은 되는 듯했는데 내가 다가가자 조금씩 속도를 늦추기 시작했다. 애초에 나도 가까이 접근할 생각이 없었으므로 30미터 거리에 멈추고서 누가 나서는지 기다렸다.

기다리는 동안 말이 진창에서 발을 굴렀다. 뜨거운 시선들이 내게 날아와 박혔다. 대여섯 명이 말을 탄 채 노예들을 통솔하는 모양이었다. 라이플이 적어도 세 정이다. 문득 괜히 무모한 짓을 벌였다는 생각도 들었다. 이윽고 마르고 키 큰 사내가 열을 빠져나와 내 옆으로 다가오더니 자기 모자를 건드려 인사를 보냈다. 날카로우면서도 가죽처럼 질긴 인상. 눈은 푸르고 고삐 다발을 움켜쥔 손가락은 길고도 가늘었다.

그가 얇고 갈라진 입술을 핥고는 진창에 침을 뱉었다.

"비가 올 생각이 없는 모양이오."

"얼마나 노상에 있느냐에 따라 다르겠죠." 내가 대답했다.

"앞으로 4주 정도."

그가 엉덩이에 차고 있는 총은 총신이 주인 손가락만큼이나 길고 새하얬다. 문득 그도 나 같은 사람이 주변에 매복해 있을까 불안해하고 있다는 생각이 들었다. 물론 그야 파라오답게 차분하고 느긋했지만 속내는 오히려 부하들의 눈에서 드러났다. 쉴 새 없이 눈을 깜빡이며 누가 숨어 있는지 둘러보았으니 말이다.

"뭘 거래하죠?"

내가 그에게 물었다. 그는 푸른 눈을 찡그려 쇳조각 모양을 지었으나 대답은 하지 않았다.

나는 행렬 속의 어두운 얼굴들을 돌아보았다. 다들 더러운 옷차림이었는데 예기치 않은 방해를 휴식의 기회로 삼아 잔뜩 웅크리고 앉아 있었다. 시골여자, 중국인들도 있고, 더 가무잡잡한 동양인들도 보였지만 누구 할 것 없이 양 볼이 트고 갈라져 시뻘겠다.

"이 근처에서는 처음 보는군요."

내가 말했다. 그가 또다시 입을 다문다면 결국 말썽을 만들겠다는 뜻으로 봐야 할 것이다.

"정월에도 이곳을 통과했소."

"그래서요?"

내가 잠깐의 정적을 틈타 되물었다. 총을 뽑아 저자를 쏘고 박차를 가해 달아나려면 얼마나 빨라야 할까? 심장이 방망이질 치고 시간은 정지한 듯 보였다. 전신이 전의의 화학물질을 핏속으로 퍼 나르면서 시야도 더 없이 예리해졌다. 저 뒤에 말을 탄 채 싱글거리는 얼굴 하나하나를 구분할 수도 있었다.

"이 근처에서 여자애를 하나 잃었지. 혹시 아는 바가 있소?" 그가 물었다.

나는 고개를 저었다. 그가 몸을 뒤척이자 안장가죽이 삐걱거리며 신음을 토해냈다.

"아깝군. 맘에 든 애였는데. 어쨌든 만나서 반가웠소이다."

그가 모자를 건드리고는 말을 돌려 왔던 길로 돌아갔다. 부하들이 노예들을 일으켜 다시 움직이기 시작했다.

나는 말을 돌리지 않고 한참 동안 지켜보았다. 물론 어느 정도는 호기심도 있었다. 도대체 어디서 온 사람들일까. 또 어떤 삶을 향해 가는 걸까. 하지만 내가 눈을 떼는 동시에 누구든 마구잡이로 총질을 할 수도 있기 때문이었다.

누구나 떠나거나 죽는 마당에 이렇게 머무르는 게 올바른 선택인지 불안할 때가 있다. 그날, 주인과 노예들이 먼지 속으로 사라지는 모습을 지켜보며 문득 두려움이 온몸을 휘감았다. 내가 없으면 세상은 어떻게 되는 걸까.

5

핑에게 마을 지도를 보여주고 우리 집 위치와 우리가 만난 위치를 가리키며 그 전에 어디에 살았는지 물었다.

그녀는 위치를 정하기 위해 지도를 이리저리 돌려보다가 말라하이드 거리의 옛 소방서 바로 뒤에 열십자를 그려 넣었다. 그리고 나를 돌아보는데 표정이 어딘가 이상했다. 그러니까 두려움이랄까. 단지 종이에 그린 선에 불과하건만 그 장소가 불길한 기운을 불어넣기라도 한 것 같았다. 그래서 나는 미소와 함께 머리를 쓰다듬으며 네가 그곳으로 돌아갈 일은 없다고 달래주었다.

소방서는 마을 북단, 고가도로 바로 오른쪽에 서 있는데 서쪽으로는 오래된 폐광이, 동쪽으로는 황량한 툰드라 지대가 보인다. 툰드라 너머는 바다다.

이따금 여행자들이 그곳에서 하룻밤을 보내곤 했다. 격납고는 소방 트럭이 사라지고 지금은 텅 비어 있지만 건물도 튼튼하고 낡은 벽도 바람을 피하기에는 제격이었다. 벽돌마다 그을린 흔적들이 남아 있었으며 사람들이 지나간 자리마다 깡통이 뒹굴었다. 나는 우선 건물을 널리 에둘러 관찰했다. 모호한 이유로 아무도 없는 도로를 여행하는 부류들과는 절대 섞이지 말아야 한다. 옛날에는 이 도로 위에 살면 거래가 이루어졌다. 그래서 최저의 비용으로 최신의 뉴스를 얻어냈지만 어느 때부턴가 좋은 소식이 뚝 끊어졌다. 처음에는 굶주린 사람들이 나타나 절박하게 구걸을 했다. 그러다 밤에 몰래 들어와 잠든 사람들 목을 따고 닥치는 대로 훔쳐서는 동이 트기 전에 연기처럼 사라졌다. 그 후로는 마을에서 가장 궁한 사람들조차 이 길을 피해 다녔다.

누군가의 명령을 받아본 지는 그보다 훨씬 전이지만, 동쪽의 다른 도시들에 아직 법이 지배하는 생활이 남아 있으면 싶었다. 처음에 아버지와 어머니, 그리고 안나와 샤를로를 차례로 묻었을 때도 그 희망을 위안으로 삼았다. 우리가 알던 삶은 아무도 부르지 않는 옛 노래처럼 잊히는 듯 보였다. 그래도 이곳 상황이 특별히 나빠서 그럴 거야. 아니면 다들 우리를 잊었거나. 어쨌든 저 어딘가에는 옛날과 같은 삶이 이어지고 있겠지. 내가 종종 하는 생각이었다.

사슬에 묶인 불쌍한 여자 행렬은 물론, 말을 탄 주인들의 험상궂은 인상 역시 예전의 삶과는 거리가 멀었다. 그 장면은 오히려 반대로 믿는 편이 낫다고 말하고 있었다. 요컨대 저 바깥이 훨씬 더 심각하다는 뜻이겠다.

핑이 십자 표시를 한 장소 근처에 낡은 맨홀이 있었다. 예전에야 뚜껑이 있었겠지만 이미 누군가 녹여서 연장이나 칼을 만들었으리라. 맨홀은 눈에 띄지 않을 정도로 작기 때문에 핑도 우연히 마주쳤을 것이다.

주변을 충분히 정찰했지만 도시는 무척이나 조용했다. 나는 안장에서 내려 맨홀 옆에 쪼그리고 앉아 안쪽을 살폈다. 암말은 소방서 옆의 작은 잡초 밭을 향해 천천히 움직였다. 집 바깥에서는 말을 묶어본 적이 없다. 위험이 닥칠 경우 달아났다가도 내가 부르면 돌아올 것임을 믿기 때문이다.

"그 아래 누구 있어요?"

내가 소리쳤다. 목소리가 웅웅 메아리치며 텅 빈 홀 안을 뛰어다녔다.

총을 다시 벨트에 차고 천천히 아래로 내려갔다. 배수관은 어둠 속으로 10, 20미터쯤 이어졌다. 나는 부싯깃 통에서 수지양초를 꺼내 불을 붙이고 손으로 불꽃을 가려 눈을 보호했다. 이 처절한 옛 도시의 구조물에는 언제나 혀를 내두르고 만다. 빗물 배수관은 거의 똑바로 설 정도로 컸다. 벽은 조립식 콘크리트였다. 지난 가을, 비에 떠내려 온 나뭇가지와 낙엽들이 중앙을 따라 쌓여 걸을 때마다 바삭거렸다.

양쪽으로 움푹 들어간 곳마다 나뭇가지, 이빨로 쏠아놓은 뼈, 걸레, 종이쪼가리들이 보였는데, 아무래도 동물들의 보금자리겠다. 나는 까맣게 타버린 책을 발끝으로 뒤집어보았다. 핑의 집이다. 쥐새끼처럼 어두운 땅속에 살면서 몰래 빠져나가 불 피울 책들을 모은 것이다. 분명한 점은, 그녀의 임신에는 어떠한 사랑 이야기도 숨어 있지 않다는 사실이었다.

나는 혀를 끌끌 차며 배수로를 빠져나와 암말을 불렀다. 놈들이 정월에 이곳을 통과할 때 소방서에 머물며 바람도 피하고 여자들도 가뒀을 것이다.

노예주인 하나가 지치고 아픈 여자 하나를 가리키며 이렇게 말했겠지. 오늘은 네 차례다.

이 무딘 나이프로 찔러 죽이기라도 하면 속이 시원하겠건만. 놈이 밀짚 위에 쓰러져 잠들었을 때 핑은 기회를 틈타 달아났으리라. 그리고 맨홀에 들어가 어둠속에 숨어 있었던 것이다.

거의 석 달이나 숨어 있었던 게 틀림없었다. 추위와 굶주림에 허덕이면서 말이다. 핑이 어떻게 목숨을 부지하고 뭘 먹었는지는 생각하기도 싫었다.

집으로 돌아온 후에도 핑의 눈을 보기가 어려웠다. 그녀의 행복이 풍경소리처럼 환하게 집을 채워주었지만 그 애가 어떤 고통을 겪었는지 이제 알고 있다. 그리고 그 덕분에 내가 겪은 고통까지 떠올라 미칠 것만 같았다.

6

그 다음 상황에 대해서는 쓰고 싶지 않다. 생각만으로도 고통이 너무 크기 때문이다. 어쨌든 유월에 핑은 죽고 그 애와 함께 아기도 죽었다.

그 일이 너무 힘들었던 탓에 나 또한 삶의 목표를 완전히 잃어버렸다. 과거 몇 년간 나에게 생긴 일을 포함해 주변의 온갖 나쁜 일들도 그 일에 비하면 아무것도 아닌 듯 보였다.

더 이상 이곳에 살 자신이 없었기에 나는 모든 것을 버리고 산악지대로 들어갔다.

그해 여름 두 달간 호숫가 빈 집에서 지냈다. 낡은 돛배가 한 척 있어 이따금 어망으로 물고기도 잡았지만 돌이켜보면 당시의 삶이란 구름에 갇힌 산꼭대기처럼 모호하기만 했다.

기억나는 사건이라면, 8월 말 불면의 오랜 여름이 끝나고 모기들이 사라질 때쯤 식사를 끝내고 나서 물에 빠져 죽기 위해 부츠를 신고 밖으로 나갔다는 정도였다.

배는 육지에 올라와 있었다. 호수가 넓어 이따금 파도가 거센 터라 바위에 부딪칠까 늘 그렇게 끌어올리곤 했다. 나는 배를 끌어내려 호수 가운데를 향해 노를 저어갔다.

나는 물소리를 좋아한다. 노를 저을 때의 철썩거리는 소리, 고물 뒤쪽에 흘러가는 콸콸 소리, 이따금 작은 파도가 찰랑거리는 소리. 냄새도 좋다. 잘 구운 빵의 계피 향처럼 따뜻한 낙엽송을 실어 나르는 냄새.

마음 깊은 곳에서 여름과 초겨울 사이의 그 순간들은 내 중년의 슬픔을 덜어주었다. 이제 몇 주 후면 첫눈이 내려서 계곡을 덮고, 계곡을 에워싼 편자 모양의 산도 덮을 것이다. 수은주도 곤두박질쳐서 알코올 온도계가 아니면 기온을 잴 수 없을 정도로 추워질 것이다. 영하 60, 70도. 호수는 2미터 두께의 얼음 속에 갇히고, 꽁꽁 언 공기 말고는 냄새도 온통 얼어붙고 말리라. 내년 5월에 굉음을 터뜨리며 얼음이 깨질 때까지는 파도도 구경할 수 없을 것이다.

100미터쯤 나간 후에 노마저 거두고 배가 표류하도록 내버려두었다. 하늘이 보랏빛으로 변해갔다. 나는 그물을 챙겨 물속에 던졌다. 이번이 마지막이야. 생각이 거기에 미치자 마음이 참으로 평화로웠다. 도대체 몇 년 만의 기분인가.

회색숭어 두 마리가 어망에서 떨어지며 뱃전에 쿵 소리를 냈다. 한 마리를 붙들었지만 버둥거리다가 물속으로 달아났다. 나는 다른 한 마리마저 돌려보냈다. 물고기가 잉크 빛 물속으로 사라지며 은빛 물보라를 만들었다.

어둠이 짙어지기 시작했다. 나는 부츠를 벗고 비틀거리는 배 위에 똑바로 섰다. 이제 콧구멍을 잡고 뛰어들기만 하면 끝이다.

정말로 뛰어들었다고 믿을 만큼 너무나 여러 번 이 순간을 생각했다. 나는 물속에 뛰어들면서 아예 배를 걷어차 멀리 흘려보냈다. 물이 어찌나 차가운지 헉 하고 숨이 막혔다. 그런데 갑자기 내가 살겠다며 발버둥을 치기 시작했다. 소매를 두껍게 덧댄 여름 재킷이 물을 빨아들여 마치 납의 날개를 매단 듯 몸을 끌어들였는데도 어떻게든 얼굴을 들고 물 밖으로 내밀려 발악하고 있었던 것이다. 아무리

두 눈을 감고 물속으로 들어가려 해도 몸이 말을 듣지 않았다. 마치 어설픈, 아무것도 하지 않으려는 반항아가 되어 한사코 죽음을 거부하는 기분이었다. 타인의 다리가 자맥질로 나를 물 위로 끌어올리고 타인의 가쁜 숨이 내 폐에 공기를 주입하고 있었다.

그래도 조금씩 다리 힘이 빠지면서 결국 저항을 포기하는구나 하는 생각에 어느 정도 안심이 되었다. 물이 조금씩 입과 콧구멍을 간질였다. 오줌도 지렸다. 문득 따뜻한 기운이 온몸을 감싸기 시작했다. 그리하여 마지막 영상들이 머릿속을 채우기를 기다리는데, 바로 그 순간 내 처절한 생애가 주마등처럼 일제히 자리를 치고 들어왔다. 헐떡이는 숨소리는 여전했으나 그 이면으로 더 심오한 소리도 들렸다. 콘트라베이스의 중후한 음이 나를 죽음의 중심으로 끌어당기는 기분.

나는 편안히 뒤로 기댔다. 물이 보글거리며 귀를 덮고 세상의 소음을 끊었다. 온몸이 흔들리기 시작했다. 마침내 죽음이 임박했다. 쿵쿵거리는 베이스음도 점점 커졌다. 한순간 눈이 깜빡거리며 열리더니 계곡의 마지막 모습이 들어왔다.

하늘에서 작은 그림자가 보였다. 머나먼 북쪽 비탈을 향해 가파르게 질주하는 그림자. 비행기.

그렇게 지켜보는 동안 그림자가 산마루 아래로 추락했다. 이윽고 아련히 펑 하는 소리가 들리고 비행기 무게에 나무가 부러지며 우지끈거리는 소리가 뒤를 이었다. 굉음은 한동안 계곡을 흔들다가 다시 조용해졌다.

손이 너무도 차고 멍한 탓에 재킷 단추를 푸는 데도 한참 걸렸다.

나는 옷을 물속에 처박고 배를 향해 헤엄쳐갔다. 배에 닿을 즈음에는 기어오를 힘조차 없었다. 결국 이물에 매달린 채 물을 토하면서 물장구로 호숫가까지 배를 밀고 가야 했다.

사고현장에 다다른 건 자정이나 되어서였다. 그런 광경은 너무도 오랜만이라 정말로 환영을 보는 기분이었다. 어쩌면 이미 호수 바닥에 가라앉아 이런 꿈을 꾸는 건지도 모른다는 생각까지 들었다.

복엽기였다. 스키 대신 여름용 바퀴를 달았고 동체는 붉은색과 흰색이었다. 우측 날개는 충격에 완전히 떨어져나가 있었다.

무엇보다 숲속을 가득 채운 냄새가 충격이었다. 어린 시절 악몽에서나 맡았음 직한 악취. 당시의 기억이 밀물처럼 밀어닥쳤다. 아버지는 지지대 위에 자동차를 놀려놓고는 기다란 호스로 탱크 연료를 통에 옮기는 일을 나한테 맡겼다. 그런데 어찌나 세게 빨았던지 그만 기름을 한 모금 꿀꺽 삼켜버린 것이다. 토악질이라도 하고 싶었지만 나오지 않았다. 다음 날에는 셔츠까지 타르처럼 새까매졌다.

기름. 숲속이 온통 기름 냄새였다. 어찌나 지독한지 정말로 기름을 들이킨 것만 같았다. 독한 위스키 잔에 코를 댔을 때 아련하면서도 톡 쏘는 향이 이럴 것이다.

그러다 갑자기 숲 전체가 한순간 한낮처럼 환해졌다. 마치 번개라도 터진 듯했는데 잠시 후에는 아예 우르릉거리는 폭음까지 들려왔다. 순간 내 몸이 허공을 날아 어둠 속에 추락했다. 호수 바닥에서 얼핏 보았던 바로 그 어둠.

7

퉁구스족에게도 이야기는 있다. 몇 백 년이 지났는지는 아무도 모르지만 최초의 비행사들이 동쪽 항로를 개척할 때 지기스문트 레바넵스키라는 비행사가 극북 항로를 정찰했다고 한다.

초창기 비행기였기에 당연히 작고 빈약했고 대단한 장치도 없었다. 때문에 거의 땅에 닿을 듯 저공비행을 해야 했으며 그나마 날씨까지 궂으면 아무 대책이 없었다.

2, 3일 정도 정찰 업무를 하다 레바넵스키 일행은 결국 난관에 부딪히고 말았다. 엔진 전원이 꺼진 것이다. 낙하산도 없건만 지상은 온통 숲의 바다였다.

비행기를 구하기에는 이미 늦었다는 판단 하에 레바넵스키는 도박을 걸기로 했다. 비행기를 호수까지 데려갈 수만 있다면 적어도 일부 승무원이라도 추락에서 살아남을 수 있을 것이다. 하지만 비행기는 물속에 처박혀 순식간에 침몰하고 그 뒤로는 기름자국과 칙 하고 기름 식어가는 소리만 남았다.

당시 정부에서는 비행기와 시신을 찾고 또 찾았지만 결국 포기하고 말았다.

하지만 퉁구스족 이야기로는 분명 비행기가 추락하는 광경을 본 사람이 있었다. 저주의 비행기가 하늘에서 떨어질 때 퉁구스족의 고고의 고조 할아버지가 순록 무리를 몰고 호숫가를 지나던 참이었던 것이다.

당시에는 어린아이에 불과했지만 아이는 분명 비행기가 수면을 때린 뒤 박살난 채 곧바로 침몰하는 과정을 지켜보았다. 몇 초 후 계곡은 다시 조용해졌으나 호수는 그 충격으로 계속 들끓으며 파도를 일으켜 소년의 부츠를 적셨다.

소년은 우선 모닥불부터 피웠다. 그래야 남자들이 나타났을 때 차 한 잔이라도 대접할 수 있기 때문이었는데, 목동은 이 이야기를 들려주며 너무 웃기다고 생각했는지 거의 눈물을 쏟을 지경이었다. 소년이 짐짓 큰 행사라도 치르는 양 모닥불을 지피는 동안 기름방울이 수면 위로 뽀글뽀글 솟아올랐다.

상상해보라! 소년은 백인의 날틀을 너무 숭배한 탓에 비행기가 원래 그런 식으로 착륙하는 줄 알았다!

이야기는 소년의 무지를 놀리는 듯 보이지만 진짜 조롱 대상은 레바넵스키와 추락한 비행기였다.

비행기, 즉 신의 기적을 올려다보는 것만으로도 퉁구스 부족은 위축될 수밖에 없었다. 그들이야 당연히 부족 무당도 날 수 있다고 큰소리치겠지만, 내가 만나본 무당들은 술은 잘 마셔도 하늘을 나는 솜씨는 영 젬병이었다.

레바넵스키의 비행기는 자랑거리가 하늘에서 떨어진 거나 진배없었다. 그러니까 백인들은 이렇게 말했던 셈이다. 자, 우리 능력을 보라! 사람들은 누구나 오만의 굴욕적인 추락을 원한다.

이야기는 퉁구스 부족이 자신의 삶은 물론, 나 같이 생활방식이 다른 이방인을 다루면서 깨달은 것 하나를 재확인해주었다. 시간은 균형 감각이 있다. 단순한 생활방식일수록 수명이 길다. 복잡한 기계가 먼저 길옆으로 나가떨어진다. 어떤 물건이 얼마나 오래 갈지 알고 싶다면 그 물건이 주변에 얼마나 오랫동안 있어왔는지 보라. 제일 최근에 생긴 물건이 제일 먼저 사라진다. 항상 주변에서 보는 물건은 앞으로도 오랫동안 남아 있으리라.

목동들은 오랫동안 수도 없이 당했다. 더 현명하고 더 많이 안다고 주장하는 이방인들에게 말이다. 퉁구스족의 역사를 잘 모르긴 하지만 이방인들이 사람들을 죽이고 마을을 산산조각 내고 생활방식을 망가뜨렸다는 정도는 알고 있다. 모두가 진보라는 이름으로 행한 고문이었다. 그러므로 그들이 슬쩍 점잔을 빼며 자기들 식으로 얘기한다 해도 충분히 이해해줄 만하다.

하지만 레바넵스키 이야기는 들을 때마다 느낌이 달랐다. 내 생각은 이랬다. 인간이란 참으로 위대하구나! 도대체 마음만 먹으면 불가능한 일이 뭐란 말인가? 조상들을 향한 경외감도 동했다. 도무지 한 인간의 머릿속에 담을 수 없을 만큼 많은 온갖 종류의 지식에 둘러싸인 채 살다니! 목동들의 말마따나 삶을 너무 복잡하게 만들어놓는 바람에 선조들이 허약해졌을 수도 있다. 아니면 그냥 그분들의 발명품을 흠모하며 과거의 영광이 다시 부활하기를 바랄 수도 있겠다.

의식을 되찾았을 때 숲이 불타고 있었다. 눈썹과 머리카락도 대부분 타버리고 쇄골도 부러졌다. 폭음에 귀가 멀었는지 아무 소리도 들리지 않았다.

나는 수풀 더미에 누운 채 멍하니 하늘을 보았다. 검은 연기와 불길이 하늘로 치솟으며 별빛을 가렸다. 그때 머릿속에 이런 소리가 들려오는 듯했다. 만세, 할렐루야, 우리가 돌아왔도다.

숲은 사흘 동안 불탔지만 그러고도 일주일이 지나서야 추락 현장에 접근이 가능했다. 이미 그때는 거의 아무것도 남아 있지 못했다. 검게 탄 금속, 프로펠러 덩어리. 그리고 폭발에 허공으로 튕겨나가며 내 머리를 날려버릴 뻔했던 숯덩이 상자 몇 개.

열기가 너무도 극심했다. 비행기에 사람이 얼마나 탔는지는 모르겠으나 짐작만으로는 대여섯 정도였다. 나는 유골을 있는 대로 찾아 짐승들이 건드리지 못하도록 숲 입구에 묻고 조잡한 십자가를 땅에 박아 장소를 표시해두었다.

아무리 생각해봐도 고인들에 대한 최고의 추모비는 비행기였다. 비록 통째로 타버렸지만 그렇게 아름다운 물체는 평생 본 적이 없다. 아, 물론 포물선을 그리며 계곡 위 하늘을 가로지를 때의 얘기다.

미신을 믿지는 않지만 난 그 광경을 계시로 받아들였다. 신이든 선조든 저 위에 누가 있든 간에, 절대 절망에 굴복하지 말라는 계시를 내려주신 것이다. 죽음과 재앙으로부터 위안을 얻는 일이 정상은 아니겠지만 하늘에 비행기가 등장했다는 사실은 더 이상 세상에 나 혼자가 아님을 뜻했다. 비행기에 탄 사람들은 죽었지만 분명 비행기를 만든 사람도 있고 연료를 채운 사람도 있으리라. 누군가는 비행에 필요한 여타의 조처를 취했을 것이다. 물론 나는 여전히 핑과 아기를 추모한다. 하지만 우리 셋이 내가 지켜내야 할 구세계 최후의 생존자라고 생각한 것과 달리, 저 바깥세상에서는 더 많은 사람들이 남아서 과거처럼 맡은 바 임무를 수행하고 기적을 실현하고 사람을 공중에 띄우고 있었다. 아니, 또 무슨 일을 하고 있을지 누가 알겠는가. 나는 그들을 찾기로 마음을 먹었다.

8

추락 당시 비행기가 서쪽 방향으로 향했기에 이곳과 베링 해 사이의 도시 어딘가에서 이륙했다는 게 내 판단이었다. 부모님이 이주의 물결에 휩쓸려 시카고를 떠났을 당시, 도시는 모두 다섯 곳이 세워졌다. 플리머스, 뉴프로비던스, 호머튼, 에스페란자, 에반젤린. 이곳 에반젤린은 최초에 세워진 도시로 가장 서쪽으로 300킬로미터 떨어져 있었다.

이 가운데 한 곳이 연료와 비행기 한 대를 구해 다른 사람들을 찾으러 나섰다고 확신했다. 내가 그들이라도 똑같이 했을 것이기 때문이다. 내가 있다. 그러니 어딘가 또 다른 내가 있지 않겠는가. 이곳 저곳에서 수많은 메이크피스가 지금도 고독과 싸우며 근근이 목숨을 부지하고 있으리라. 사람들과 만나고 싶지만 숲속에서 길을 잃은 사람처럼 불안감에 차마 떠나지 못하고 있는 것이다. 그러다가 수색팀을 못 만나면 어쩌지 하는 불안감을 느끼면서.

몇 년간 도시들 간에는 대화가 없었다. 가장 번성했을 때조차 소통은 극히 드물었다. 정착민들이 기본적으로 내성적이었기 때문이다. 그들이 이곳에 온 이유는 사교를 위한 것도 아니며, 자신들이 등진 세상의 시끌벅적한 장사와 사업을 재현하기 위해서도 아니다. 하지만 아무리 그렇다 해도 도시들 간의 동질감까지 없지는 않았다. 결국 가장 가까운 종족이 아니던가.

아버지는 가난한 사람들이 언젠가부터 모두 똑같이 보였기 때문에 미국을 떠나기로 결심했다고 말하곤 했다. 얼굴이 그렇다는 얘기도 아니고 미국의 가난뱅이들만 그렇다는 얘기도 아니다. 전 세계 가난뱅이들이 다 마찬가지였다는 얘기다.

각 나라의 빈자들은 다른 사람들보다 서로 더 많이 달라야 사리에 맞다. 그들의 뿌리는 흙 속에 있다. 어떤 것을 먹고 입든 집과 풍습이 어떻든 간에 그것들은 모두 땅에서 자란다. 지푸라기, 야자, 순록 가죽. 쌀, 밀, 카사바. 모피, 면, 소모사. 그들의 삶 자체가 땅의 특성과 습성에 기초해 있는 것이다.

아버지는 어머니를 만나던 즈음 여행을 하다가 문득 그런 생각이 들었다고 했다. 페르시아, 샴, 인도, 유럽, 남태평양, 메소포타미아 등 어느 지역이든지 가난한 사람들은 똑같이 생기고 똑같이 살고 똑같이 먹었으며, 중국 어딘가에서 똑같은 천으로 만든 똑같이 생긴 옷을 입고 있었다.

아버지가 보기에 그것은 사람들이 땅과 유리되었음을 드러내는 징표였다. 아버지의 판단이 맞는지 틀린지는 나도 모른다. 그 이야기에 관심을 보일 만큼 나이가 들었을 때는 이미 세상이 죽어가고 있었기 때문이다.

아버지가 늘 말했듯이, 자궁의 원시 진흙에서 썰매를 타고 빠져나온 이후로 우리를 규정한 건 바로 결핍이었다. 치즈, 교회, 예절, 절약, 맥주, 비누, 인내, 가족, 살인, 울타리. 무엇을 행하고 만든들 모두가 결핍 때문이었다. 모두에게 돌아가기에 충분치 못하거나 부족하거나 아예 없기 때문이었다. 따라서 인간이 살아가는 이야기는 생명 유지에 필요한 물건을 얻기 위해 투쟁하거나 투쟁에 실패한 이야기일 수밖에 없다.

바로 그 투쟁의 고통을 통해 사람들은 관용을 배웠다.

하지만 아버지는 풍요의 세상에서 태어났다는 말도 했다. 위아래가 뒤집힌 세상. 그 안에서 부자들은 깡마르고 빈자들은 포동포동 살을 찌웠다. 아버지가 젊었을 때 단 하루 동안에만도, 노아가 아라라트 산에 방주를 댄 이후 그때껏 지상에 살았던 사람들보다 더 많은 사람들이 살았다.

풍요의 시대가 지나면 결핍의 시대가 온다는 사실을 깨닫기 위해 미신을 찾거나 성서를 뒤적일 필요는 없다. 10억의 인구에게 먹거리가 필요해지면 행성을 뒤흔들 정도의 폭동이 발생할 수밖에 없으니까. 하지만 아버지의 우려는 현실적인 것과는 거리가 있었다. 아버지는 어떤 식으로든 사람들은 먹고 살겠지만 빈곤한 영혼이야말로 풍요의 대가에 다름 아니라고 믿었다. 이 저급하고 야비한 세상에 등을 돌리려고 한 것도 그 때문이었다.

누군가 퉁구스족의 어려운 삶을 부러워한다면 정작 그들로서는 별 미친놈 다 보겠네 하겠지만, 아버지 같은 사람들은 늘 도시를 떠나는 꿈을 꾸었다. 흙 속에 새 뿌리를 심고, 조상들이 흙 묻은 손으로 가꾼 세상에서 다시 자라고 싶어 했다. 속도와 번쩍이는 유리와 사치품의 꿈이 아무리 사람들에게 다시는 굶주리지 않을 거라고 믿게 했을지라도 말이다.

몇 세기 전이라면, 왕의 허가를 얻고 바다로 나가 사람이 드문 지역에 식민지를 세우려 했을 것이다. 하지만 지구는 만원이었다. 다시 시작할 곳은 어디에도 없었다. 당시에는 심지어 달에까지 깃발을 꽂지 않았던가.

내가 보기에 시베리아는 그냥 농담 삼아 나왔을 것이다. 그곳이 얼음의 땅이자 바위와 눈으로 만든 사막이며, 1년에 10개월은 우랄 산맥에서 태평양까지 강풍이 휘몰아치는 황무지임을 모르는 사람은 없다. 하지만 아버지는 오히려 그 점을 높이 샀다.

달리 대안도 없던 터라 교회는 아버지를 포함해 두 사람을 사절단으로 보냈다. 두 사람은 모스크바로 날아가 기차를 타고 이르쿠츠크까지 여행했다.

사람들이 생각했던 얼음의 땅 따위는 내가 아는 한 극북 어디에도 없다.

내가 갔던 최극북 지역은 추크치 부족이 사는 툰드라 지역이었다. 열다섯 살에 아버지와 함께였다. 샤를로 대신 나를 데려간 이유는 나이가 많아서가 아니라 여행이 힘들 거라고 생각했기 때문이다. 아버지는 내가 천성적으로 강인하고 현실적이란 걸 높이 평가했다. 다른 자식들은 온통 말과 생각만 앞섰다. 나로서도 어느 정도 다행이었는데, 그동안 아버지한테 자랑스러운 딸이 되고 싶었지만 학문적이거나 부드러운 성격이 못된 탓에 항상 미안했기 때문이다.

추크치족이 살던 곳조차 전혀 추운 사막이 아니었다.

때는 여름이었고 대지는 보라색과 갈색이었다. 작은 북극버드나무도 있고 늪지에는 만병초도 자랐다. 추크치족은 가죽을 얻고 이동수단으로 쓸 목적으로 개들도 키웠다. 나는 바다표범을 보고 해마를 먹었으며 고래 떼가 초록색의 얼음물을 가르며 물을 뿜어내는 광경도 보았다. 어디에도 황량하거나 빈곤한 구석은 없었다. 북극 한계선

부근인데도 말이다.

나중에 들은 아버지 말에 따르면 기차에서 내리는 순간 그 땅과 사랑에 빠졌단다. 날마다 자작나무와 소나무가 창문을 때리는 곳. 작은 나무집들. 금빛 양파지붕의 교회들. 아버지는 마치 꿈에서 본 마을로 돌아간 기분이라고 했다. 어린 시절의 동화책처럼 보였다는 말도 했다.

무슨 뜻인지는 알겠지만 나는 다른 풍경을 본 적이 없다. 우리 집 뒤의 숲은 곰과 늑대가 살고 독버섯이 있으며 썩은 다리 아래 트롤이라도 한 마리 살 법한 곳이라, 동화책과 그리 달라보이지는 않았다. 나와 동떨어진 이야기는 오히려 아버지가 들려준 도시생활 쪽이다. 직접 두 눈으로 보기는 했어도 산 중턱에 추락한 비행기도 신기하기는 마찬가지다.

땅은 러시아 정부가 불하해주었다. 애초에 왜 받아들였느냐고? 뻔하다. 우리가 빈 국토를 채워주기를 바랐기 때문이다. 우리는 젊고 튼튼한 나무였다. 이곳 사람들은 병들고 자원은 고갈된 데다 국경 너머의 중국이 러시아의 광활한 지역을 호시탐탐 엿보던 시절이었다.

극북 지역 일부를 우리에게 내줌으로써 러시아는 빈 땅을 유럽 정착민들로 채워나갔다. 정착민들은 감당하기 어려울 만큼 많은 땅을 손에 넣었는데 그 점에서라면 꽤나 성공적인 거래로 보였다. 그때쯤 여름은 점점 길어지고 겨울은 따뜻해졌다. 하지만 이곳에서 혹한의 겨울이 편해진 이유가 뭐든 간에 지구의 밀집 지역은 덥고 굶주리고 불안해졌다.

나는 초창기의 헛된 기대 속에 태어났다.

풍요롭던 시절에는 도시 네다섯 곳에서 아버지 같은 사람들이 우리 뒤를 따랐다. 하나같이 홧김에 총을 쏴본 적도 없고, 굶주림이 뭔지도 모르던 사람들이다.

그들에게는 신세계의 추위와 역경조차 상쾌하고 희망적으로 보였다. 온천욕 후에 눈 속을 구르듯이 말이다. 너무도 새로운 데다 직접 선택한 삶이 아닌가.

"이렇게 아름다운 고장에서 사니 기쁘잖니? 몇 십 분씩 버스를 타거나 학교 식당에서 쓰레기 음식을 먹지 않아도 되고 말이야?" 어른들 질문에 그렇다고 대답은 했지만 정말 그런지는 솔직히 잘 몰랐다. 어른들은 떠나온 세상을 이런 식으로 그려주었다. 폭력이 난무하는 밤과 비의 도시에 갇힌 채 온갖 편의시설에 중독되어 오로지 돈만 좇는 뿌리 없는 인간들의 세상.

가본 적이 없으니 그 세계가 정말 그런지 어떤지 모르겠지만, 궁핍의 장점에 대해서만큼은 어른들 생각에 동의할 수 없다. 인간은 사슴뿔 위의 홀씨처럼 나약하고 무기력한 존재다. 그런데 삶을 더 편하게 만들어준다는데 왜 문명의 이기를 등져야 한단 말인가? 도시와 기계, 디젤, 플라스틱, 의약품을 걷어찰 이유가 어디 있겠는가?

어른들한테는 신앙의 문제였다. 내가 보기에 초기 정착민들은 하나같이 광신도였다. 에스페란자나 플리머스에 들어온 정착민들은 낯선 고장에 처음으로 밤이 드리웠을 때 과연 어떤 생각을 했을까? 두고 온 고향에는 극장과 도서관, 돌로 지은 교회, 잘 보존된 가묘가 있다. 그런데 그들의 가나안 땅에는 섬뜩한 숲과 듣도 보도 못한 새와 식물이 있고, 새 이웃인 야만인들의 창이 그들을 향해 날아든다. 도대체 이 땅에서 목숨을 부지할 수 있다는 생각은 누가 한 걸까?

우리는 이곳에 정착하는 대가로 조국을 포기해야 했다.

당시 이 땅은 지금만큼이나 사람이 없었다. 그렇다 해도 정착민들은 땅값을 두 배나 물었다. 먼저 토지소유권을 얻기 위해 현찰을 넘겼으며 모국의 시민권을 포기해야 했다. 게다가 땅속에 대한 권리도 없었다. 석유, 다이아몬드, 가스 같은 보물의 권리는 정부가 직접 챙겼다. 우리 소유라고는 기껏 얇은 땅 껍데기가 고작이었다.

아버지는 출생신고서와 결혼증명서를 양철함에 넣고 다락에 보관했지만 모두 무용지물이었다. 나처럼 이곳에 태어난 후손들은 결국 무국적 신세로 전락했다.

사실 대가가 너무 컸기에 사람들도 지불을 꺼렸다. 캐나다의 공지 구역을 가리키며 대신 그곳에 정착하자는 주장도 있었지만, 그들한테 적합한 캐나다 땅은 이미 원주민들 소유였다. 해협 반대편의 퉁구스족들은 그나마 소유권을 주장하지는 않았다.

처음에는 별 문제 없는 듯 보였다. 광신도들한테야 어차피 국적 따위는 허구에 불과했기 때문이다. 하지만 이곳으로 건너온 순간 우리는 국제 미아가 되고 말았다.

러시아 정부는 우리를 국민으로 보지 않은 데다 점점 증오하기까지 했다. 처음부터 신경 쓰는 사람도 별로 없었다. 어차피 광활한 국토에서도 북쪽 오지에 처박힌 인간들 아닌가. 그나마 처음에는 드물게나마 공무원들이 찾아와 문제가 없는지 챙겼지만 몇 년 후에는 그마저 끊기고 모든 일을 우리가 알아서 처리해야 했다.

10여 년 동안 세 차례의 이민 붐을 타고 모두 7만 명이 이곳으로 건너왔다. 대개는 어머니와 아버지처럼 뒤늦게 개종한 퀘이커 교도들이었다. 나머지는 다른 종교의 신앙인들로, 종말의 순간까지 남아 휴거를 통해 천국으로 들림 받는다고 주장하는 부류였다. 아예 종교가 없는 부류도 일부 있었지만 그들 역시 자연이나 이성을 숭배했으며, 그렇지 않으면 그들이 자란 늙은 대도시야말로 결국 무기력하게 붕괴하고 삶도 끝장나리라고 믿었다. 어쨌든 한 가지 동일한 믿음이 있었다. 구세계에는 더 이상 가망이 없다는 것. 가난이 싫어서 온 사람은 하나도 없었다. 오히려 그 반대였다. 대개가 기꺼이 옛 삶을 버렸으나 아쉬워하는 사람들도 당연히 있었다. 이민이 패배이자 포기라고 여겼기 때문인데, 그들조차 이 평온한 극북 지역에서 고요한 음악 같은 삶을 회복하게 되리라고 굳게 믿었다. 계절과 결핍이 빚어준 단순하고 소박한 삶을 이어가고 자신들과 비슷한 사람들과 접촉하며 살기를 원했던 것이다.

이주민들은 열심히 일하는 사람들이었다. 당연히 도시는 번창했다. 겨울 날씨도 온화하게 바뀌었다. 도시 북쪽에 온천도 있어 우리는 파이프를 연결해 작물을 키우는 온실도 만들었다. 극북에서 토마토도 재배했고 오렌지 재배에 대해서도 얘기했다.

문제는 세월이 지나면서 이주민들이 생각보다 공통분모가 적다는 사실이 드러나기 시작한 것이다. 게다가 세상과의 단절이 차이를 더욱 부각시켰다. 뭔가 새로운 일을 도모할 때면, 사람들은 툭하면 고향의 낡은 방식을 고집하고 나섰다. 삶이란 대부분 습관이다. 아무리 똑같이 출발한다 해도 그렇다. 어떤 사람들은 더 많이 거두고 또 자기 몫을 지키고 싶어 하지만, 상대적으로 수확이 적은 측에서는 부당하다며 소란을 떨었다.

그래도 내 생각에 초기 몇 년 동안은 그나마 땅에 대한 기대가 컸다. 다들 사명감도 있었고 희망도 있었다.

전쟁이 터졌을 때 정부는 우리한테도 충성의 서약을 요구했다. 퀘이커 교도들은 신앙 때문에라도 서약은 불가능했다. 기껏해야 동의는 한다 정도였으나 정부는 그마저 고깝게 여겼다. 젊은이들을 군대에 보낼 수 없다고 선언하자, 정부는 값싼 연료와 의약품, 러시아어를 가르쳤던 파견교사 등을 비롯해 그간의 쥐꼬리만한 배려마저 모두 박탈해버렸다. 어쨌든 따로 살기 위해 왔기에 그다지 아쉬울 일도 없었다. 행여 그렇다 해도 그 덕분에 결속력은 더욱 좋아졌다.

나는 잔해를 뒤져 까맣게 탄 날개조각을 주웠다. 작은 십자가를 만들어 목에 걸 생각이었다. 핑을 향한 깊고도 깊은 슬픔 속에서 비행기 모양의 새 희망이 샘솟았다.

곱씹을수록 좋은 생각 같았다. 비행기는 에스페란자, 호머튼, 아니면 뉴프로비던스의 작은 공항에서 날아왔을 테니, 비행기가 돌아가지 않으면 당연히 상심할 사람들이 있을 것이다. 그 기분은 충분히 이해한다. 현관문 고리가 돌아가는 소리에 앞마당에서 낯익은 목소리가 들리기를 한없이 기다리는 기분. 하지만 이들은 돌아가지 못한다. 그런데 돌아가지 않으면 어떻게 되지? 다른 비행기를 보낼까? 비행기가 더 있기는 한 걸까?

어쨌든 비행기를 조립하고 날리는 곳이라면 나보다는 분명 상황이 나을 터였다. 그런 사람들이라면 슬픔조차 질서정연하겠다는 생각도 들었다.

바로 앞에 진짜 세계가 있다. 내 손에는 연필이 들려 있고 채워야 할 낡은 연습장들이 있다. 엄지손톱은 새 모이통을 달다가 망치로 때리는 바람에 까맣게 됐고, 손등은 전에 확인했을 때보다 주름이 많아 보였다. 확실한 건 하나다. 나한테 필요한 건 오로지 현실뿐이다. 사냥감을 쫓을 때와 마찬가지로, 나는 원하는 목표가 아니라 오직 실체만을 보고 인정한다.

하지만 비행기와 그 이면에 숨은 미지의 사회에 대해서라면, 나는 완전히 이성을 잃은 쪽이다. 그 세계에 대한 모든 믿음이 나와 내가 처한 현실 사이를 이간질한다. 나는 마음에 드는 몇 가지 사실에 매달려 내 멋대로 해석하고 나머지는 깔개 밑으로 차 넣었다.

어쨌거나 슬픔 때문에 크게 휘청거린 뒤라 제정신일 리도 없었다. 결국 광기 비슷한 열정이 나를 사로잡고 만 것이다. 펑의 죽음 이후 삶이 너무도 황폐했건만 지금은 갑자기 가능성으로 가득해졌다. 희망에 들뜬 탓에 잠을 이루지도 못했다. 극북에서 오랜 세월을 지냈으니 당연히 징후를 눈치 채야 했다. 북극의 일 년은 아홉 달이 혹한이고 나머지 석 달도 눈 깜빡 사이에 지나간다. 길고 어두운 겨울과 비애, 그 두 가지라면 누구라도 광기를 향해 곤두박질칠 것이다.

마을로 돌아가 집을 최대한 안전하게 봉쇄하는 데 꼬박 한 달이 걸렸다.

창의 덧문을 모두 닫고 나무빗장으로 가로질렀다. 문은 서로 다른 종류의 자물쇠로 잠그고 열쇠는 헝겊주머니에 넣은 다음 정원 배나무 밑에 묻었다. 제1차 이주 시대에 아버지가 꺾꽂이 순을 가져와 심었는데, 여전히 툰드라 버드나무만큼이나 작고 발육부진이지만 그래도 자라기는 했다. 이따금 열매도 맺었다. 작고 단단한 돌배가 어찌나 드물게 열리던지 과일이라기보다는 신의 계시처럼 보일 정도였다. 아버지가 아무리 애를 써도 저 허약한 나무에서는 매년 한두 개 결실이 고작이었다. 가지를 치고 잿물로 뿌리에 양분을 주고 붓으로 꽃가루를 찍어 꽃에서 꽃으로 옮겼지만 허사였다. 어쨌든 정성에 비해 수확이 보잘것없어 매년 실망했는지는 모르겠지만 아버지가 티를 낸 적은 한 번도 없었다.

열쇠를 묻으면서 문득 다시는 돌아오지 못할 거라는 생각이 들었다. 하지만 여행을 향한 열정과 사실에 대한 왜곡 덕분에 우울하고 심각한 작별은 건너뛰고 무조건 출구를 향해 달려갈 수 있었다. 말 그대로 달려 나가 말을 끌고 나오는 데 불과 몇 초였다. 오랜 세월 끝에 비로소 하이웨이에 오른다는 생각만으로도 온몸에 전율이 일었다.

덕분에 다소 정신이 들기도 했다. 그렇게 곧게 뻗은 길을 혼자 여행한 적은 한 번도 없었다. 도로 상황은 의외로 좋았다. 자갈은 가지런하고 상대적으로 평평했다. 그런데 묘하게도 지평선에서 지평선까지 곧고 평평한 길 위에 서 있는 느낌이었다. 창백한 빛의 자갈과 땅의 굴곡 덕분에 도로가 마치 허공에 살짝 떠 있는 것처럼 보였던 것이다. 도로는 앞뒤로 끝도 없이 이어졌으며 어느 쪽으로도 사람은 보이지 않았다. 그리고 내 길은 동쪽 300킬로미터 떨어진 곳에 있었다.

이곳 도로는 기계가 아니라 소련의 노예 노동자들이 닦았다.

이곳에서만 수백만이 죽었다. 굶주리거나 얼어 죽고, 탄광에서 일하다가 죽고, 탈출하려다가 간수들한테 총 맞아 죽고, 탈출한 다음에는 퉁구스족들에게 살해당했으며, 식량이 떨어지면 함께 달아난 사람들한테 잡아먹혔다. 무수한 죽음. 8월의 저녁을 올려다보면 하늘이 모기로 가득 뒤덮였다. 모기 한 마리가 사람 머리 하나씩 먹었다고 가정해보자. 그럼에도 불구하고 시체에 비해 모기가 너무 적었다.

이 땅이 그런 저주를 과연 잊을 수 있을까?

어릴 적 말을 타고 부크티가차크에 갔는데 그곳에 낡은 교도소 공장이 있었다.

부크티가차크. 이름부터 음산하기 짝이 없다. 공장 본관은 지금도 서 있고 고문실 구역도 마찬가지다. 여름이면 키 큰 잡초들과 더위에서 고문의 악취가 배어나왔다. 그때 우리를 데려간 퉁구스족 안내인이 있었는데, 내가 개울물을 수통에 담으려 하자 내 손을 쳐내며 그 물을 마셨다간 병에 걸리고 말 거라고 경고했다.

너무도 많은 피가 땅속에 스며들었기에 개울물도 먹을 수 없다는 얘기였는데, 왜 그런 식으로 나를 겁주었는지는 지금도 모른다. 하기야 퉁구스족들은 만사가 미신이기는 했다.

아버지도 말만 먹이고 당신은 손도 대지 않았다. 아버지 말로는, 노예들이 우라늄 원석을 캐내 발전소와 폭탄에 썼기 때문에 방사능이 지하로 스며들었단다. 물맛을 떠올려보니 쇠 맛도 있고 어딘가 유황 향도 느껴졌다. 갑자기 속이 느글거렸다.

사실은 우리를 제외하면 이곳에 살도록 허락된 사람이 그렇게 많지는 않았다. 퉁구스족은 몇 세기 전에 이곳에 왔다가 혹한의 시대에 몽골을 거쳐 아예 순록을 따라 북쪽으로 들어갔다. 그 이후 서쪽에서 사람들이 모피를 따라오고 그 다음이 노예와 망명자들이었다. 동쪽에서는 매수된 사람들이 들어왔다. 탄광과 유전에서 일하는 대가로 큰돈을 받았지만 계약기간이 끝나면 대부분 고향으로 돌아갔다. 상상해보라. 그들이 돌아간 곳이 어디든 간에 다시 아파트에서 눈을 뜨면 주변은 도시의 소음으로 가득하고 은행에는 돈이 가득했을 것이다. 이 춥고 피로 얼룩진 낯선 황무지에 대해서는 희미한 기억만이 남아 있으리라.

하지만 과거 소수 부족이 그랬듯 우리도 확신을 갖고 이곳에 정착했다. 땅은 비어 있었고 우리 선조들은 자유롭고 새로운 세상을 만들고 싶어 했다. 대단한 이야기 아닌가? 지금쯤 여러분들은, 사람들이 항상 자신의 본성을 탈피해서 완전히 새롭게 출발할 수 있다고 헛물만 켜다가 결국 끝장이 났다고 생각할 것이다. 사실 그런 식의 증거는 주변에 얼마든지 있다. 신새벽을 건설한 노예 군단, 부크티가 차크의 암울한 굴뚝들. 아니, 그렇지는 않다. 오히려 불경한 소련 관료들의 판단이 틀리고 우리가 옳았다. 적어도 이번만큼은 밝고 새로운 미래가 도래하고 있었다. 우리에게는 신이 있고, 옳은 일을 하겠다는 공동의 목표도 있었다. 그리하여 이곳 동토의 극북에 새로운 예루살렘을 여기저기 세운 것이다. 물론 다 개소리에 불과하지만.

세상은 늙고 야비한 뱀이다. 교활한 노파다. 그렇다. 나도 이제 교활한 노파가 될 생각이다. 이 행성에서 마지막 숨을 내쉴 마지막 인간은 분명 교활한 노파가 될 것이다. 자식들을 모두 먼저 보내고 닭과 배추나 키우면서 소일하는 무미건조한 노파. 세상은 감상하고는 거리가 멀어도 너무 멀다. 나는 세상의 무자비한 마음을 배우기로 결심했다. 물론 어느 정도는 이해도 한다고 자부한다. 어쩌면 나이가 들면서 점점 닮아갔을 수도 있다. 차이가 있다면 세상은 영원한 반면 난 얼마 남지 않았다는 정도일까.

그리하여 9월이 끝나갈 무렵 나는 다시 여행을 시작했다. 움직이는 건 늘 기분이 좋다. 더욱이 이번에는 영혼에 희망의 약까지 복용한 상태다.

하이웨이를 지나다 보면 간혹 낡은 천 조각들이 묶여 있는 나무를 볼 수 있다. 뿌리 주변에 구슬과 옛 동전이 놓여 있기도 하다. 퉁구스족의 풍습이다. 이 나무는 그들에게 성스러운 나무이고 이곳은 그들에게 성스러운 장소인 것이다.

그 옛날 교통이 혼잡했을 때면 사람들은 버스를 타고 길고 고된 여행을 떠나기 전에, 이곳에 천 조각을 붙이고 동전을 던지며 안전한 귀향을 기원했다. 이제 우리에게 뭐가 남았는지 보라. 구슬, 어지러운 발자국들, 종이 몇 장. 그러니 어떻게 이 상황을 이해할 수 있겠는가?

부크티가차크의 고문실 어디나 벽에 새겨놓은 글이 있다. 날짜, 이름, 욕설 등. 굳이 살아 있었다는 증거를 남기고 싶었던 걸까.

버스 여행은 기억에 없지만 정말 끔찍할 것 같다. 버스에 목숨을 맡기는 일이 아닌가. 그것도 다른 누군가의 운전에 말이다. 마치 호수에서의 나처럼. 과연 내가 죽었다면 어느 누가 흔적이나마 찾아냈을까?

말은 늦게 걸었다. 나는 가끔씩 눈을 반쯤 감고 졸다가 안장에 부딪쳤다. 비몽사몽간에 환각도 보았는데 항상 어린 시절의 나였다. 우리한테 좋은 시절이면 분명 세상에도 좋은 시절이었으리라. 우리는 젊은 세상에 태어나 세상이 늙는 과정을 눈으로 지켜본다. 하지만 우리 가족이 이곳에 온 이유는 세상이 이미 늙었기 때문이었다. 내 기억 속 햇빛이 찬란한 날이나 겨울 장작이 타닥거리며 타들어가는 순간에도 이미 그림자가 짙어지고 있었다.

일곱 살 때, 야채가게에서 아버지와 소다수를 마신 기억이 있다. 가게 주인 월터 페리만은 어딘지는 몰라도 아주 뿌리 깊은 퀘이커 가문 출신이었다. 이 기억도 좋은 시절에 속한다. 어디를 가든 뭔가 생겼기 때문이다. 당시만 해도 다들 만족하고 잘 먹었으며 집들은 계속 새로 생기고 공동체에서는 전반적인 질서가 느껴졌다.

더운 여름날이라 꽃도 만발했다. 월터는 카운터를 닦으며 아버지랑 수다를 떨었다. 그러다가 둘이 대화를 마치고 함께 현관으로 나갔다.

나도 소다를 들고 따라갔다. 월터는 여러 가지 향을 만들었지만 최고는 역시 자작나무 시럽이었다. 병도 예뻤다. 뚜껑이 유리 공 모양이었는데 당시에는 항상 그런 병을 썼다.

월터와 아버지는 넝마 차림의 비쩍 마른 여자를 보고 있었다. 여자의 맨발이 다 터진 채 순록 발굽처럼 벌어져 있었다.

누군가 불렀지만 여자는 몽환에 빠진 사람처럼 움직이기만 했다. 부릅뜬 두 눈은 크고 흐리멍덩했다. 몇 주 동안 계속 걸어온 모양이었다. 월터가 어깨를 건드리자 그녀가 털썩 주저앉아 숨을 몰아쉬었다. 아버지는 여자를 월터의 가게로 데려가 카운터에 눕혔다. 고개를 받치고 뭐든 먹이려고 했으나 그녀는 고개를 저으며 두 남자를 물리치고 가냘픈 어깨를 들먹였다. 이윽고 여자가 눈썹을 파르르 떨더니 우리 눈앞에서 그대로 죽고 말았다.

그녀가 첫 번째였다. 사람들은 동구 밖에서 아기도 찾아내 함께 마을 공동묘지에 묻어주었다. 평범한 나무 십자가도 만들어 "어머니와 아들, 하나님 품에 안기다"라고 비문까지 새겨주었다. 하지만 그 이후로는 숫자가 너무 많아졌기에 대개는 그런 호사를 누리지 못했다. 사람들이 무심해서가 아니다. 그녀를 묻어준 마을사람조차 매장하지 못한 채 그대로 버려지지 않았던가.

도로에 오른 첫날부터 눈이 내리기 시작했다. 악천후에 말을 탄다고 께름칙해본 적은 없지만 지금은 시계가 전후로 10미터도 채 되지 않았다. 아무래도 앞쪽에 뭐가 있는지 보는 쪽이 마음이 편하다. 그래야 상황에 대처할 수 있기 때문이다. 나는 도로에서 나무숲 너머 공터로 빠져나왔다. 지나온 흔적은 눈이 덮어주었다. 연기 때문에 불은 피우지 않기로 했다. 텐트를 칠 때쯤에는 피곤해서 먹기도 힘들었다. 덕분에 식량을 아낄 수 있었지만 한밤중에 깨었을 때는 곰처럼 배가 고팠다. 꿈속에서 베이컨 튀기던 냄새까지 나를 괴롭혔다.

9

그 후 열흘 정도가 지났다. 아무튼 짐작은 그랬다. 아침부터 저녁까지 천천히 걸으며 말을 먹일 만한 장소를 열심히 찾았다. 갈수록 얼음이 두꺼워지더니 개울이 꽁꽁 얼어붙어 이제 막대기가 아니라 도끼로 찍어내야 할 판이었다.

어쩔 수 없이 밤이면 모닥불도 피워야 했다. 길에는 온종일 눈 씻고 찾아도 사람의 영혼조차 없었지만, 그래도 총을 장전해 무릎 위에 놓아두었다.

혹한의 첫날, 오로라를 보았다. 마치 신이 깨끗한 시트를 널어놓기라도 한 듯 하늘 가득 너울지는 빛의 물결. 신은 정말로 초록색 투명천 위에서 잠을 자는 걸까. 계절이 좀 더 깊었다면 오로라의 색도 더욱 화려했겠지만 지금 그 모습으로도 충분히 아름다웠다. 오로라의 움직임에 어쩐지 위안이 되었다. 머리 위에서 저렇게 편안하게 흐르는 빛을 보자니 누군가 머리를 쓰다듬어주는 기분이 들었던 것이다.

그 후 일주일도 채 안 되어 큰사슴 한 마리를 쏘았고, 도살을 위해 한곳에서 이틀 밤이나 캠프를 쳤다. 가죽과 내장은 버리고 다른 부위는 운반을 위해 훈제하거나 냉동했다.

고기를 도살하는데 문득 이상한 생각이 들었다. 왜 그런 생각이 떠올랐는지는 모르겠다. 평생 한 번만이라도 오렌지를 맛보고 싶었다. 바로 그 단어, 오렌지가 너무도 아름답게만 느껴졌다. 오렌지색 하늘이 어떻게 생겼는지 그려보고 향도 상상해보았다. 내가 추측한 맛은 캐러멜과 딸기 중간쯤이었다.

오로라 밑에서, 신께서 이 땅을 가볍게 다독여주는 가운데 일주일 정도 식량을 훈제하다보니, 비행기를 보낸 사람들이 어쩌면 내가 여행을 끝내고 오기만을 기다릴지 모른다는 생각도 들었다. 이따금 잠이 들면 어딘가 도착하는 꿈도 꾸었다. 어머니 같은 여자가 기쁘게 맞아주며 내 허름한 옷과 음식을 나무란다. 여자는 오렌지 한 바구니를 내주면서 기꺼운 미소로 너를 위해 남겨두었다고 말한다. 하지만 그토록 무수히 꿈을 꾸었건만, 깨어날 때는 예외 없이 오렌지 하나를 막 입에 넣는 순간이었다.

3주 후 에스페란자에 도착했다. 도로 상태만 보더라도 내가 찾는 곳이 아니라고 확신했지만 그래도 안으로 들어가기로 했다. 어차피 확인은 해봐야 하니까.

내가 살던 마을과 판박이였다. 사람이 한 명도 없으니 비행기를 날렸을 리도 만무하다. 호수에서 몸을 건진 후 내가 하는 짓에 일말의 의문이 든 것도 그때가 처음이었다. 세상에, 위험한 도로를 3주나 걸어왔건만 고향 도시보다 못한 곳에 다다르다니. 그런데 만약에 알래스카까지 가도 마찬가지라면 어쩌지? 그 너머도 그렇다면?

하지만 분명 비행기는 실제였다. 그것만은 분명하다. 내 손으로 승무원과 승객을 묻지 않았던가. 그래, 이곳에 여전히 정상적인 사회가 남아 있었더라면 내 마음이 어땠겠어? 너무 억울했을 거야, 안 그래? 나는 그런 식으로 자문하며 위안으로 삼으려 애를 썼다. 누구는 지하에서 바퀴벌레처럼 살아왔는데, 학교, 장례식, 크리스마스, 오렌지 따위가 있었다는 게 솔직히 마냥 기쁘지는 않을 것이다.

옛날에 그런 얘기를 들은 적이 있다. 병사들이 전쟁을 피해 밀림으로 숨어들어갔는데, 수십 년 후 나와 보니 전쟁은 오래전에 끝이 나고 가족들은 평화와 풍요를 즐기고 있었다. 살아남기 위해 지금껏 나무줄기에서 물을 빨아 마시고 거머리를 씹어 먹었건만.

생각이 거기에 미치자 기분이 우울해졌다. 이렇게 세상과 단절된 채 시간을 보내는 동안 내가 마땅히 속했어야 할 세상은 계속 번창하고 있다. 마침내 찾아낸다 한들 저 번쩍이는 유리도시 사람들한테는 내가 넝마 차림의 야만인처럼 보이리라.

그래도 다 타버린 도시와 쓰레기들, 내가 그토록 오랫동안 지지고 볶으며 살아왔던 폐허보다 더 나쁠 게 어디 있겠는가.

지나간 밤, 오로라를 보았을 때도 사실 그다지 위안은 되지 못했다. 오로라는 그저 저 하늘 위에서 무심히 빛날 뿐이었다. 앞으로도 영원히 그럴 것이다.

실망감에 조금 정신이 들기는 했지만 길을 포기할 수는 없었다. 낮은 점점 더 짧고 추워져만 갔다. 체온을 위해 사냥용 모피를 걸쳤다. 오소리 재킷, 양가죽 바지와 장갑, 순록가죽 부츠 등 퉁구스족이 만든 옷가지들. 여름 나방의 먹이로 만들지 않기 위해 매년 끝없는 전쟁을 벌이며 지켜낸 것들이다.

달 밝은 밤이면 눈이 달빛을 두 배로 밝혀주기에 어둠 속에서도 계속 행군이 가능했다. 물론 대부분의 밤이 그랬다. 말들이 무리하지 않도록 노력은 하지만 둘을 먹이는 것도 문제였다. 이제 점점 말라가는 형편이라 조만간 속도를 대폭 줄이거나 아니면 새로이 탈것을 마련해야 할 것이다. 숲속에서 야쿠트족의 조랑말 무리를 보기는 했지만 놈들을 잡아 훈련까지 시키려면 봄까지는 족히 걸릴 것이다. 시간 여유가 없어서는 아니다. 늘 그렇게 나 자신을 다그치기는 하지만 그보다 속도를 늦춘다는 생각 자체가 두려웠다. 앞으로, 앞으로. 눈길 위의 말발굽은 그렇게 말했다. 오로지 앞으로만 가고 싶었다. 뒤에는 너무도 가까워 더욱 두렵기만 한 어둠이 있다. 호수, 핑 그리고 그녀의 아이. 나는 여전히 마주할 용기가 없다.

11월 초 어느 날의 아스라한 오전, 길가에 쓰러진 나무를 만났다. 멀리서 봤을 때만 해도 저절로 쓰러졌다고 생각했는데 자세히 보니 몸통에 도끼자국이 선명했다. 더욱이 자국도 최근의 것이었다. 도로를 따라 여기저기 그런 나무가 한두 개가 아니었다.

물론 도끼를 휘두를 만큼 지능이 있다는 이유만으로 친구 맺을 수 있는 건 아니다. 나는 말에서 내린 다음, 두 마리 말을 끌고 좀 더 울창한 숲으로 들어갔다. 깊이 쌓인 눈에 발이 걸리고 모피 옷 안에서는 땀이 흘렀다. 비록 속도는 늦었지만 덕분에 기습당할 위험도 줄었다. 이윽고 조금씩 소음이 가까워졌다. 벌목용 톱으로 절겅절겅 통나무 썰어대는 소리.

두 마리 말을 나무에 묶고 혼자 움직이기로 했다. 낮은 포복으로 나뭇가지 아래를 기어가자 두 남자의 발부터 눈에 들어왔다. 가죽 부츠. 퉁구스족이 아니었다.

나는 쌓인 눈에 얼굴을 가린 채 누워서 열심히 머리를 굴려보았다. 상황은 이렇다. 극북에서는 사람을 만나는 일 자체가 위험천만이다. 사람들 사이에 늘 끼어드는 두려움은 흡사 안개와도 같아서 상대를 실제보다 더 크게 만들고 동작 자체를 위협적으로 포장한다.

어쨌든 최대한 천천히, 친근하게 접근할 생각이었다. 물론 한 손은 총 가까이에 둘 것이다.

문제는, 숲에서 나가는 길에 도로변의 빽빽한 잡목 숲에 발이 걸리고 만 것이다. 부츠 한쪽이 가지에 끼여 발버둥거리는 통에 그들도 소리를 듣고 톱질을 멈추었다.

나는 발을 빼내려 온갖 소란을 떨며 낑낑거리다가 결국 엉거주춤 하이웨이에 올라서고 말았다. 균형을 잃는 바람에 허공에 총을 휘둘러댄 건 아마도 덤이겠다. 남자 둘은 놀라 쾅 소리까지 내며 톱을 통나무 위에 떨어뜨렸다. 그때서야 세 번째 남자가 눈에 들어왔다. 맙소사, 라이플을 들었다. 따로 떨어져 있던 탓에 발견하지 못한 모양인데, 지금 그가 돌아서서 방아쇠를 당기고 있었다.

나는 도로 위에 누워 양손의 총으로 그의 머리를 겨누면서도, 최대한 느리고 조심스러운 태도로 그에게 쏘지 말 것을 간청했다.

그는 내게 총을 내려놓으라고 지시했다. 잠시 간격을 두는 식으로 경고가 단지 허풍이 아님을 보여주려 했다. 나도 최대한 천천히, 차분하게 대꾸했다. 죽일 생각이었다면 당신들이 보기 전에 처리할 수 있었소.

쾅 하고 톱이 부딪치는 소리가 정적 속으로 한없이 뻗어나갔다.

그도 나를 쏠 생각은 없어 보였다. 폭력 성향은 어디에나 있었지만 적어도 저 남자는 아니다. 어쨌든 두려움 때문에라도 방아쇠를 당길 수 있으니 조심은 해야 한다.

나는 총을 넣고 그가 다가오기를 기다렸다.

그가 간신히 용기를 끌어내 다가오기까지 다시 하세월이었다. 마침내 그가 내 위에 서서 라이플로 내 코를 겨냥할 때쯤에는 등이 너무 차가운 탓에 무기를 괜히 치웠다고 후회까지 들던 참이었다.

이제 다른 사람들도 조심조심 다가왔다. 모두들 두 눈이 호기심으로 반짝였지만 총 든 동료만큼 가까이 접근하지는 못했다.

그 역시 크게 놀란 표정이었다. 생각보다 늙었고 다른 둘보다 약골인 걸 보니 아무래도 톱질보다 나을 듯싶어 총을 맡긴 눈치였다. 옷도 다른 사람들보다 따뜻하게 입었는데 그 역시 일하는 동안 경계를 서기로 했기 때문일 것이다. 개척자 특유의 각진 얼굴로 여러 번 동상에 걸렸을 법한 피부였으며, 추위 탓에 커다란 주먹코 끝이 빨개져 있었다.

"목적이 뭔가? 어디서 왔지? 또 누가 있는 거야? 모두 몇 명이지?" 그가 물었다.

나는 그놈의 총 좀 얼굴에서 치우라고 부탁한 뒤, 혼자 왔으며 에반젤린 자치도시의 보안관이기에 무기소지 자격증이 있다는 등의 설명을 덧붙였다.

그는 이해하지 못했다.

"에반젤린? 거긴 아무도 살지 않아. 사실대로 말하라니까 그러네."

그가 따져 물었다. 정말로 화가 난 목소리였다. 마치 내가 달에서 왔으니 그대로 믿으라고 강요라도 한 듯했다. 하지만 생각하면 할수록 내게는 그의 분노가 수치심 때문이라는 확신이 들었다. 누더기 옷과 낡은 총으로 봐서는 옛일을 알 만큼 나이가 많은 사람이다. 아마도 누군가 그가 들어앉은 화장실 문을 활짝 열어젖힌 것만큼이나 놀랐으리라.

"정말로 에반젤린에서 왔어요."

내 주장에 그는 정말로 총을 내려놓기까지 했다. 그만큼 당혹감이 컸다는 얘기다. 어차피 군인과는 거리가 먼 사내였다.

"어디서 왔대요, 저 남자?" 두 남자가 어깨 너머로 물었다.

"에반젤린에서 왔다는군."

나를 남자로 오인한 건 다행이다. 여행을 몇 주나 했으니 당연히 예뻐 보일 리는 없겠다.

이제 일어나도 되는지 묻자, 나무꾼 하나가 손을 내밀어 도와주었다. 내 소개도 했지만 남자들은 여전히 아무 대답도 하지 않고 멍하니 바라보기만 했다. 그래서 나도 대화를 유도하기 위해 어디 사는 사람들인지 물었다. 대답은 나를 일으켜준 남자한테서 나왔다.

"호렙."

이제 내가 난감해할 차례였다. 외모와 영어로 보아 당연히 정착민이라고 생각했지만, 내가 아는 한 극북 어느 곳에도 그런 이름의 정착촌은 없다. 게다가 생존에 급급한 사람들이 무슨 의지와 힘이 남아 새로운 정착촌을 세우겠는가? 아무리 생각해도 내가 이해하기에는 무리였다.

문득 내면에서 어망에 걸린 물고기처럼 뭔가 퍼덕거렸다. 희망. 사람들을 싸잡아 욕하고 역겨워하는 것만큼이나 한편으로는 그들 덕분에 놀라고 싶을 때도 있다. 아무리 아니라 해도 사람에 대한 기대를 온전히 저버릴 수가 없기 때문이다. 비록 그들이 99퍼센트 쓰레기들이라 해도 때때로 천사 같은 행동을 할 때가 있다. 애초에 믿음 따위가 없기에 회복할 뭔가가 있을 리 없건만, 그래도 의외의 일이 일어날 때마다 당혹스러울 수밖에 없다.

새 친구들은 여전히 나를 환대해서 부담을 안겨줄 생각 따위는 없어 보였다. 오히려 당장 꺼져주기를 바라는 분위기였다. 그래도 나는 개의치 않고, 내게 말이 두 필 있는데 몇 주를 여행한 뒤라 실례가 안 되면 애들 몸도 닦아주고 목도 축일 수 있는지 물었다.

남자들은 흔쾌히 대답하지도 않고 기대만큼 친절하지도 않았다. 기껏해야 여러 번 난감한 시선을 교환하더니 총을 든 남자가 마지못해 고개를 끄덕였다. 그 중 친절한 나무꾼이 짐승들을 데리러 갈 때 동행해주었다.

그 후 나무꾼들이 벌목 작업을 마칠 때까지 나이든 이 옆에서 기다렸다. 그도 당연히 나에 대해 궁금한 점이 있었으리라. 적어도 어디에서 왔는지 정도라도. 그리고 나 역시 궁금한 얘기가 한두 개가 아니었다. 하지만 뭔가 물으려 하면 늙은이는 어물쩍 자리를 피하거나 숲을 향해 총을 겨누었다. 마치 당장이라도 적들에게 포위당할지 모른다고 생각하는 사람처럼.

우리는 한 시간 정도 후에야 그곳을 떠났다. 남자들은 통나무를 썰매에 실은 다음 장구를 어깨에 차고 직접 끌고 갔다. 정말로 무뚝뚝한 무리라 서로 한마디 잡담도 없었다. 늘 이런 식이었던 걸까. 아니면 나 때문에 낯을 가리는 걸까.

나도 말을 끌고 걸어갔다. 마침내 마구를 찬 사내 하나가 신유대국에 무슨 일로 왔는지 물었다. 다른 사람의 입에서 그 이름을 들은 지가 하도 오랜만이라 언뜻 무슨 뜻인지 이해하지 못했다. 신유대국, 그러니까 새로운 유대 왕국.

사내들이 이 세상에 대해 무지하다 못해 아예 옛날 이름으로 부른다는 사실에 실소를 금하지 못했다.

그의 질문을 들으니 옛날에 친구와 숲속에 들어갔다가 곰에게 부상을 당했다는 어느 사냥꾼 이야기가 생각난다고 말해주었다.

그는 고개를 저으며 그런 얘기는 들어본 적 없다고 대답했다. 동행길이 너무도 머쓱했기에 남자들에게 어떤 영문인지 가르쳐주기로 마음을 정했다.

사냥꾼이 숲을 통과하고 있다. 때는 겨울철. 곰은 러시아인들이 '샤툰'이라고 부르는 종인데, 여름에 연어도 올라오지 않고 열매도 달리지 않아 충분히 지방을 축적하지 못한 탓에 그만 허기가 져 겨울잠에서 깨고 말았다.

이제 남자들은 눈을 크게 뜨고 나를 바라보았다. 아이들에게 옛날이야기라도 해주는 기분이었다. 특히 질문한 남자는 푸른 두 눈이 어찌나 크고 순박한지, 흡사 두 개의 입이 오! 하고 감탄사를 터뜨리는 것처럼 보였다. 이야기를 경청하는 모습이 마음에 들어 나는 양념까지 곁들이며 이야기를 들려주기로 했다.

"에, 다들 아시겠지만, 동면에 실패하고 2월에 나타난 말라깽이 곰보다 끔찍한 놈은 없어요. 굶주림 때문에 가죽이 완전히 축 늘어져서 더하죠. 그런데 곰이 보니까 사냥꾼이 숲속으로 들어가는 거예요. 아주 맛있어 보이는 먹이가요. 그래서 침까지 질질 흘리며 달려가 사냥꾼의 목을 한입 덥석 물어버려요.

사냥꾼과 곰은 잠시 뒤치락거렸지만 곰이 더 배고프고 힘도 세고 또 절박했어요. 곰이 저 거대한 아가리로 사냥꾼의 머리를 솔방울처럼 으깨려는 순간, 사냥꾼이 용케 빠져나와 도망쳐요.

생각해보세요. 사냥꾼이 친구 오두막에 나타났을 때 얼마나 엉망으로 찢기고 다쳤겠어요? 목숨이야 간신히 부지했지만 팔을 크게 물어뜯긴 데다 발톱에 얼굴까지 엉망이었죠. 그뿐 아니라 출혈 때문에 현기증까지 있었어요. 그가 문을 두드려요. 당장 물도 필요하고 출혈을 막을 붕대도 필요했죠.

그런데 친구가 문을 열더니 힐끗 그를 보며 이렇게 말해요. 특유의 심각하고도 무덤덤한 말투로 말이에요. '벌써 예쁜이를 만난 모양이로군그래.'"

아무래도 이야기 솜씨가 형편없었을 것이다. 오랫동안 사람을 만날 기회가 없었으니 오죽하겠는가. 이야기를 마친 후 정적이 이어졌다. 처음에 나무꾼 둘이 쾅 소리를 내며 통나무에 톱을 떨어뜨렸을 때만큼이나 무거운 정적.

이윽고 총 든 노인이 입을 열었다.

"이 근처 곰들도 안됐지. 우리 수가 줄어들수록 놈들은 많아지고 있으니."

왕눈이 나무꾼은 아무 말도 하지 않았지만 단단히 실망한 눈치였다. 아마도 다른 종류의 이야기를 기대했으리라.

그 이야기를 한 이유는 여러분이 이곳을 신유대국이라고 불렀기 때문이라고 설명했지만 당혹스러운 표정은 여전했다.

"이렇게 생각했거든요. 뭔가 위험하고 끔찍한 대상일수록 예쁜 이름을 붙여주는 거예요. 그래야 밤에 잠들기가 쉽지 않겠어요?" 내가 말했다.

그래도 여전히 영문을 모르겠다는 표정이었다. 오히려 설명까지 한 덕분에 이야기의 유머는 완전히 공염불이 되고 말았다.

"그럼 당신들은 이곳을 뭐라고 부릅니까?" 왕눈이가 물었다.

나는 대답하지 못했다. 사실 이름을 붙여본 적도 없었다. 퉁구스족들이야 이곳에서 오래 살았기에 어느 장소든 의미가 있겠지만 나한테는 그저 도시, 땅, 눈, 하늘, 곰에 불과했다. 의미가 있다면 그저 먼 북쪽이라는 정도겠다.

아버지는 일이 잘못되면 '서쪽으로 빠진다'라는 표현을 썼다. 하지만 서쪽은 나한테 항상 좋은 느낌이었다. 결국 서향은 태양의 길이 아닌가. 더욱이 내가 아는 어떤 역사에서도 사람들은 자유와 거처를 찾아 서쪽으로 이동했다. 반대로 우리 세상은 '북쪽으로 빠진' 셈이다. 정말로 북쪽으로 빠졌다. 그것도 얼마나 먼 북쪽인지 나도 이제 막 배우려는 참이다.

우리는 도로를 벗어나 좁은 숲길로 나아갔다. 15분 정도 왔을까. 내가 참지 못하고 입을 열었다.

"벌목할 나무를 꽤나 까다롭게 고르나 봐요."

총 든 남자는 내가 무슨 말을 하는지 이해했다. 적어도 간단하지는 않다는 뜻이겠다.

"마을 가까운 곳의 벌목은 피하고 있네. 조용한 마을이라 방해를 원치 않기 때문이지."

이해가 갔다. 지금껏 나도 운이 좋았지만 도로 끝에 어떤 위험이 도사리고 있을지 누가 알겠는가.

숲길을 좀 더 헤쳐가자 마침내 마을 인근이었다. 저들이 호렙이라 부르는 마을.

기대와는 완전히 딴판이었다. 물론 마을을 세우는 데 엄청난 노력을 들였겠으나 우리 선조들이라면 코웃음을 치고 말았을 수준에 불과했으니 말이다.

샛길이 구불구불 이어지더니 마침내 천 몇 백 평 규모의 개간지가 나타났다. 그리고 바로 정면에 5면으로 된 방책이 있는데 그 안으로 들어가는 입구도 보였다. 대충 400평 정도의 넓이를 에워싼 듯 보였다. 여기저기 연기가 모락모락 피어오르는 걸 보면 그 안에 건물들도 여럿 있는 모양이었다.

남자들은 내게 기다리라고 지시하고는 벌목한 나무들만 끌고 안으로 사라졌다.

그들은 한참을 있다가 밖으로 나왔다. 이제 방책 틈새로 여기저기 엿보는 눈도 있었다. 모르긴 몰라도 나를 감시하는 복병도 숨겨뒀을 것이다. 시간은 20분 정도가 걸렸다. 마침내 정문이 올라가면서 대여섯 명이 밖으로 나왔는데, 길고 검은 법복 차림의 남자가 선두였다. 더욱 기이한 건, 내 나이 정도의 여자가 따라와 내 발밑에 광주리 하나를 놓았는데, 그 안에 회색 소금을 가득 담은 천과 지금까지 본 제일 작은 빵이 한 덩어리 들어 있었다는 것이다.

묘한 환영식이었다. 무리 중 두 사람은 전혀 반가운 표정이 아니었다. 무리를 이끈 검은 옷 남자가 너무도 경건한 표정으로 나를 보는 바람에 하마터면 키득거리며 웃을 뻔했다.

그가 나를 안았다. 덕분에 나도 모르게 움찔하고 말았다. 남자가 그런 식으로 건드리는 것도 싫었지만 더군다나 묘한 향수 냄새까지 났기 때문이다.

"어서 오시오, 형제. 우리의 생존자. 생존자 중의 생존자여."

내가 미처 대답할 말을 떠올리기도 전에 사람들이 무릎을 꿇었고 그가 감사의 기도를 이끌었다. 나는 바보가 된 기분으로 서 있었다. 기도에 합류했다가는 더욱 우스운 꼴이 되겠기에 그냥 모자를 벗어 존중을 표하고는 기도가 끝나기만을 기다렸다. 그러자 그냥 바보가 된 기분이 아니라 귀가 꽁꽁 언 바보가 된 기분이었다.

기도가 끝나자 다들 일어났다. 그러고는 나한테서 뭔가를 기대하는 양 다들 가만히 서 있었다. 평생 온갖 역경을 견뎠지만 이런 식의 어색한 침묵은 처음이었다. 나는 사람들을 하나하나 살펴보았다. 그 중에는 숲에서 만난 남자 셋도 있었는데 마찬가지로 내 대답을 기다리는 중이었다.

나는 목청을 가다듬은 뒤, 내 이름과 살던 곳을 말하고 친절에 감사한다는 인사까지 마쳤다. 그래도 그들은 가만히 있었다. 결국 나는, 비록 오늘날까지 호렙이라는 정착촌에 대해 들은 바는 없으나 우리 정착민들의 자랑이라는 얘기까지 덧붙여야 했다.

"아멘." 검은 법복의 향수남이 마침내 내 팔을 잡고 안으로 인도했다. 여자한테는 고갯짓으로 빵과 소금을 들고 오라는 지시를 내렸다.

"형제여, 당신 말들은 우리 말과 함께 마구간에 넣어두리다. 하지만 평화의 징표로서 손님으로 있는 동안만큼은 지니고 있는 총들을 맡겨두었으면 좋겠구려."

내가 망설이자 그가 다시 이렇게 덧붙였다.

"내 친히 보증하겠소."

그래서 믿었는지는 솔직히 모르겠지만 그에게는 어딘가 삼촌 한 분과 닮은 분위기가 있었다. 나이는 오십 전후로 보였지만 그렇다고 마냥 그렇게 엄해 보이지만은 않았다. 목소리를 높이지 않고 무리를 이끄는 방식도 마음에 들었다.

나는 벨트를 벗어 그에게 넘기고 함께 안으로 들어갔다.

정착촌은 바깥보다 안이 더 커보였다. 마당에도 집들이 많았지만 작은 오두막들은 방책에 붙어 있었다. 주민은 모두 서른에서 마흔 명 정도였다. 품에 안은 갓난아기를 포함해 아이들도 있었고 거동이 불편한 노인들도 몇 명 보였다. 아이들, 그것도 살아 있는 아이들을 본 지는 까마득한 옛날이다. 촌장을 따라 마당을 가로질러 제일 큰 건물로 가는 동안 사람들의 시선이 나를 쫓았다. 약간 지저분하고 영양이 부족하기는 해도 다들 괜찮아 보였다.

그는 자신을 보스와이트 목사로 소개하며 낮고 둥근 탁자로 안내했다. 두꺼운 면으로 덮고 그 아래 뜨거운 석탄화로를 놓아두었는데 다소 아시아 분위기가 났다. 모두 예닐곱 명이 식탁보 아래 발을 넣고 앉았다. 화로 덕분에 무척 따뜻했다. 목사는 내 총을 상자에 넣고 제단 아래 감춘 다음 우리와 합류했다.

코가 다 깨진 찻주전자와 접시가 준비됐다. 접시에 든 딱딱한 사탕은 10년은 된 것처럼 보였다. 목사가 차를 따라 사람들에게 한 잔씩 돌렸다.

"어린 양들에게 좋은 시대라고는 할 수 없겠소." 그가 말했다.

"물론 아닙니다만, 다른 곳에 비하면 너무도 풍요롭습니다."

내가 대답했다. 내게 건네준 에나멜 머그잔은 설거지를 대충 했는지 순록 스튜 냄새가 났다.

"에반젤린은 상황이 좋지 않소?"

사람들이 사탕을 차지하려고 다투다 말고 내 대답을 기다렸다.

"상황이요? 거긴 아무도 없는 걸요."

내가 대답했지만 그도 당연히 알고 있을 얘기다. 재앙이 수년간 이어지면서 서쪽에서 굶주린 사람들이 밀려들어와 동정을 베풀려는 사람들을 약탈했다. 세상은 그만큼 절박했다. 우리도 뒤늦게 보안관 몇 명을 뽑아 질서를 유지하려 했으나 상황은 이미 열세였다.

"어쨌든 마을사람들 자체가 최악이었으니까요. 결국 선함이란 시대가 허락할 때만 존재하더군요."

"에, 우리는 그보다 희망이 있는 편이요, 메이크피스 씨."

"에스페란자도 마찬가지였습니다. 오던 중에 지나쳤죠. 호머튼도 다르지 않을 것 같군요." 내가 계속 말을 이어갔다.

"그곳으로 가는 중이라면 수고를 덜어드리리다. 가봐야 폐허밖에 없을 게요."

"호렙은요?" 내가 물었다.

"뉴호머튼이라 불러도 좋소."

그의 미소에는 농담기 한 입 들어 있지 않았다. 그가 한 손으로 피곤한 눈을 비비는 동안 다른 사람들은 사탕을 향해 손을 내밀었다.

훈제 소시지처럼 그슬린 얼굴들을 보며 비로소 퉁구스족을 많이 닮았다는 사실을 깨달았다. 그러니까 하얀 비누조각만큼이나 밋밋한 유럽인 얼굴을 하고 들어왔다가 혹한과 강풍으로 아시아인의 얼굴을 새롭게 조각해 넣은 것 같았다.

"호머튼에 무슨 일이 일어났죠?"

보스와이트가 고개를 저었는데 너무도 지친 몸짓이었다.

"당신이 말한 대로요. 다소 늦기는 했지만, 우리도 신앙 중에서 다소 물리적인 태도를 채택해야 했소. 덕분에 소중한 걸 많이 잃고 말았지."

그 말을 아버지가 했다고 가정해보면 필경 처절한 패배로 받아들였겠다. 그래, 아버지라면 이렇게 말했으리라. 우리는 이곳에 와서 모든 걸 잃었다.

"세상일에는 모두 수명이 있는 법이라오. 무슨 일이든 그 끄트머리에 줄서고 싶은 사람은 없지. 종말에 속하고 싶은 사람은 아무도 없어요."

주위 사람들은 그저 기계적으로 고개를 끄덕이면서 사탕을 해치우거나 차를 빨아 마셨다. 아버지가 걱정을 도맡아주는 아이들처럼 태평하기가 그지없었다.

보스와이트가 계속 말을 해나갔다.

"축복이라면, 삶이 힘들고 단순해질수록 신에게 더욱 다가감을 안다는 거겠지요."

왕눈이 사내가 때마침 차를 다 빨아 마셨는지 "아멘"으로 목사의 말을 마무리 지었다. 다른 사람들도 따라했다.

이윽고 목사가 일어나면서 내가 원한다면 얼마든지 머물러도 좋다고 말했다.

총이 없으니 엉덩이가 무척이나 가벼웠다. 하루 종일 걷고 난 후 무거운 부츠를 벗은 기분이었다.

그들은 내게 오두막 하나를 내주었다. 바이올렛이라는 여자의 집이었는데, 내게 식은 감자와 기름진 고기를 내주고는 내가 먹는 동안 계속 바라보았다. 악취가 너무 심해 처음에는 먹은 것까지 토하고 싶었으나 차츰 익숙해지기는 했다.

처음에는 단 둘인 줄 알았건만 갑자기 오두막 모퉁이의 장막 너머에서 탁한 목소리가 들렸다.

"나 죽어!"

바이올렛은 장막을 들추고 그 안으로 들어갔다.

"입 닥쳐, 엄마. 손님 있는 거 몰라? 그것도 젊은 남자란 말이야."

둘 다 틀렸다. 젊지도 않고 남자도 아니다.

예의상 장막 안을 들여다보았다. 이가 하나도 없는 노파가 더러운 침대 위에 일어나 앉아 있었는데, 말 그대로 막대기에 헝겊 하나 걸쳐놓은 허수아비처럼 보였다.

"나 죽어!" 그녀가 나를 보며 소리쳤다.

바이올렛이 나를 향해 눈을 굴리고는 다시 장막을 내렸다.

"신경 안 써도 돼요."

그녀는 자기 침대를 나한테 주었다. 바닥 바로 위에 매달아놓은 침상에 불과한 터라 내가 올라가자 삐걱 하며 신음을 흘렸다. 바이올렛은 엄마 침대로 들어가고 엄마는 밤새도록 신음을 흘리며 "나 죽는다!"를 외쳐댔다.

바이올렛은 한밤중에 일어나 난로에 땔감을 넣었다. 난로 뚜껑이 삐걱거리더니 나무에 불이 붙으면서 오두막도 조금 더 밝아졌다. 그녀가 난로 뚜껑을 닫지 않고 곧바로 이쪽으로 오더니 나를 내려다보았다. 나는 잠자는 척했다. 난로 불빛이 눈썹을 오렌지색으로 물들였다. 그렇게 한참을 내려다보는 동안 씩씩거리며 코로 숨 쉬는 소리까지 들렸다.

그런데 문득 그녀가 내 머리를 만지는 것이 아닌가. 아무리 손길이 부드럽다 해도 마음까지 편할 수는 없었다.

"뭘 하는 거죠?"

내가 물었다. 그녀는 놀란 기색도 없이 계속 머리를 쓰다듬으며 이렇게 물었다.

"얼굴이 어떻게 된 거예요?"

"어렸을 때 불에 덴 겁니다." 내가 대답했다.

"불쌍한 분."

그녀는 조금 더 머리를 쓰다듬다가 난로 뚜껑을 닫고 노파의 침대로 돌아갔다.

내 자신이 불쌍하다고 생각해본 적은 없지만 이 사소한 배려에는 정말로 당혹해하지 않을 수 없었다. 그런 기분은 너무도 오랜만이었다. 나는 잠을 못 이룬 채 핑과 아기 생각으로 머릿속만 어지러웠다. 뻐꾸기시계가 매시를 알리는 것처럼 노파가 "나 죽어!" 하며 계속 울어댔다. 노파의 하소연이 흡사 우리 모두를 대변하는 것만 같았다.

10

어떻게 보든 간에 호렙에는 분명 석연찮은 구석이 있었다. 당연히 더 머물 생각도 없었으나, 밤에 갑자기 탈이 나는 통에 다음 날 아침은 물론 그 다음 날에도 떠날 방법이 없었다.

바이올렛 모녀와 한집에 기거하는 것도 불편했다. 오두막의 열기와 퀴퀴한 냄새, 노파의 울부짖음 때문에 계속 악몽을 꾸었다.

어느 날 꿈에는 여자와 아기가 끝도 없이 등장했다. 모두 시뻘건 알몸이었고 서로 탯줄로 이어져 있었다. 마치 종이를 오려 만든 가족처럼 보였는데 이 가족은 끝이 없었다. 그러니까 아기들이 여자가 되어 자기 아이와 이어지는 식이었다. 때문에 탯줄을 끝까지 따라가다 보면 창조에 이르고 최초의 여인을 만날 것이다. 최초의 여인은 옹색한 원숭이 얼굴에 직립으로 걸었다.

무슨 일이든 끄트머리에 줄서고 싶은 사람은 없지. 보스와이트는 그렇게 말했다.

핑의 아이도 여자아이였다. 엄마 자궁에서 뒤집히는 바람에 자기 탯줄에 질식했다. 그 가족은 그렇게 끝이 났다. 내 가족이라면 내가 마지막이다. 어떤 여자아이도 내게서 떨어져나오지 못하리라.

고향에서도 먹고 살기가 어려웠지만 호렙에서는 훨씬 심했다. 숲에서 먹거리를 찾아야 했고 식사는 고작 묽은 죽이었으며 곡기라곤 기껏해야 일주일에 두 번이었다. 남아도는 게 있다면 오직 종교뿐이었다. 아침, 점심, 저녁으로 하루에 세 번 대규모 예배가 있었는데,

그때마다 사람들은 일제히 건물 안에 들어가 보스와이트에게서 한 시간 이상 강독과 설교를 들었다. 일찌감치 깨달은 사실이지만 기도가 적으면 식량도 적게 돌아간다. 어쨌든 손님이기에 불평할 입장은 아니었다.

두 번째 날부터 나는 예배를 빠지고 숲을 조사해보기로 했다. 방책에서 500미터도 채 벗어나지 않았는데 순록 대여섯 마리가 숲속에 코를 처박고 지의류를 뜯어먹고 있었다. 보스와이트가 총을 압수한 터라 그저 바라볼 수밖에 없었다. 기가 막힐 노릇이다. 저 멍청이들은 배에서 꼬르륵 소리가 나도록 교회에 처박혀 있는데 바로 옆에서는 아침, 점심, 저녁 식사가 네발로 돌아다니며 나 잡아봐라 하고 있으니 말이다.

나는 방책으로 돌아갔다. 항상 보초가 한 명 있지만 막지는 않았다. 나는 곧바로 예배당으로 뛰어 들어간 다음, 숨을 헐떡이며 방해해서 죄송하다고 운부터 떼었다. 그리고 순록에 대해 얘기하고 목사님이 총 하나만 돌려준다면 그간의 환대에 대한 보답으로 고기를 배불리 먹게 해주겠다고 큰소리를 쳤다.

내가 말하는 동안 목사의 얼굴이 도끼날처럼 딱딱해졌다. 내 말이 끝나자 그가 회중을 향해 이렇게 말했다. 여러분 대부분이 메이크피스 형제를 잘 알지 못하며 메이크피스 형제 또한 호렙의 관습, 특히 하나님에 대한 봉사에 익숙해질 기회가 없었다. 신앙은 만사에 우선하며 하나님을 향한 허기는 육신의 허기를 초월한다. 대충 그런 개소리였다.

좀 더 똑똑했더라면 나도 그 정도에서 그만두어야 했다. 보스와이트의 이글거리는 눈에서 무리의 얼빠진 얼굴까지, 일제히 나를 향해 입 놀려봐야 좋을 것 없다고 외쳐대고 있지 않은가. 문제는 나도 오랫동안 혼자 살았기에 똥고집만 남았다는 데 있었다.

예고 없이 소란을 피워서 죄송합니다. 웬만하면 이런 무례를 범하지 않았을 겁니다. 게다가 기도를 포기하거나 목사님 설교를 중단하라는 말씀도 아닙니다. 다만 제 자신이 아직 독실한 신자가 못된 탓에 여러분께 더 도움이 되는 일을 하고 싶습니다. 예수님께서도 안식일에 이삭을 모아오라 하지 않으셨던가요? 어떻습니까? 총 한 자루만 돌려주시면 되는데요.

이제는 장례식 소매치기만큼이나 환영받지 못한다는 생각이 들었다. 목사는 나를 향해 이를 갈며 예배가 끝난 다음 다시 얘기하자고 으름장을 놓았다. 그러고는 곧바로 돌아서서 10분 동안 큰소리로 기도를 했고 사람들도 대부분 얼굴을 그쪽으로 돌렸다. 아이 한둘이 나를 바라보기는 했지만 그마저 부모의 위협에 고개를 돌려야 했다.

나는 너무 화가 나서 아무 말도 들리지 않았다. 사실 숲속에서 쿵쿵거리는 순록 말고는 모두 관심 밖이었다. 나 자신도 배가 고팠지만 예배당의 저 창백하고 깡마른 아이들이 불쌍하기만 했다. 얼굴에 오물을 덕지덕지 붙이고 누런 콧물을 줄줄 흘리는 아이들. 저 사탕발림 같은 말 대신 고기 한 접시면 삶이 얼마나 풍족해지겠는가.

사람들은 기도를 중얼거리고 나는 화를 내며 밖으로 나갔다.

그 후 이틀 동안 목사는 말도 걸지 않았다. 나를 보면 인사야 했지만 그마저 차갑고 쌀쌀맞기만 했다. 호렙 주민 대부분도 그의 예를 따랐다. 사실 신경 쓸 필요는 없었다. 나도 말을 돌보느라 바빴고 남은 시간은 주로 밖에 나가 있었기 때문이다. 순록이 다시 보이지 않아 크게 아쉽기는 했다.

바이올렛이 머리스카프를 두르고 예배당에 다녀올 때마다 목사가 어떤 설교를 했는지 물었다. 대개는 어려운 시기일수록 예수님과 가까이 지내며 그분을 성냥불처럼 마음에 품으라는 등의 개소리였다. 요즘에는 거짓 선지자와 분열된 왕국의 위험에 대해서도 경고하는 눈치였다. 반란을 좌시하지 않겠다는 경고가 분명했다.

아무튼 그에게 설교거리를 제공해주어 영광이긴 했지만 솔직히 기분 나쁘게 할 의도는 없었다. 결국 말 상태가 좋아지면서 우리 둘 다 기뻐하게 됐다. 나는 계속 갈 길을 떠나는 쪽으로 생각을 정리했다.

출발 예정 며칠 전, 보스와이트의 막사에 찾아갔다. 저녁 무렵 마감 예배가 끝나고 한 시간쯤 후였다. 그는 등불 옆에서 글을 쓰는 중이었다. 방은 안락했고 바로 옆 식탁에는 음식이 한 접시 놓여 있었다.

내가 들어가자 그가 펜을 내려놓고 책을 덮었다.

"멋진 집입니다, 목사님."

내가 말했다. 물론 좋은 뜻으로 한 말이다.

"내가 편안해야 양떼들도 행복하니까."

그가 샐쭉했다. 내가 은근히 비꼬기라도 했다는 투였다.

나는 떠날 준비를 하는 중이며 여행에 필요한 식량을 직접 마련하고 싶다는 뜻을 전했다. 그 정도는 그도 짐작하던 터였다. 그래서 총을 돌려주면 떠나기 전에 사냥을 조금 해서 호렙 사람들한테 고마움을 전하고 싶다고 덧붙였다. 뭘 얼마나 잡을지는 모르겠지만 부디 마을사람들과 함께 나누게 해줄 것도 부탁했다.

목사는 방책 내에서 무기 소지는 절대 금물이니 말을 타고 나갈 때 돌려주겠다고 했다. 물론 돌아오면 다시 맡겨야 한다는 조건이 붙었다.

나도 상관없다고 대답했다.

내가 떠나기 전에 그는 도대체 신앙심은 어디에 버렸는지 물었다. 교장선생님 같은 말투였다. 정착민의 자손이니 당연히 교회에서 교육받았을 것 아닌가.

교회에서 별로 배운 바 없다고 솔직하게 대답했다. 종교는 사랑으로 사람들을 나약하게 만들거나 내가 다른 사람보다 낫다고 생각하게 만들죠. 성서를 처음부터 끝까지 읽었지만 내가 보기에는 사기예요. 애초에 다른 부족들을 부려먹기 위해 레위 사람들이 조작한 이야기 아닌가요. 이야기로서야 나쁘지 않지만 어차피 개똥같은 이야기들이죠. 우림과 둠밈이니, 빛과 완성이니. 사실 구약의 왕들보다 지독한 죄인은 없답니다.

"재미있군. 아주 재미있어." 그가 중얼거렸다.

내 말이 무례했다면 미안하다고 사과했겠지만 내가 솔직하다는 정도는 그도 알았으리라. 나는 아침에 총을 찾으러 오겠다고 말했다.

내가 떠나려는데 그가 내 이름을 불렀다.

"우리의 지상과제는 생존이오. 크게 영락하기는 했으되 우리 공동체는 그래도 응집력이 있소. 당신이 그 도시 최후의 생존자 아니오? 한번 생각해봐요. 당신네와 다른 도시가 붕괴한 마당에, 이곳 정착촌이 누구의 은총으로 살아남았는지 말이오."

나는 운의 힘을 믿는다고 대답했다. 언제나 그랬다고.

"그래, 그럴지도." 그가 말했다.

하지만 어스름 녘 바이올렛의 오두막으로 돌아가면서 어쩌면 그가 핵심을 짚었을지도 모른다는 생각을 했다. 어찌 됐건 보스와이트는 어린 양떼들을 지켜냈다. 모세와 모하메드가 아무리 협잡꾼이라고 해도 혹독한 진실로 사람들을 감염시키는 것보다는 나았으리라. 우리는 모두 사막에 버려졌으며, 우리는 혼자이고 예외 없이 죽는다. 그래, 설령 그 말이 사실이라 해도 굳이 사람들에게 알려줄 필요가 있을까. 과연 그래야 자상하고 유용한 걸까.

침대에 누워서 다시 바이올렛 모친의 비명소리를 들으며 이런저런 생각에 빠졌다. 내가 보스와이트한테 화가 난 걸까? 나 자신이 그를 너무도 믿고 싶기 때문에? 전지자의 품 안에 새끼고양이처럼 안긴 채 그의 지혜에 복종하고 싶어서?

그날 밤, 다시 예의 기이한 꿈을 꾸었다. 이번에는 수천 명이 부두에 모여 거대한 배에 탑승했다. 한동안 사람들이 떼 지어 기다리고 있는데 어느덧 부두가 한산해지더니 갑자기 거의 대부분이 배에 오르고 나를 포함한 두어 명만이 남아 있었다. 너무 늦은 탓에 노아가 남기고 떠난 기형 동물이라도 된 기분이었다.

총에 대해서라면 목사는 약속을 지켰다. 아침 예배 전에 방책 밖에까지 나를 배웅하면서 총을 건네준 것이다. 나는 사냥 형편에 따라 하루나 이틀 후에 돌아오겠다고 말했다.

한동안 떨어져 지낸다고 생각하자 우리는 서로에게 훨씬 더 친절해졌다. 그도 내가 떠나서 기쁜지 더할 나위 없이 따뜻했다.

"나와는 의견이 다르다 해도 충분히 존중할 수 있소. 여기선 다들 당신을 좋게 생각하고 있다오, 메이크피스."

키득거리며 내 뒤를 졸졸 따라다니던 아이들 얘기이리라. 종종 군것질거리를 나눠주곤 했으니까. 그렇지만 어쩌면 그가 자기 자신에 대해 말하는 것일지도 모른다는 생각이 들었다.

"설마 나를 그리워하지는 않으시겠죠, 목사님?"

내가 안장에 올라타며 물었다. 그는 대답 대신 내게 윙크를 하고 이까지 드러내며 씩 웃어 보였다. 내가 숲속으로 들어갈 때까지 내내 그의 시선이 내 등에 박혀 있었다.

11

나는 끊임없이 움직이는 타입이다. 이따금 마치 산책을 보채는 개처럼 내 몸이 나를 향해 짖기도 한다. 늘 그런 식이었다. 아버지는 내 다리에 마가 끼었다고 말하곤 했다. 죽치고 앉아 숙제만 했음에도 저녁식사 후 곧바로 잠자리에 들라면, 안절부절 발버둥을 칠 정도였다. 어머니 말로도 아기가 따로 없었다. 늘 발을 흔들고 비틀고 두 팔을 내저었는데, 정작 움직일 때면 그런 버릇들이 씻은 듯 사라졌다.

교실에서도 서성댈 수 있었다면 과학과 수학 정도는 박사가 되었을 텐데, 그러기는커녕 책상에 앉아 20분만 지나도 무릎으로 책상을 때리고 잉크를 쏟는 바람에 늘 말썽에 휩쓸리고 말았다.

경찰학교는 달랐다. 나도 나이가 들었다. 학생은 기껏 대여섯 명이었고, 옛날과 달리 수업시간도 영원히 이어질 것 같지 않았다. 짧은 시간에 많은 내용을 배워야 했기에 재미도 있었다. 교실에 앉아 있으면 순종적으로 보이기까지 했는데, 사실 그 자리에 있는 것만으로도 우리는 이미 순종을 포기한 셈이었다. 비난이 엄청 쏟아졌는데, 그 점에서라면 우리 가족도 마찬가지였다.

우리는 경찰이었다. 당연히 폭력을 사용하도록 교육받았다. 반면에 부모들이 이곳에 온 이유는 폭력에 반대했기 때문이다. 어떤 이유이든 말이다. 가족들은 내가 너무도 창피했던 나머지 그에 대해 일언반구도 하지 않았다. 대신 함께 훈련한 동료 경찰들을 싸잡아 비난했는데, 물론 부모들도 힘들었을 것이다.

결국 난 뻐꾸기였다. 다른 새의 둥지에서 태어난 것처럼 한 번도 그 세계에 속해본 적이 없었다. 말인즉 나도 선을 믿지만 이 사람들한테는 선이 강박관념이었다. 불경하다는 이유로 고기를 거부하던 크래쇼 가족이나 스테드만 가족과 뭐가 다르다는 말인가?

성격도 더럽고 명사수인 데다 온갖 험한 꼴을 겪었음을 알기에 도시 사람들도 나를 묵인해주는 듯했다.

우리를 훈련시킨 사람은 빌 에반스였다. 알래스카 출신으로, 시에서는 그에게 은행 위층 방을 내주고 우리를 가르치게 했다.

나는 빌 에반스가 마음에 들었다. 그는 뚱뚱하고 무뚝뚝했고 줄담배에 욕까지 입에 달고 다녔으며, 시와도 사사건건 마찰이었다. 건립이념에 충실해야 하는 문제부터 우리를 어떻게 불러야 할지에 대한 문제까지 논쟁은 오랫동안 이어졌다.

"인력이 너무 적은 데다 시간이 너무 늦었어. 세상 끝의 퀘이커 부락? 여긴 경찰력이 아니라 군대가 필요하다고."

그는 이렇게 말하곤 했다. 하지만 몇몇 가족이 군대라면 학을 떼었다. 아무리 굶주린 자들이 약탈을 하고 딸들을 겁탈한다 해도 그들은 차라리 달아나는 쪽을 택했다.

우리는 평생 증오를 모르고 살아왔음을 자랑하는 사람들의 증오심을 자극했다. 마을을 순찰할 때 침을 뱉는 이까지 있었다. 개인적인 문제로 받아들일 필요는 없었다. 자신들이 직접 손으로 일군 세계가 무너지고 있었기에 그 사람들한테는 우리야말로 붕괴의 상징이었다. 도시가 불안하면 사람들은 우리들 역겨운 법집행자들을 비난했다.

이제 그마저 옛날이야기다. 마을은 사라지고 마을사람들을 약탈하던 자들도 모두 떠났다. 극북에는 이제 나, 호렙 마을, 여기저기의 퉁구스족, 그리고 어딘가 비행기를 날려 보낸 마을이 있으리라는 헛된 희망만 남았다.

노아가 홍수 진 누리에 새들을 보냈을 때 그 중 한 마리가 이파리를 물고 돌아왔다. 비행기는 내게 그런 의미였다. 누구든 우리를 잊지 않은 사람이 남아 있다는 의미. 대홍수에서 살아남은 사람들이 있었다. 누군가 아라라트 산에 다다르고 물도 빠져나가고 있었다.

때때로 나도 모르게 마음속에 희망을 쌓기도 하고, 또 신세계가 어떤 모습일지 궁리도 해보았다. 아버지를 조금이나마 이해하겠다고 느낀 것도 그때였다. 내가 원하는 세계도, 결국 아버지가 이곳 극북으로 떠나면서 마음속에 그렸던 곳과 다르지 않으리라. 애초부터 아버지 잘못이 아니라 시간의 본성이 그랬다. 이 행성을 강타한 파국의 본성이 그랬다. 사람들도 시대의 흐름에 따라 악마가 되거나 천사가 될 수밖에 없었다. 마치 씨앗 하나가 콘크리트를 쪼개듯, 삶을 향한 욕구야말로 사람들을 그토록 파괴적으로 만든 원인이었다. 살아갈 방법이 이다지도 각박할 때 태어난 게 모두에게 불행일 뿐.

음, 내 문제는, 사람들이 눈에 띄지 않을수록 더욱 그리워한다는 데 있었다. 이런 생각을 하고 이틀째, 하마터면 보스와이트 목사마저 껴안을지 모르겠다는 생각이 들었다. 보기와 달리 나도 마음 약한 여자다. 나한테도 물러터진 흙은 있었다. 핑이 그곳에 뿌리를 내렸다가 결국 내 영혼만 갈가리 파헤쳐놓고 떠나버렸다.

첫날은 아무것도 찾지 못했지만 운이 남았던지 둘째 날 아침에 순록 몇 마리와 마주쳤다. 예상과 달리 겁 많은 놈들은 아니었다. 오히려 내가 장갑을 내밀며 "마크, 마크"라고 외치자, 내게 다가와 내 손을 킁킁대며 소금을 찾기까지 했다. 아무래도 길들인 짐승이라는 얘기겠지만 주변에 인기척은 없었다. 운 좋게도 산 채로 데려갈 수 있을 듯싶었다.

놈들은 가까이 다가왔다가 소금이 없다는 사실을 알고 재빨리 물러났다. 올가미에 묶일까 더럭 겁이 난 것이다. 솔직히 하루 종일 쫓아 다녀봐야 한 마리 잡기도 어려울 판이었다. 나는 살짝 편법을 구사하기로 했다.

바지를 내리고 쪼그리고 앉아 부츠를 이리저리 움직이며 눈 주변에 소변을 흩뿌렸다. 순록은 신선한 소변을 거부하지 못한다. 열기와 소금기가 그들에게는 애플파이와 다를 바 없기 때문이다. 놈들이 서로 따뜻한 자리를 차지하려고 다투는 동안, 나는 바지를 추켜올린 다음 여섯 놈 모두를 밧줄로 묶었다.

그렇다고 놈들을 한꺼번에 데려가는 일이 마냥 쉽지만은 않았다. 이따금 한두 놈이 고사리에 혹하면, 다른 놈들을 묶어두고 그놈부터 끌어내야 했다. 여섯 놈 모두를 다룰 만큼 힘이 철철 넘치지는 못했지만 그래도 그렇게 많은 식량을 확보했다는 사실만으로도 기분은 최고였다. 호렙 사람들도 크게 굶주렸기에 모르긴 몰라도 발굽까지 먹어치울 것이다.

그렇게 사흘째 오후 늦게 방책에 다다랐다.

문지기가 감시창을 열더니 나에게 기다리라고 외치고 목사를 데리러 갔다.

나는 목사와 너무도 반갑게 인사를 나눴다. 피곤했지만 전리품도 자랑스러웠고 고생의 끝자락인지라 삶의 의지까지 샘솟는 기분이었다.

"이거 기다리셨죠?"

내가 그를 향해 총 두 자루를 흔들며 즐거워했다. 그가 움찔했지만 악의가 없음을 알고는 한껏 미소를 지으며 총을 건네받았다.

문 안으로 들어가자마자 공격을 받았다고 생각하지만 기억은 잘 나지 않는다. 갑자기 방망이로 내리친 듯 둔탁한 통증이 양쪽 어깨에 떨어지고 나는 그대로 두 무릎을 꿇고 말았다.

몇 명이 공격을 했는지 심지어 어떤 무기를 사용했는지도 모르겠다. 기억나는 얼굴이라고는 첫날 숲속에서 만난 왕눈이뿐이었다. 하지만 지금은 그 눈마저 온통 증오에 일그러진 터였다. 그는 몽둥이로 내 팔을 분지르며 "배신자!"라고 악을 썼다. 나는 '결국 이렇게 죽는구나'라고 생각하고는 잔뜩 몸을 웅크렸다. 그들 모두와 대적할 방법은 없었다. 다행히 내가 쓰러지자 매질이 줄더니 잠시 후에는 두 발을 붙잡고 방책 옆 달개지붕 집으로 끌고 갔다. 개집보다 별로 크지도 않았다.

사람들은 나를 밀어 넣으며 몇 번 발길질을 더했다. 나도 마구 욕을 퍼부으며 저항했다. 두 얼굴의 목사에게도 더 이상 예쁜 표정을 지을 필요가 없었다. 그때 누군가 양동이 물을 뿌려 내 입을 막았다. 아직 오후였지만 바람이 차가운 탓에 젖은 옷이 뼛속 체온까지 모조리 빨아들이는 듯했다. 그래도 나는 시퍼렇게 얼어붙은 입술로 계속 욕설을 퍼부었다. 행여 의식을 잃으면 그대로 얼어 죽는다는 정도는 알고 있었다. 다행이라면 물이 빗나간 덕에 그나마 흠뻑 젖지는 않았다는 점이다. 하지만 어스름 녘에 나를 다시 끌어낼 때는 머리카락에 얼음이 매달리고 나는 열병에라도 걸린 듯 덜덜 떨어야 했다.

보스와이트와 장로 몇 명이 예배당에 의자를 놓고 기다렸다. 내 자리는 한가운데 있는 원형 의자였다. 다른 사람들보다 낮은 위치였기에 누군가 말을 걸 때마다 몸을 뒤틀어야 했다. 손과 발은 생가죽 끈으로 묶었는데 어찌나 단단한지 살갗을 파고들 것만 같았다. 나는 반쯤은 두 발을 깡충거리고 반쯤은 질질 끌며 예배당으로 들어갔다. 팔이 삐걱거릴 때마다 부러진 데가 미치도록 아팠다.

목사는 교수형을 선고할 것처럼 잔뜩 찡그린 얼굴이었다. 나를 체포해야 한다는 목자들의 의지에 따를 수밖에 없었다는 게 그의 설명이었다.

나는 어째서 이런 처사가 온당하다고 생각하는지 이유나 들어보자고 따졌다. 그러자 원로 하나가 벌떡 일어나더니 나 같은 암캐 사기꾼한테 온당한 처사가 가당키나 하냐며 열을 올렸다. 내가 묶여 있다고 겁 대가리 없이 협박하시나 본데, 그건 그렇다 치고, 도대체 무슨 짓을 했기에 당신네들이 그렇게 흥분했는지 아직 영문을 모르겠다고 대꾸해주었다.

보스와이트는 내게 쏟아진 죄목은 많지만 그 중에서 가장 중죄는 스파이 짓이라고 답했다. 내가 왜 남장을 하고 여자인 걸 속였는지 그 이유도 알고 싶다고 덧붙였다.

남자 행색을 해본 적이 없지만 사람들이 남자라고 생각하고 싶어

할 경우 굳이 바로잡을 생각을 하지 않았을 뿐이라고 대답해주었다. 남자로든 여자로든, 당신네들 꼴리는 대로 보란 말이요.

그러자 조금 전 나를 비난하던 영감이 벌떡 일어나더니 추하고 역겨운 사기꾼 마녀라며 노발대발했다.

보스와이트는 상황이 너무 커졌다고 생각하는 눈치였다. 그는 노인한테 자리에 앉으라고 경고한 뒤 취조를 이어갔다.

"더욱 심각한 문제가 있지. 우리가 찾아낸 당신의 소지품 중에 암호로 쓴 공책이 있소. 공책을 보여줘요, 프리차드 박사."

프리차드 박사는 쉰 살 정도에 머리가 황갈색이었고 지금까지 침묵을 지키고 있었다. 하지만 나한테 물을 끼얹은 게 바로 그놈이었다. 그의 손에는 찬송가 크기의 다 헤진 공책이 들려 있었다. 그는 내 코앞에 공책을 들이밀고 페이지를 펼쳤다. 겉장만큼이나 낡은 내지에는 글자와 기호들이 가득 적혀 있었다. 누군가 고생깨나 했을 법한 양이었지만 적어도 나는 아니었다. 평생 그런 물건은 본 적도 없었다. 그들에게도 그렇게 대답했다.

"그럼 어떻게 당신 손에 들어온 거지?"

당신들이 넣었으니까 당신들이 알지 않느냐고 항변했다.

"당신 소지품이라는 사실을 부인하는가?"

"그래요." 내가 대답했다.

그들은 그럴 줄 알았다는 표정이었다. 처음부터 기대했던 대답이라는 뜻이겠다. 그날 저녁, 나는 더 이상 아무 말도 하지 않았고 결국 다른 감방으로 끌려갔다.

그들은 2주 내내 나를 감방에 가두고 찌꺼기만 먹였다. 그러고는 야밤이나 새벽에 끌어내 취조했는데, 취조인은 언제나 프리차드 박사 아니면 보스와이트였다.

수면 부족과 더러운 식사를 빼면 그럭저럭 견딜 만했다. 놈들은 취조할 때마다 엉뚱한 책들을 내놓으며 내가 들고 다녔다고 주장했는데 아무래도 걸어 다니는 도서관쯤으로 여기는 모양이었다.

그들은 온갖 질문을 퍼부었다. 어디에서 왔느냐? 왜 남장을 하고 다니느냐? 얼굴은 어쩌다가 그렇게 되었느냐? 나는 기분에 따라 그때그때 다른 대답을 하며 상황이 어떻게 끝나는지 지켜보았다.

놈들이 연신 공범을 대라며 듣도 보도 못한 호렙 사람들 이름을 들먹일 때는 머리가 터질 것만 같았다. 계속 등장하는 이름 하나가 제이콥 베치였다. 모르는 사람이라고 대답하면 놈들은 코웃음을 치거나 신경질을 냈다.

나중에야 알았지만 결국 내가 거짓말을 한 셈이었다. 다음 날 놈들은 제이콥 베치와 대질심문이 있다며 얼굴에 두건을 씌우고 끌고 나왔다.

두건을 벗자 빛이 쏟아져 잠시 눈을 깜빡였다. 예배당이었다. 이번에는 사람들이 더 많았다. 보스와이트는 조금 떨어진 곳에서 메모를 했다.

제이콥 베치는 원로들 앞에 있는 원형 의자에 축 늘어진 채 앉아 있었다. 물론 만난 적이 있는 사람이었다. 호렙 사람들과 조우한 첫날, 총을 들고 나무꾼들을 지켜주던 노인이 아닌가.

놀랄 일도 아니었다. 이미 그들은 그에게 적절한 조처를 취한 터였다. 귀 한 쪽은 뜯기고 엄지 하나는 몽당만 남아 있었다.

보스와이트와 눈이 마주쳤을 때, 우리 사이에는 서로 이해한다는 눈빛이 스쳐지나갔다. 빌 에반스는 그런 기술을 '심독'이라고 했는데, 최고의 수사관은 직접 용의자의 몸속으로 들어가 그가 아는 정보를 통째로 파악하고 감정을 그대로 느낀다고 했다. 내가 여자이기에 심독의 재능이 탁월하다는 얘기도 했다. 그런데 누군가의 마음을 읽으면 도저히 그를 미워할 수 없게 되는 게 큰 문제였다. 왜 그런 행동을 했는지 이유를 알게 되기 때문이다. 목사처럼 표리부동한 사람들이라면 내면은 더욱 복잡할 수밖에 없다.

그 순간 나는 보스와이트가 줄다리기를 하고 있음을 깨달았다. 그가 이 모두를 조작했지만 목표는 내가 아니라 베치의 제거에 있었다. 자기 신앙에 반해 사람을 고문하는 짓을 정당화하느라 스스로 어떤 거짓말을 지어냈는지는 모르겠으나, 거짓말을 온전히 믿기에는 너무도 머리가 좋은 사내였다. 저 얼굴을 보라. 자신이 저지른 추행이 너무도 역겹다는 표정을 감추지 못하고 있지 않은가. 그렇다고 내가 좋아할 일은 못되었다. 보스와이트는 더없이 어둔 뭔가를 감춘 사람이었기에 그의 진면목을 봤다는 이유만으로도 얼마든지 나를 박살내려 들 터였다.

그들은 그날 저녁 교수대를 설치하고 새벽에 우리를 끌고 나갔다. 사형수는 모두 넷. 다른 셋은 어디에 있었는지 모르지만 나보다 몰골이 더 엉망이었다.

베치의 손과 귀는 붕대로 감았는데 얼굴이 삶은 쇠고기보다 더 희끄무레했다.

보스와이트는 그에게 이렇게 선고했다. 호렙 백성에 대한 배신자 우두머리로서 동정의 여지는 없다. 그래도 마지막 유언은 허한다.

베치는 기도를 중얼거렸고 그들은 교수대로 끌고 갔다. 낙하거리가 너무 짧았던 탓에 그는 한참을 발버둥 치다 죽어야 했다.

놈들이 다가올 때는 시간이 멈춘 듯했다. 이 모두를 기억해야 해. 난 그런 생각을 했다. 머릿속에는 기이한 생각들이 뒤죽박죽 떠올랐다. 반역자로 교살을 당하다니 기분이 이상해. 부러진 팔이 낫고 있는 마당에 교수형을 당하는 것도 이상하고.

보스와이트가 나 역시 반역죄로 사형을 선고한단다. 그런데 나한테 무슨 말을 하라는 건가?

사람들 눈이 쏠린 채 내 유언을 기다렸지만 아무 말도 나오지 않았다. 나는 사람들의 더러운 옷과 얼굴을 보았다. 머지않아 나를 삼켜버릴 이 땅과 똑같은 색들.

호수에 있을 때는 제정신이 아니었다. 한 달은 잠을 못 잔 듯 머리가 온통 뒤죽박죽이라 세상을 등지는 고통도 다른 사람 이야기처럼 아련하기만 했다. 그런데 지금은 슬펐다. 삶의 마지막 맛이 입속에서 달콤하게 녹아들었다.

이 혹한의 계절, 봄이 오려면 적어도 한 달 반은 남았건만 하늘은 여전히 아름답기만 했다. 녹은 눈에 비친 햇살도 아이의 눈처럼 촉촉하고 초롱초롱했다.

바로 옆에서는 제이콥 베치가 몸을 뒤틀며 삐걱거렸다.

연습까지 해두었으니 유언 정도는 기막히게 해치웠을 것 같지만,

사실 내 의도는 아무 말 없이 역겨운 표정으로 저들을 노려보는 것이었다. 그런데 막판에 무심코 불쑥 말을 내뱉었는데, 왜 그런 말을 했는지는 지금까지 수년간 생각해도 점점 더 이해가 안 갈 뿐이다.

"당신들이 나한테서 빼앗으려는 건 나의 것이 아닙니다."

내 입에서 나온 말은 그랬다. 사람들도 예상치 못한 대답인지라 침묵이 길게 흘렀지만 더 덧붙여봐야 상황만 나빠질 것이기에 나도 가만히 있었다.

"사형은 성서에 나오는 징벌이다. 선조들이 오랫동안 사형에 반대한 적도 있었다. 하지만 예수께서 오셔서 구약에 기록한 아버지의 예언을 실행하셨다. 예수님은 신이시며, 불가능한 일이 있다면 오로지 스스로를 부정하시는 일뿐이다. 따라서 성령의 적이라면 언제든 주저 없이 죽음으로 징계하셨도다."

보스와이트가 쉰 목소리로 말했다. 무리들은 중얼중얼 아멘을 뇌까렸다.

잘 자라, 메이크피스. 나는 그런 생각을 하고 허리춤의 압박과 고통, 목구멍에 뜨뜻한 피가 차오를 것에 대비해 각오를 다졌다. 그냥 축 늘어져서 숨을 쉬면 될 거야. 저항하고 버둥거리느니 그냥 온몸을 맡기는 편이 고통이 덜할 것 같기도 했다.

"그렇다 해도 예수님의 피는 만인을 긍휼히 여기나니, 그분의 자비야말로 때때로 엄한 질책을 대체하는도다. 이 경우는 죄인이 여성인 바, 특별히 긍휼히 여겨 사형 판결을 평생 중노동으로 감하기로 결정한다."

목사가 온갖 현란한 문투를 끼워 넣은 탓에 따라잡기가 만만치 않았지만 내가 여자라는 이유로 기회를 주려 한다는 정도는 알아들었다. 상황이 이렇듯 요동을 치는 것도 내게는 처음 있는 일이었다.

그들이 나를 내려주는 동안 눈앞의 풍경이 쉬잇 소리를 내며 돌아가기 시작했다. 기절이라고는 평생 모르고 살았다. 그때도 기절할 생각일랑은 눈곱만치도 없었지만 놈들이 감방으로 데려가는데 두 다리가 상한 소시지처럼 질질 끌려갔다.

선고를 받은 후에도 며칠 동안은 어둠속에 갇혀 지냈다. 팔 부상 때문에 중노동이 어렵기 때문이었다. 내 호소에 마뜩치 않아 하는 사람들도 있었다. 한쪽 팔은 문제없어 보이는 데다 정직한 사람들도 굶주리는 마당에 반역자 게으름뱅이를 먹일 이유가 어디 있습니까? 그 말에는 나도 실소를 감추지 못했다. 고향에서도 그런 식의 외부인 논쟁이 끝도 없었기 때문이다.

결국 쓸모가 있을 때까지 식사 배급량을 줄인다는 쪽으로 논의는 일단락되고, 첫날에는 곰팡내 나는 양배추 절임과 빵 한 조각을 내주었다.

빵은 눅눅하고 설익었다. 나는 손으로 이리저리 돌려보았다. 너무도 오랜만에 보는 빵이었다. 사실 비행기와 마찬가지로 시큼한 빵조각도 예기치 않은 희망을 자극하기에 충분했다. 극북의 여름도 꽤나 따뜻해졌지만 고향의 위도에서는 밀이 자라지 않는다.

호렙은 여전히 미스터리였지만, 밀가루가 있다면 당연히 어딘가에서 가져왔을 터였다. 전에는 미처 몰랐지만 일단 궁리를 하다 보니 이들이 더 넓은 세계와 이어져 있을 가능성이 여기저기서 보이기 시작했다. 보스와이트의 편지들이 그랬다. 막사를 찾아갔을 때 분명 그는 뭔가를 적고 있었다. 나에 대한 의심과 거짓 음모도 마찬가지였다. 분명 내가 호렙보다 더 넓고 인구도 더 많은 세상과 관계가 있다고 본 것이다.

사실 마을 밖에 있는 세상에 대해서는 크게 고민해보지 않았다. 샤를로는 달랐다. 지도와 도감에 묻혀 살았다. 언변이 좋고 다른 언어에도 재능이 있었다.

나로 말하면, 활동적이고 충동적이라 주로 밖으로 싸돌아다녔다. 도시 바깥의 숲이 세상이고 마을이 집이었지만 동쪽에서 서쪽으로 이어지는 하이웨이는 관심 밖이었다.

우리가 영적인 사람이라는 건 퉁구스족이 순록을 중시한다거나 시베리아의 겨울이 춥다고 말하는 것만큼이나 당연한 사실이다. 어머니는 겨울에는 따뜻하고 여름에는 시원한 집에서 자랐다. 하지만 아버지를 따라 이 신세계에 정착하면서 그 모두를 두고 왔다. 물론 어머니만이 아니다. 많은 사람들이 그랬다. 그들은 세상이 검소하고 소박한 누더기밖에 없는 곳이 되기 전부터 검소하고 소박한 누더기에서 삶의 가치를 찾아냈다.

어머니는 내가 여자답지 않다는 사실에 종종 실망을 드러냈다. 나는 어머니처럼 금발 글래머도 아니었고, 키만 껑충하고 깡말랐으며, 샤를로만큼이나 가슴도 밋밋했다. 실제로 어느 모로 보나 아버지 쪽이었다. 딱딱하고 불그스레한 팔꿈치와 크고 높은 콧대까지. 어머니는 뜨개질, 고리버들, 등나무 의자 만들기 같은 가사 일에 내가 관심을 가졌으면 하고 바랐지만 성과는 없었다.

어느 흐린 봄날, 후두염 때문에 학교를 빠졌을 때 어머니는 나를 부모님 침대에 눕혔다. 두 분이 시카고에서 건너오며 가져온 쇠침대로 네 귀에는 청동구슬이 박혀 있었는데, 이미 이음매가 크게 벌어져 움직일 때마다 심하게 삐걱거렸다.

나는 목이 간지럽고 마음도 불안했다. 어머니가 라벤더 차를 끓여와 내 목을 달래주었다. 라벤더는 찬장의 상자에서 꺼냈다. 내 불평에도 불구하고 어머니는 인내심을 갖고 간호해주었다.

"맥피, 얘야. 너한테 보여줄 게 있다. 하지만 먼저 아빠한테 절대 말하지 않겠다고 맹세하렴."

어머니는 행여 누가 들을 새라 바짝 다가와 애칭을 불렀다. 덕분에 나는 목의 통증도 잊고 말았다. 어머니는 찬장을 반쯤 뒤집었고 기다란 금발머리가 허리까지 늘어졌다. 눈에는 짓궂은 장난기까지 서렸는데, 어머니를 안다면 도저히 상상하기 힘든 표정이었다.

"맹세?" 그 단어 또한 충격이었다. 정직에 대한 퀘이커 교도들의 기준은 매우 엄하기에 맹세 또한 신앙에 반하는 행동이었다. 우리는 성서가 있든 없든 항상 진실만을 말해야 하며, 진실이 아니면 그 어떤 말도 존엄성을 해치게 된다.

"우리 둘만의 비밀로 하자꾸나. 알겠지?"

내가 고개를 끄덕이자, 어머니는 래커칠한 상자를 꺼냈다. 라벤더유를 담아두었던 상자였다. 어머니는 침대보에 상자를 내려놓고 내가 직접 살펴보게 했다.

중국 양식 비슷한데 모양은 둥글고 커다란 문양이 새겨진 나무 손잡이가 자랑스럽게 달려 있었다. 손잡이는 암적색, 뚜껑은 검은색이었으며, 그 위에 남자가 버드나무 아래 앉아 있는 금박 그림이 희미하게 드러났다. 뚜껑이 빡빡한 탓에 어머니 힘까지 동원해 열어야 했다.

지금 생각해보면 모양도 그렇고 층을 나눈 것도 그렇고 기껏 반짇고리에 불과했다. 제일 위층에 고약과 붕대, 작은 유리 앰플이 들어 있었다. 물론 나한테 보여준 이유는 그 때문이 아니었다. 어머니는 눈으로 음험한 미소를 짓더니 위층을 들어내고 상자 아래쪽을 보여주었다.

보잘것없는 내용물에 내 첫 느낌은 실망이었다. 첫 번째 층에는 그나마 금지된 장난감 분위기라도 있었건만 아래쪽은 그저 연말에 학교 책상을 정리할 때 나오는 소품들에 불과했다. 연필 깎은 부스러기, 구깃구깃한 종이, 고무 밴드.

"네 아버지를 만나기 전부터 갖고 있던 물건이란다."

어머니는 종이 하나를 꺼내 내 앞에서 펼쳐 보였다. 안에서 나온 물건은 사과 크기의 은색 돌로 평평하고 단단하고 차가웠다. 돌은 아무 움직임 없이 얌전히 놓여 있었다.

"아직은 아무 반응 없어."

어머니는 은색 돌을 방에서 들고 나가 어딘가에 놓고 다시 돌아왔다. 우리는 함께 다른 물건들도 뒤졌다. 말 그대로 잡동사니들이다. 작별카드 한 장. 머리 타래. 외할아버지의 고장 난 시계. 어머니의 음험한 미소를 증명해줄 만한 물건이라고는 아무것도 없었다. 실망감에 목이 다시 아파왔다.

어머니가 방을 나갔다가 돌을 가져와 내 앞에 다시 내려놓았다.

"오늘 햇빛이 충분했다면 좋겠구나."

햇볕에 두었던지 촉감이 따뜻했다. 이윽고 작고 밝은 형체들이 어둠속 별 모양으로 드러났는데 모두 녹색이었다. 문득 손을 대기가 두려워졌다.

"만져봐. 물지 않으니까." 어머니가 재촉했다.

내가 손으로 건드리자 돌이 살아서 반응하기 시작했다. 그 위에 그림이 나타난 것이다. 그것도 밋밋하게 색칠된 것이 아니라 한쪽 면 전체를 빛으로 그린 그림이었다. 더욱이 정말로 살아서 움직이며 대화까지 하고 있지 않은가!

여자들이 모두 예닐곱이나 되었는데 살짝 취한 상태였다.

"네년은 미쳤어. 그래도 우린 널 사랑해."

그 중 하나가 말했다. 그러자 다른 여자가 음정도 안 맞는 목소리로 노래를 불렀다.

"나를 흔들어놓을 남자는 단 하나, 목사 아들뿐이라네."

다른 여자가 반박했다.

"목사가 아냐, 멍청아. 퀘이커교에 목사가 어딨어?"

그러자 그림이 멈추더니 사라졌다.

"기억의 돌이란다." 어머니가 말했다.

"여자들은 누구죠?"

"옛 친구들."

"언제요?"

"네 아버지 만나기 전."

그 후로 나한테 무뚝뚝해진 걸 보면, 그 돌 때문에 그렇게 크게 흔들리리라고는 어머니 자신도 생각지 못했던 모양이다. 나는 그 돌의 대화를 너무도 똑똑히 기억한다. 이따금 돌을 꺼내 직접 얘기를 들었기 때문이다.

돌은 우리 집의 어떤 물건과도 같지 않았다. 아니, 마을 전체와도 마찬가지였다. 너무도 반반하고 부드러운 데다 사람 손이 간 흔적이 없었다. 그러니까 씨앗에서 자란 식물처럼 완벽하다고 해야겠다. 어떻게 가능한지는 모르겠지만 돌은 어머니의 기억을 갖고 있었다. 아버지와 살기 위해 뒤에 남겨두어야 했던 삶의 편린들.

기억의 돌에 담긴 여자들은 모두 죽고 이제 먼지만 남았다. 한 여자는 립스틱이 번져 있는 모습이 키스라도 한 듯 보였다. 나는 그 키스가 궁금했다. 상대는 남자였을까? 아니면 여자? 뺨을 쪼듯 가벼운 입맞춤이었을까? 아니면 더 열정적인 키스? 보이지는 않았지만 그 옆에 서서 와인 잔에 그림자를 드리운 남자가 있었는데 바로 그였을까? 돌이 다시 어두워지기 직전, 그녀가 눈빛을 반짝이며 살짝 훔쳐보았던 그 남자? 사라진 과거 모두를 되새길 수는 없다. 이 작은 두뇌로 담기에는 너무도 많기 때문이다. 그래도 그 키스만큼은 죽어도 머릿속을 떠나지 않았다.

12

부모님은 과거 이야기를 절대 하지 않았고, 나도 별 관심이 없었다. 과거에서 배울 구석이 없었기 때문이다. 세상의 시작과 내 탄생은 동일한 사건으로 보였다. 나에게 세상의 시작이란 침대 시트가 햇볕에 마르며 뚝뚝 떨구는 물과 같았다. 나는 창조주이니 내 아기 침대 옆에 구토의 섬들을 토해내노라. 또한 이 몸은 노아이니 북극 여름의 먼지 속에 나무를 깎아 만든 동물들을 진열하고 가문의 언어를 가르쳤도다. 황량한 채소밭에 발을 내디딘 최초의 인간이 바로 나로다.

하지만 지금은 사실이 아님을 안다.

나는 역사상 가장 늙은 세상에 태어났다. 마치 두들겨 맞은 말처럼 옛 상처로 절룩거리다가, 올라탄 사람을 무자비하게 내동댕이쳐 버리는 세상. 게다가 부모님은 소박한 장식과 성서의 맑고 솔직담백한 말씀을 사랑한다고 주장했지만, 뒤로는 기억의 돌과 비행기와 유리로 만든 세상을 감추고서 알려주려 하지 않았다.

알 수 없는 일이야 수없이 많지만 그렇다고 무지를 가장할 수는 없다. 정말로 모른다면 어쩔 수 없지만 모르는 척은 분명 위선이다. 나와 샤를로와 안나가 흙탕물을 에덴동산 삼아 바보들처럼 놀 듯, 정착민들도 이 상처투성이의 혹성 한 모퉁이가 지상낙원이라도 되는 양 무사히 안착한 것을 자축하며 두고 온 세계를 구제불능으로 여기곤 했다. 멀리 떠나온 덕에 비로소 안전해졌다고 자신한 셈이니, 이 무슨 오만의 극치란 말인가?

처음에는 몰랐다. 야채가게 밖에서 처음으로 여자가 굶어죽었을 때만 해도 그저 전 세계 절반이 기아상태라고만 생각했다.

열네 살이 되었을 때쯤, 우리 도시는 규모가 거의 두 배로 커졌고 마을 변두리의 오두막들도 매일 늘어났다. 이주민들이 홍수, 역병, 전쟁의 이야기들을 안고 계속해서 들어왔기 때문이다. 도시는 더 이상 궁벽한 오지의 어느 귀퉁이가 아니라 정말로 세계의 중심처럼 보였다. 이미 파멸의 수레바퀴에 올라탔건만 우리로서는 어떻게 해볼 도리조차 없었다.

절박한 사람들만이 여름에 이동한다. 추수에 대한 기대를 완전히 포기하고 폭서와 먼지를 각오해야 하기 때문이다. 그들은 다니면서 음식을 약탈했다. 그 중 일부는 정착민 가족으로 가산을 포기하고 남쪽으로 밀려들었지만 대부분은 훨씬 더 먼 곳에서 왔다. 러시아, 위구르, 중국, 우즈베키스탄……. 하나같이 풍파에 여위고 말라비틀어진 얼굴이었는데, 어린아이들도 다를 바 없었다. 가망이 없는 병자들도 많았다. 행여 도망 온 이유라도 들어보면 우리 부모들이 버리고 온 세상 정도는 낙원이나 같았다.

초창기만 해도 아버지를 비롯한 대다수 정착민들은 피난민 유입을 신앙에 대한 시험으로 받아들였다. 피난민들을 잃어버린 친척처럼 환영한 것도 그래서였다.

내가 아홉인가 열 살 때, 우리 집에도 굶주린 우즈베크인 가족이 거주했다. 그때만 해도 아이들이 식탁에 놓은 음식을 낚아채려들면 그 집 부모가 먼저 꾸중을 했고, 부인도 배고픔을 인정할 수 없다는 듯 자존심을 세우며 점잖고 고상하게 음식을 오물거렸다.

여자는 영어도 할 줄 알아서 어머니가 과거에 대해 수다를 떨 때면 다른 사람들에게 통역도 해주었다. 나도 수천 번이나 들었지만 한 번도 관심을 기울인 적이 없는 얘기들이었다. 벽 안에 감춘 돈, 별빛을 가리는 가로등, 냉장고에 넣었다가 2월에도 먹을 수 있는 딸기, 소음과 먼지와 비인간성 따위의 얘기들. 그때 얘기를 듣던 남자의 표정을 잊을 수가 없다. 비난과 불신, 그리고 저녁 무렵 바비큐 냄새를 맡았을 때 길 잃은 짐승이 보여주었음 직한 갈망의 표정. 물론 그들은 우리가 미쳤다고 생각했을 것이다.

처음에 들어온 사람들은 그런대로 괜찮았다. 굶주렸지만 평온했으며 일도 하고 싶어 했다. 오히려 이상한 점이라면, 자선이 오히려 반감을 키웠다는 사실이다. 완전히 빈털터리였던 탓에 최초의 난민들은 우리의 자비에 목숨을 걸었다. 그리고 굶주림이 한풀 꺾이자 조금씩 주변을 둘러보았으며, 남아도는 집, 거래와 영농으로 비축해 둔 식량 따위에 눈독을 들였다. 그리고 눈독은 조금씩 곪아터지기 시작했다.

더 위험한 부류는 나중에 등장했다. 그들은 수도 적었고 또 겨울에 이주했다. 그건 상식에 속했다. 겨울길이 이동이 수월한 데다 여름과 가을 동안 식량을 준비할 수 있기 때문이다. 따라서 행색도 좋았고 차까지 모는 사람도 있었다. 대부분이 총을 소지했는데 그 역시 상식이기는 했으나 환영을 받지는 못했다. 그런 부류는 도시 변두리에 진을 쳤기에 밤이 되면 요리를 위한 모닥불이 보이곤 했다. 그 중 상당수가 도망자들이었지만 실제로는 제일 선한 사람들조차 혹독한 전쟁을 겪은 나머지 심신이 불안하고 신경질적이었다.

결국 구세계를 문지방으로 다시 불러온 꼴이 되고 말았다. 한쪽에는 우리들, 다른 쪽에는 절박하고 위험한 피난민들. 그야말로 서로 다른 두 개의 차원이 충돌하는 것과 진배없었다. 선택의 여지가 있는 세계와 그렇지 못한 세계의 충돌. 두 진영의 긴장은 은밀하게 쌓여갔다. 그럼에도 불구하고 긴장을 눈치 챈 사람들조차 그것을 인정하려 들지 않았다. 하지만 어차피 가을날 축축한 낙엽에 불이 붙듯, 갈등은 서서히 드러나게 마련이다.

열네 살의 여름이었다. 정착민 투미티 가족의 헛간에 러시아남자 둘이 살고 있었다. 투미티 씨는 둘에게만 주거를 허락했지만 결국 열 명이 들어오더니 서로 헛간을 차지하겠다고 싸우기 시작했다.

8월의 어느 날 밤, 헛간에 불이 붙고 남자 여덟이 죽었다. 건초더미 사이에서 술을 마시고 꼬치구이를 했다지만 일부러 불을 질렀다는 소문도 있었다. 친구를 여덟이나 잃은 남자들이 투미티의 농장으로 달려와 창문을 깨뜨렸다. 급기야 따지러온 투미티 씨까지 다짜고짜 두들겨 팼는데 평소부터 심장질환이 있던 터라 그만 그 자리에서 숨을 거두고 말았다.

남자들은 부랴부랴 달아났지만 마을을 향한 악의까지 거둔 것은 아니었다. 정착민들도 불안을 호소하며 화살을 피난민에게 돌렸다. 당시 극빈자 피난민들에게 식량구입권을 나눠주었는데 상점주인들 일부는 식권 수령을 거부하고 나섰다.

오랫동안 친구로 지냈던 가족들이 피난민을 처리하는 문제로 서로 등을 돌렸다. 주민들은 교회를 멀리하고 대신 세력을 결집했다. 도시가 둘로 쪼개지고 만 것이다.

아버지는 도시 지도자였기에 뭐든 지침을 내려야 했다. 그래서 공회당에서 가족 대표들의 모임을 소집했다. 나중에 잘린 손가락을 무더기로 발견한 바로 그곳이다.

사람들이 너무 많이 모인 탓에 집회는 밖에서 열렸다. 분위기는 험악했다. 투미티 부인과 아들도 참석했는데, 부인은 열정적인 연설을 통해 살인자들의 이름을 거론하고 정의를 호소했다. 그녀에게 동의하는 사람도 많았지만 처벌과 보복 요구가 정착지 건립 정신을 크게 훼손할 것이라며 걱정하는 부류도 적지 않았다. 당시만 해도 경찰, 법원, 판사, 형법, 그 어느 것도 없었다. 전에도 죽은 사람은 있었지만 폭력 범죄와는 무관했다. 하지만 지금은 카인과 아벨의 상황이다.

사람들이 아버지의 말을 기다렸다. 아버지는 한참 뜸을 들이다가 겨우 입을 열었다. 징계에 반대하는 입장이었다. 오히려 성서 지상주의자로서 사랑과 동정심으로 상황에 대처하기를 호소했다. 아버지는 피난민 구호야말로 향후 우리가 어떻게 행동할지에 대한 징표라고 지적했다.

투미티 부인이 자기 자리에서 외쳤다. 우리한테는 5천 명을 먹일 오병이어의 마법이 없어요.

아버지는 여전히 부드러운 표정으로, 오병이어가 아니라 인간의 본성이 마법이라고 반박했다. 선의의 행동이야말로 5천 배로 늘어나는 마법이 아니겠습니까. 요컨대 5천 명 하나하나가 빵과 물고기를 받는다면, 그들 또한 본을 받아 자신을 위해 남겨둔 식량을 꺼내올

것입니다. 아버지는 다음과 같이 결론을 내렸다.

"두려움은 두려움을 낳습니다. 손님들에게 아낌없이 내주되 아무 것도 기대해서는 안 됩니다. 마을의 식량은 충분하고 주변의 공터 또한 그들 모두를 받아들이고도 남을 만큼 넓습니다. 불가피한 상황에는 순응하더라도 강인한 영혼으로 굳건하게 교리를 지켜내야 합니다."

투미티 부인과 아들은 아버지 말을 고깝게 받아들였다. 고인의 자비심이 부족했다고 비난한 격이었기 때문이다.

"저들은 우리와 다릅니다. 땅 한 뼘을 내주면 한 평을 가져갑니다. 우리가 땀을 흘려 모아놓은 먹거리를 내주면 등 뒤에서 바보들이라며 비웃을 뿐입니다. 예, 저자들도 보답이야 하겠죠. 여러분들은 제 아버지와 똑같은 선물을 받게 될 겁니다. 바로 사방 2미터짜리 무덤 말입니다."

그때 마이클 칼라드라는 사내가 나섰다.

칼라드 가족은 마이클, 프레야, 쌍둥이남매 에벤과 리즐이며, 훨씬 남쪽의 고향을 떠나 이곳에 정착했다. 당시만 해도 무일푼이었지만 우리와 몇 달 동안 함께 살면서 델라미어 거리 맞은편에 집을 지었다. 독실하고 근면한 가족이라 동료 정착민들도 모두 좋아했다.

쌍둥이는 열여덟 살로 리즐은 숫기가 없었지만 어머니를 닮아 용모가 훤했다. 에벤은 아버지와 농사를 지었는데 억센 어깨와 구릿빛 피부를 뻐겨댔다. 여름에 일을 마치고 시내를 활보할 때면 셔츠에 달라붙는 각다귀를 대수롭지 않게 털어내곤 했다. 에벤은 말도 잘 탔다. 한번인가 두 번인가 마을 밖 숲에서 그와 경주를 한 적이 있는

데, 소문이 내 귀까지 들어와 우리가 달착지근한 사이라고 했다. 하지만 걸핏하면 성질을 부리며 인정사정없이 나를 패는 터에, 그렇게 나랑 성격이 비슷한 남자는 한 번도 좋아해본 적이 없다는 게 진실이다.

마이클 칼라드는 자기네 남쪽 농장에 침입했던 무장 괴한들 얘기를 했다. 놈들이 무조건 총으로 겨누고 한 시간 내에 떠나라고 했다는 것이다. 여러분처럼 나도 새로운 방식으로 살기 위해 이곳에 왔습니다. 다함께 폭력의 위협으로부터 자유로운 삶 말입니다. 하지만 집에서 쫓겨나거나 식량을 빼앗기고 집사람과 아이들을 다치게 할 생각은 추호도 없습니다. 마지막으로 그는 건강한 남자들을 향해 무장 민병대를 만들어 거리를 지키고 마을의 규칙을 어기는 자들을 추방하거나 징벌하자고 호소했다.

그의 연설에 많은 사람들이 솔깃해했다. 어떤 형태의 폭력에도 반대한다고 자위하던 사람들도 마찬가지였다.

마이클 칼라드가 연설하는 동안 아버지 표정을 보니 온통 근심뿐이었다. 나도 아버지를 사랑했지만 생각은 달랐다. 난 성선설 따위는 결코 믿고 싶은 생각이 없었다. 이중인격자, 곤궁에 처한 자, 친절한 자. 어쩌면 누구나 다 똑같을 것이다. 하지만 아버지에게 인간은 모두 신의 자식이었다. 길 잃은 불쌍한 어린 양. 따라서 항상 사랑과 시행착오가 필요한 존재였다. 종교가 사람들을 그렇게 규정한 이상 세상은 반드시 그 교의를 지지해야 했다. 이성과 신앙이 부딪칠 경우에도 아버지는 너무도 당연하다는 듯 이성을 포기했다.

그날 우리는 투표를 했다. 결과는 아버지의 신승이었으나 그때부터 마을은 둘로 갈라져야 했다. 칼라드가 이끄는 무리는 무장 민병대를 만들어 우리 스스로를 방어해야 한다고 호소했고, 아버지를 수장으로 하는 쪽은 정착민의 설립 이념을 고수하려 들었다.

지금 돌이켜 보면, 아버지가 완벽주의자연하는 모습은 어딘가 유치하기까지 했다. 가난한 노동자 출신인지라 뭐라도 망가지면 며칠씩 끙끙거리며 고치려 들었다. 결국 망가뜨려 버릴 때까지 말이다. 그렇게 하지 않으면 물건에 무슨 가치가 생기겠는가. 사람들을 끝없이 포용하려는 것도 바로 그런 식의 천진무구한 생각 때문이었다. 아버지가 사람보다 이상을 숭상하는 이유는 모순이 적기 때문이었다. 도둑이나 살인자를 용서하면서도 오히려 지각이나 말대꾸에는 크게 역정을 냈다. 살인이나 절도는 전적으로 악한 것이기에 고민할 필요도 없었던 것이다. 다양성과 모순은 늘 아버지를 피곤하게 했다. 요컨대 아버지는 감리교의 신과 같았다. 말 한마디 잘못하면 당신을 영원히 신의 선민에서 추방하리로다.

극북을 향한 아버지의 맹신에서도 단순한 진실에 대한 집착을 볼 수 있다. 하늘, 눈, 산, 나무. 그러나 도시에서 내가 만난 것, 특히 마지막까지 본 것은 혼란이었다. 서로 어울리는 그림이 하나도 없었다. 삼라만상을 마구잡이로 모아놓은 아상블라주. 하지만 그 속에도 기이한 아름다움이 있었다. 게다가 모두 인간이 해놓은 일 아닌가.

반면, 아버지가 택한 교리는 마치 극북의 풍경처럼 투명한 질서를 가지고 있었다. 평화, 자립, 사랑, 그리고 신의 뜻에 대한 순종. 교리는 주장이 간단한 만큼 설득력도 컸다. 아버지는 그것으로 사람들을 끌어들였고 강한 확신으로 신뢰를 얻었다.

문득 얼음조각 하나가 그려진다. 톱니에 매끄럽게 잘린 얼음조각들. 물속에 넣어보면 얼음조각은 한동안 녹지 않고 물이 춥기라도 한 듯 살짝 움츠려들 뿐이다. 하지만 얼음 속 공기방울에 열기라도 닿으면, 그 순간 구멍이 팽창하여 덩어리를 산산조각낸다. 아버지의 교리는 그런 것이었다.

그 해는 더운 여름의 절정이었다. 마을은 결혼 예복을 입혀놓은 뚱보처럼 녹아내리고 피난민들도 너무 많았다. 퀘이커 교도를 포함한 대규모 인파가 기근을 피해 뜨거운 남쪽에서 밀려들었다. 그들은 채소밭의 작물을 훔치거나 비어 있는 건물에 틀어박혀 떠날 생각을 하지 않았다. 그러다 결국 나중에 밝혀졌듯이, 내가 겪은 일이 발단이 되어 건초더미에 불을 지르고 말았다.

투표에서 졌음에도 불구하고 칼라드와 투미티는 민병대를 조직하고 피난민들에게서 무기까지 구입했다.

아버지를 수장으로 하는 대다수 평화주의자들은 여름 내내 민병대를 괴롭혔다. 순찰을 따라다니며 고함을 치거나 벨을 울렸으며 말이 지나가지 못하도록 길을 막기도 했다.

그 후로도 몇 주 동안 논란이 계속 이어졌다. 보도, 공회당, 상점 등 장소도 불문이었다. 심지어 저녁식사 중에 남편과 아내가 부부싸움을 벌이기도 했다. 그렇게 가족들은 하나씩 칼라드의 편으로 넘어갔다. 우리 집에서 나는 삐꾸기처럼 사사건건 아버지 말에 반대했다. 정의에 대한 개념이 아버지보다 간단했기 때문이다. 성서에 뭐라고 적혀 있든, 누가 뺨을 때리면 나도 때려야죠. 난 그런 식으로 대들었다. 마이클 칼라드가 연설할 때도 내 평생의 감정을 대신 표출해주었기에 고맙기까지 했다. 아버지는 말대꾸에 입술을 꾹 누르고는 나를 방으로 쫓아냈다. 마을의 전반적인 반대 기류를 알고 있던 터라 저녁 식탁에서의 반란까지 참기는 어려웠으리라.

당시 몇 주간 부녀 사이는 최악이 되었다. 스트레스 때문에 아버지는 자주 심통을 냈다. 아버지는 칼라드를 저주했다. 아직 지지층이 남아 있기는 했지만 그마저 날마다 줄어들었다. 이런 추세라면 머지않아 외톨이가 되고 말 터였다. 아버지는 권위를 잃고 그렇게 고생하며 세웠던 도시마저 빼앗기고 있었다. 누구든 만날 때마다 칼라드를 따를 경우 큰 비극이 닥칠 거라며 위협했지만 귀를 기울이는 숫자도 매 시간 줄어들기만 했다.

8월 말, 어머니와 아버지가 며칠간 마을을 떠났다. 두 분이 집을 비울 때마다 나는 몰래 안방 침대에 들어가 잤는데 푹신한 매트리스와 딸랑거리는 침대가 맘에 들어서였다. 무려 미국에서 가져온 침대가 아니던가.

자정이 지날 무렵 문 열리는 소리와 숨소리가 연이어 들렸다. 샤를로의 이름을 불러보았지만 들어온 자들은 여섯 명의 괴한이었다. 머리에 베갯잇을 뒤집어쓰고 헝겊의 눈과 입에 구멍을 뚫었는데 나한테 욕을 할 때마다 입에 거품을 물었다.

나는 밖으로 뛰어내리기 위해 창문으로 달려갔지만 결국 잡히고 말았다. 두 사람이 나를 침대에 눕혔다. 나는 간신히 한 손을 빼내 물잔으로 상대를 베었다. "망할 년!" 그가 외쳤다. 문득 얼굴이 축축해졌기에 나를 벤 줄 알았는데 놈들이 부엌에서 가져온 양잿물이었다.

운명이 우리를 어디에 떠맡기건 자비는 있는 법이다. 그 다음 일은 대부분 기억나지 않고 이후의 적막은 더 생각나지 않지만, 어쨌건 그들은 나를 살려서 부모가 찾아내도록 했다. 나는 아버지 어머니에게 에벤 칼라드가 주모자라고 말했던 것 같다.

내가 그걸 어떻게 알았는지는 지금도 놀랍다. 에벤이 왜 그런 짓을 했는지도 말이다. 하지만 세월이 내게 가르쳐준 게 있다면 그 자들의 악독한 짓거리가 그리 놀랄 일은 아니라는 점이다. 신기하게도 사람들은 이념을 위해 싸울 때 더욱 잔인해진다. 카인 이래로 우리는 늘 신에 더 가까이 가려고 서로를 죽여 왔던 것이다. 내가 보기엔 잔혹함도 어차피 상황이 만든 것이다. 괜히 나의 개인 문제로 받아들여봐야 돌아버리기밖에 더 하겠는가. 내게 상처를 입힌 자들도 힘이 있어서 그런 게 아니다. 바로 그게 일을 저지른 이유인데, 그러니 지금 와서 새삼 저들의 힘을 인정해줄 필요는 없지 않은가. 어쨌든 그들은 잔인한 짓을 저질렀고, 고문이 끝날 즈음에 이미 외로움은 산산조각 나 영원히 내 내면 속에 가시처럼 박히고 말았다. 지금은 그때 일을 별로 생각하지 않지만 침대가 딸랑거릴 때마다 마음은 어쩔 수 없이 요동을 치고 만다.

그들이 내게 가한 폭력은 우리 도시의 희망을 죽이고 아버지도 죽였다. 아버지는 면도칼을 가지고 숲속으로 들어가 목을 끊었다. 난 너무 부상이 심해 장례식을 보지도 못했다.

그 후 3주 동안 침대에 누워 있어야 했다. 흉터를 줄이기 위해 젖은 천으로 얼굴을 덮은 채였다. 통증이 지독했지만, 지금 기억나는 건 창밖 거리에서 들려오는 폭동의 소음뿐이다. 칼라드 가족은 도시 밖으로 쫓겨났다. 혼란한 와중인지라 방화 피해도 컸다.

붕대를 벗고 보니 살갗이 벗겨지고 얼굴 전체가 일그러져 있었다. 왼쪽 눈은 처지고 코는 비뚤어지고. 그 전에도 미녀는 아니었지만 그렇다고 못생긴 편도 아니었다. 한창 때에는 남자들이 내게 잘 보이려고 애를 쓰기도 했다. 그 이후 나는 머리를 짧게 깎고 남자처럼 굴기 시작했다. 도시 원로들이 민병경찰을 처음 조직했을 때 제일 먼저 이름을 올린 것도 나였다.

우리 경찰대는 무장을 했고 체포권도 있었다. 치안판사가 보장하는 행동규칙과 죄수를 유치할 감방도 있었다. 하지만 우리가 실제로 행한 징계라고는 강제추방 명령뿐이었다. 그러니까 유죄 결정이 나면 시계 밖으로 쫓아내버린 것이다. 더 강한 제재를 가하기에는 도시 원로들의 배짱이 너무 약했다. 무장경찰이 있다는 것조차 그들에게는 충분히 나쁜 일이었으니 말이다.

처음에는 우리도 폭력에 대처할 수 있었다. 하지만 시간이 흐르면서 범죄는 기하급수로 늘어나서 끝내는 식량창고에서 쥐 한 마리 찾는 지경에 처하고 말았다. 그러니까 범죄자의 꼬리를 잡고 밖으로 데려갔다가 놈들이 쥐구멍을 파고 다시 창고로 돌아가기를 기다려야 하는 답답한 상황이었다.

아무리 애를 써도 혼란은 걷잡을 수 없이 번졌다. 한때는 분쟁을 어떻게 다룰지에 대한 합의도 있었다. 사람들은 진솔하고 과감하게 대화를 시도했다. 이 실험에 미래가 걸려 있기 때문이었다. 우리 모두가 서로를 좋아하지는 않았으나 적어도 잘 알았다. 하지만 이제는 우리 경찰과 주민 사이에 커다란 간극이 생겼고 그 간극은 공포와

반감으로 채워졌다. 이 도시에서 비무장으로 버티려 하는 사람은 아무도 없었다. 물론 무장의 핑계를 찾는다면 얼마든지 있었다. 칼라드파가 그런 짓을 했다니 누구를 믿는단 말인가? "소금이 짠맛을 잃으면 어떻게 간을 맞추지?" 사람들이 물었다. 아버지가 죽고 나자, 더 이상 과거의 방식을 주장하는 사람도 없었다. 사람들은 지금껏 자신들을 지켜준 이상을 버리고 총을 사들였으며, 도시는 옛 모습을 찾아볼 수 없을 정도로 달라졌다.

혼란은 또 다른 부류의 부랑자들을 불러들이는 듯 보였다. 뭐든 빼앗는 자가 임자였다. 평상시라면 성실하고 인내심 있는 사람이 성공하겠지만 혼란 와중에는 재빠르고 무자비한 사람들이 최고다. 그리고 도시의 시민들이 그들과 공모자가 되었다.

사실 성서 말씀을 먹고 신의 계획에서 특별한 자리를 차지하겠다는 열망으로 성장한 사람들이라면, 이런 식의 범세계적 재앙이야말로 그들이 은밀히 그리던 세상이었다. 몇 세기 동안 밀레니엄에 대해 얘기해왔건만 이제 비로소 세상의 종말이 도래한 것이다. 사람들은 위기와 맞닥뜨리고 싶어 한다. 마치 힘을 실험하기라도 하듯 위기를 향해 돌진한다. 도대체 왜? 분명한 건, 위기를 비껴 필요한 물건만 챙긴 채 배경 속으로 사라지는 게 훨씬 낫다는 점이다. 내년이면 봄은 다시 온다. 어디를 찾아야 할지만 안다면 숲속에 먹거리는 얼마든지 있다.

성서의 말씀은 분명히 이루어졌다. 다만 누구도 기대하지 못했던 방식이었다. 재림도 없고 사자와 양이 함께 누워 있지도 않았다. 개소리. 그 대신 법과 질서를 숭상하던 근대 도시는 처절한 싸움을 일

삼는 부족들로 타락하고 말았다. 그런 의미라면 성서를 예언서라고 불러도 좋다.

빌 에반스는 싸움을 말리다가 살해당했다. 임기를 마치고 알래스카의 고향으로 돌아갈 방법을 찾던 중에 일어난 참사였으나 그 얘기 또한 한참 후의 일이다. 상황이 그 정도로 악화되기까지 아직 2년은 더 기다려야 한다.

13

나는 2주가 넘게 어두컴컴한 구덩이 속에서 지내야 했다. 추워서 냄새는 덜 났으니 그나마 다행이었다. 나는 미치지 않기 위해 최대한 긴장을 풀었다. 어둠속 더러운 담요와 전혀 다른 세상을 머릿속에 짓고는 그곳으로 넘어가 시간을 때웠다. 내가 제일 좋아하는 상상은 핑의 아이가 튼튼하게 자라는 모습이었다. 아가의 얼굴도 보고 엄마처럼 길게 늘어뜨린 검은머리도 보았다. 산속 호숫가로 데려가 목욕도 했다. 아기는 차가운 물에 덜덜 떨면서도 개구리처럼 힘차게 자맥질을 했다.

처음 열흘이 지나자 음식은 조금 나아졌다. 국은 진하고 고기가 조금 들어갔다. 감자도 있었다. 바야흐로 중노동에 투입하기 위해 근력을 키우려는 모양이다. 내 손에 무기로 쓸 만한 물건을 쥐어주기는 할까. 보스와이트가 상대를 과소평가할 멍청이로 보이지는 않지만 희망에 돈 들어갈 일은 없으니까.

어느 날 아침, 드디어 문이 열리더니 양철식판 대신에 편자공 앞치마 차림의 남자가 들어왔다. 손에는 수갑과 기다란 사슬을 들었다. 이윽고 두 명이 몽둥이를 들고 따라 들어오더니 나를 눕히고 속박을 채웠다.

나도 조금 반항을 해봤지만 놈들의 작업을 방해할 정도는 아니었다. 한 놈이 나를 추물이라고 부르며 몽둥이를 휘젓기는 했어도 진심이라기보다는 친구에게 과시하는 쪽이었다. 내가 꿈틀거리는 이유도 수갑의 잠금장치를 확실히 봐두기 위해서였다.

불행하게도 전문가들이었다. 놈들은 나를 가죽벨트로 묶은 다음 그 안으로 사슬고리를 걸고 수갑과 발목의 속박을 연결했다.

다시 혼자 남자, 나는 꿈틀꿈틀 제일 밝은 곳으로 이동해 찬찬히 사슬을 살펴보았다.

질 좋은 강철이라 무겁고 단단했으며, 보기에도 새 물건이었다. 호렙에서 많은 일을 겪었지만 보스와이트라는 인간이 정적에 관한 한 전혀 손속을 두지 않는다는 사실만큼은 분명했다.

도대체 이 쇳덩어리는 어디에서 나온 걸까? 곰팡내 나는 빵을 만드는 밀가루와 마찬가지로, 이 마을사람들이 만들어낼 수 있는 물건이 아니다. 편자공도 사슬을 한두 개 끊어 고리를 가죽벨트에 걸 수 있게 손볼 줄 알았지만 애초의 대장장이에 비하면 솜씨가 형편없었다. 내게는 아까운 금속을 낭비한 데 불과해 보였지만 보스와이트의 우선순위가 나와 같을 리는 없겠다.

고통이 너무 클 때면 되레 사소한 변수에 허물어질 때가 있다. 사슬은 정말 막장이었다. 무거워서가 아니라 너무 차가웠다. 온몸의 열기를 모조리 빼앗아 가버렸다. 움직일 때마다 철컹거리는 것도 고역이었다. 예전이 몸서리치게 그리웠다. 아니, 고향 얘기가 아니라 사슬로 묶기 전 얘기다. 악취와 추위가 혹독하고 음식도 고약했지만 그래도 자유롭게 움직일 수는 있었을 때 말이다. 사슬은 점점 나를 압박해 들어왔다. 때문에 안정을 위해서라도 체념한 자세로 늘어지고 웅크릴 수밖에 없었다. 너무 피곤해 꼼짝할 수가 없었다.

탈출의 꿈이 일제히 돌아와 나를 조롱하고 나섰다. 탈출은 핑과 아기가 살아 있는 꿈만큼이나 비현실적으로 보였다. 움직일 수 없다면 난 아무것도 아니다. 이제 먹지도 않았다. 어떻게든 굶어죽을 참이었다. 그러기를 이틀, 간수 하나가 감방 문을 활짝 열더니 떠날 때가 되었다고 말했다.

누군가 다 헤진 누비재킷, 모자, 녹색 벙어리장갑 한 켤레를 던져주었다. 문득 전에 쓰던 따뜻한 양털 장갑과 오소리 가죽바지가 떠올랐다. 지금은 어느 놈이 차지했을까.

나는 옷을 입고 뒤뚱뒤뚱 빛을 향해 나아갔다. 햇살에 눈이 부셔 뜨기도 힘들었다. 호렙의 중앙광장은 기억보다 좁아 기껏해야 고향의 뒷마당 크기로 보였다.

방책 출입문은 열려 있었다. 마을사람들이 두 줄로 서서 내가 통과하도록 통로를 열어주었다. 사람들은 조용히 서서 뒤뚱뒤뚱 사슬을 쩔렁대며 걷는 모습을 지켜보았다.

그들의 얼굴을 살펴 어디로 가는지 짐작이라도 하고 싶었지만, 표정이 하나같이 우울하고 딱딱했다. 마침내 바이올렛의 모습이 보였다 "차라리 교수대에 목매달아 죽는 게 나을 텐데." 그녀의 말에 사람들이 웅얼거리며 동의를 표했다.

보스와이트는 방책 위의 돌출 부위에 서 있었다. 검은 제의 차림이었고 성서를 겨드랑이에 끼고 있었다.

방책 밖에는 말을 탄 남자들이 기다리고 있었다. 보스와이트는 끝내 시선을 피하고, 대신 간수들에게 정지를 명한 다음 마을사람들과 함께 기도를 시작했다. 나를 하나님의 손에 맡기노니 부디 자비를 베푸시어, 운운.

기도소리가 잦아들면서 나도 주변을 살펴보았다. 4월이 머지 않는 터라 세상이 소생하는 향기가 코를 간질였다. 방책 바닥도 녹아 온통 진창이 된 지경이었다. 그렇게나 봄이 오기를 고대했건만.

사람들이 목멘 소리로 아멘을 중얼거렸다.

"그대들에게도 자비 있으라."

내가 소리쳤다. 기도 하는 내내 속이 들끓더니 미친년 악다구니 쓰듯 기어이 터져 나온 것이다. 저주는 총성처럼 대기를 가르고 주변 사람들을 움찔하게 만들었다. "저년이 감히?"라고 투덜대며 접근하려는 자도 있었다. 폭력적이라기보다는 황소 떼처럼 확고한 발걸음이어서 나를 밟아죽이겠다는 악의만큼은 분명했다.

간수들이 잡아채는 통에 나는 비틀거리다가 진창에 무릎을 꿇어야 했다. 놈들은 나를 일으켜 세우고 다시 밀쳤으나, 방책을 나서지 않고 나 혼자 걸어가게 놔두었다.

남자 하나가 말에서 내려 벨트의 고리 사이로 끈을 집어넣었다. 노련하면서도 잔인한 자였다. 흡사 가축을 보살피거나 말발굽을 끼우는 것 같지 않은가. 그는 다시 안장 위로 올라가 말을 향해 휘파람을 불었다.

행여 말을 따라잡지 못하고 넘어지는 날에는 진창 눈 속에서 질질 끌려갈 판이었으나 다행히 놈들은 천천히 움직였다. 그렇다 해도 보조를 맞추기가 마냥 쉽지만은 않았다.

그들은 숲길을 지나 주도로 위로 빠져나왔다. 아주아주 오래 전, 벌목하는 사람들과 마주쳤던 바로 그곳이다.

영양실조로 허약할 대로 허약해진 데다 한곳에 오랫동안 웅크리고 지낸 터라, 열 발짝을 주기로 발을 내딛기가 힘들었다. "몸이 약해 빠졌어." 사람들은 그렇게 말하곤 하지만 내 생각은 다르다. 몸은 강한데 마음이 물러터진 것이다. 다 포기하고 눈 속에 누워버리라고 부추기는 쪽은 늘 마음이다. 자기 몸이 얼마나 강한지는 오직 여자들만이 안다. 당장은 고통으로 온몸이 산산조각 날 것 같지만 절대 그렇지 않다.

그리하여 근육이 온통 비명을 지르는 와중에도 비틀비틀 발걸음을 떼었다. 숨을 고르고 마음에서 벗어나기 위해 안간힘을 썼다. 처음에는 필사적으로 애를 썼다. 머릿속이 두려움으로 가득 차 어디에도 안착하지 못했다. 뭔가 지푸라기나마 잡고 싶었기 때문이다.

그러다가 어느 순간 마음이 차분해졌다. 더 이상 발걸음을 세지 않고 그저 움직임에 몸을 맡길 수 있었다.

숲은 고요했다. 눈이 녹아 툭툭 떨어지는 소리뿐이었다. 세상에 우리밖에 없다는 생각까지 들었다. 그러나 도로 위로 접어들자 하이웨이에는 꽤나 많은 사람들이 캠프를 치고 있었다.

다들 잔뜩 몸을 웅크리고 앉은 자세였다. 진창 눈에 옷을 적시지 않고 휴식을 취하기 위한 고육지책으로 보였다. 한두 명은 더 이상 견디지 못한 채 진창에 완전히 널브러져 있기도 했다. 그로 인해 고생깨나 하겠지만 당장은 뒷일을 고민할 계제가 못되었다.

주변으로는 십여 명의 남자들이 구부정한 자세로 말을 타고 있었다.

노예들은 열 명 단위로 사슬을 채워놓았다.

간수가 휘파람을 불자 가까운 무리가 자리에서 일어섰다. 그러자

기수가 폴짝 뛰어내려와 나를 무리의 마지막 사람과 엮었다. 수염이 더부룩한 쉰 살의 남자로 다 낡은 토끼가죽 모자를 쓰고 있었다. 말하는 사람은 없었다.

기수들은 다른 노예들도 일어나게 한 다음, 줄 옆을 따라 각자 자리를 잡고 대기했다.

마침내 앞쪽에서 누군가 빠져나와 말을 타더니 줄을 따라다니며 문제가 없는지 점검하기 시작했다. 내 쪽은 거의 보지 않았지만 다른 무리를 향해 돌아설 때 얼굴을 볼 수 있었다. 아는 얼굴이었다. 고향 바깥의 하이웨이에서 마주쳤던 바로 그 남자.

그가 빠르게 행렬 선두로 빠져나갔다. 내 위치에서는 50미터 정도 거리였다.

내 동료가 나를 돌아보며 뭔가 말하려는 듯했으나 순간 고함소리에 행렬이 움직이기 시작했다. 걷는 동안은 힘을 아끼기 위해서라도 다들 입을 다물었다.

Ⅱ

인간의 도시

1

소위 '기지'라는 곳은 에반젤린에서 서쪽으로 무려 1,500킬로미터 떨어진 거리에 있었다. 레나 강 지류에 가까운 곳이었다.

우리가 도착한 때는 한여름이 지나서였으며 그동안은 내내 물집을 터뜨리며 터덜터덜 도로를 따라 걸어야 했다. 특기할 사항이 있다면, 동쪽으로 가는 도로보다 훨씬 황량했다는 것이다. 사람은 하나도 없고 대신 도로 위에는 탈색한 뼈들이 나뒹굴었고, 그 너머로도 황폐한 폐정착촌들뿐이었다.

놈들은 사슬을 가볍게 해주었다. 행군을 재촉하고 식량을 절약하기 위해서였다. 사슬이 무거울수록 밀가루 양이 더 빨리 줄어들 수밖에 없었다.

행렬은 식량을 자체 조달했다. 포장마차로 밀가루 포대들을 운반했는데, 밀가루 죽을 만들거나 과자를 만들어 노예들에게 제공했다.

간수들은 이따금 사냥도 했다. 그럴 때면 밤에 고기 굽는 냄새가 코를 자극하는 통에 도통 잠을 이룰 수가 없었다.

아침에 일찍 일어나면 씹을 건더기가 조금 남아 있기도 했다. 뼈나 물렁뼈가 고작이었지만 어쨌든 진짜 음식이 어떤 맛이었는지 정도는 기억할 수 있었다.

내 옆 남자의 이름은 삼수딘, 모하메드 교도였다. 그는 하루에 다섯 번씩 웅크리고 앉아 모래로 손을 씻고 메카 방향을 향해 기도를 한다. 물론 메카가 지금까지 남아 있을 리는 없다.

줄푸가라는 사람과 친구라는데 노예들이 너무 친하면 간수가 나서서 무리 양끝으로 갈라놓았다. 이런 황무지에서 맨손으로 10킬로그램 무게의 사슬을 끌고 어떻게 살아남을 거라고 생각하는지는 몰랐지만, 어쨌든 나를 샴수딘 옆에 묶어 그들 둘을 떨어뜨렸다.

간수들이 철저히 감시한 탓에, 그에게서 한 번에 하나씩 찔끔찔끔 정보를 얻어낼 수밖에 없었다. 어느 날 잠깐 동안의 휴식 중 흙바닥에 앉아 물어보니, 나이는 마흔여섯이고 남쪽의 유서 깊은 비단 도시 부하라에서 태어났단다. 극동에서 외과의로 훈련을 받고 고향으로 돌아가 병원에 자리도 잡았었다고 한다. 부유한 집안이었기에 혼란이 시작되었을 때 뇌물을 주고 북쪽으로 달아날 수도 있었다.

절망과 굶주림이 인간의 문명을 통째로 뒤집는 데는 불과 사흘이면 족하다고 내가 푸념하자, 그는 미소를 짓더니, 내가 인간 본성에 대해 너무 비관적이라며 그의 경험으로는 나흘은 걸렸다는 농담을 던졌다.

그가 두 손으로 물을 뜨자 사슬이 쩔렁거렸다.

나는 그에게 주로 어떤 수술을 했는지 물었다.

"코 수술." 그가 애써 미소를 지으며 대답했다.

"코를 수술했어요?"

"여자들을 미인으로 만드는 직업이었죠."

"하지만 무슬림 여자들은 얼굴을 가리고 다니잖아요." 내 말에 그가 웃었다.

간수들이 지나가다가 빨리 움직이라며 채근했다. 우리는 천천히, 게으른 짐승처럼 몸을 움직였다. 모두 여든 명이었다.

"그래도 나는 고칠 수 없을 거예요." 내가 윙크를 하며 속삭였다.

"당신 코는 이상 없어요."

"코 얘기가 아니에요."

"그럼, 뭐가 문제죠?" 그가 시치미를 떼며 되물었다.

"친절한 분이로군요." 내가 실소를 흘렸다.

그는 마치 나한테서 이상한 점을 처음 보기라도 한 듯, 찬찬히 얼굴을 살펴보았다.

"염산인가요?"

"양잿물이지만, 그게 그거죠, 뭐."

"예, 쉬운 수술이에요. 약품을 써서 표피를 재생하면 되거든요. 허벅지살을 떼어 눈썹을 재생하면, 옛날보다 훨씬 더 예뻐질 수도 있습니다."

하마터면 웃음을 터뜨릴 뻔했다. 그가 어떤 식으로 돈을 벌었는지 알 만했다. 돈 많은 여자들을 그런 식으로 유혹했으리라. 아무튼 내가 남자가 아니라는 사실을 안다니 오히려 마음이 놓였다.

샴수딘은 신사다운 면모가 뚜렷했다. 넝마 옷도 깔끔하게 입고 식사를 해도 우리처럼 게걸스럽게 뜯어먹거나 함부로 트림을 뱉지도 않았다. 기다란 손가락으로 음식을 조금씩 떼어 작은 공으로 만든 다음 하나씩 먹는 식이었다. 나도 따라해 봤는데, 다른 것은 몰라도 천천히 먹으니 더 많아 보이기는 했다.

부모님 얘기를 조금 들려주자 못 믿겠다는 표정이었다. 세상에, 편안한 삶을 버리고 혹한의 극북으로 떠나다니.

샴수딘은 가족이 모두 죽고 두 친구와 함께 부하라를 탈출했다. 해안에서 배를 구해 남쪽의 일본 아니면 북쪽의 알래스카로 떠날 생각이었지만, 친구 하나는 이질로 목숨을 잃고 다른 친구도 농가에 숨어들어 식량을 훔치다가 총에 맞아 죽었다. 샴수딘은 혼자 목적지에 도착했지만 아사 직전인 데다 수중의 돈은 모두 쓰레기가 된 후였다.

그의 말에 따르면, 태평양 연안에 이따금 배가 뜨기는 했지만 교역은 오로지 남녀 노예를 싣고 올 때뿐이었다고 한다. 동료 노예들 중 3분의 2 정도가 화물로 세인트 피터폴에서 캄차카에 도착했다는 것이다. 샴수딘은 부두에 숨어 그들이 수갑을 차고 내리는 걸 지켜보았다. 처음에는 겁을 먹었는데 이내 노예들이 더 잘 먹는다는 사실을 파악했다.

밤이 되자 노예 숙소에서 요리하는 냄새도 배어나왔다. 내장이 뒤틀릴 정도로 배가 고팠지만 만성적인 굶주림 탓에 근력이 하나도 없었다. 그는 간수들에게 자수하고 제발 데려가 달라고 애원했다. 자신의 행위가 어찌나 부끄러웠던지 첫 번째 식사도 엉엉 울면서 해치웠다. 부모님이 돌아가셔서 자식의 나약한 모습을 보지 못하는 게 차라리 다행이었습니다. 그의 넋두리였다.

나는 자학할 필요가 없다고 말해주었다. 어디 샴수딘뿐이겠는가. 팔려온 이들도 있겠지만 나머지는 자유인으로 버틸 수 없었기에 스스로 노예가 된 사람들이었다.

샴수딘뿐 아니라 스스로 노예가 된 사람들이 더 힘들어했다. 노예 중에는 괴물도 있었다. 한섬이라는 남자는 어느 날 밤 돌로 사람을 때려죽이더니 그 다음날에는 목을 졸랐다. 간수들은 시체의 옷은 벗겨 챙기고 잿빛의 시체는 길가에 내버렸다.

한섬은 벌을 받지 않았다. 간수들은 그저 그를 혼자 걷고 잠자게 했다. 그들의 관심은 오직 노예를 잃지 않는 것뿐이었다.

우리는 지난 가을 내가 걸었던 그 길, 소련 노동자들이 닦았다는 하이웨이를 거꾸로 더듬어갔다. 눈이 녹아 길이 전혀 달라 보였지만, 가끔은 지난 여행에서 기억하는 곳들을 만나곤 했다. 에반젤린을 통과한 때는 3월 마지막 주 정오 무렵이었다. 며칠 전부터 짐작은 하고 있었지만 에반젤린이 가까워질수록 사슬이 한결 가볍게 느껴졌다. 집 가까이에 있다는 것만으로도 안도감이 생겼다. 내심 기대한 건 밤에 거기를 지나는 것이었다. 동화 속 토끼라도 된 듯 내가 잘 아는 곳이니 도망칠 기회도 많겠다 싶었다. 핑처럼 슬쩍 빠져나가 배수로로 사라져 버릴 수도 있을 것이다. 하지만 간수들은 조급증을 참지 못하고 우리를 더 몰아붙였다.

마음이 달떠서 소방탑에라도 선 듯 숲과 느리게 뻗은 길이 떠올랐다. 하지만 머문 시간은 고작 10분, 노예들에게 물을 나눠주기 위해서였다. 노예들에게 준 양철 컵이 하나뿐이었기에 모두들 퉁구스족처럼 자작나무 껍질로 컵을 만들어 마셨다. 컵을 같이 쓰는 것보다 그편이 위생적인 데다 나무껍질에서는 달착지근한 맛도 감돌았다. 사실 그런 이유보다는 아무리 조잡해도 뭔가 소유하는 게 있으면 인간으로서 긍지도 가질 수 있기 때문이었을 것이다.

한때는 내게 세상 전부나 마찬가지였던 마을 옆에 서 있자니, 나 자신이 거기 살았던 여자의 유령처럼 느껴졌다. 날 부르는 목소리가 도시 저편에서 들려오는 것만 같았다. 하지만 목소리는 곧 희미해지고 간수들이 움직이라고 고함치는 소리에 묻혀버렸다.

해빙 이후 몇 주 동안 비가 내리지 않았다. 덕분에 질질 끄는 발에 흙먼지가 일어나 숨을 죽이며 먼지 구름을 통과해야 했다. 먼지는 주변 나무들을 덮고 노예들의 얼굴을 잿빛으로 물들였다. 먼지 때문에 눈이 빨갛게 충혈되고 눈물도 계속 흘러내렸다.

당연히 간수들은 행렬 뒤를 꺼리게 되었다. 먼지가 제일 지독했기 때문인데 덕분에 감시가 덜해 좀 더 자유로운 대화가 가능했다. 줄푸가와도 조금 더 친해졌다.

나이는 서른여섯, 나보다 머리 하나는 작았지만 악귀처럼 거친 사람이었다. 마치 호두나무와 생가죽으로 만들기라도 한 듯 살이 갈색이고 단단했다.

어느 날 밤, 간수들이 멧돼지 두 마리를 잡아 우리에게 일부를 던져주었다. 마음이 착해서가 아니라, 노예들이 찌꺼기를 차지하기 위해 싸우는 모습을 보려는 것이었다. 커다란 엉덩이 살이 줄푸가의 발밑에 떨어졌지만 그는 꿈쩍도 하지 않았다.

나는 먹을 것을 마다할 정도로 자존심이 세지는 않았다. 그래서 고기를 잡고 한 입 깨물었다. 일부는 타고 일부는 생인 데다 제대로 죽이지 않은 탓에 피도 많았지만 지금도 그때를 기억하면 침부터 고인다. 줄푸가에게도 한 조각 건넸으나 받지 않았다. 종교 때문에 육식은 하지 않는다고 했다.

줄푸가는 군인 출신이다. 발 상태에 그리 집착하는 것도 그 때문이었다. 가능하다면 매일 밤 발을 닦고 양말을 말렸다. 몇몇 노예들이 놀리기도 했다. 계집애처럼 자잘한 데 집착한다는 얘기였지만 결국 그의 판단이 옳았다. 제일 심하게 놀린 자가 발에 농양이 생기더니 발가락들이 일제히 까맣게 변색해버렸다. 심하게 절룩거리는 탓에 간수들이 사슬을 풀어 혼자 따라오게 했지만, 그는 점점 더 처지더니 어느 날 저녁 점호에는 아예 모습을 보이지 않았다. 그 후 발을 관리하는 사람이 많아졌다.

어느 날, 강가 마을 변두리를 지났다. 몇 년 전 범람이라도 했던지, 건물들이 비뚤어진 채 여기저기 물이 휩쓸고 지난 흔적이 남아 있었다. 하이웨이에도 여기저기 균열이 나 있고 자동차에는 마른 진흙이 덕지덕지 붙어 흡사 고래가 삼켰다가 뱉어내기라도 한 형국이었다. 자동차 창문도 진흙투성이였다. 그렇다 해도 여전히 낮게 엎드린 짐승처럼 위압적으로 보이기는 했다. 떡 벌어진 어깨를 축 늘어뜨린 땅딸보 모습이었다. 타이어 고무는 모두 찢기고 퍼져버렸다.

줄푸가가 다가가 자동차 뒤창을 어루만졌다. 샴수딘에게 러시아어로 무언가 중얼거리더니 둘이 함께 웃었다.

"어렸을 때 그런 차를 갖고 싶었다네요." 샴수딘이 통역해주었다.

줄푸가가 문을 당겨보았지만 꿈쩍도 하지 않았다. 잠금장치를 당기는 소리가 정적 속에 울려 퍼졌는데, 어찌나 고집스럽게 집착하던지 간수가 달려와 총을 쏘기라도 할까봐 무서웠다.

내가 팔꿈치를 잡자 맥없이 따라오기는 했는데, 흡사 내키지 않은 싸움에서 물러나는 사람처럼 보였다. 어쨌든 끌려나온 후에도 점점 작아지는 차를 연신 돌아보았다. 10분 후 강가에서 휴식을 취할 때도 그의 머릿속은 자동차 생각으로 가득해 보였다. 고개를 저으며 러시아어로 마구 쏘아대는 모습이 흰 사슴을 놓친 사냥꾼을 보는 기분이었다.

누군가를 향한 상실감이 너무도 혹독해 그 고통에 허리를 부여잡을 때가 있다. 때로는 마치 해돋이나 창문 색깔처럼 상실감은 함께 살아가야 할 삶의 일부이기도 하다. 조상이 물려준 세상이 갑자기 끝장났을 때 우리는 저마다의 방식으로 종말과 맞서야 했다. 내게도 상징적인 일들이 있었다. 그 중 하나가 세탁이었다. 리넨 천을 빠노라면 어딘가 차분하고 일상적인 기분이 들었던 것이다. 행군 중에는 당연히 깨끗한 리넨을 볼 수가 없었다. 방식이 색다르긴 해도 줄푸가에게는 그 대상이 옛날 차였을 뿐이다.

우리는 열한 명을 잃었다. 한섬이 죽인 노예 둘, 낙마한 간수 하나, 종기 때문에 뒤처진 노예를 비롯해, 심장병에 걸리거나 뱀에 물린 자도 있고, 크리스토퍼라는 영감처럼 아침에 일어나지 못한 경우도 종종 있었다. 내가 제일 부러워하는 경우였다.

솔직히 말해서 사망자와 실종자가 놀라울 정도로 적은 편이었다. 인솔대장이 무척이나 노련했다. 우리가 허우적거릴 때조차 언제 몰아붙여야 할지 언제 풀어주어야 할지를 정확히 알았다. 또한 계속해서 간수들을 감시했기에, 간수들이 이따금 술을 마시기는 해도 가벼운 술주정과 다툼의 수준을 넘어서지는 않았다.

어느 날 그가 말을 타고 다가오더니 느닷없이 이렇게 속삭였다.

"내 동생 실라스와 싸웠다는 얘기를 들었다."

바로 등 뒤에서 소리가 들려왔기에 나는 상체를 묘한 각도로 틀어 그의 얼굴을 봐야 했다. 햇빛에 눈이 부셨다. 나는 사람 잘못 봤다고 대답했다. 어쨌든 그런 이름은 들어본 적도 없었다.

"내 이름은 캘럽 보스와이트. 동생 실라스가 널 이곳으로 보냈다."

그는 손수건으로 코를 덮어 먼지를 피했다가 다시 내렸다. 나는 아무 말도 하지 않았다.

"너도 여자라고 하더군. 도시 밖에서 만났을 땐 남자인 줄 알았지. 지금은 뭐라고 부르지? 그곳을?"

"에반젤린."

"그래 맞아. 네가 왜 그곳을 떠났는지 생각하느라 돌아버리는 줄 알았다. 너처럼 오지랖 넓은 인간들이 동생하고 얽히면 늘 말썽이 생긴단 말이야."

그가 미소를 지었다. 이 넓은 세상에 그 어느 것도 그를 흔들 수 없다고 말하는 듯 보였다.

먼지 덕분에 보이지는 않겠지만 두 뺨이 빨개지는 기분이었다. 난 아무 말도 하지 않았다. 그는 잠시 나를 보다가 박차를 가해 선두로 돌아갔다. 그 후로는 말을 걸어온 적이 없으나 이따금 나를 감시하는 눈치였다. 그렇지 않을 때조차 간수 하나를 골라 철저히 지켜보라고 지시를 해둔 터였다.

관계를 안 이후로, 캘럽과 목사 동생에게서 닮은 점을 많이 볼 수 있었다. 둘 다 코가 가늘었고 날카로운 눈으로 사람을 평가하듯 훑어보았다. 그래도 내가 보기에는 캘럽 쪽이 조금 더 맘에 들었다. 적어도 자기기만 증세가 없기 때문인데, 나중에 알게 된 사실이지만 그가 더 위험했다. 인상 자체가 흔하지 않은 데다 그런 인상은 늘 조짐이 좋지 않다. 시대가 달랐다면 부하들을 미지의 세계로 내모는 선장이나 탐험가의 인상이라고 했을 것이다. 아니면 너무도 현실적이고 무자비한 부류의 장군쯤 될까. 지금이야 정복의 대상이 희귀한 탓에 살아 있는 인간을 파는 노예상이 되었을 뿐이다.

다들 목적지에 대해 생각은 했지만 아무도 정확히 알지는 못했다. 소문이 행렬을 따라 퍼졌다가 다음날이면 또 다른 소문이 퍼졌다. 간수에게 들었다면서 전쟁터에 싸우러 나간다고 하는 사람도 있었다. '기지'란 광산을 말한다면서 수 킬로미터 땅 밑에서 일할 거라는 사람도 있었다. 나는 앞일이야 어찌 되든 코앞의 일만 생각하면서 행군 중 눈코가 먼지에서 배겨내기만을 신경 썼다.

도로를 지나는 사람은 없었지만 이따금 누군가 지내고 있음 직한 집은 볼 수 있었다. 어쩌면 마당에 닭도 한두 마리 돌아다니고 화단에 콩을 심었을 수도 있다. 간수들은 어디든 들어가 식용이 가능한 물건들을 약탈했다. 이따금 어느 집 식량을 빼앗았는지 궁금하기도 했는데, 누군지는 몰라도 도로 위의 먼지를 보는 순간 잽싸게 달아났을 것이다.

6월 초쯤, 행군 속도가 현저히 줄어들었다. 간수들이 아무리 달래고 협박해도 어쩔 수가 없었다. 목적지가 멀지 않았음을 본능이 먼저 직감하고 미래의 두려움이 발목을 붙든 것이다.

대개는 저녁 무렵 행군을 멈추고 야영 준비를 했다. 겉으로 보기에는 도로가 직진하는 듯했지만 사실은 남쪽으로 느리게 굽잇길을 이루고 있었다. 나무들 모습도 변하고 품종도 다양해졌다. 호두나무, 자작나무, 느릅나무, 버드나무, 라임 등. 평생 이렇게 남쪽까지 내려온 적은 없었기에 정말로 극북의 여름이 부럽기까지 했다. 극북은 지금쯤 밤이 없이 24시간 내내 낮이겠다. 그럴 때면 난 늘 활기가 넘치곤 했다. 하지만 우리가 있는 곳은 아홉 시쯤이면 어김없이 깜깜해졌다.

매일 매일이 초조했다. 예전에는 하이웨이를 벗어나는 일이 거의 없었으나 요즘에는 툭하면 샛길로 빠져들었다. 도로 표지판도 보였다. 검게 탈색되고 비틀어진 데다 해독도 불가능했지만 그래도 과거를 간직하고 기억하는 물건들이다.

저 표지판들을 보았을 사람들을 생각해보았다. 인간 역사의 마지막 장을 기록한 사람들. 서쪽에서 이 도시들로 건너와 경이로움과 기대감에 벅찬 가슴으로 새 삶을 시작했으리라. 이미 때가 늦었다는 사실조차 까맣게 모른 채.

핑 생각도 났다. 이런 꼴을 당하지 않은 것만으로도 넌 운이 좋구나. 이따금 간수들을 보며 그 중 어떤 자가 아기의 아빠일까 궁금하기도 했다. 바보 같은 오판일 수도 있겠으나 보스와이트가 그런 짓을 했을 것 같지는 않았다. 그러기엔 너무도 차가웠다. 저 놈일까? 타타르족의 눈을 한 놈? 누더기 재킷을 입은 영감? 음식을 나이프로 먹고, 느린 동작으로 우리에게 욕설을 퍼붓는 저놈은? 아니면 저 젊고 잘생긴 놈일까? 저녁식사 후 설거지를 하고 담뱃불을 대령하는 걸 보면 간수들 중에서도 제일 나이가 어린 것 같은데?

저녁때면 간수들이 떠들고 웃는 소리가 들렸지만 거리가 멀어 내용을 알아들을 수는 없었다. 그들도 나와 샴수딘처럼 과거가 있을 것이다. 보스와이트는 나처럼 정착민의 아들이었다. 퉁구스족 혼혈도 있고 러시아인도 있었다. 카프카스 출신으로 보이는 간수도 둘이 보였는데, 머리는 붉고 눈썹이 붙었으며 귀가 크고 금니였다.

우리가 사슬에 묶이고 저들이 말 등에 탄 건 순전히 우연의 선택에 불과했다. 저들한테 동정심이 있었다고 해도 어쨌든 버리는 훈련을 해야 했으리라. 샴수딘이 미인으로 만들어주기 위해 여자의 얼굴을 베는 데 따른 거부감을 극복한 것과 마찬가지겠지만 그렇다고 저들을 향한 증오가 줄어들 수는 없었다.

어느 날 저녁, 야영을 하는 대신 놈들은 둘을 선발해 땔감을 구해오게 하고 우리는 계속 걸어갔다. 나무 연기가 없는 저녁이면 모기들은 지옥불과도 같았다. 놈들을 죽이면 팔에 커다란 혈흔까지 묻어났다.

"망할, 놈들이 우리보다 포식하네." 내가 투덜댔다.

"오래 살다보니 모기를 다 질투하는군." 샴수딘이 동의했다.

초승달이었지만 하늘이 맑은 덕에 기지 일부를 볼 수 있었다. 저문 햇빛에 금박을 두른 채 그림자 속에 서 있는 목적지.

행렬은 갈림길에서 왼쪽으로 꺾어 들어갔다.

도로는 내리경사로 이어지다가 다시 반대로 꺾어 올라가 어느 출입문에 다다랐다. 문 위에 기름등잔 두 개로 불을 밝혀두었다. 호렙과 달리 진짜 관문이었다. 콘크리트 기둥에 거대한 대문을 매달고 철망이 양쪽 어둠 속으로 뻗어나갔다.

문은 보스와이트나 간수들의 신호 없이 열렸다. 우리는 두 줄로 입구를 통과해서 넓은 자갈밭을 가로질러 길고 낮은 오두막 안으로 들어갔다. 벽을 따라 철제 침상이 세 줄로 길게 이어져 있었다.

바로 5년 가까이 내가 살게 될 집이었다.

2

퉁구스족이 거래를 하거나 일자리를 얻기 위해 마을에 올 때면 늘 짓곤 하는 표정이 있다. 소박하고 순박한 농군이 가볍게 놀라는 표정 말이다.

나이 든 사람들을 포함해 그들 대부분이 우리보다 나은 동네에서 살았지만, 젊은이들은 여행을 해본 적도 없고 우리에 대해서도 소문으로만 알고 있었다.

이렇게 생각해보자. 툰드라의 아이는 순록의 움직임에 대해 모르는 게 없다. 버드나무와 힘줄에 대해 아흔일곱 가지 지식이 있으며 극북의 척박한 토지에서도 얼마든지 먹고 산다. 그런데 지금은 거리를 따라 걸으면서 풍선 든 아이나 쇼핑 가방을 든 여자, 아니면 커다란 빵집 유리창을 보고 있다. 당연히 갑작스러운 환경 변화에 갈피를 잡지 못하고 허둥대다가 행인들한테 치이고 무례한 아이들의 욕설에 시달릴 것이다.

바로 그 불쌍한 퉁구스족이야말로 기지에 도착한 첫날의 내 모습이었다. 그곳에는 어린 시절 고향에서나 누렸던 활력이 아직 남아 있었다. 난 너무도 놀라 언뜻 눈을 믿을 수가 없었다. 더러운 사람들과 짐승들이 뿌려대는 기이하고도 지독한 악취, 시끄러운 목소리, 갈색과 누런색의 얼굴들, 오두막마다 빽빽이 들어찬 육체들, 식사시간이면 연어 떼처럼 쏟아져 나오는 사람들.

과부하 걸린 머릿속에 새로운 생활이 형체를 갖추기 시작한 건 며칠, 아니 몇 주나 지나서였다. 그때까지는 고개를 숙인 채 다른 사람들을 따라하고 가급적 말썽도 피해 다녔다.

우리는 막사 두 곳에 분리 수용되었다. 모두 300명 정도였다. 막사가 좁은 탓에 어떻게든 끼어 살아야 했다. 연장자들이 제일 좋은 침상을 차지하고 신참자들은 평상에서 함께 생활했다. 그로부터 3년, 머리 위의 나무판자야말로 내 유일하고도 사적인 공간이었다. 겨울에는 그 아래에서 추위에 떨고 여름의 폭염을 겪을 때나 열병에 걸렸을 때는 땀을 흘렸다. 나는 지금도 그 널빤지의 옹이들을 빠짐없이 그릴 수 있다. 당연히 어머니 얼굴보다도 더 익숙하다.

노예들은 거의 모두 농장에서 일했는데, 편자 박기, 소젖 짜기, 씨뿌리고 거두기, 양배추 절이기, 나아가 겨울에 쓸 건초를 사일로에 쟁이는 일까지 종류도 다양했다.

그들은 아침저녁으로 우리를 불러 점호를 실시했다.

첫 해 여름에는 하루 종일 뜨거운 햇볕 아래 건초를 꾸리고 저녁이면 외양간에서 우유를 짰다. 그 정도 규모는 정말로 오랜만이었다. 경작 중인 땅만도 수만 평은 됨 직한 데다 검은 색의 토지 또한 꽤 비옥해 보였다. 예전에 러시아인들이 종종 수저를 심으면 삽이 자랄 거라며 농담을 하곤 했다. 체르노젬, 흑토, 그래, 그런 이름이다.

부엌에서 일하는 팀도 있었다. 일이 제일 편한 데다 먹을 것도 많고 게다가 하루 종일 실내였기에 누구나 원하는 자리였지만 어차피 대부분 연장자들 차지였다. 어쨌든 난 바깥이라도 개의치 않았다. 먹는 것도 충분했다. 솔직히 인정하자면, 이곳 수용소 빵집은 지금껏 내가 먹어본 것 중 가장 부드러운 빵을 만들었다.

처음 몇 주 동안 새 노예들은 식사와 맑은 하늘, 마침내 목적지에

도착했다는 기분 외에도 상황이 그렇게 나쁘지 않다는 사실 때문에 다소 멍한 상태로 지냈다.

다섯 시경에 들판에서 돌아오면 곧바로 두 번째 점호가 있었다.

"배불러 죽겠어!" 누군가 검은 빵 덩어리로 접시를 싹싹 닦아먹으며 쉰 소리를 했다.

막사 여기저기 코 고는 소리가 느긋하기만 했다. 아침식사에 계란까지 나오자 멍청이들은 자신이 죽어서 천국에 온 모양이라고 생각했다.

이곳은 이렇게 여유로운데 저 맞은편은 왜 그렇게 궁핍하게 살지? 보스와이트 목사와 그의 신도들은 왜?

밤이면 막사도 혼잡한 촌락 같았다. 대부분 하나 정도는 거래할 줄 알았고, 간수들한테도 옷이나 목공예 등 이런저런 뇌물이 은밀히 오갔다. 밴조를 만들어 파는 남자도 있었다. 볶음밥을 잘 만드는 노예는 간수 생일파티에 불려갔다가 거나하게 취해 돌아오곤 했다. 노예들의 수고에는 대개 술, 담배, 음식 따위의 보상이 따랐다.

기지에 여자가 있다는 소문은 들었지만, 내가 아는 한 여자는 나뿐이며 향후 2년간 다른 여자는 본 적도 없었다.

2년간 잠시나마 혼자 있어본 적은 거의 없다. 화장실도 마찬가지였는데 끊임없이 사람들이 드나들었기 때문이다. 반면에 친구라고 부를 만한 관계도 하나도 없었다.

삼수딘과는 친하게 지내고 싶었다. 점잖은 모습에 마음에 끌렸다. 그와 줄푸가의 관계는 행군 도중에 끊기고 말았다.

이따금 둘 중 한 사람과 일할 때 예전의 따스함을 느끼기는 해도 대부분은 서로 다른 길을 가야 했다. 기지에는 무슬림 노예들이 더 있었는데 다들 함께 모여 기도와 식사를 했으며, 가을이면 40일 동안 금식도 함께 했다. 내가 여자라는 이유로도 그들과 가까워지는 건 불가능했다. 다른 동료 중에는 친구로 삼고 싶은 사람이 하나도 없었다.

기지에서의 삶은 암울하기 그지없었다. 주먹질과 살인은 헤아리기조차 무색했다. 그럼에도 불구하고 놀랍게도 자기 목숨을 끊으려 한 사람은 하나도 없었다. 나도 다르지 않았다. 실제로 자살 직전에까지 간 적은 있지만 솔직히 이런 곳에서 삶을 마감할 생각은 없었다. 절대로.

핑과 아기가 죽으면서 내 삶도 물렁해지고 말았다. 나 같은 사람에게는 낯선 감정이었다. 매일 아침 뱃속에 투지를 불태우며 깨어나던 나였으니 왜 안 그렇겠는가. 왜 내가 달라졌는지 설명하기는 어렵겠지만, 그녀가 죽은 당시나 지금이나 차이가 없었다. 늘 똑같은 기분이었다. 호수에 몸을 던졌을 때 이미 5분의 3은 죽은 목숨이었기 때문이다. 정말로 숨을 멈추고 싶었다.

그래, 이렇게 기지에서 몸뚱이들이 겹겹이 쌓여 뱉어내는 악취 사이에 누운 채 선실에서의 삶을 떠올려보면 그때가 지금껏 가장 아름다웠던 순간이라는 생각도 들었다. 넓은 공간, 파도가 만들어내는 음악소리, 혼자만의 여유. 내가 죽고 싶은 장소는 바로 그런 곳이다. 매일 아침 깨어날 때마다 살아 있다는 사실만으로 괴로운 이곳이 아니라.

내 에너지는 모두 생존에 쏟아 부었다. 잘 먹고 건강을 유지하고 겨울에 따뜻한 옷을 입고 누워 있을 수 있는 방법을 생각했다. 땅을 파고 건초를 꾸리거나 감자부대를 어깨에 짊어질 때마다 간절하게 기도했다. 내 몸을 젊게 만드소서. 이곳에서 빠져나갈 수 있게 도우시고 사내들의 악취 속에 죽게 하지 마소서.

탈출을 고민한 것도 여러 번이다. 기회도 있었다. 문제는 간수들이 질서를 유지하기 위해 사용하는 최선의 무기가 바로 노예들 자신이라는 데 있었다. 기지 밖에서는 다른 사람의 것을 빼앗지 않으면 최소한의 생계조차 유지하기 어려웠기에 다들 서로를 밟으려 했다. 간수들과 친하게 지내기 위해 아예 밀고를 전담하는 무리들까지 있었다. 입을 나불대는 대가로 보상을 받기도 했지만 대부분은 공짜라도 그 짓을 했을 것이다. 항상 함께 지내거나 일하던 사람이 한두 주 보이지 않다가 나타날 때면, 여지없이 총을 들고 간수 노릇을 시작했기 때문이다. 아예 말까지 타고 나타나는 자도 있었다.

보스와이트 쪽에서는 여러 가지 이유로 계책이 될 만했다. 인간에게는 희망이 필요하다. 꿈을 꿀 대상이 필요하다. 그러니 노예들에게는 천국보다 나은 일이리라. 세상에, 간수의 권리와 즐거움을 누릴 수 있다지 않는가! 그것도 바로 이 세상에서. 밀고가 활발하게 이루어지는 이유도 바로 그 때문이었다. 또한 보스와이트에게는 교도소 상황에 정통한 자를 수하에 두면, 말썽꾸러기들이 미처 세를 규합하기 전에 발본색원할 수 있다는 이유도 있었다. 선발 과정에는 조리도 분별도 필요 없었다. 규칙을 어기는 것도 별 문제가 안 됐지만 기도에 집착하는 사람을 간수로 만드는 경우는 없었다. 당연히 무슬림 교도들은 간수가 되지 못했다.

그렇다고 매시 매분이 괴로웠다는 얘기는 아니다. 그냥 이대로 살기가 어려웠다는 게 맞겠다. 내게는 마치지 못한 일이 있었다. 비행기는 꿈이 아니었다.

비행기만 아니면 나도 어느 정도는 생활이 즐거웠다. 우선 농사일 자체가 좋았다. 농지의 색과 냄새, 땅의 기적까지. 우리는 결국 죽지만 식물은 죽어서 뿌리로 돌아간다. 그 또한 내게 위안이 되었다. 시대가 어려울수록 자연은 단순하고 소박한 삶을 선호한다.

나는 그 땅의 위력을 이겨내지 못했다. 작물이 너무도 잘 자라 매해 가을이면 다 수확할 필요도 없었다. 결국 농경지 일부를 썩히고 다른 밭은 다시 뒤집어엎었다. 8월과 9월에는 토마토를 수확했다. 호박, 옥수수, 우유, 버터 등등. 노예들 일손이었음에도 그랬다. 기회가 있을 때마다 투덜대고 욕하고 게으름 피우는 무리들 말이다. 자유민들이었다면 그 땅에서 얼마나 많은 수확을 했을지 상상해보라.

물론 노예들은 아무도 그런 말을 하지 않았다. 우리한테도 암묵적으로 할 일과 하지 않을 일이 있었는데, 그건 십계명보다도 엄격했다. 오로지 아무것도 모르는 신참들만 배불리 먹는 데 혹해 함부로 나불대곤 했다. 고참들은 투덜대고 하소연하고 누군가 건드리면 코피가 터지도록 쌈박질을 해도 절대 놀라움이나 의혹을 표현하지도 않고 호기심을 드러내지도 않았다.

기지에는 돼지우리가 하나 있었다. 간수들을 위해 돼지를 키우는 곳인데 한번은 샴수딘과 내가 지붕널을 이을 일이 있었다. 한여름이라 지붕은 더럽고 뜨거웠지만 신참자이기에 최악의 보직을 피할 수는 없었다. 더욱이 간수들 생각에도 여자와 무슬림을 함께 돼지우리에 넣으면 재미있겠다 싶었으리라.

15분쯤 후, 감시하던 자들이 우리 둘만 남기고 어디론가 사라졌다. 해는 머리 위에서 이글거리고 나도 타르와 지붕널 냄새에 집중력을 잃고는 고향 생각에 빠지고 말았다.

샴수딘은 내 옆에서 판자 조각을 잇는 듯 보였다. 그러다가 힐끗 돌아보니 그는 고개 한 번 들지 않고 그저 비탈진 지붕에 웅크리고 앉아 뭔가를 살펴볼 따름이었다. 도대체 왜 저렇게 조용한 걸까. 나를 친구로 인정하지 못하는 데 대해 미안해하고 있다는 생각이 들기도 했다. 그런데 왜 저렇게 몸놀림이 둔해진 걸까. 나는 그에게로 건너가 괜찮은지 물었다. 그의 얼굴이 삶은 고기보다 창백했다. 손에 든 망치도 크게 흔들렸다.

그대로 두면 의식을 잃을 게 분명했다. 높이 때문이었다. 지붕 높이는 7미터였는데, 행여 미끄러지기라도 한다면 나한테 지탱할 힘이 있을 리 없었다. 그래서 간수들을 부르기 위해 두 손을 입으로 가져가는데, 샴수딘이 손을 내 팔에 대더니 눈짓으로 그러지 말라고 말렸다.

아무리 지상이라도 그에게는 처음부터 버거운 일이었다. 샴수딘은 어딘가 아버지를 닮은 데가 있었다. 애초부터 극북의 폐허에 어울리지 않는 사람이었다. 손이 나보다도 부드럽지 않았던가. 문명사회라면 나약한 게 흉일 리 없겠지만 기지의 삶은 문명과 거리가 멀었다. 일을 완수하지 못할 경우 최소한 일주일은 감방에 갇혀야 했다. 최악의 경우에는 동료 노예들이 달려들어 갈가리 물어뜯을 수도 있다. 기지의 삶은 그런 식이었다.

나는 그를 도와 지붕 꼭대기로 데려간 다음 못들을 건네주었다. 여전히 뻣뻣하고 불안하긴 했지만 그래도 어떻게든 아래를 내려다보지 않을 수는 있었다. 나는 높이를 잊어야 한다고 말해주고 계속 대화를 유도했다.

"무슨 얘기를 하죠?" 그가 물었다.

"글쎄요. 우선 어떻게 이 곤경에 처했는지 얘기하죠." 내가 말했다.

나는 지붕에 갇히고만 처지 얘기를 하자는 것이었지만, 삼수딘은 천성적으로 생각이 많은 사람이다. 지금껏 그는 다른 노예들과 많은 얘기를 나누었는데, 주로 우리를 덮친 재앙과 그 재앙이 어떻게 일어났는지에 대한 내용들이었다.

항상 느끼는 바이지만 그런 얘기만큼 노예들의 무지를 드러내는 일도 없다. 물어볼 때마다 설명이 달라질 뿐 아니라, 대답도 아이들이 창피해할 정도로 터무니없었기 때문이다. 달 조각이 바다에 떨어져 쓰나미가 일어났다. 작은 핵기계들이 햇빛을 모두 먹어치웠다. 엄청난 핵폭탄이 터졌다. 신이 화가 나서 휴거를 통해 신도들을 데려갈 준비를 한다 등등.

물론 나도 지켜본 터라 과정은 잘 안다. 굶주린 사람들, 절박한 피난민들이 쳐들어와 도시를 궤멸시키지 않았던가. 그들이 우리 마을로 도망쳐온 이유도 대충은 안다. 흉작, 불도 물도 없는 마을, 무자비한 무법자들 때문이다. 하지만 그런 문제들 이면에 또 뭐가 있는지는 나도 알 길이 없다.

그래서 아래를 내려다보지 않으려 애를 쓰며, 한 손으로 지붕널을 부여잡고 다른 손으로는 앞치마에서 못을 꺼내 건네며, 삼수던이 자기 생각을 들려주기 시작했다.

지구 나이는 50억 년에 가깝다. 우주에서 내려다보면, 지구는 뿌연 구름에 에워싸여 있다가 세기가 지날수록 청색에서 흰색 그리고 다시 청색으로 돌아갔다. 그 세월 동안 바다가 범람하는 기나긴 여름과 바닷물까지 얼리는 겨울이 내내 이어졌고 지구에서는 다섯 차례나 생명이 소멸했다. 너무 어둡거나 너무 덥기 때문이었는데, 다만 공룡이 사라진 건 거대한 달이 멕시코와 충돌했을 때였다.

여느 얘기와 마찬가지로 동화 같은 내용이었다. 그래서 무슬림 성서에 그렇게 적혀 있는지 물었더니 성서가 아니라 과학 얘기라고 딱 잘라 말했다.

다섯 차례의 멸종 이후 우리 차례가 되었다. 우리는 진흙에서 기어 나와 지구를 채웠다. 인간은 습기도 얼음도 사막도 개의치 않고, 지구 곳곳을 점령하며 점점 똑똑해지고 지식도 많아졌다.

지구가 태어난 뒤 약 45억 년 후부터 지구가 변화하기 시작했다. 우주에 있었다면 우주선과 인공위성들이 모닥불의 옥수수처럼 터져나가는 장관을 보았을 것이다. 지구가 따뜻한 시기에 접어든 덕에 지구인들은 오래전에 농경을 완성했다. 예측 가능한 계절과 재배에 적합한 기후에도 익숙해졌다. 이제 인구는 정말로 많아지고 또 원하는 것도 아주 늘어난 데다 누구나 과거 시대의 발명품으로 무장하고 있었다. 한때는 벌거벗은 원숭이로서 아프리카 바닷가에서 쓰레기를 주워 먹었지만 마침내 거인들의 거대한 군대로 성장한 것이다. 이제 우리는 함께 발을 구르는 것만으로 지구를 흔들고, 숨을 쉴 때마다 지구 온난화를 가속화하였다.

삼수딘 말에 의하면, 그로 인해 지구가 더워지기 시작했다. 지구인들은 굴뚝을 폐쇄하고 비행을 금지했다. 우리 부모 같은 일부 사람들은 생활방식을 바꾸고 공장도 가동이 중지됐다.

"코란에 대해서 물었죠? 하지만 난 의사로서 코란을 이해해요. 그 모든 지식에도 불구하고 전혀 이해할 수 없는 일이 일어나니까요. 환자들 중에는 병이 아니라 약 때문에 죽는 사람도 있답니다."

결국 난방장치의 연기가 차양막이 되어 세계의 온도를 원래보다 몇 도 떨어뜨렸다. 상황을 바로잡으려 애쓰는 와중에, 그만 우리 자신이 앉아 있던 가지를 톱으로 썰어버린 꼴이 된 것이다. 급기야 그 후 몇 년간 가뭄과 폭풍이 몰아닥치며 지금의 파국에 이른 것이다.

도시의 생활은 끝장나고 사람들은 퉁구스족처럼 살기 시작했다. 세상은 의미를 잃어버린 단어처럼, 너무도 낯설기만 한 회복 불능의 차원으로 몰락하고 말았다.

나는 비행기를 떠올리며 북극 너머의 세상에 대해 물었지만 그는 어깨를 으쓱할 뿐이었다.

"세상이 모두 황량하고 무미건조해졌어요. 인간의 불행도 거의 흡사하죠. 수용소, 강제노동, 굶주림, 폭력, 강제 추행 및 약탈. 직접 보고 당했잖습니까?" 그가 한숨을 내쉬었다.

대화가 끝나기 전에 지붕 수리를 끝냈지만 우리는 계속 지붕 꼭대기에서 햇볕을 받으며 휴식을 취했다. 그의 현기증도 가라앉았다. 그렇게 앉아 얘기를 나누는데, 간수들이 와서는 어서 내려와 저녁 점호에 참석하라며 신경질을 부렸다.

한동안은 캠프에서 남자로 통했다. 개인 일도 혼자서 처리했다. 목욕도 혼자 하고 매달 깨끗한 천을 바꿔가며 조심스럽게 가슴을 감쌌다. 하지만 결국 드러나고 말 일이었다. 이런 식의 생활공간에서 비밀은 영원히 불가능했기에, 발각될 경우의 혹독한 시련에 대해서도 충분히 각오했다. 이곳의 남자들은 서로의 약점을 물어뜯고 살아간다.

마침내 들통 나고 만 장소도 목욕탕이었다. 짐승 같은 놈 둘이 들어오더니 장난삼아 옷을 잡아챈 것이다.

놈들도 너무 놀라 얼이 빠진 채 멍하니 서 있기만 했다. 그날 밤 들판에서 돌아온 순간, 남자들의 표정으로 내가 여자라는 사실이 더 이상 비밀이 못 된다는 것을 알 수 있었다.

"이리 와서 나랑 자자, 메이크피스. 나한테 40센티미터짜리 소시지가 있는데, 나눠 먹으면 맛있을 거야."

키가 큰 쪽이었다. 바지 내리는 소리가 들리더니 그가 성기를 꺼내 나한테 흔들어댔다. 막사 전체가 키득거렸다.

나는 작업 장갑을 수리 중이었지만 그가 말할 때 고개를 들었다. 물론 눈에는 혐오감을 잔뜩 담았다.

"밀가루 부대라도 씌우고 해라. 차라리 쥐새끼가 더 예쁘겠어."

"그냥, 뒤로 하면 돼."

상황은 계속 그런 식이었다. 둘은 나를 이렇게 따먹을지 저렇게 따먹을지 번갈아가며 떠들어댔다.

막사 주변으로 호기심이 가시처럼 돋아나고 있었다. 사람들은 일손을 멈추거나 카드를 접고 구경에 동참했다. 막사 맞은편은 무슬림 노예들 공간인데, 샴수딘과 줄푸가도 근심어린 얼굴로 지켜보았다.

이미 몇몇 노예들이 게임에 합류해 다른 노예들도 허풍에 동참하도록 부추겼다. 평소에 서로를 두려워하고 불신했던 인간들이 지금은 나를 공통의 목표로 세를 규합하고 나선 것이다.

난 반응하지 않기로 했다. 나약하거나 겁먹은 내색이 좋을 바 없지만, 거친 저항으로 상황을 모면한다 해도 째깍거리나 똑딱거리나 그게 그거여서 결국은 대가를 치를 것이기 때문이었다. 나는 실을 물어뜯은 다음, 장갑을 손에 끼우고 바느질 상태를 확인했다.

꺽다리가 여전히 허풍을 떨어댔다. 겨우 얻어낸 악명을 충분히 만끽하는 참이었으나, 마침내 노예들이 나서서는, 어이, 계속 뻥만 칠 거야? 어디 한 번 진짜 따먹어보지? 하고 옆구리를 찔러대기 시작했다.

야유와 휘파람이 난무했다. 이윽고 그가 천천히 침상을 건너 내 쪽으로 다가왔다. 3단 침상 맨 아래 칸이었기에 꺽다리는 웅크리고 앉아야 했다.

나는 불빛 막지 말고 꺼지라고 짤막하게 경고했다.

그가 손을 내밀어 나를 잡으려고 했다. 사실 선부른 동작인 데다 덩치에 비해 공간도 비좁았다. 그가 어쩔 수 없이 팔을 굽히는 덕분에 나는 장갑 낀 손으로 곧장 바지 샅을 치고 들어갈 수 있었다.

그가 주장한 대로 소시지가 컸는지, 아니면 내 공격이 운이 좋았는지는 모르겠다. 어쨌든 그의 사타구니에 확실한 일침을 가했고 놈은 울부짖으며 막사 반대편까지 달아났다. 후에 들은 얘기로는 바늘이 3센티미터나 들어갔단다. 그 뒤에 이어진 웃음소리가 어찌나 컸던지 난 지붕이 날아갈 것까지 걱정해야 했다.

웃지 않은 사람은 삼수딘뿐이었다. 그는 시선을 마룻바닥으로 떨구고 있었다. 그리고 잠시 후 두 눈을 들었을 때는 그 안에 차가운 냉기만 남았다.

그가 반드시 나를 응원해야 할 까닭은 없지만 그래도 난 그의 지지를 믿었다. 물론 기지의 상황이 이렇게 돌아간 이상, 그렇게 끝나지 않으리라는 정도는 우리 둘 다 알고 있었다.

다음 날 저녁, 점호가 끝나고 식당으로 가는데 삼수딘이 나를 밀었다. 나는 너무 놀라 아무 말도 하지 못했다. 그가 곧바로 미안하다고 사과하더니 무릎을 꿇었다.

"이걸 떨어뜨렸네요." 그가 내 손에 차가운 물체를 쥐어주었다.

모종삽 손잡이. 한 쪽을 끊어냈는데 길이는 약 15센티미터 정도였다. 그가 어떤 일을 했는지 이해할 수 있었다. 간수들은 점호 때마다 몸수색을 했다. 따라서 이런 무기를 지니다 발각나면 크게 곤욕을 치를 수밖에 없었다.

나는 그 끝을 바위에 갈고 넝마와 창유리용 접착제로 손잡이를 만들었다. 그리고 아침이면 무기를 옥외변소 구석에 감추었다가 밤에 다시 찾아와 베개용으로 둘둘 말아 놓은 외투 밑에 숨기고 머리를 눕혔다.

놈들은 일주일 이상 기다렸다. 내가 방심한 틈을 노릴 생각이겠지만 마침내 반격을 가했을 땐 이미 준비를 끝낸 후였다.

발자국 소리가 먼저였다. 놈들이 침상에서 미끄러져 나오더니 내가 누워 있는 곳을 향해 건너오고 있었다. 나는 눈을 감은 채였다.

놈들도 칼붙이를 들었지만 내가 좀 더 냉정하고 민첩한 데다 화도 많이 나 있었다. 난 한 놈의 목을 베고 다른 놈의 등과 엉덩이에 여러 차례 칼집을 내주었다. 놈이 비명을 지르며 달아났다. 간수들이 등불을 들고 달려왔을 때 보니 놈이 얼마나 놀랐던지 자기 손가락을 반쯤 자르기까지 했다.

간수들은 나를 감옥으로 끌고 갔다. 나는 끌려가면서도 놈들을 저주했다. 다음에 덤비는 놈들도 똑같이 해주겠다고 으름장도 놓았다. 아쉽게도 둘 다 목숨을 건졌다지만 손가락은 결국 끊어냈다고 들었다.

감옥에는 며칠 밤을 머물렀는데 그 정도는 아무것도 아니다. 나는 상황의 추이가 맘에 들었다. 이후로는 아무도 나를 건드리지 못할 것이다. 간수들도 나를 죽이지 못한다. 물론 노예가 가치가 있기 때문이다. 그게 아니라면 그 먼 곳에서 끌고 와 집도 주고 먹을 것도 줄 이유가 어디 있겠는가. 놈들이 건드리지만 않으면 농장으로 돌아갈 수도 있으리라.

그러던 어느 날 보스와이트가 들판을 순찰하다가 내가 건초를 꾸리는 마차까지 찾아와 말을 걸었다.

"스타비츠키랑 맥레넌하고 한바탕 했다면서?"

"날 겁탈하려 했던 병신들 이름인가요?" 내가 되물었다.

그는 맥레넌이 손가락을 잃었다고 했다.

어차피 미안한 척할 생각은 없었다. 보스와이트도 마찬가지였다.

그 안에서는 내 친구들 역시 고까운 존재였기에 삼수딘도 나와의 친분을 쉽게 드러내지 못했다. 자칫 무슬림 가족에서의 위치를 망가뜨릴 수도 있었다. 덕분에 나는 다른 노예들보다 소문에 늦을 수밖에 없었다. 그야 아무래도 상관없었다. 대부분의 정보가 헛소리였기 때문이다. 소문은 막사에서 잘 때 엿듣는 것만으로 충분했다. 일찌감치 깨닫고는 있었지만, 보스와이트가 이 모든 수고를 감수하는 이유가 단지 농장 노동력을 확보하기 위해서일 리는 없었다. 다만 내가 외톨이로 지낸 탓에 상당한 시간이 흐르고서야 우리를 데려온 진짜 이유를 알았을 뿐이다.

이곳에 도착하고 6개월 후, 2월 어느 날이었다. 간수들은 아침식사 전에 일찍 점호를 소집했다. 우리는 광장에 집합했다.

아직 어둡고 춥고 조용한 시간이었다. 노예들 입에서 하얀 김이 피어오르고 추위를 잊기 위해 발을 구르는 소리도 먹먹하게 이어졌다.

평소의 간수들 외에 새로운 무리가 보였는데 이번에 새로 징발한 모양이었다. 모두 겨울 여행 복장을 하고 있었다.

간수들은 한 사람씩 줄을 따라 다니며 각자 노예 두 명씩을 골라냈다. 간수장은 톨라라는 러시아 혼혈로, 이곳에서는 보스와이트의 부관 역할을 맡고 있었다. 그도 천천히 노예들 사이를 누볐다. 그가 지날 때마다 노예들은 잔뜩 긴장해서는 흡사 간택을 바라는 후궁처럼 상체를 조금씩 앞으로 내밀었다.

톨랴가 내 앞에서 멈추자 양 옆의 사내들이 먼저 신음을 흘렸다. 급기야 한 놈은 "접니다, 톨랴"라고 나지막이 속삭이기까지 했다. 톨랴가 그를 보고 미소를 짓더니 줄에서 끄집어냈다. 간택을 받자 신이 났던지 그자가 우리를 돌아보며 씩 웃었다.

행사는 노예 스물을 선발해 떠날 때까지 이어졌다. 내 왼쪽에 있던 자가 나한테 운이 없다고 했는데 정말로 진심어린 말투였다. 그래서 무슨 일인지 물었다. 그가 놀란 표정으로 나를 보았다.

"이런, 저 행운아들 더존으로 떠나는 거잖아!"

그 이름을 들은 것도 그때가 처음이었다. 사방에서 횡설수설 질문들을 해대는 통에 더존의 정체를 이해하는 데만도 상당한 시간이 필요했다. 이곳에서는 진실이야말로 보배인지라 손에 넣기가 결코 만만치 않았다.

결국 '더존'이란 기지 북서쪽에 있는 공장 도시였다. 노예 중 일부가 간수로 진급하듯, 일부 노예들은 더존으로 떠나 그곳에서 산업일꾼 훈련을 받는단다. 사람들 말로는 능력 있는 노예들이 행운아가 된다고 했다.

선택되지 못한 데 대한 아쉬움이 없지는 않았다. 늦여름에 다시 간수들의 간택을 받을 기회가 있었다. 누군가 내 앞으로 다가와 어깨를 건드렸으면 했지만 그 후로는 선택 근처에도 다가가지 못했다.

3

다른 노예들이 바지를 수선하고 카드놀이를 하거나 체스 말을 조각할 때 나는 막사 뒤에서 작은 화단을 가꾸었다. 야생화를 캐서 그곳에 심고 꺾꽂이도 했다. 스타비츠키와 맥레넌 이후로 남자들이 건드리지 않았지만 사실 그들이 집적거릴 신참자들은 얼마든지 있었다.

흑토의 위력은 대단했다. 스위트피꽃이 나왔을 때는 간수 하나가 아내한테 선물하겠다며 사가더니 두 명이 또 사갔다. 지불은 옷으로 했는데 맞는 옷도 있었지만 그렇지 않다 해도 카드 판돈으로 걸 수 있었다. 카드로 날린다 해도 명예가 손상될 일은 없었다.

일요일은 자유였다. 종교 활동도 있었지만 술 파티가 더 많았다. 특히 7월의 어느 비 오는 날이 기억에 남는다. 무덥고 습한 날이었기에 다들 막사에 틀어박혀 말썽거리를 찾는 참이었다. 나는 침상에 누워 잠든 척했는데 간수가 들어와 내 이름을 불렀다.

그 자체로 특별할 건 없었다. 이따금 간수들이 찾아와 이름을 부르며 짐을 챙기라고 이르곤 했으니까. 어디로 가는지는 모르지만 대개는 다시 보지 못했다. 거부하는 사람도 없었다. 간수로 선발될 가능성 때문이었다.

남자를 따라갔더니 동료가 기다리고 있다가 함께 울타리 밖으로 데려갔다. 들판에 일하러 갈 때와는 반대 방향이었다. 문지기들이 나를 통과시키며 출입문 옆 초소에서 소지품 검사를 했다. 그때쯤 가슴이 방망이질 쳤다. 자유는 아니지만 이렇게나마 자유의 공기를 마시고 있지 않은가.

뭘 기대했느냐고? 모르겠다. 하지만 그들이 데려간 곳은 극북에서 수없이 보았던 마을은 물론, 2년 전 행군 중에 지나친 마을들과도 별 차이가 없었다. 또 하나의 유령마을. 사람은 없고 잡초만 무성한 곳.

15분 후 우리는 큰 집들이 늘어선 거리에 도착했는데, 이번에는 그 안에 사람들이 사는 기미가 보였다. 마당도 잘 가꾸고 창문에는 커튼도 달았으며 심지어 개 짖는 소리까지 들렸다. 아니, 들개가 아니라 개목걸이와 개줄로 매어놓은 개들 얘기다.

이 마을에 대한 얘기는 들었다. 겨울에 노예 일부가 끌려가 눈을 치웠기 때문인데, 바로 보스와이트와 간수들이 사는 곳이다. 소문이 맞는다면 근처에 매음굴도 있을 것이다. 이른바 우리가 노동으로 봉사하는 마을인 셈이다.

간수들은 거리에서 제일 큰 건물 뒤로 나를 데려갔다. 건물은 형편없었다. 빨간 벽돌 따위로 지은 집인데, 정체는 모호했지만 크기는 엄청난 데다 무척 튼튼해 보였다.

나는 간수 하나를 골라 건물 칭찬을 했다. 당연히 그의 집은 아니겠지만 무슨 말을 할지 떠본 것이다.

그는 아무 말 없이 씁쓸한 표정을 짓더니 이빨 사이로 침을 뱉고 발끝으로 문댔다.

"오늘 오후엔 이곳에서 일한다."

다른 간수가 잘라 말했다. 더 이상의 질문을 허용하지 않겠다는 뜻이겠다.

마당을 둘러보았다. 황량하고 지저분하기만 했다.

"무슨 일?" 내가 물었다.

"저 화단. 막사 뒤쪽의 화단처럼 만들어."

나는 누더기 같은 땅뙈기를 걷어찼다. 잔디도 있고 화단 비슷한 흔적도 있으나 잡초로 뒤덮인 데다 플라타너스나무 그림자가 잔뜩 그림자를 드리웠다.

"불가능해요. 너무 어둡잖아요. 저 나무가 빛을 다 빼앗고 있어요. 게다가 내가 해봐야 기껏 구근 몇 개 심는 정도일 텐데 그나마 여긴 없잖아요."

이곳에 온 후로 내가 배운 처세술인 셈이다. 해야 할 일이 생기면 일단 뒤꿈치로 땅을 파헤치는 시늉을 한다. 진짜 기분을 드러낼 생각은 추호도 없었다. 나 혼자 할 수 있는 일이었다. 게다가 다른 특권까지 걸릴 수 있는데 왜 마다하겠는가?

선임 간수가 필요한 물건을 보내주겠다고 해서, 나는 갈퀴와 삽, 그리고 가능하다면 외바퀴손수레도 있으면 좋겠다고 얘기했다.

두 시간 정도 기다리자, 다른 간수가 연장들을 가지고 나타났다. 외바퀴손수레 대신에 부대자루였다. 나는 작업에 착수했다.

그때부터 내 일과는 완전히 다른 양상을 띠었다. 아침에는 노예들과 함께 일했지만 일주일에 두세 번 간수들이 찾아와 나를 정원으로 데려갔다. 제니아와 아벨만. 담당 간수들 이름이었다. 감시를 받으며 일했기에 기본적으로 혼자는 아니었지만 그래도 고독의 흥취를 한껏 만끽할 수는 있었다.

제니아는 하급 간수로 주로 심부름을 담당했으며, 이따금 나를 도와 나무뿌리를 뽑거나 나뭇가지를 잘라 운반했다. 아벨만은 그러는 동안 나를 감시했다. 방책 안에서는 모질고 냉담하게 대했지만 일단 밖으로 나오면 그들도 편히 대해주었다. 이따금 날씨에 대해 잡담하거나 내 일을 칭찬도 해주었다. 아벨만은 도시 사람인 반면 제니아는 시골 출신이라 내 일을 잘 이해했다.

새 임무 덕분에 수용소 구내에서 약간의 자유도 누릴 수 있었다. 나는 아벨만을 설득해 잔디밭 가장자리를 다듬을 반달 삽을 손에 넣었다. 처음에는 그런 물건이 없는 것처럼 보였으나, 내가 그림을 그려주자 어디에선가 비슷한 물건이나마 가져왔다. 불행히도 반달 삽은 아주 조잡했으며 첫날 쓰자마자 부러져버렸다. 나는 삽날에 피로 균열이 있다고 지적하고 대장간에 들어갈 수 있다면 내가 더 잘 만들 수 있다고 말해주었다.

대장간은 방책 밖이라 감시가 삼엄했다. 마음만 먹으면 노예들이 얼마든지 딴 짓을 저지를 수 있기 때문이었다.

잠시 머뭇거리기는 했지만 결국 그도 동의를 해야 했다.

그때부터 필요할 때마다 직접 연장을 만들었다. 대장간에서의 시간은 홀로 정원을 가꿀 때만큼이나 맘에 들었다. 수용소 대장장이는 노예들 사이에서 귀족으로 통했는데, 그도 내 기술에 감탄하는 눈치였다. 오랜 세월 동안 총알을 제작하면서 갈고 닦은 솜씨였다. 이런저런 사람들이 이렇듯 우호적으로 평가해준 덕분에 막사 생활도 한결 수월해졌다.

겨울이면 일거리가 줄어들 것이 뻔했기에 나는 할 일을 비축해 봄까지 끊어지지 않게 할 참이었다. 간수들한테 부탁해 플라타너스나무를 쓰러뜨리고 잔디밭 가장자리의 잡목들을 정리하고 다음해 경작을 위해 도구들을 제작하는 등, 방책 밖에서 혼자 일할 수 있다면 뭐든 상관없었다. 정원에서 일할 때만은 나도 미치지 않을 수 있었다.

일을 하다보면 이따금씩 누군가 집 안에서 지켜보고 있다는 느낌이 들었다. 목소리도 들려왔다. 여자 목소리, 분주히 움직이는 발소리. 하지만 가장 이상한 일은 가을에 있었다. 평소보다 늦게 일을 마치고 어스름 속에 연장을 모으던 참이었다. 그러다 갑자기 콧노래가 들렸고, 돌아보니 창문이 모두 노란 전구 불빛으로 환하게 밝혀져 있었다.

3월, 정원은 생명으로 충만했다. 겨울이 순식간에 지나간 기분이었다. 나로서는 잘된 일이다. 봄이면 정원에 혼자 있을 시간이 많아지기 때문인데 한편으로는 참 나도 파란만장하다는 생각이 들었다.

이렇게 일찍 정원에 꽃이 피고 나무들이 싹을 틔우는 장면을 보노라니, 문득 변화야말로 뿌리 깊은 곳에서 움텄다는 생각도 들었다. 비로소 퉁구스족의 마음도 이해할 수 있었다. 퉁구스족에 따르면, 세상은 겨울 내내 잠이 들었다가 어느 순간 악마처럼 분노를 터뜨리며 일어나서는 가는 길마다 닥치는 대로 때려 부순다.

봄과 여름 내내, 이틀에 한 번 잔디기계를 밀고 다니며 잔디를 깎았다. 물론 낡고 녹슬어 잘 구르지도 않는 데다 7월의 더위에 온갖 벌레들까지 기승인지라 고된 일일 수밖에 없었다. 나는 잠시 일을 멈추고 헝겊으로 얼굴의 땀을 훔쳤다. 아플 정도는 아니지만 땀 속의 염분 탓에 벌레 물린 상처가 더 화끈거렸다.

시간이 지나면서 간수들도 하나로 줄었다. 오늘은 아벨만인데 나로서는 덜 반가운 쪽이다. 그는 무릎 위에 총을 내려놓고, 부엌 벽에 기대 앉아 나뭇가지로 집고양이를 놀려댔다.

그때 스크린도어가 쾅하고 열리는 소리가 들렸다. 아벨만이 부스스 자리에서 일어나더니 흡사 소시지 냄새를 맡은 개처럼 바보 같은 미소를 지었다.

그곳에 열 살 정도의 소녀가 서 있었다. 청색 체크무늬 드레스 차림이었고 손에는 물 잔을 들었다.

그녀가 내게 잔을 넘겼다. 신기하게도 내 얼굴을 보고도 놀라는 기색이 아니었다. 다만 손을 다소 떨었기에 유리잔 속에서 달그락거리는 소리가 들리기는 했다.

"우리 집에 냉장고 있어요." 아이가 말했다.

물은 마시기 힘들 정도로 차가웠다. 달그락 소리도 각얼음이 잔에 부딪치며 낸 소리였다.

"아줌마예요, 아저씨예요?" 그녀가 물었다.

나는 물을 홀짝였다. 예쁘장한 아이다. 나 같은 개차반과는 차원이 달랐다.

"아줌마." 내가 대답했다.

"얼굴은 왜 그래요?"

"늘 그렇게 질문을 많이 하니?" 내가 되물었다.

"얼음 더 드려요?"

"그래줄래?"

아이는 각얼음을 한 접시 들고 돌아왔다. 나도 아이를 도와 접시에서 얼음을 떼어냈는데 철제접시라 얼음 결정이 더덕더덕 달라붙고 말았다. 얼음은 내 손에도 붙었다. 얼음을 떼어내자 소녀는 나와 아벨만에게 사탕처럼 건네주었다. 아벨만은 손에 얼음을 담고 녹아서 흘러내릴 때까지 그냥 들고 있었다.

그때 스크린도어 너머에서 중저음의 여자 목소리가 들려왔다. 나타샤, 당장 돌아오지 못해! 나타샤는 잔과 얼음 접시를 들고 안으로 미끄러져 돌아갔다.

"잘 가, 나타샤." 아벨만이 끈적거리는 목소리로 외쳤다.

문이 쾅 하고 닫힌 다음 내가 그를 돌아보았다.

"냉장고 전력은 어떻게 얻죠?"

하지만 그는 다시 고양이를 희롱하다가 이번에는 목소리에 기름기를 싹 뺀 채 내 말을 그대로 돌려주었다.

"늘 그렇게 질문을 많이 하나?"

다음에 갔을 때 그들은 정원에 벤치를 세우고 그네를 매달았다. 나타샤가 그릇을 들고 나타났는데 뭔가 들어 있었다.

"아줌마 주려고 남겨놨어요."

복숭아 통조림. 모두 네 조각이었다. 한 조각을 집어 들자 육질이 벌거벗은 벌레처럼 꿈틀거렸다. 아이는 내가 먹는 모습을 지켜보았다. 다친 새를 집에 데려와 먹이고 보살피는 아이의 표정이 저럴 것이다. 복숭아는 석양만큼 황금빛에 꿀보다도 달았다.

"고맙다."

내가 인사를 하고 손가락을 바지에 문질러 닦았다. 아이는 즐거운 듯 키득거리며 집으로 달려 돌아갔다. 아이는 그 후에도 이런저런 물건들을 가져다주었다.

하루는 더위 속에서 일하고 있는데, 아벨만을 보니 고개를 숙인 채 코를 골며 졸고 있었다. 제일 먼저 머리를 스친 생각은 탈출이었다. 갈퀴를 내려놓고 집 뒤편으로 가서 도로 양편에 아무도 없는지 살펴보기까지 했다. 발에 오만 가지 용도의 사슬을 차고 있으니 서두를 일은 아니었지만, 마음은 벌써 저만치 줄달음쳤다. 사슬이야 쉽게 끊을 수 있을 테니 칼 한 자루와 음식을 넉넉히 훔쳐 집이 가려줄 때까지 멀리 북쪽으로 도망치는 거야. 갑자기 아이의 깔깔대는 웃음소리가 들려왔다.

그 소리를 따라 창가로 가서 안을 살펴보았다. 나타샤가 식탁에 앉아 젖은 머리로 어깨에 천을 두르고 있었다. 엄마가 가위로 여기 싹둑 저기 싹둑 머리를 자를 때마다 조그만 머리칼이 밀가루처럼 바닥에 떨어졌다. 아이 엄마가 등을 지고 있어서 말소리는 들리지 않았으나, 가끔씩 서로 농담을 던지고는 배를 잡고 웃곤 했다.

그밖에 특별한 점은 없었다. 그러니까 내가 지금까지 본 수많은 부엌들과 다른 점은 하나도 없었다는 얘기인데, 그럼에도 어찌된 일인지 그 광경에서 눈을 뗄 수가 없었다. 그 다음에 기억하는 것은 아벨만이 내 등을 툭 건드리며 돌아가 일하라고 한 것뿐이다.

그 뒤로도 몇 번이나 나타샤는 나를 보러 나왔는데, 엄마가 부엌에서 주춤주춤 아이를 불러들이면 나는 작업을 재개하곤 했다. 그러다가 8월 말경 여름이 끝날 무렵 꽃들 대부분이 활짝 피어나자 아이 엄마는 아예 정원으로 찾아오기까지 했다.

키가 크고 날씬하고 예쁜 여자였다. 나이는 나보다 조금 어린 듯했다.

"그동안 수고해준 데 나타샤와 함께 감사드려요. 정말 아름답게 꾸몄네요." 그녀가 말했다.

한 번도 누구한테 꿀린다는 생각은 못했는데 그녀와 함께 있으면 어딘가 위축된 기분이 들었다. 내 몸의 악취와 찢기고 더러운 옷, 손과 손톱에 낀 흙. 반면에 그녀는 너무도 깨끗하고 사과꽃 향기보다 달콤했다.

"에…, 어차피 나한테도 도움이 된걸요." 내가 대답했다.

우리는 한동안 멋쩍게 서 있었다. 그녀는 궁금한 사항이 많았으나 어떻게 물을지 몰라 난감해했고 나도 어서 빨리 전지 작업을 서두르고 싶었다. 그런 식으로 현재의 내 처지와 모습을 창피해하며, 나도 사고만 없었던들 저렇게 우아한 모습이 되었을 텐데 하고 청승을 떨 마음은 없었다.

나는 고개를 떨군 채 그녀가 갈색의 맨발로 잔디 밟는 모습을 훔쳐보았다.

"예, 아무튼 고마워요." 그녀가 마침내 말하고 안으로 들어갔다.

다음 날은 점호도 빠지고 침대에 누워 있었다. 남자들은 사소한 잘못에도 매질을 당했지만 매달 있는 그날이라고 하면 간수들도 대충 넘어가는 분위기였다.

점심 후에는 외양간에 갔다. 아벨만이 찾으러 왔을 때, 때려죽인다 해도 더 이상 정원사 놀이는 하지 않겠다며 고집을 부렸다. 그가 설득을 시작했다. 그래도 전혀 들으려 하지 않자 간수 둘을 더 데려와서는 나를 끌고 감방에 처넣었다. 나는 한동안 문을 두드리다가 잠들어버렸다. 도대체 왜 이런 식으로 가끔 미친 짓을 하는지 나 자신도 알 도리가 없었다.

남자들이 미친 짓을 하면 간수들이 가두고는 정신을 차릴 때까지 두들겨 팼다. 때문에 나도 그들을 기다렸으나 문이 열렸을 때 들어온 사람은 다름 아닌 보스와이트 자신이었다.

보스와이트는 간수를 시켜 나를 일으켜 세우고 따라오게 했다. 그가 안짱다리로 거들먹거리며 앞장섰다.

그는 연병장 맞은편에 있는 이층 건물로 나를 데려갔다. 대부분의 창문이 남아 있는 유일한 건물이었다.

"옛날에는 군사기지였는데. 물론 그 정도는 알고 있겠지?" 그가 말했다.

사무실은 이층이었다. 한쪽 끝에 커다란 책상이 놓여 있고 의자 뒷벽에 지도도 한 장 붙어있었다. 난 지도에서 눈을 떼지 못했다. 학교에서 보았음 직한 낡은 지도였는데 오른쪽 위의 끄트머리가 알래스카의 서단이고 그 아래 캄차카와 쿠릴 반도가 있으며 거대한 아시아가 서쪽의 우랄 산맥까지 이어졌다. 우랄 산맥 너머는 유럽이었다. 한때 달나라 토끼만큼이나 불변으로 믿었을 세계의 얼굴이다. 지도에는 파란 잉크로 우리가 행군해온 길 말고도, 극북의 지명 등 몇 가지 표시를 해두었으며, 나로서는 해독이 불가능한 기호들도 여럿 보였다.

양쪽 벽에는 붉은색 양탄자와 곰 가죽이 걸려 있었다. 책상 위에는 코사크 전통 칼인 킨잘이 놓여 있었다.

그가 담배를 권했으나 내가 거부하자 자기만 불을 붙였다. 파이프 담배처럼 히말라야삼목 냄새가 났다. 담배를 너무 많이 피운 탓에 손가락에 갈색 얼룩까지 배어 있었다.

"아내가 새 정원을 무척 좋아하더군. 네가 일을 하지 않으면 무척 실망할 거야." 그가 마침내 입을 열었다.

"안됐군요. 그 일에 구미를 잃었거든요." 내가 대답했다.

그래서 다른 사람들과 정규 작업을 재개했다. 정원이 그립기는 했다. 한밤중에 수용소가 시끄러운 잠 속으로 빠져들고 나면 가끔은 마음속으로 그곳을 그려보기도 했다. 마지막으로 보았던 꽃들, 퇴비를 만들기 위해 짚으로 덮어둔 노란 마르멜로 열매, 비온 뒤 축축해진 잔디. 정원 일을 포기하다니 미친년 아닌가 생각들 했겠지만, 정작 나는 그곳에 돌아가지 않게 되어 너무도 행복했다.

그 여자를 보면 어쩐지 비렁뱅이가 된 기분이었다. 식당 문을 부여잡고 잔돈을 구걸하며 '고맙습니다'를 연발하는 거지. 그녀의 삶은 나를 조롱했다. 내가 땀 흘려 일군 정원에서 그 여자가 대신 편안하고 느긋하게 살아간다고 생각하니 미칠 것만 같았다. 나와 핑이 이 똥더미 같은 막사에서 썩어가는 동안 저들은 각얼음을 오도독 깨물며 우리들을 구더기 보듯 경멸하고 있는 것이다.

나는 심각하게 탈출을 계획하기 시작했다.

4

이듬해 봄쯤 빠져나갈 생각이었다. 12월과 정월에는 따뜻한 옷 대부분을 다른 노예들에게 팔아넘겼다. 날씨가 혹독할 때까지 기다린 덕에 최고가를 받을 수 있었다. 노예들은 그곳에서 현찰로 통하는 물건들, 즉 담배, 술, 식량 등으로 지불했다. 서로에게서 아무렇게나 사들이는 물건들도 가격표만 붙여놓으면 확고한 가치를 가질 수 있었다. 그런 식으로 양말로는 담배 두 개비, 양털 벙어리장갑으로는 밀주 한 병을 구입했다.

충분히 자금을 확보한 다음에는 수용소 대장간 고참을 매수했다. 판크라토프라는 자인데 덕분에 일주일 동안 그곳에서 일할 수 있었다. 내가 제일 졸병이라며 석탄을 삽질하게 하고 풀무질을 맡겼지만 덕분에 추위도 면할 수 있으니 불만은 없었다. 할 일이 없을 때면 달군 강선으로 작은 새와 꽃을 만들어 간수들에게 싸게 팔아넘겼는데 그들도 아내나 애인한테 선물한다며 무척 좋아했다.

일주일은 2주로 늘고, 다시 3주가 되었다. 그 바람에 한동안 그곳에 머물 것처럼 보였건만, 대장장이 둘이 간수들에게 만들어주던 장신구들을 질투한 탓에 판크라토프도 어쩔 수 없이 평화 유지를 빌미로 나를 해고해버렸다.

온기가 그립기는 했지만 어차피 할 일도 끝이 났다. 강선으로 장신구를 만들면서 틈틈이 작은 갈고랑쇠 부속들을 제작해 신발 안에 감추었기 때문이다. 그리고 간수들이 작은 비둘기, 물망초 장신구들과 노는 사이에 부품들을 변소에 가져가 벽에 숨겨두었다.

간수들한테서 받은 돈으로는 갓 들어온 노예의 가죽부츠를 샀다. 오랜 행군으로 여기저기 찢기기는 했지만 그것 역시 다른 노예한테 돈을 주고 고칠 수 있었다.

노땅들 몇몇은 이 시기에 그런 쓰레기를 비싸게 사들인다며 비웃었다. 발을 아무리 두텁게 감싸도 어차피 시리기는 마찬가지라는 얘기였다.

우리 노예들끼리 하는 얘기가 있었다. 기지의 노예가 세공전문가가 되는 이유는 찌든 삶을 조금이나마 달래기 위해서지만 그래도 겨울이면 덤으로 가죽부츠가 생기기 때문이다.

하지만 나는 겨울에 신으려고 마련한 부츠가 아니다. 축축한 해빙의 봄에 수천 킬로미터를 버티며 걸어줄 신발이 필요했을 뿐이다.

아침과 저녁으로 빵도 반씩 남겼다. 그렇게 하는 노예들이 많기는 했지만 나중에 먹거나 교환이나 카드놀이에서 사용한 반면, 내 빵은 침상에서 딱딱해질 때까지 말렸다가 곡물 창고로 가져가 처마 밑 비밀장소에 감췄다. 물론 못이나 철사로 걸어 쥐들이 닿지 못하도록 했는데, 전에는 해본 적이 없지만 그런 식으로 러스크를 만든다는 얘기는 들은 바 있었다. 빵은 여기저기 따로따로 숨겼다. 누군가 일부를 찾아낸다 해도 나머지를 챙길 수 있기 때문이다. 어차피 여행에 필요한 정도만 있으면 된다.

그런데 제일 따뜻한 옷들을 팔고 겨울 내내 허접대기만 입고 지낸 탓에 그만 건강을 잃고 말았다. 그 바람에 최악의 열병을 포함해 방책을 지나가는 병이란 병은 모조리 앓기 시작했다.

진짜 아픈 사람들은 작업을 면제하고 병동으로 보내지만, 정말 끔찍한 폐병쟁이들까지 우글거리는 탓에 대개는 차라리 노동으로 열병을 이겨내는 방법을 택했다.

우리 사이에 그나마 인간적인 면모가 있다면, 작업팀 내에 아픈 동료가 생기면 다른 노예들이 하루 노동을 이겨내도록 도와주는 점이었다. 나 역시 그런 일을 여러 차례 했다. 아픈 동료한테는 제일 가벼운 짐을 맡기고 실내 작업일 경우에는 감시가 없는 틈을 타서 두 다리를 벽에 기댈 수 있게 해주었다.

인간적인 면모라고 했지만 이유가 없지는 않았다. 우리 자신도 그런 호의를 필요로 할 때가 있다는 정도는 다들 알고 있었다.

정월 말, 최악의 열병이 수용소를 휩쓸었다. 이른 아침부터 비실비실 우유를 짜고 있는데, 함께 일하던 남자가 의자에 앉혀주었다. 지독한 열과 오한에 온몸을 부들부들 떨었으나 솔직히 짜릿한 쾌감이 없지는 않았다.

병 때문에 제정신이 아니었다. 빌리 에라스무스, 칭기스, 고샤가 들통을 들고 있는데, 내 눈에는 어머니와 샤를로와 안나로 보였다. 집에서 함께 크리스마스 요리를 하는 중이었다. 외양간의 흐릿한 조명이 노란 불꽃처럼 뛰어다니고 온몸이 용광로처럼 뜨거웠다.

고샤가 나를 보며 미소 지었다.

"메이크피스가 뿅 갔구먼! 진짜 술 취한 여자 같잖아. 이 친구 눈 좀 봐!"

나는 아무 말도 하지 못했다. 그때 어디선가 귀가 멀 듯한 굉음이 들렸기 때문이다. 낯익은 소리. 그래, 비행기! 비행기야. 나는 벌떡 일어나 이제 모두 구조되었다고 말해주었다. 그렇게 말하고 있는데 노란 빛이 꺼지고 세상만사가 녹아 별이 되었다.

나중에 고샤 말에 의하면, 내가 유령처럼 창백해지더니 벽을 흔들 정도로 비명을 지르며 마룻바닥에 쓰러졌단다. 내 기억은 어둠뿐이었다. 얼핏 숨겨둔 빵은 어떻게 하나 걱정했던 것도 같다.

나는 병동으로 끌려갔다. 식은땀을 뒤집어쓰고서도 내 몸에서 손 떼라며 악다구니를 쳤다. 병동은 어둡고 도살장 냄새가 났다. 간수는 없었다. 워낙 끔찍한 곳이라 근무자 없이 병자들 스스로 알아서 살아 돌아오는 구조였다. 나는 일어날 정도가 되자마자 얼른 그곳을 빠져나왔다. 나를 눌러 앉혀두기 위해 신발까지 빼앗아간 터였으나, 아침에 터덜터덜 맨발로 눈밭을 기어 나와 기어이 아침 점호에 참석했다.

그제야 보스와이트도 나를 보았다. 그가 간수와 몇 마디 주고받더니 나를 열외로 빼내고 신발도 돌려주었다. 신열과 현기증 때문에 끈을 매기가 어려웠다. 발가락 하나가 동상 때문에 하얗게 죽어있었다. 간신히 걸음을 내딛기는 했지만 수족은 따로 놀고 몸은 태엽시계라도 달아놓은 듯 발작적으로 씰룩였다.

나는 간수들을 따라가면서 얼마든지 일할 수 있다며 큰소리를 쳤다. 그러나 그들이 데려간 곳은 병동이 아니라 보스와이트의 집무실이었다.

겨울이었으니 그도 배불뚝이 난로를 들여놓고서 깨진 창밖으로 연통을 내밀어 놓았다. 덕분에 방 안이 숨 막힐 듯 더웠건만, 그럼에도 나는 지독한 오한으로 목소리가 염소 울음처럼 떨렸고 머리가 흔들릴 정도로 이를 달그락거렸다.

간수 하나도 따라 들어와 책상 옆에 섰다.

"일하기로 결심한 모양이군." 보스와이트가 말했다.

"예, 그렇습니다."

나는 애써 아무렇지도 않은 듯 대답했으나 방이 그의 머리 주변에서 춤을 추었다.

"아직 환자야." 그가 따졌다.

"별 일 아닙니다." 내가 이빨을 달그락거리며 중얼거렸다.

"겨울옷. 겨울옷은 어떻게 된 거냐?"

"노름빚."

보스와이트가 간수에게 윙크했다. 마치 우물 바닥에 빠지기라도 한 듯 그의 목소리가 메아리치며 내게 내리꽂혔다.

"노름에 소질이 없다는 얘기는 들었다. 그런데 병동 환자들한테 비행기가 데리러 온다고 했다던데, 비행기로 탈출할 생각이냐?"

내가 고개를 저었다.

"비행기를 본 적이 있나, 메이크피스?"

"아닙니다. 헛소리를 한 모양입니다."

어쩌면 감춰둔 빵을 들켰거나 비몽사몽간에 탈출 의도를 흘렸을 수도 있겠다. 그 경우 난 죽은 목숨이다.

"극북 출신이지?"

"원래는 미국인입니다."

"정착민인가?"

나는 그렇다고 대답했다.

"극북 정착민들은 개똥만큼이나 물러터졌다는 얘기는 들었다."

보스와이트의 비아냥거림에 간수가 키득거렸다. 여전히 나는 고개를 똑바로 들고 있기가 어려웠다.

"잘 모르겠습니다."

"내가 보기에도 그렇던데 뭘. 가서 쉬도록."

그가 간수에게 고갯짓을 했다. 너무 피곤해 항변할 기력도 없었다. 무슨 일인지 이해도 가지 않았다. 간수들이 작업장으로 끌고 가 사슬을 풀어주었다.

III

폴린 66

1

이틀 후에야 변화가 조금씩 이해되기 시작했다.

거의 3년 만에 처음으로 독방이 생겼다. 새 막사에는 침상도 있고 지저분하나마 매트리스도 있었다. 기름등잔이 놓인 작은 책상도 있고 창밖으로는 연병장이 내다보였다. 머리 위 천장에 갈색 줄무늬가 대여섯 개 이어졌는데 어느 곳이나 그 끝은 짓이겨진 여름 모기 시체들로 덕지덕지했다. 난방 기구는 없어도 나프탈렌 냄새 지독한 군용담요 정도는 충분했다.

누군가 하루에 세 번 식량을 배달했다. 나는 진땀을 흘리며 결국 열병을 이겨냈다.

몸이 낫자 마음 한구석에서는 당장 저 문을 걸어 나가 은은한 달빛의 하이웨이를 타고, 왔던 길을 따라 돌아가고 싶었다. 모르긴 몰라도 집에는 아무도 없을 것이다. 자동피아노는 박살이 나고, 먼지 낀 책들과 침대도 마찬가지이리라. 화단은 버려둔 식물들이 제멋대로 싹을 피워 엉망진창이 되었겠지. 그래도 돌아가고 싶다. 내가 잘 아는 곳. 사랑하는 사람들의 기억이 있는 곳으로.

하지만 여행 시기와 준비에 대한 실제적인 고민 말고도 발목을 붙드는 문제는 또 있었다.

마당에서는 노예들이 막사로 향하고 있었다. 땅거미가 지면 그 모습은 마치 구세계를 보는 듯했다. 농장이 있고, 노동자들은 더러운 창밖에서 차가운 밤공기를 맞으며 삼삼오오 어슬렁거리고.

그 중 한 명이 삼수딘이었다. 걷는 모양으로도 알 수 있었다. 애초에 서두르는 노예들은 없지만 샴수딘은 요 근래 눈에 띄게 동작이 굼떴다. 허리도 다소 굽은 듯 보였다. 그때쯤에는 기지에서 제일 연장자에 속하기도 했다. 이곳에 온 지 벌써 네 번째 겨울이 지나고 다섯 번째 여름에 접어들었는데 벌써 1년 이상 한 마디 말도 해보지 못했다.

샴수딘은 기지에서의 고된 노동에 금세 노화하고 말았다. 지난 몇 달 동안 지켜봤지만, 들판에 나가서도 일이 더디고 자주 삽에 기대 쉬었으며 호흡도 가빴다. 젊은 아이들이라면 반항심에 일부러 게으름을 피우는 경우가 있지만 샴수딘 같은 노인들의 동작이 굼뜬 이유는 기운이 딸리기 때문이었다. 더군다나 그 와중에도 자신의 상황을 들키지 말아야 했다. 덕분에 동작에 변덕이 심하기도 했지만 그 뿌리는 당연히 지독한 피로감이었다. 이따금 아무도 없다고 생각할 때면 벽 뒤에 엉덩이를 붙이고는 다리까지 쭉 펴고 앉았는데 그럴 때면 놀랍게도 얼굴이 시체처럼 창백하고 공허하기까지 했다.

기지 내에 50대 후반은 한 명도 없었다. 질병과 악천후 때문에 쉬 늙는 경향이 있었는데, 간수들 역시 백발머리는 거의 찾아볼 수 없었다.

최고령 노예들의 바람은 단 두 가지였다. 하나는 간수로 승진하는 것인데 나이가 들수록 기회는 줄어드는 데다 무슬림에게는 그나마 그림의 떡이었다. 두 번째는 더존에 가서 좀 더 쉬운 일을 맡는 것이었다.

보직이동 소문을 들을 때마다 고령 죄수들의 노력은 차라리 눈물겨웠다. 전날이면 면도를 하고 머리를 빗는 등 난리를 부렸다. 투빅이라는 영감은 남몰래 꿍쳐둔 새 셔츠를 입고 그 위에 기장까지 주르륵 걸었다. 간수들이 눈길을 주기라도 하면 깡마른 턱을 치켜세웠으나 그냥 지나쳐버리고 나면 목울대를 꿀꺽 삼키곤 했다.

오두막으로 돌아가는 길에 퉁구스 혼혈이 그를 놀렸다.

"메달은 어디서 훔친 거요? 늙다리 도둑 양반."

투빅의 상처 입은 자존심을 또 한 번 짓밟는 조롱이었다.

"태평양전쟁에서 2년을 싸웠다, 이놈아. 너 같은 쪽발이와 짱깨 정도는 맨손으로 죽였어. 망할 놈 같으니라고."

투빅이 때리려 하자 퉁구스 아이가 비웃으며 영감의 허약한 두 팔을 밀쳐냈다. 아이의 두툼한 갈색 주먹에 비해 투빅의 손은 허약한 새발처럼 보였다.

그날 밤 퉁구스 소년은 기장을 훔쳐 다음 날 카드로 날려버렸다. 일주일 후 투빅은 잠을 자다가 숨을 거두었다.

더존의 꿈을 키워준 주체는 단연 간수들이었다. 내가 노예였을 때 그들은 툭하면 그곳에 대해 떠들곤 했다. 간수 마을에는 냉장고, 발전기, 무기들이 있는데, 그들 말에 따르면 모두 더존에서 제작한 물건들이라고 했다. 심지어 영화관이 있다는 얘기도 들었다. 나도 보고 싶기는 했으나, 나보다는 샴수딘이 갔으면 좋을 듯싶었다.

샴수딘의 패배의식이 커가는 점도 문제였다. 그날 지붕에 올라갔을 때 그가 구세계에서 어떤 인물이었는지 언뜻 훔쳐볼 수 있었다. 노예들 중에는 다른 세상을 전혀 모르거나 더 지독한 곳에서 살기라도 한 듯 이곳 기지에 자연스레 녹아든 이들도 있지만, 샴수딘은 말 그대로 그가 살던 세상을 향한 향수처럼 끝내 품위를 간직하려 애

썼다.

문득 삼수딘 같은 남자가 오히려 더존에 어울리겠다는 생각이 들었다. 처음에야 천한 일을 하겠지만, 조금이라도 야망이 있는 사회라면 이내 그의 가치를 알아볼 것이다. 수없이 여행을 하고 수개 국어에 능통하며, 인간 신체의 근육 이름을 낱낱이 기억하는 사내가 아닌가! 나 같은 인간들은 쎄고 쌨다. 강인하고 현실적이기에 툰드라에 내놓아도 어떻게든 살아남을 인간들. 하지만 삼수딘의 지식은 오로지 책을 통해서만 얻을 수 있는 종류였다. 물론 그 지식 모두를 활용할 수는 없을 것이다. 이따금 무의미해 보이기도 했고, 노예 목에 진주목걸이라도 걸어준 듯 이상할 때도 있었다. 하지만 우리보다 많이 아는 사람들은 항상 그의 지식을 높이 평가했다. 그의 머릿속에는 수백 년 동안 쌓아온 인류의 지식이 들어 있었다. 그런 정보들을 얻기까지 수천 년의 연구가 필요했을 터이기에, 나 또한 그 위에 피를 뿌려도 좋을 만큼 소중하다고 믿었다. 지구가 태양 주변을 돈다고 말하기까지 무려 천 년의 과학과 실험이 필요했고 또 그만큼의 사람들이 죽었다고 하지 않던가. 게다가 지식을 잃고 나면 다시 회복할 때까지 수천 년이 필요할 것이다.

그런 그가 꺼져가는 모습이 너무도 슬펐다. 마치 자기 내면에 빠져버린 듯 다른 무슬림과도 더 이상 가깝게 지내지 않는 것 같았다. 어떻게든 거기서 꺼내주었으면 싶었다. 그를 보면 무기고에 감춰둔 책들 생각이 났지만, 당연히 책보다는 사람이 윗길이다.

그래서 마음 한구석에서는 언제나 그를 위해 뭘 할 수 있을까 고민하곤 했다. 비행기 사람들과 연결할 방법만 있다면 뭐든 가능하련만.

이런저런 상황으로 보아 그도 2년을 넘기기가 어려웠다. 어쩌면 그보다 빨리 투빅처럼 공터에 묻힐 것이다.

가을, 땅이 얼기 전이면 간수들은 노예 대여섯을 숲으로 끌고나가 깊은 구멍을 파게 했다. 해빙이 되면 다시 노예들을 끌고 나가 겨우내 그곳에 던져놓았던 시신을 흙으로 덮는데, 그 수가 열다섯에서 스물이나 되었다. 장례식 따위는 없었다. 간수 둘이 시신을 보따리에 넣고 수레에 실어 구멍에 던진 다음 그 위에 석회가루를 뿌린다. 그러고는 다음 시신이 들어올 때까지 매장 없이 그 상태로 방치했다.

그 광경에 돌덩이라도 마음에 얹힌 듯 아무래도 샴수딘에게 기회를 줘야겠다는 생각이 들었다. 그래야 할 이유를 대자면 끝이 없겠지만, 너무 깊이 파고들어봐야 결국 제풀에 곱드러지기밖에 더하랴. 돌이켜보면 그에게 감정이 있었던 것만은 분명하다. 핑 이후로 유일하게 손톱만큼의 친절이나마 보여준 사람인 데다, 어딘가 아버지를 닮았다는 생각도 들었다. 때문에 어쩌면 옛날로 돌아가 아버지를 구하려는 몸부림일 수도 있겠지만 그 이면을 좀 더 파고든다면 더욱 분명한 이유와 맞닥뜨리고 말 것이다. 핑이 죽은 이후 혼자 있는 능력을 완전히 잃고 만 것.

어렸을 때 숲속에 혼자 사는 노인네가 있었다. 마을에서 몇 킬로미터 떨어진 곳이지만 어른들도 절대 가까이 가지 못하게 했다. 노인의 이름은 판코프였고 마당에서 커다란 나무토막에 조각하는 일을 했다. 우리는 몰래 다가가 엿보다가 그의 고함소리에 달아나곤 했다. 어렸을 때라 우리에겐 오락거리였다. "시궁쥐보다 더 미친 영감탱이." 아버지는 그렇게 불렀다. 샤를로가 깜빡하고 그곳에 갔다고 이실직고했을 때는 슬리퍼로 두드려 맞기도 했다.

내가 열두 살쯤 판코프 영감은 숨을 거두고 마을 어른들이 그를 그 집 마당에 묻어주었다. 그 후 오두막은 매년 조금씩 무너져 마침내 거인이라도 타고 앉은 듯 완전히 허물어지고 말았다.

그러고도 나는 1, 2년 동안 그곳을 찾았었다. 판코프는 통나무를 기둥처럼 깎아 뱀과 악마, 커다란 유방을 달고 몸을 비비 꼬는 여자들을 조각해 넣었다. 어른들은 그를 매장하러 가면서도 애써 조각들을 외면했다.

어떤 이유로 집이 주저앉았는지 모르겠지만 덕분에 집 안의 물건들도 마당 주변에 널브러졌다. 찢어진 침대보, 양초, 곰팡이 슨 구두, 깨진 유리 등. 흔히 있음 직한 쓰레기들 가운데 악보가 한 보따리 쌓여 있었다. 예쁜 선과 검은 점을 그린 악보들. 그에게 어떤 의미였는지는 모르겠지만 그는 수고스럽게도 그 종이뭉치를 가져와 수년 동안 소중하게 간직했다. 관심을 공유할 사람은커녕 악기 하나 없이, 그것도 자신의 육신이 삐걱거리며 조금씩 허물어져가는 곳에서 말이다.

판코프처럼 되고 싶지는 않았다. 병원 대기실에서 무작정 기다리듯, 어딘가에서 떨어져 죽거나 부상을 당해 혼자서는 아무것도 먹을 수 없게 될 때까지 시간을 때울 생각은 정말로 없었다. 문제는 그럴 가능성이 농후하다는 사실이다. 내가 젊었을 때의 세상과 지금의 세상 사이에는 너무도 큰 간극이 생겨서, 이제는 꿈속에서조차 건널 수 없을 지경이 되어버렸다.

사람들이 날아다니고 식량이 넘쳐나던, 그래서 극북의 정착민들이 원시인으로 보였던 세계는 정녕 꿈이었을까?

기지의 생활은 인간이 짐승만도 못하다는 증거를 얼마든지 보여주었다. 그리고 내 지난한 여로를 돌이켜보아도, 이 기지에서 외롭게 지내던 때야말로 가장 무의미한 부분으로 느껴졌다.

2

몸이 어느 정도 회복된 뒤로는 간수들과 함께 식사를 했다. 간수들에게는 노예들에게 주는 메뉴 외에 고기와 커피 비슷한 것도 나왔다. 보스와이트가 나를 승진시킨 데 대해 간수들은 그다지 개의치 않는 분위기였다.

노예들이 생각하는 만큼 낙원은 아닐지라도 먹거리도 낫고 프라이버시도 지킬 수 있었다. 이상한 건 간수들이 서로 묘한 경계심을 갖고 있었다는 점인데 왜 그런지는 알 수 없었다. 그들에게는 몇 가지 특혜가 있었다. 온수 목욕, 식권으로 구매가 가능한 작은 매점 등. 그리고 사창가도 있었다. 대낮부터 구부정하게 앉아 있는 여자들이 나와 무슨 상관이 있겠나마는, 이따금 수다를 떨며 머리를 빗는 모습을 보면 불현듯 핑이 생각나 가슴이 미어졌다.

우리는 기지 내에서 살았지만, 지위가 더 높은 간수들은 마을에서 살았다. 그들 중 몇은 결혼을 해서 아예 정착해 살고 있었다.

나는 봄이 되면 달아나겠다는 꿈을 여전히 포기하지 않았다. 사실 더 쉬워지기도 했다. 오래되어 반질거리는 권총도 하나 지급되었는데, 총알도 두 발이나 들어 있었다. 그뿐 아니라 말을 훔칠 장소까지 알아냈다. 하지만 내게는 먼저 해야 할 일이 있었다.

2월, 보스와이트가 우리 몇을 부르더니 더존에 일할 노예들을 파견해야겠다고 말했다. 간수 열 명이 에스코트를 할 예정이었는데 나도 포함되었다. 보스와이트의 부관 역할을 하던 러시아인 톨랴가 이

번 파견대를 이끌기로 했는데, 더존의 경험도 많다고 했다. 나를 포함해 넷은 그곳이 처음이었지만 아무리 간수들 사이라도 어설픈 호기심이나 질문은 정도에 어긋난 일이었다. 때문에 우리도 지극히 당연한 일이기라도 하듯 얌전히 경험자들을 따라하고 또 대응했다.

아침 점호 때 마당에 노예들을 세워놓고 각자 두 명씩을 선발했다. 경험 있는 간수들은 제일 튼튼한 남자를 고른답시고 소동을 피웠는데, 옷을 벗겨 근육을 만지고 눈을 까뒤집어보기까지 했다.

내 차례가 되었을 때 나는 천천히 줄을 따라 걸었다. 애써 남자들의 절박한 표정을 외면하고 건강상태를 확인하는 시늉도 했다. 어느 정도 권력을 얻자 남자들이 얼마나 달라보이던지, 생각하면 기가 막힐 노릇이다. 나는 한동안 노예 주변을 돌며 고민하는 척하다가, 샴수딘과 줄푸가에게 고개를 끄덕여 열외로 빼냈다.

선발 노예들에게는 2분의 시간을 주어 오두막에서 소지품을 챙기게 해주었다. 노예들이 연병장에 재집결한 다음부터는 우리 중 네 명이 행렬을 이끌었다. 모두 스무 명. 행렬은 기지의 중앙 관문을 통과하고 주변 공터를 지나, 간수 마을 변두리의 2층짜리 낮은 건물로 들어갔다. 아래층에 넓은 방이 둘 있었는데 하나는 식당이었다. 기본적으로는 노예들도 간수와 똑같은 식사를 했는데, 배달을 하느라 다소 식기는 했지만 모두들 만족스럽게 먹었다. 식당 바로 옆은 침실로, 침상에는 용수철이 붙어 있었고 사이즈도 기지보다 넓었다.

두 시간 동안 노예들은 식사를 하고 공터에서 운동도 할 수 있었다. 어느 노예에게도 익숙지 않은 자유였다. 더존 파견은 간수를 제외하면 노예들이 바랄 수 있는 최고의 보직인지라, 대부분이 선발의 기쁨을 감추지 못했다.

계절답지 않게 따뜻하고 밝은 날이었다. 잠시나마 노예와 간수의 경계가 허물어지는 듯 보이기도 했다. 노예들은 비로소 기지에서의 악몽 같은 삶에서 깨어난 기분이었다. 너무도 오랜만에 희망에 벅차기도 했다. 더존까지는 어렵지 않은 행로로 보였다. 구체적이지는 못해도 막연하게나마 미래에 대한 기대감도 있었다. 적어도 그들에게 두려운 미래는 아니었다.

샤수딘은 두 눈을 질끈 감고 서서 태양을 올려다보고 있었다. 숨을 쉴 때마다 두 어깨가 오르내렸다. 공터 가장자리의 나무뿌리에 눈 녹은 자리가 있었는데 줄푸가는 그곳 참나무 낙엽 위에 웅크리고 앉아 막대기로 뭔가를 파냈다.

그가 고개를 들더니 손을 흔들어 나를 불렀다. 내가 다가가자 그가 땅 밑에서 뭔가를 힘껏 뽑아냈다. 그의 손에는 호두 크기의 검은 식물이 들려 있었다. 그에게 건네받아 만져보니 딱딱한 육두구 감촉이었다. 줄푸가가 손짓으로 냄새를 맡아보라고 했다.

"알-카마트. 예지자께서 말씀하시기를 눈에 좋다더군." 그가 미소를 짓자 금니가 반짝였다.

그때 갑자기 등 뒤에서 고함소리가 들리더니 뭔가 내 팔을 때렸다. 간수 하나가 달려들어 줄푸가를 바닥에 내동댕이쳤고, 줄푸가는 낙엽 위에 쓰러진 채 당혹스러운 표정을 지었다. 다른 간수 둘이 그를 깔고 앉아 총구부터 겨누었다.

"그게 뭐냐?"

"버섯이야. 냄새를 맡아보니 아주 고급 같은데?" 내가 대답했다.

"그렇소. 버섯이요." 줄푸가도 동의했다.

간수들이 천천히 그를 일으켜 세웠다. 그가 바지에서 젖은 낙엽들을 털어냈다.

"당신 거요, 메이크피스." 그가 흔들흔들 다른 노예들에게 돌아갔다.

10시쯤, 노예들을 막사 이층으로 이끌었다. 보스와이트가 기다리고 있었다. 노예들은 학생들처럼 책상다리를 하고 앉았다.

"다들 처음인가?" 그가 묻자 톨라가 끄덕였다.

"그럼, 잘들 들어라. 알다시피 더존 선발은 특혜다. 내가 듣기로는 이미 알고 있는 자도 있겠지만 너희들 소득은 뭐든 양분한다. 너희를 선발한 간수들이 나머지 절반을 받을 자격이 있다."

간수들이 키득거렸다. 버섯 때문에 줄푸가가 죽을 뻔한 일을 두고 못박아두는 말임을 알아들었기 때문이다.

문득 저들이 어떻게 기지 밖의 집에서 결혼까지 하고 유복하게 사는지 이해되기 시작했다. 더존에 노동자만 충분하다면 얼마든지 부자가 될 수 있다. 보스와이트 역시 재물을 모으는 건 마찬가지였지만 당연히 규모가 달랐다.

"농담은 접어둬라. 쉬운 일이 아니다. 너희들한테 헛소리할 생각도 없다. 더존의 일이 힘들거나 어렵지는 않다. 보상도 많다. 하지만 어느 정도 위험은 있지. 간수들이 너희를 선발한 이유는, 너희가 똑똑하고 상식이 있다고 판단했기 때문이다. 아프지도 않고 고분고분 말을 들을 거라고 믿기 때문이기도 하고.

열흘 동안 열심히 일하면 이곳으로 돌아와 여러 날 휴식을 얻을 수 있다. 열심히 일할수록 휴가도 길어지는 거야. 더욱이 최고 일꾼한테는 보상도 쏠쏠하다.

지금부터는 아포파가토가 일의 성격에 대해 자세하게 설명해줄 거다."

아포파가토는 새까만 흑발로, 짙은 색 안경을 마치 용접 고글처럼 머리에 단단히 묶었다. 어느 지방 억양인지는 몰라도 영어와 무관한 곳에서 자란 것만은 분명했다.

"더존, 넓다. 400평방킬로미터 정도. 여기 더존 아니다. 이 강 건너다. 그래도 모조리 오염은 아니다. 네놈들 임무는 탄광 일이다. 어떤 일? 이걸 봐."

그가 손으로 적은 차트를 지도 위에 펼쳐놓고 압정으로 박았다. 차트는 10여 개의 목표를 보여주었다. 모두 컬러잉크로 세심하게 그렸고 주변에는 대충의 측량치를 기록해두었다. 일부는 나도 익숙한 물건이었다. 전기배터리, 무전기 같은 것들. 다른 물건은 한 번도 본 적이 없었다.

방 주변의 간수들이 네모난 종이와 연필을 나눠주었다.

"그림 베낀다." 아포파가토가 지시했다.

노예들은 시키는 대로 했지만 그림에 소질이 있을 리가 없었다. 아포파가토가 돌아다니며 그림을 보더니 혀를 끌끌 찼다.

"일련번호 적는다. 일련번호 중요하다."

삼수딘은 외과의답게 정교하게 복제를 했다. 그물눈에 음영까지 넣은 덕에 아포파가토가 흡족해하며 껄껄 웃었다.

다 그린 후, 우리는 연필을 회수하고 아포파가토는 더 작은 도시 지도를 펼쳤다.

"더존 구역 많다. 이곳이 너희 구역. 이 지역은 탄광. 오케이? 아주 중요하다." 그가 바지주머니에 손을 넣더니 플라스틱 원반을 한 주먹 꺼냈다. "방사선량계. 방사능 수치도 아주 중요하다. 더존 돌아오면 선량계를 제출한다. 수치 계산해 높으면 약을 줄 거다. 너희들 건강 아주 중요하다. 아주아주 귀중한 자원이니까. 질문 있나?" 그는 마지막 부분을 비웃듯 내뱉고는 플라스틱 원반을 나누어주며 노예들이 지저분한 옷깃에 매달 때까지 확인했다.

"혜택은 어떤 겁니까?" 누군가 물었다.

보스와이트가 일어났다.

"식권. 식량과 술을 교환할 수 있다."

샴수딘이 손을 들었다.

"선량계는 어떻게 작동하죠?"

"반응막." 아포파가토가 대답했다.

샴수딘이 다시 손을 들었다.

"원하는 목표와 장소를 알면서 왜 직접 가져오지 않는 거요?"

아포파가토는 활짝 웃으며 대답했다.

"내 임무가 아니다."

"아포파가토는 이곳에서 중요한 일이 있다. 자, 메모와 선량계를 들고 매점으로 가라. 오늘은 자유니까 푹 쉬도록. 내일 동이 트자마자 더존으로 떠난다." 보스와이트가 나섰다.

샴수신과 줄푸가는 께름칙한 표정이었으나 다른 사람들은 접시의 빵조각까지 샅샅이 닦아먹고 고기국물도 더 청했다. 하나같이 청색의 방사선량계 배지를 가리키며 좋아했다.

"난 중요한 사람이야."

3

우리는 새벽에 관문 옆에 집합했다. 말이 십여 필. 찾아낸 물건을 실을 썰매도 몇 개 보였다. 나한테는 낡은 라이플과 실탄 몇 알, 괜찮은 털모자와 옷가지를 내주었다. 모두 군용이었는데, 누군가 입은 것 같지는 않았지만 뻣뻣하고 썩은 감자 냄새가 났다. 총도 한심한 수준이었다. 그나마 위급할 때면 누구든 때려잡을 수는 있을 것이다.

펠릭스라는 노예는 목소리도 좋고 노래도 잘 불렀다. 새벽빛을 가르며 출발할 때 그의 노랫소리가 종소리처럼 낭랑하게 울려 퍼졌다.

내 말은 제일 느린 놈이라 금세 뒤로 처지고 말았다. 줄푸가와 샴수딘도 끄트머리였다.

두 사람은 내내 우울한 표정이었다. 좋은 음식과 노예들의 희망적인 분위기도 소용이 없었다.

잠시 휴식 중 나는 두 사람을 옆으로 데려가 도대체 무슨 일인지 물었다. 줄푸가는 입을 다물었다.

"줄푸가가 배지를 열어봤소. 속에 아무것도 없는 그냥 플라스틱이더군. 혜택도 휴가도 모두 거짓말이야. 우리에게 독배를 마시도록 꼬드기려는."

나는 줄푸가에게 사실인지 물었다. 그는 대답 대신 배지를 뜯어내 발꿈치로 짓밟고는 안을 드러내 보였다. 배지는 썩은 도토리처럼 텅 비어 있었다.

다들 목소리를 낮추었다. 행여 그 자리에서 사기라고 소리친다면 그 때문에라도 총살을 당하고 말았을 것이다.

"다른 배지를 얻어줄게요."

나는 톨라를 불러 노예 하나가 마법의 배지를 잃었다고 얘기했다. 그의 반응만으로도 저들의 두려움을 읽을 수 있었다. 그가 말을 몰고 달려오더니 배낭에서 다른 배지를 꺼내 직접 핀으로 달아주기까지 했다. 물건을 분실했다는 이유로 머리를 때리거나 하지도 않았다. 그야말로 속임수가 들통 난 마술을 보는 기분이었다. 아무리 속이려 해도 관객은 마법사의 카드에서 눈을 떼지 않았으며 모자 안에서 토끼가 꿈틀거리는 것까지 다 보였다.

줄푸가는 고맙다고 인사를 했지만, 행군을 개시하자 비난하듯 나를 노려보고는 눈 속에 침까지 뱉었다.

저들의 거짓말에 나도 불안했다. 도대체 어디로 데려가는 걸까. 샴수딘과 줄푸가도 신경이 쓰였다. 그래도 이동 자체는 나쁘지 않았다. 우리는 넓은 광야를 지나 북쪽으로 향했다. 하이웨이를 벗어난 지도 오래였다.

우리는 노예들과 식량도 나눠 먹고 속도를 재촉하지도 않았다. 기지에 들어온 이후 가장 우호적인 분위기였다. 동시에 북쪽으로 깊이 들어가면서 노예들의 분위기는 전반적으로 무겁고 암울해졌다.

대개의 경우 노예들은 말이 많았으나, 지금은 정적이 몇 시간씩이나 이어졌다. 기껏 체인과 고삐가 덜그럭거리는 소리 아니면 뽀드득 눈 밟는 소리가 고작이었다.

야영을 위해 정지할 때마다 톨라는 안장주머니에서 이상한 기계를 꺼내 주변을 겨냥했다. 처음 보는 장치였다. 그에게 두 개가 있는

데, 한두 번은 나한테 건네며 모닥불에 불을 피우기 전에 장작이 깨끗한지부터 확인하게 했다.

크기는 권총만 했으며 복잡하고 몸체가 컸다. 위쪽에는 다이얼이 있고 전선 두 개가 뒤쪽에서 삐져나왔다. 나는 기계를 사용할 때마다 짜릿한 기분이 들었지만 노예들은 무서워하는 눈치였다. 특히 삐 하고 잡음을 토해낼 때가 그랬다.

장작은 대부분 안전하고 깨끗했지만 이따금 기계가 삐삐거릴 때가 있었다. 방사능에 오염되었다는 신호라는데, 그런 나무를 태우면 방사능이 다시 세상으로 돌아가게 된다고 했다. 문제는 나무만이 아니었다. 그 땅에서 자라는 건 뭐든 오염이 된 터라 행여 먹기라도 하면 크게 탈이 날 수밖에 없었다.

레나 강을 떠나 이틀 밤을 지낸 날 연기 냄새와 나무들이 딱딱거리며 타는 소리에 잠을 깼다. 캠프 위치는 숲속 수목지대였다.

전날 밤 톨랴와 간수 사이에 말싸움이 길게 이어졌었다. 빅토르라는 이름의 간수 하나가 이곳 위치를 꺼려했기 때문이었다. 어쨌든 캠프는 쳤지만 대신 땔감은 멀리 떨어진 곳에서 가져왔다.

그런데 어둠 속 근처 숲에서 갑자기 불꽃이 날아올랐다. 불꽃을 보자 톨랴는 극심한 공포에 젖어 덫에 걸린 야수처럼 소리치고 울부짖었다. 그의 기계도 미친 듯이 짖어댔다. 노예들도 일어나 우왕좌왕했다. 결국 중독되고 말았다며 비명을 질러대는 친구도 있었다.

우리는 캠프를 해체하고 연기에서 벗어나 북쪽으로 이동했다. 먼동이 틀 때쯤에는 불타는 숲도 우리 뒤로 멀어졌다. 검은 연기가 똬리를 틀며 거대한 구름을 만들었는데, 구름 꼭대기가 모루처럼 평평했다.

수면 부족과 탈진 덕분에 노예들의 얼굴도 백짓장처럼 창백하기만 했다. 결국 행군을 멈추고 하루 더 휴식을 취하기로 했다. 그날 밤 캠프의 분위기는 묵은 이끼처럼 우중충했다.

새벽, 톨라가 방화범을 잡겠다며 간수들 절반을 이끌고 숲으로 돌아갔다. 오염된 연기를 피해야 했기에 먼 거리를 에두르기로 했다.

나는 노예들과 남았다. 톨라는 내게 여분의 기계를 넘기고는 장작을 준비하게 했다. 나는 샴수딘과 줄푸가를 데려갔다.

우리는 일부러 캠프에서 평소보다 멀리 나갔다. 좀 더 은밀한 곳이 필요했다.

두 사람은 땀을 심하게 흘리며 톱질을 했다. 썰매에 실으면서도 땀을 흘렸다. 그런 모습을 보자니 나도 마음이 편치가 않았다. 느긋한 기지에서 끌려나와 터무니없는 거짓말에 맞닥뜨리고 말다니. 그것도 나 때문에.

나는 말에서 뛰어내렸다. 말은 나무 아래의 잡초더미를 킁킁거렸다. 나는 고삐를 나뭇가지에 묶어 말이 근처 지저분한 잡초나마 뜯어먹게 해주었다.

줄푸가는 조금 떨어진 위치의 죽은 자작나무에서 불쏘시개로 쓸 나뭇가지들을 꺾었다. 나는 샴수딘에게 건너갔다.

그는 손도끼로 작업 중이었다. 통나무를 손질해 썰매에 차곡차곡 쌓는 일이었다. 나는 그와 함께 통나무를 한두 개 실은 다음, 속임수에 걸리게 해서 미안하다고 사과했다. 나 역시 모르고 한 실수지만 절대로 그에게 나쁜 일이 일어나지 않게 하겠다는 약속도 했다.

"당신이 무슨 힘으로." 그가 중얼거렸다.

틀린 말은 아니다. 하지만 말 두 필만 더 있으면, 톨랴가 간수들과 돌아오기 전에 셋이 그곳을 빠져나갈 수 있다는 생각을 하던 참이었다.

기지 생활은 특권을 미끼로 간수와 노예를 이간질하는 데 바탕을 두고 있다. 하지만 나는 사창가나 민들레 뿌리로 만든 커피에 혹해 보스와이트한테 충성을 바칠 생각 따위는 전혀 없었다. 샴수딘한테도 그 점을 밝히고 싶었다.

샴수딘이 쿵 소리를 내며 나무 한 짐을 실었다.

"줄푸가 얘기로는 북쪽 오염 도시로 간다더군. 우리는 도굴범이고. 그러니까 죽은 자의 물건을 훔치러 가는 거요."

"그런 일을 어떻게 알죠?" 내가 물었다. 사실일지도 모르지만 사내들이 서로 겁주기 위해 터무니없는 소문을 지어냈을 가능성도 없지 않았다. 보스와이트의 목적에 대해 부정적인 해석을 내놓을수록 남자들 사이에서 신망이 높아지는 분위기도 있었으니까 말이다.

상체를 숙여 흩어진 가지를 줍다가 뒤쪽으로 미끄러졌다. 가죽부츠 바닥에 눈이 달라붙어 마찰력이 떨어진 것이다. 결국 난 눈 속에 정면으로 고꾸라지고 말았는데 내가 생각해도 창피했다. 넘어지는 모습이 꽤나 볼썽사나웠던 것이다.

샴수딘이 가까이 다가왔다. 그가 내 손을 잡고 눈 속에서 빼내 주리라 생각했는데, 순간 그의 엉덩이 옆에서 손도끼가 번쩍였다. 그의 눈에는 웃음기가 완전히 가시고 표정은 바위처럼 딱딱했다.

그 일 때문에 그를 미워한 적은 없었지만, 그때 샴수딘은 분명 굶주린 사냥개의 표정이었다. 맛난 뼈와 개 줄의 거리를 재고 저 뼈를 먹을지 아니면 목을 조일지를 가늠하는 사냥개.

그가 한 발 다가섰다. 어설프게 넘어진 탓에 총도 몸 아래 깔린 채였다. 물론 총을 빼내려면 먼저 몸을 비틀어야 하는데 그렇다 해도 발사에 실패할 가능성이 더 컸다. 그 전에 먼저 저 도끼에 머리가 두 쪽 나고 말 일이다. 그런데 저 양반, 왜 망설이는 거지? 지금도 그가 나를 좋아했기 때문이라고 생각하고 싶다. 살인을 저지르기에는 천생 신사였기 때문일 수도 있고, 종교나 의사로서의 훈련 탓일 수도 있겠다. 잠시 망설이는 찰나 이성이 다시 돌아왔을 수도 있다. 두 명의 동료, 말 한 필, 거기에 쉽게 끊을 수 없는 족쇄가 끝내 발목을 잡은 것이다. 그도 저도 아니면 그저 용기가 부족했거나.

샴수딘은 구세대가 수백만 명씩 생산해냈을 그런 부류의 사내였다. 현명하고 매력적이지만 현실 감각이 떨어지는 종족들. 책보다 아는 바가 많기에 누군가 귀를 기울인다면 세상과 인류가 어떤 식으로 종말을 맞을지에 대해 그 누구보다 합리적인 해답을 얻게 될 것이다. 하지만 단순히 생존 문제라면 한섬 같은 야수가 훨씬 능력이 있다. 이번에도 멈칫 하는 순간이 너무 길었다. 그때 줄푸가가 나뭇가지를 끌고 헐떡이며 돌아왔고 샴수딘은 죄인처럼 시선을 돌렸다. 나도 몸을 굴려 무기를 꺼냈다.

샴수딘이 머리 위로 두 손을 들었다. 나는 두 사람을 향해 총을 흔들었다.

"물건 실어요."

내가 지시하자 두 사람이 시선을 교환했다. 순간 죽음의 냄새가 허공을 떠돌았다.

우리는 아무 말 없이 돌아왔다.

톨랴는 그날 오후 늦게 캠프로 돌아왔다. 퉁구스 소년 하나가 톨랴의 안장에 로프로 묶인 채 비척거리며 따라왔다. 손목은 묶이고 눈 하나는 퉁퉁 부어 거의 보이지 않았다. 콧구멍에도 마른 피가 보였다. 기껏해야 열네 살 정도였다.

"불 지른 놈이야." 톨랴가 말했다.

간수들이 소년을 에워쌌다. 소년은 고개를 떨군 채 온몸을 사시나무처럼 떨었다. 이제 보니 두 발도 생가죽 로프로 꽁꽁 묶인 채였다. 입은 옷들도 어찌나 낡았던지 당장이라도 조각조각 떨어져나갈 것만 같았다. 몸에서는 나무 탄 냄새가 나고 얼굴은 얼룩 범벅이었다. 마치 작은 생쥐 같은 모습이었는데 정말로 누군가의 손에 잡혀 당장이라도 죽을 것처럼 잔뜩 두려움에 젖은 표정이었다.

톨랴는 소년의 머리 여기저기를 때렸다. 간수들도 사정없이 발길과 주먹을 날렸다.

그는 축 늘어진 채로 매질을 모두 감당했다. 완전히 체념을 했거나 아니면 힘을 빼야 덜 아프다는 사실을 알기 때문이겠지만 역시 판단은 불가능했다. 아이는 몇 번 세게 얻어맞다가 눈 속에 털썩 주저앉았다. 지저분한 에스키모 모자가 조금 떨어진 곳으로 튕겨나갔다.

남자들은 그래도 매질을 멈추지 않았다. 저 가녀린 몸 어디에 저토록 이 괴물들의 살의를 자극하는 점이 있다는 말인가? 다행이라면 그가 깊은 눈 속에 쓰러진 덕에 발길질의 위력이 줄어든 데다 노예들과 달리 간수들은 살찌고 게을렀다는 것이다. 덕분에 깊은 눈에서 1, 2분 매질과 발길질을 해대더니 다들 금세 지치고 말았다.

간수들은 이제 숨을 헐떡이며 욕설만 퍼부었다. 톨랴의 설명에 따르면, 아이는 숲속에 작은 캠프를 마련하고 고기를 굽고 있었다. 지금이야 화재로 다 타버렸지만 모양새로 보아 적어도 세 달은 있었던 모양이었다.

나는 총구로 모자를 집어 아이 가까이에 떨궈주었다. 그런 인간들 앞에서 친절을 드러내봐야 좋을 것도 없지만 아이가 너무 불쌍했다. 나는 옆에 웅크리고 앉아 내가 아는 퉁구스 말을 몇 마디 건네 보았다. 그는 태아처럼 웅크리고 앉았기만 할 뿐 고개를 들지도 내 눈을 보지도 않았다. 아이는 넋이 빠진 상태였다. 그러고 보니 코가 부러졌는지 입 주변이 온통 피투성이였다. 당연히 핑 생각이 나지 않을 수 없었다. 낯선 이와 마주칠 때마다 항상 누군가 부상이나 죽음을 당하고 마는 걸까.

톨랴가 부르자, 스테판이 내 뒤에 접근해 무슨 말을 했는지 물었다. 나는 아이를 때린 건 멍청한 짓이었다고 항변했다. 저래 놓고 무슨 대답을 얻어낼 거야? 스테판은 꼬마가 알아먹게 만들어주겠다면서 아이를 흔들며 고함을 질렀다.

"어디서 왔어? 네놈 패거리는 어디 숨어 있나? 스파이 짓을 시킨 게 누구냔 말이다!"

스테판이 심성이 나쁜 부류는 아니지만 다른 이들과 마찬가지로 겁에 질려 있었다. 기지 밖의 세상에 대해서는 아는 바가 하나도 없기에 결국 이 땅을 상상력과 괴물로 가득 채우고 만 것이다. 고향에서 불과 수백 킬로미터밖에 떨어지지 않았건만, 마치 달나라에 착륙한 것처럼 모두가 아득하고 불편하기만 했다.

간수 하나가 경고했다. 저 놈, '와일드보이'일지도 몰라. 와일드보이는 말을 못하고 날고기를 먹는댔어. 네발로 뛰어다니면서 내키는 대로 목을 물어뜯는다잖아, 안 그래?

하마터면 놈의 면전에서 웃을 뻔했다. 극북 전역을 돌아다녔으니 와일드보이 따위가 있었다면 적어도 하나는 보았을 것이다.

소년은 순진해 보였다. 그래서 멍청이들한테 백치를 아프게 하면 오히려 불운이 닥친다고 으름장을 놓았다. 간수들은 겁 많은 부류는 못 된다. 하지만 미신만큼은 위력이 여간한 게 아니었다. 그들은 부적, 징조, 흑마술 같은 헛소리에는 깜빡 넘어가곤 했다.

아이를 묶어두기는 했지만 그 후로는 다행히 건드리지 않았다.

저녁에는 기지에서 가져온 말린 고기와 빵을 먹었다. 사냥감에 방사선이 있을까봐 께름칙했기 때문이다. 간수들이 소년에게 고기 덩어리를 던져주었다. 아이는 고기를 먹고는 웅크리고 앉은 채 몸을 앞뒤로 흔들었다.

해가 지자 아이는 순록가죽 밑으로 기어들어가 잠들었다.

그날 밤, 별빛이 찬연했다. 숲 위로는 은빛 안개가 실타래처럼 풀려나가고 타버린 숲에서는 여전히 연기가 몽글거렸다.

입김이 맑은 하늘 위로 피어올랐다. 별들도 한때는 이름이 있었다. 별 하나하나 전부. 낯익은 도시의 조명처럼 밝게 빛나기도 했건만 그 후로는 매일매일 낯설어져만 갔다. 여행 때문에 북극성과 북두칠

성 정도는 안다. 오래전 어른들의 설명도 들었다. 그런데 저 별이 큰곰자리이던가? 저 별은 대각성? 안드로메다 아니면 오리온좌? 1월에 이런 극북에서 금성을 볼 수 있었던가?

하늘은 죽은 언어로 적은 책이 되고 있었다. 하나의 종족으로서 우리가 목격하고 이름을 지어준 사물들은 점점 존재 밖으로 밀려났다.

한때는 이 강도, 언덕도 모두 이름이 있었다. 어쩌면 더 작은 둔덕과 계곡도 있었을 것이다. 옛날에는 이곳도 의미 있는 장소였을 것이다. 문득 그런 생각이 들었다.

우리는 선조들이 목숨을 걸고 얻어낸 지식을 탕진했다. 사소한 사실 하나하나가 조금씩 진창에서 자라났건만. 식물과 광물, 동물과 새의 이름, 위성과 파도의 움직임까지 모두. 그런데 그 모두가 소멸하고 있다. 어느 멍청이가 바지와 함께 세탁해 도저히 알아볼 수 없게 된 메시지가 되어버린 것이다.

이제 더존에서 기껏해야 하루 거리다. 더 이상 만들어낼 기술도 수단도 없는 물건들을 훔쳐내려 오염된 땅으로 들어가고 있었다. 더존을 소진하고 나면 결국 이 꼬마처럼 숲속으로 들어가 이름도 모른 채 중독된 동물들을 사냥하게 되리라. 그렇다. 소년은 우리가 기대할 수 있는 최고의 미래다.

나는 잠자리에 누워 사라진 것들을 아쉬워하는 반면, 한편으로는 어쩌면 지금이 최선이겠다는 생각도 했다. 200년 후면 이 땅은 비가 깨끗이 씻어버리고 인간의 잔재라고는 아무것도 남지 않게 될 것이다. 우리는 흙으로 돌아가서 지구의 역사를 증명하는 또 하나의 층이 되어 로마는 물론 피라미드를 지은 조상들 위에 덮이리라. 그래,

메이크피스, 네 아래턱이 어느 날 박물관 진열장에 전시될지도 모르잖아? 유럽 기원의 여성이라는 딱지를 달고. 저 닳아빠진 앞니를 봐요. 영양 부족에 따른 미네랄 결핍의 증거랍니다. 호전적이고 야만적인 종족이었죠. 어쩌면 그 옆에 사금파리 파편 화석이 놓일지도 모른다.

결국 물은 빠지고 해는 떠오르고 식물은 자란다. 인류가 멸종한 후에도 뭔가 살아남으리라는 사실은 의심해본 적이 없다. 물론 나는 아니다. 내가 구한 책들도 모조리 뿌리 덮개나 새둥지 신세로 끝나고 말리라.

그래도 뭔가는 남을 것이다. 언젠가 대홍수가 끝나고, 한때 인간이었지만 지금은 검고 미끄덩거리는 피조물이 방주에서 부화하리라는 상상도 해보지만 그렇다고 위안이 되지는 않았다.

4

우리는 새벽에 출발했다. 머리 위 먹구름은 검은색과 붉은색으로 어지러웠다. 아침 분위기 때문인지, 저 오염된 땅의 처절한 정적 때문인지 모르겠지만 우리의 목적지에 대해 깊은 우려를 떨칠 수가 없었다.

무엇보다 톨랴가 소년을 죽일까봐 불안했다. 데리고 다니기 귀찮다는 구실을 내세울 수도 있었다. 그래서 나는 아이를 맡아 내 뒤를 따라오게 했다. 잠시 후 선두 그룹이 멈추더니, 계곡의 상황을 살펴보기 시작했다.

폐허의 도시. 고향의 허름한 집들과 그 사이로 우뚝 솟은 급수탑과 달리, 이곳은 유리와 콘크리트 건물들이 하늘을 꿰뚫고 거대한 다리가 넓은 급류의 강을 가로질렀다. 도시는 조용하고 암울했으며 조용한 거리 위로는 새들만 선회했다.

노예들도 계곡을 구경했다. 일부는 그 틈을 타서 물을 마시거나 배급받은 빵을 씹었다. 톨랴는 망원경을 들고서 우리한테도 보게 해주었다.

망원경에 비친 도시는 썩은 이만 남은 아가리처럼 생겼다. 건물과 창문은 텅 빈 채 죽어 있었지만 그래도 규모만큼은 엄청났다. 저 멀리 도시 뒤쪽 언덕배기의 탑은 적어도 높이가 50미터는 넘어 보였다. 어찌나 껑충하든지 당장이라도 바람에 쓰러질 것만 같건만 꼭대기에는 아예 사방을 창으로 두른 대형 원반까지 올려놓았다. 그러고 보니 전체적으로 자연의 법칙에 저항하는 인상이었다.

강이 굽이쳐 흐르는 동단 너머로 굴뚝 세 개가 보였다. 모두 빨간색과 흰색 줄무늬를 둘렀고 그 아래로 사각형의 대형 건물이 놓여 있었다. 건물은 강가에 낮게 엎드렸는데, 그곳에서 철망이 제일 안쪽까지 이어졌다가 그 너머로 한없이 부채꼴로 펼쳐졌다.

우리는 휴식을 취한 후 강가로 내려간 다음 다시 강둑을 따라 다리로 향했다.

그곳까지는 45분 정도 걸린 모양이다. 가까워질수록 걸음도 더뎠다. 두려워서가 아니라 생각할 게 너무 많았기 때문이다. 우리들은 누구 할 것 없이 머리를 이리저리 돌리며 주변 상황을 닥치는 대로 빨아들였다. 노예들도 곧바로 도심으로 가야 했기에 무척이나 긴장한 표정이었다.

강둑이 콘크리트 판으로 덮인 탓에 원래보다 폭이 더 좁아졌다. 2월인 데도 꽁꽁 얼지 않은 이유도 그 때문이다.

그 너머 안쪽에 타워들이 서 있었다. 도시가 살아 있을 때 얼마나 많은 사람들이 있었을지 상상도 하기 어려웠다. 도대체 전 세계에 이런 대규모 도시를 얼마나 많이 세운 걸까? 옛날에 비행기를 타고 밤하늘을 지나면 하늘에서도 이런 도시를 볼 수 있었으리라. 가로등 불빛과 창문 불빛들이 수놓은 도시들.

문득 비행기가 이런 도시에서 날아왔으리라는 생각이 들었다. 여기보다 훨씬 거대한 도시일 것이다. 도시의 지식과 풍습을 간직하고, 사람들이 매일 아침 일어날 때마다 도시의 발전을 위해 자기 몫을 더하는 그런 도시가 지금도 남아 있을까? 매일 아침 아담처럼 일어나 정원에서 먹을 것과 입을 것을 구하고, 나무 이름을 지어야 하는 내 고향과는 전혀 다른 곳이.

다리를 중간쯤 건너자 거대한 콘크리트 블록이 도로를 막았다. 주변 눈 위로도 녹슨 가시철망이 여기저기에 널브러져 있었다. 바로 노예들과 헤어져야 하는 지점이다. 이제 노예들은 간수 없이 가야 했다. 노예들이 아이들처럼 웅성거렸다. 다리 가장자리에서 오줌을 누는 자도 있었지만 그저 신기했기 때문이었다. 오줌이 호를 그리다가 물보라처럼 부서지며 다리 아래 콘크리트 기둥에 부딪쳤다.

노예들은 다리 중앙을 지나 느릿느릿 앞으로 나갔다. 마치 장례식에서 자기 자리를 찾는 무리들 같았는데, 그 순간 불현듯 나도 직접 가보고 싶다는 생각이 들었다.

예를 들어 오로라를 볼 때도 신비와 경이에 젖기는 하지만 그래봐야 자연의 농간일 뿐이다. 하지만 이 다리에 서서 저 텅 빈 도시를 건너다보라. 그러니까 내 시선에 잡힌 풍경을 모두 인간의 손으로 만들었다는 얘기가 아닌가. 고압선 철탑에 전선을 잇고 타워를 짓고 지붕을 덮고 수백만의 입을 먹일 식량과 물을 만들어냈다. 쉽게 우는 부류는 아니건만, 이렇게 과거의 잔해를 바라보는데 문득 눈시울이 뜨거워졌다. 이제 남자들이 넝마를 뒤집어 쓴 채 그곳으로 향하고 있다. 새떼처럼. 거인의 시체를 뜯어먹기 위해.

노예들은 다리 건너편의 폐허로 들어갔다. 도로는 그곳에서 세 갈래로 갈라졌는데 두 길은 강둑을 따라 이어지고, 세 번째는 도심으로 들어가다가 왼쪽 가로수 길로 접어들었다. 밤나무 가로수들은 모두 말라죽어 있었다.

노예들이 어떻게 할지 고민하는 동안 두 명쯤은 아예 웅크리고 주저앉기까지 했다. 주변 공간을 자세히 살펴보는 자는 없었다. 그저 생소한 기분으로 막연히 자유를 느끼고 있을 뿐이었다.

간수들이 호각을 불고 톨랴도 총을 흔들며 어서 가라고 소리쳤다. 노예들에게는 24시간 후 같은 장소에서 기다리겠다고 미리 말해둔 터였다.

잠시 후 노예들이 도로 한가운데를 따라 움직이더니 이내 시야에서 사라졌다. 허공에 얼어붙은 몇 자락 입김만이 누군가 그 길을 따라 지나갔음을 말해주었다.

톨랴는 계속 선 채로 그들을 지켜보았다. 거의 미동도 없었다. 그저 한두 번 입을 열었다 다물며 턱 양쪽을 씰룩였을 뿐이다.

노예들이 보이지 않자, 그는 우리에게 유난히 친절했다. 잠시 후에는 안장주머니에서 고기 통조림과 빵 덩어리는 물론, 기지에서 증류한 술도 몇 병 꺼냈다. 고기통조림은 열 개, 우리는 여덟이었기에 하나는 퉁구스 소년에게 주었다. 간수 둘은 오래된 음식을 좋아하지 않았지만, 나머지 사람들이 게걸스럽게 먹는 데다 냄새도 괜찮자 결국 자기 몫을 챙겼다. 퉁구스 소년은 간신히 조금 입에 넣는 데 그쳤다.

젤리 타입의 고기라 내 입맛에는 맞지 않았으나 지금은 까다롭게 굴 때가 못 되었다.

톨랴는 술 약간을 눈 위에 붓고, 개인 컵마다 한 잔씩 따라주었다. 더존을 위하여! 그가 축사를 하자 다들 한 입에 털어 넣었다. 안주는 킁킁 빵 냄새를 맡는 것으로 대신했다.

나는 술을 마시지 않고 그냥 내려놓았다. 그런 행동을 고깝게 여기는 자들도 있기는 했다. 불운이 닥친다고 믿었기 때문이다. 예를 들어 빈 잔으로 건배하거나 똑바로 세워놓는 일, 거울을 보며 식사하는 일 따위였지만 사실 너무 많아 열거하기가 어려울 정도였다.

스테판이 나를 보고는 잔을 왜 안 비우느냐고 따졌다. 그의 두 뺨이 통조림 기름으로 번지르르했다. 술을 마신 탓에 두 눈도 번들거렸다.

나는 두 손으로 컵을 덮어 첨잔을 막기는 했지만 그래도 말썽을 피하기 위해 잔을 비우기는 했다. 알코올을 입에 대본 건 몇 년 만의 일이다.

그들도 아이한테는 술을 주지 않았다. 그렇게 낭비하기에는 술이 너무 아까웠다.

톨랴가 두 번째 병을 꺼냈다. 근처에서 어슬렁거리며 억지 술을 마시기도 싫고, 남자들 술 취한 꼴도 보기 싫었다. 나는 자리에서 일어나 바지의 눈을 털어냈다.

"어디 가는 거냐?" 톨랴가 물었다.

난 다리를 건너가 한번 둘러보고 싶다고 대답했다.

톨랴가 나를 따로 데려가더니 다리를 건너가더라도 50미터 이상은 들어가지 말라고 경고했다. 그의 말투에 갑자기 불안해졌는데 아무래도 그놈의 술을 괜히 마신 모양이었다.

하늘에는 어느덧 땅거미가 내리기 시작했다. 잿빛이 더 짙고 그림자도 길어졌다. 톨랴와 나는 다른 간수들이 엿듣지 못할 정도의 거리에 서 있었다.

톨랴는 어깨동무를 하고 나를 다리 끝으로 이끌었다. 거칠지는 않았지만 농담이 아니라는 정도는 눈치 챌 만큼 단호한 태도였다. 그가 중심가 도로 양쪽의 가로등 두 개를 가리켰다.

"저 이상 들어가면 너를 데리고 돌아갈 수 없다, 알겠나?"

등 뒤에서 남자들이 술에 취해 해롱거리는 소리가 들렸다.

그가 목소리를 낮추고 손으로 내 팔뚝을 단단히 쥐었다.

"오염된 도시야. 아무도 더존에서 데려가지 못해."

나는 그 안에 들여보낸 사람들한테는 너무 가혹하지 않느냐고 되물었다.

그는 대답하지 않았다. 그나마 그런 처사에 죄의식을 느낄 만큼은 구시대적 사고방식이 남아 있었던 모양이다. 지시를 받았으니 일을 한다지만 그 역시 마뜩하지는 않았으리라. 아니, 그렇다 해도 노예들과 달리 자신의 운명을 결정할 수 있다는 점에서는 분명 행운아였다.

스테판이 어서 와서 같이 놀자며 소리쳤다.

나는 홱 하고 고개를 돌려 술 파티 모임을 보았다.

"저들도 계획을 아나요?"

"전에 왔던 녀석들은 알지. 나머지는 아직."

아무래도 내 기분이 얼굴에 드러난 모양이었다.

"어차피 누군가를 버려야 누군가 구원을 받는다. 네가 구원받은 쪽이라는 데 감사해."

그리고 그는 내 손을 놓고 무리에게 돌아갔다. 잠시 후 그가 추잡한 러시아 민요를 부르기 시작했다. 그런 문제로 부하들의 기분을 망치고 싶지 않다는 뜻이었다.

나는 콘크리트 다리 위에 발을 내디뎠다. 아치 위의 눈은 바람에 깨끗이 쓸려나갔다. 바람은 어디나 소용돌이를 일으키며 휩쓸고 지났다. 여기저기 눈 위에 노예들의 발자국이 박혔는데 그 흔적이 발보다는 말굽처럼 보였다.

네가 구원받은 쪽이라는 데 감사해.

구원을 받아서 이 꼴을 보라고? 삶을 빼앗긴 도시? 그 위에 뿌린 맹독 덕분에 누구의 손길도 받지 못하는 도시? 규모로나 부로나 인간이 아니라 신이 지음 직했지만 그럼에도 불구하고 까맣게 죽어버린 도시? 우리의 누더기와 쓰레기 음식을 비웃고 있는 도시? 도대체 무슨 구원이 그 따위라는 말인가?

나는 다리 끝까지 걸어갔다. 짐작한 대로 노예들이 쉬었던 곳에 오물이 잔뜩 쌓여 있었다. 방사능에 대한 경고 때문에라도 폐쇄된 장소를 찾기가 무서웠겠지만, 도시의 규모 자체만으로도 뱃속을 불편하게 만드는 점이 있었을 것이다. 과거 절도가 기승을 부리면서 몇 차례 조사해본 적이 있다. 절도범들은 대개 피해자의 집 마당에 똥을 싸고 달아났다. 배설의 욕구가 겉으로 보기에는 경멸의 표현 같지만, 실상은 범죄 행각에 따른 두려움과 흥분 때문이었다. 우리의 도굴범들도 바로 그 때문에 이 영화롭기 짝이 없던 도시의 거리를 더럽힌 것이다.

노예들의 자취는 중앙도로를 지나 아포파가토의 지도에 표시된 목적지로 이어졌다. 가로수와 벽돌 저택이 조명을 가리긴 했으나 50미터쯤 더 가자 건물 사이에 틈이 생기고 다시 불빛이 보였다. 건물 옆에 의자, 탁자, 서랍 없는 경대 등 가구들이 여기저기 눈 속에 널브러져 있었다. 마치 짐승을 도살이라도 한 듯 어느 건물에선가 내장처럼 쏟아져 나온 물건들이다. 그보다 훨씬 가까운 곳, 그러니까 거리 모퉁이에 둥근 가판대가 하나 보였다. 사방 벽에 포스터들이 덕지덕지 붙어 있었는데 너무 어둡고 먼 탓에 읽을 수는 없었다. 톨랴의 망원경이 있으면 좋으련만. 포장도로나 대형 건물들뿐 아니라 저 작고 세련된 포스터와 그것을 만들기 위해 필요한 재료들, 그러니까 종이, 잉크, 인쇄기, 풀솔 등을 보아도 이 도시의 산업이 얼마나 풍요롭고 부지런했는지 충분히 알 수 있었다.

무리로 돌아가니 다들 과음에 흐물거리고 있었다.

내가 뭘 보고 왔는지 묻기에 도시의 크기에 대해 말해주었다. 시답잖은 호기심과 낭랑한 웃음으로 보아 하니 노예들을 죽인다는 얘기는 아직 하지 않은 모양이었다.

가로수와 보도의 가구, 포스터 얘기를 할 때에는 다들 숙연해지더니 한두 명은 직접 보고 싶다는 말까지 했다. 톨랴가 벌써 어두워졌다며 서둘러 병 하나를 더 땄다.

술이 조금 더 오가자 간수들도 말이 많아지더니, 출신 가문은 물론 과거의 삶에 대해서도 얘기가 오가기 시작했다. 캠프에서조차 서로 잘 아는 사이 아니면 꺼리던 주제였다. 전쟁과 갈등을 수없이 겪은 이도 있었다. 거의 절반은 이러저런 부류의 군인 출신인데 어쩌면 당연한 노릇이겠다. 군사 훈련이야말로 기지 생활에 딱 어울릴 테니 말이다.

오시프라는 자는 엔지니어 아버지를 따라 파리에도 가본 적이 있다고 해서 무리의 호기심을 독차지했다. 누구에게나 신비로운 도시라 간수들은 일제히 그곳의 식량과 날씨, 특히 여자에 대한 질문을 수백만 개나 쏟아냈다. 하지만 그도 모르기는 우리와 다를 바 없었다. 정보라고 해봐야 책이 있다면 누구나 알 수 있는 수준인 데다 프랑스라고 우기기는 했지만 솔직히 진의 여부를 분간할 사람은 어디에도 없었다.

스테판은 어릴 적 비행기를 타고 흑해에 갔다. 물이 목욕탕처럼 따뜻하고 포도밭이 끝 간 데 없이 펼쳐졌지만, 막상 비행기에 대해 묻자 귀가 아팠다는 사실 말고는 아무것도 기억하지 못했다.

톨랴는 성직자 교육을 받았다. 서방의 정교회 신학교에서 공부하고 부랴트 지역 교회로 부임했다는데, 내가 자란 곳과 비슷하지만 규모는 좀 더 작은 듯했다. 그의 말에 따르면, 오랫동안 담임신부가 없던 터라 교구민들이 그를 위해 요리와 청소를 도맡아 해주었다고 한다. 덕분에 그는 군주처럼 살며 여가시간은 대부분 이콘화를 그리면서 지냈단다. 그는 작은 초상을 그린 가죽 주머니를 꺼내 자기 작품이라며 자랑했다. 주머니는 술병처럼 손에 손을 거치며 무리를 한 바퀴 돌았다.

마리아와 독생자. 굉장히 작은 그림이었다. 오시프는 오랫동안 들고 있다가 양철 프레임에 입까지 맞춘 다음에야 내게 건넸다.

이콘화 자체는 지름이 5센티미터밖에 되지 않았다. 톨랴의 체온 덕분에 프레임이 아직 따뜻했다. 공예에는 문외한에 가까웠지만 붓으로 이렇게 작은 그림을 그리려면 무엇보다 손이 흔들리지 말아야 할 것 같았다.

기아가 닥쳤을 때도 그의 마을은 잘 살았단다. 남쪽에 극심한 가뭄을 가져온 고온 덕분에 오히려 재배기간이 길어져서 마을에는 식량이 넘쳐났다는 것이다. 마을은 울란우데에서 1백 킬로미터쯤 떨어져 있었는데, 거기서 사람들이 하나둘 오기 시작하더니 높은 값으로 곡식을 사곤 했단다. 머지않아 마을 사람들은 판매를 중단했다. 가격이 천정부지로 치솟은 탓에 정점을 때릴 때까지 기다리자고 판단한 것이다. 톨랴가 마을 사람들에게 경고했지만 소용이 없었다. 그 후 예상대로 이웃 사람들이 들이닥쳤다. 그들은 마을이 그들을 속이고 아이들을 굶주리게 만들었다며 분노를 터뜨렸고, 그 다음에는 강도로 돌변해 식량을 약탈하고 저항하는 이들을 난도질했다.

펠릭스는 더존처럼 화려한 도시에서 자란 사람이 몇인지 물었다. 아무도 없었다. 나를 빼면 부모가 도시에 살았던 사람도 없었다. 당연했다. 전기와 깨끗한 물이 사라졌으니 이질과 갈증이 그 어느 맹독보다 빠른 속도로 도시인부터 끝장냈을 것이다.

"당신은 어때, 메이크피스. 얼굴은 어째서 그런 거야?"

오시프가 물었다. 의외로 무척이나 친근한 목소리였다. 지금껏 과거에 대해 아무 말도 하지 않은 사람은 나뿐이었다.

"어떤 놈이 염산을 뿌렸어."

내가 중얼거렸다. 일순 모두가 입을 다물었다. 계속하라는 뜻이겠지만 글쎄, 그 얘기를 할 생각은 추호도 없었다.

톨랴는 망가진 랜턴에 촛불을 넣었다. 주변 나무가 오염되었기에 불을 피울 수도 없었다. 그가 랜턴을 옆에 내려놓자 그 빛에 그와 그의 모피 옷이 청동 빛으로 물들었다.

문득 그가 애초에 이런 식으로 음모를 꾸몄다는 생각이 들었다. 술, 이야기, 제단의 촛불 랜턴까지. 마치 옛날 교구민들에게 강독 서비스를 준비하는 분위기가 아닌가. 마침내 그가 입을 열었다. 누구 할 것 없이 과거의 삶을 그리워하고 있으나 우리 생애에 되돌릴 방법은 없다. 인생이란 다 그렇다. 문명 또한 기승전결이 있지만 우리가 할 수 있는 일이라고는 아무것도 없다. 그렇지만 다행스럽게 이제 물건들을 제자리에 돌려놓는 과업에 참여할 수 있지 않은가.

주머니 성화가 무리를 한 바퀴 돌아 그에게 돌아왔다. 그는 주머니를 손에 든 채 신학교 이야기를 들려주었다. 수사들이 대를 이어 필사본을 만든 덕에 소실되고 말았을 지식들이 살아남았다는 얘기도 있었다.

솔직히 말해서 그의 목소리는 깊고 아름다웠다. 분위기도 진짜 성직자처럼 진중했다. 게다가 사내들도 잔뜩 취한 터라 일단 그가 이야기를 풀어놓자 모두 빨려들 수밖에 없었다. 아니, 이야기 자체가 우리 모두 듣고 싶어 하던 바로 그 내용이기도 했다.

옛날 옛날에 더존은 다리에서 보던 그대로였다. 인구 10만이 넘는 거대한 산업도시 폴린.

강 맞은편 지구는 최소 300년은 된 유서 깊은 곳이었다. 폴린은 수상 운송을 위한 항구였다. 극북의 모피와 재목과 금을 이곳에서 선적해 도로와 철도역으로 이송했다가 다시 남쪽나라로 보냈다. 화물은 지금 같은 계절이면 바지선으로 보냈고, 겨울에 강이 좁아지고 단단히 얼고 나면 썰매를 이용했다.

다리에서 보면, 도시 너머 그보다 늦게 생긴 도시가 하나 더 있었다. 소위 제2차 자치도시였다. 신도시 건설은 기껏해야 우리 세대보다 50년 앞선 일인지라 지구상의 어느 곳보다 진화한 곳이라 할 수 있었다. 신도시의 위치를 안쪽으로 결정한 이유는, 그곳에서 진행하는 일 자체가 철저히 비밀이었기 때문이다.

다른 도시와 교류가 많으면 불가능한 일이었다. 황무지에 짓는다 해도 역시 쓸데없는 오해를 살 우려가 있었다. 폴린의 위성도시로 위장한 것은 그 때문이었다. 신도시는 자체의 지명을 가져본 적이 없었다. 건설 후 10, 20년 후에도 정부가 실체 자체를 인정하지 않았기에, 그저 도시의 위도에 따라 '폴린 66'으로 불렀다.

정부는 폴린 66에 의사, 교수, 과학자 등 당대의 석학들을 끌어들여 공장과 고등 교육기관에서 일하도록 배치했다. 폴린 66 지구에 들어가려면 특별통행권이 필요했다. 예를 들어 폴린의 일반 시민들은 통행이 불가능했으며 적절한 출입증 없이 그곳에 있다가 발각될 경우 중벌을 감수해야 했다.

과학자들의 고향에 비해 훨씬 춥다는 사실만 아니라면 시에서 제공하는 삶은 매우 안락한 수준이었다. 고급 저택, 고액 연봉, 계절과 상관없이 비행기로 공수해오는 산해진미들.

도시로 가는 기차도 도시에서 나오는 도로도 없었다. 당시 그곳에 가는 방법이라고는 비행기가 전부였다. 타이가 숲들이 방풍림처럼 도시의 삼면을 단단히 걸어 잠그고 마지막 한 면이 폴린이며 그 너머가 바로 레나 강이었다.

이야기는 이렇다. 폴린 66은 현실의 소돔이었다. 사냥과 얼음낚시를 좋아하지 않는다면 극북은 놀 거리가 별로 많지 않다. 극장이 있고 오페라하우스 따위도 있지만 사람들은 대부분 술을 마시거나 바람을 피우며 시간을 때웠다.

그들이 특별한 까닭은 바로 근무 내용에 있었다. 그들은 인간 종족의 두뇌와도 같아서 부싯돌을 만들기 시작한 이후 인류를 괴롭혔던 문제들의 해결책을 모색할 수 있었다. 지금이야 어떤 업적을 이루었는지 짐작도 못하지만, 적어도 인간의 지식 중에 그들의 손이 닿지 않은 분야는 없다고 말할 수 있다. 훨씬 나은 연료와 치명적인 무기, 작황이 풍성한 작물을 개발했으며, 망원경으로 별을 보고 우주로 여행할 계획을 세우기도 했다. 당연히 연구 분야는 보통 사람들과는 상이한 관점과 안목을 필요로 했다. 따라서 학자들은 매일매일 별과 문명의 탄생과 소멸을 고민하고 창세기와 묵시록의 관점으로 생각했다. 행성에서 생명체를 쓸어내고 그루갈이를 통해 되살리는 방법도 연구했다.

어쩌면 그 바람에 애초 인간이 받은 권리를 초월하는 영역을 건드렸을 수도 있겠다. 시체에 삶을 불어넣고, 수명을 두 배로 하고, 교접 없이 종족을 번식하는 방법 같은.

도시의 중요성 때문에라도 정부로서도 절대 포기할 수가 없었다. 때문에 식량 배급도 상대적으로 안정적이었다. 전쟁과 물자 부족으로 나라가 혼란에 빠졌을 때조차 폴린 66의 주민들만큼은 안전한 곳으로 이주할 수 있었다. 도시는 붕괴하도록 방치한 채 일제히 비행기를 타고 서방으로 달아난 것이다.

도시에 남은 건 그간의 노고가 빚어낸 결실뿐이었다.

"창세기를 기억해봐라." 톨랴가 말했다.

"아담과 이브가 쫓겨난 후 하나님은 천사에게 불칼을 들려 에덴을 지키게 했다. 에덴동산에 나무가 두 그루 있다. 생명의 나무와 선악의 나무. 하나님은 아담과 이브가 생명의 나무 과실을 따먹는 것도 싫어한다. 그럼 신이 되기 때문인데 두 사람의 길을 막고 추방한 것도 바로 그래서다.

정부도 같은 결정을 내렸다. 지식과 권력은 사람을 신으로 만들 수 있다. 폴린에는 신이 되기 위해 필요한 요소들이 얼마든지 있다. 그래서 정부는 불칼로 도시를 수호하려고 했다."

톨랴가 마침내 운명의 단어를 언급하자 간수 몇이 재빨리 성호를 그렸다. 캠프에서 지내는 꼬락서니만 보면 그자들에게 그렇게 독실한 신심이 있다고는 상상도 못할 일이다. 신이라고는 오래전에 마음속 깊이깊이 숨겨놓은 자들이다. 그야말로 기근에 식량을 묻어놓고 굶주리는 이웃들에게 빈손을 들어 보이는 격이 아닌가.

사실 내 귀에도 무척이나 낯설고 아름답게 들렸다. 처음 듣는 단어임에도 마치 고대 신의 이름 같았으니 말이다. 퉁구스족이 존경할 법한 신. 그게 아니더라도 회교의 첨탑과 모자이크 아치로 유명한 어느 아시아의 도시 이름이 그랬을 것 같았다. 안트락스. 탄저병.

하지만 그 이름이 자행한 만행만큼은 전혀 아름답지 못했다. 톨랴는 탄저균이 어떻게 오랫동안 끈질기게 잡석 속에 잠복해 있었는지 설명했다. 탄저는 사람을 죽이고, 사람들이 먹고 사는 식량도 죽였다. 몸을 가르고 폐를 갉아먹었다. 탄저균 또한 생명체이지만 우리보다 훨씬 간단했으며, 또한 생명체를 향한 무자비한 식성을 자랑했다.

그들이 그 일을 알게 된 것도 다 아포파가토 덕분이었다. 아무튼 톨랴의 얘기는 그랬다. 아포파가토 자신이 과학자였지만 가족이 폴린에서 살았기에 도시의 구조를 정확히 알고 있었단다. 보스와이트가 그를 기지로 데려온 이유도 그래서였다. 노예들은 지금쯤 지시에 따라서 우리 삶을 더 안락하고 안전하게 회복해줄 물건들을 도굴하고 있으리라.

남자들은 건배를 원했으나 톨랴는 심각한 얼굴을 하며 본론으로 들어갔다. 노예들이 찾아온 물건이 필요는 하지만, 그들까지 더존 밖으로 데려갈 수는 없다. 나도 너희들 못잖게 가슴이 아프지만 상황이 그렇다. 더존은 오염된 곳이고 독은 그 자리에 봉해야 하기 때문이다.

간수들이 심각하게 듣다가 얘기가 끝나자 질문을 퍼붓기 시작했다. 주로 더존의 오염 실태와 노예들이 가져온다는 물건에 대해서였다. 더존에서 어떤 물건을 가져오는지 모르지만 확실히 깨끗한 겁니까?

톨랴는 질문에 답해주면서도 지금 옳은 일을 한다는 식으로 간수들을 부추겼다. 헌신과 희생 따위의 개소리로 추악한 행위를 덮겠다는 심보였지만, 내가 듣기에는 집에서 묵상을 하는 중에 우리 주 예수 하나님으로부터 날아왔다는 의문의 전보 얘기와 진배없었다.

그런 말은 물론, 그 말을 하는 사람도 믿지 않는다. 내가 단순해서 그런지는 몰라도 그야말로 똥개 풀 뜯어먹는 소리로밖에 들리지 않으니 어쩌겠는가.

세상은 이제 단순한 사실들밖에 남지 않았다. 따라서 단순할수록 생존능력도 강하다. 아버지는 6개 국어를 하지만 못 하나 제대로 박지 못했다. 사회가 존재했을 때는 대통령과 정부를 상대로 법에 대한 토론을 벌이기도 했다. 협상을 통해 땅을 불하받고, 정착 추진 대표단의 일원으로 인생이 어때야 한다는 비전을 수만의 어휘로 포장할 능력도 있었지만, 정작 그 가치를 방어할 때는 힘 한 번 제대로 써보지 못했다. 세상을 선하게 가꾸자는 주장으로 평생을 버티면서도, 그의 선은 이 땅을 손톱만큼도 바꾸지 못했다. 말로 선을 행할 수는 없는 법이다.

톨랴의 설교는 여러모로 아버지의 대화 방식을 떠올리게 했다. 아버지가 신의 손길을 보았을 때, 내 눈에는 기껏해야 얼음에 비친 햇빛이나 둥지의 파란 새알 두 개가 보였을 뿐이다. 마찬가지로 톨랴가 아무리 인류의 지식이라는 이름의 잃어버린 성배를 찾는 순례자 운운하며 지랄을 떨어도 내가 보기에는 기껏해야 남들의 업적을 강탈하는 도굴범 일당에 불과했다.

숙취와 갈증 탓에 자정 직후에 그만 잠이 깨고 말았다. 달이 오리알만큼이나 크고 창백했다. 비틀비틀 물병을 찾는데 눈이 부실 정도였다. 물병의 물이 꽁꽁 얼어서 대신 눈 한 주먹으로 갈증을 달랬다. 그리고 어둠 속에 잠든 그림자들을 보며 문득 이곳을 떠나야 할 때가 되었다는 생각을 했다. 나 없이 신세계 잘들 세우시게나. 난 속으로 중얼거렸다. 8월이 되기 전에 호숫가 오두막으로 돌아갈 생각이었다. 돌아가면 우선 사냥개를 구하고 나무딸기를 따고 잠두를 심을 것이다. 외로운 삶보다 끔찍한 사건은 얼마든지 겪었으니까.

먼저 퉁구스 소년을 흔들어 깨웠다. 소년은 순박한 오지 주민처럼 조용히 잠에서 깨어났다. 나는 소고기 통조림의 날카로운 뚜껑을 주어 속박을 끊게 했다.

나는 오시프의 카빈 소총을 내 무기와 바꾸었다. 생명을 맡기기에는 너무도 낡고 녹슨 권총이었기 때문이다. 부스럭거리는 소리에 오시프가 뒤척이며 잠꼬대를 했지만 깨어나기에는 술이 너무 과했다.

물물교환을 끝냈을 즈음 소년도 밧줄을 끊어냈다. 나는 내 말의 고삐를 건네며 우리가 온 길을 가리켰다. 똑똑한 아이라면 발자국이 많은 길을 따라갈 테고 그럼 흔적도 찾기 어려울 것이다.

그가 안장에 올라타더니 나를 돌아보지도 않고 떠났다.

나는 소형망원경을 재킷에 넣고 재빨리 소지품을 챙긴 다음, 톨랴의 말을 풀었다. 그 중에서는 제일 빠른 말이었다.

콘크리트 강둑에서 말발굽 소리가 들려왔다. 소년이 깊은 눈길을 택했으면 했건만 그러기에는 마음이 너무 급했던 모양이다.

소음 때문에 깬 사람은 아직 없었지만 그 바람에 말이 놀라 반항하기 시작했다. 나는 놈을 조심조심 어둠 속으로 끌고 가며 제발 조용히 하라며 달래주었다. 하지만 결국 말이 놀라 히히힝 울음까지 터뜨리는 통에 한두 놈이 끙 하고 신음을 흘리며 고개를 들었다.

안장 위에 오를 때쯤에는 더 이상 간수들을 신경 쓸 계제도 못되었다. 톨랴가 무기를 더듬거리는 소리도 들렸다. 이제 시간이 없다. 고민 끝, 행동 개시. 미처 고삐를 쥐기도 전에 뿌리 깊은 본능이 치고 나와 상황을 지배하고 나섰다. 그리고 그 순간 놈들의 총이 불과 연기를 뿜어댔다. 그 상황에서 행여 이성이 끼어들었다면 그들과 내가 서로 잘 아는 길로 방향을 틀었을 것이다. 그러니까 모험을 걸고 어떻게든 저들보다 빨리, 그리고 멀리 달아나려 했으리라. 그게 아니면 저들이 따라오지 못할 곳으로 달아나는 방법도 있었다.

나는 말에 박차를 가해 벽돌기둥과 녹슨 철망을 지났다. 말이 그제야 두 귀를 뒤로 젖히며 곧바로 더존을 향해 질주했다.

달은 휘영청 밝았다. 당연히 정조준 사격도 가능했기에 난 최대한 말의 목에 낮게 엎드렸다.

가판대로 가지는 않았다. 나는 무릎을 단단히 조이고 텅 빈 대로를 가로지른 다음 200미터 정도를 전속력으로 질주했다. 말발굽 소리의 간격으로 미루어보건대 말은 거의 허공에 뜨다시피 달리는 것 같았다. 우리는 극북의 어둠을 쏜살같이 날아갔다. 눈 속에 묻힌 자갈, 널브러진 가구들, 전차 궤도에서 탄저까지 우리를 막을 장애물은 아무것도 없었다. 도시가 눈앞에 펼쳐지고 도로가 갈라지고 집들이 숲속의 나무들처럼 뻗어나가며 우리를 끌어안고 맞이하고 숨겨주었다. 더럽고 낡고 오염된 도시의 시체. 몇 년 만에 처음으로 자유의 기분을 만끽할 수 있었다.

5

먼동. 어느새 나는 폴린의 주광장에 다다랐다. 거대한 청동 두상이 넓디넓은 눈밭 너머 나를 노려보았다.

조각상은 아시아 특유의 사시에 대머리였고 턱수염을 길렀다. 흰 눈이 마치 풀 먹인 옷깃처럼 두상의 턱까지 차올랐다. 조각상은 머리뿐이었지만 그럼에도 크기가 5미터 이상이었다. 나는 말발굽 자국을 남기며 동상을 두 바퀴 돌았다.

행여 그의 무덤이라면 지금이라도 사과하고 싶다. 왜냐하면 그 다음 한 일이 그의 코를 닦은 다음 거대한 이마에 엉덩이를 걸치고 앉아 도시 너머로 해가 떠오르는 모습을 지켜본 것이기 때문이다.

첫 번째 빛살에는 온기가 없었지만 청동 머리를 비추는 광경만큼은 차가우면서도 매혹적이었다. 먼동은 붉은색의 대리석 받침대를 비추고 우리를 에워싼 사각형의 대형 건물 창 하나하나를 깨워 주었다.

두상은 광장 한쪽의 대좌에 놓인 채 해돋이를 맞이하고 옛 도시를 굽어보았다. 해가 높이 솟을수록 광장은 눈부실 정도로 밝아졌다. 3, 4천 평 넓이의 눈부신 미답의 눈밭, 청동 두상마저 실눈을 감고 있지 않은가.

눈 위의 발자국 덕분에 노예들이 어디로 향했는지 알 수 있었다. 아마 지도 위에도 가장 확실하게 표시되어 있었을 것이다. 발자국은 광장 네 면 중 서로 다른 두 곳으로 들어갔으나 나온 곳은 동일했다. 서쪽이다. 신도시와 구도시의 경계를 표시한 벽돌 기둥 두 곳을 지난 지점이었다.

구도시에서 가장 높은 건물은 기껏 10층 정도였다. 하지만 망원경으로 경계석 너머를 보니 신도시 건물 중에는 두 배, 세 배까지 높은 것도 있었다. 신도시 건물들은 어딘가 냉담하고 모진 구석이 있었다. 평범한 수직의 벽면, 잿빛 화강암, 무미건조한 외관. 도무지 인간이 세웠다는 생각은 들지 않았다. 게다가 그 옆에 머리가 달아난 거대한 새 같은 청색 철제크레인을 보자니 심지어 제일 큰 건물조차 왜소해 보일 정도였다.

도시는 사람이 있어야 도시다. 빨랫줄 한두 개, 거리 모퉁이를 어슬렁거리는 행인, 걸음을 재촉해 등교하는 아이들이 없으면 어딘가 미완성으로 보여야 마땅하다. 그런데 폴린 66은 오히려 사람이 없다는 게 묘지만큼이나 어울렸다. 있는 그대로 완벽했다. 거인의 머리가 지배하는 사각의 콘크리트 거리.

솔직히 말해서 그 거리에 사람이 있다면 오히려 경관을 망쳤을 성싶다. 인간은 게으르고 늘 빈둥거린다. 구부정한 자세로 비틀비틀 걷다가 함부로 침까지 뱉는다. 망원경을 통해 본 도시는 저렇게 차렷 자세로 영원히 서 있을 것처럼 보였다.

눈이 삼라만상을 뒤덮고 있었지만 여기저기 갈색 잡초들이 삐쭉삐쭉 말을 유혹했다. 오염 때문에라도 먹도록 허락할 수 없기에 어쩔 수 없이 꼴망태로 주둥이를 가려야 했다.

말에게 줄 곡물 알갱이가 반 부대 정도 남아 있었다. 그 정도면 당분간은 나도 허기를 면할 수 있지만 그마저 떨어질 경우 어떻게 둘

다 살아남을지 생각조차 하기 싫었다. 때가 되면 말고기라도 먹어야겠지만 걸어서 가기에는 집이 너무도 멀었다.

눈을 녹일 그릇을 찾아 도시를 수색하다보니 놀랍게도 모든 것이 너무도 온전히 보존되어 있었다. 깨진 창문도 거의 보이지 않았고 정문은 닫아 자물쇠를 채워두었다.

다리로 돌아오는 도로에 노란색 저택이 하나 보였다. 대문 빗장이 풍파에 녹슬어 틀어지고 누더기 옷들과 가구가 통로에 쌓여 있었다. 몇 년 전 에반젤린에서도 여러 번 본 장면이기에 누군가 땔감을 위해 침입했다는 정도는 알 수 있었다.

낡았지만 거대한 저택이었다. 두 개의 기둥이 주랑현관을 받치고 그 아래 1897이라는 숫자를 타일로 수놓았다. 나는 계단 발치에서 샤워커튼과 스키폴, 타다 남은 잔해 따위를 보았다.

제일 먼저 든 생각은, 노예 하나가 지시를 어기고 혼자 움직이고 있다는 쪽이었다. 그와 마주치기를 기대하며 현관을 올라갔는데 저택 1층에서 찾아내고 보니 우리 무리가 아니었다.

그는 터키산의 대형깔개 위에 엎드려 있었다. 노예와 마찬가지로 발에 족쇄를 차고 있었지만 손으로 건드릴 생각은 없었다. 그래서 홀 벽장에서 우산을 찾아낸 다음 그의 팔을 걸어 앞으로 뒤집었다.

얼마나 가볍던지 그 충격은 영원히 잊지 못할 것이다. 마치 달팽이가 빠져나간 껍질 같았다. 시신을 완전히 뒤집지는 못했다. 팔이 곪아터져 육중한 카펫에 달라붙어 있었기 때문이다. 얼굴에 살이 남아 있지 않은 것으로 보아 죽은 지 1, 2년은 됨 직했다.

욕실에는 죽은 돼지의 잔해가 있었는데 그를 저렇게 만든 장본인

일지도 몰랐다. 오염 지역에서 버섯은 최악의 식용 음식이다. 뿌리가 깊고 넓게 퍼지기 때문인데, 돼지 또한 버섯을 먹었을 터이므로 잡혀먹었다 해서 억울할 건 없었다.

계단은 5층까지 이어지고 그곳에서 다시 좁은 계단이 지붕까지 연결되었다. 실내가 어두운 탓에 햇빛에 눈을 뜰 수가 없었다.

나는 무릎을 꿇고 슬레이트 지붕의 눈을 핥아 마셨다.

지붕에서는 강이 훤히 내려다보였다. 다리의 벽돌 기둥과 그 너머 어슬렁거리는 그림자도 보였다. 망원경으로 보면 누군지 식별도 가능했다. 간수들은 캠프 여기저기 흩어져 있었다. 작은 모닥불을 피운 걸 보면 어디선가 깨끗한 땔감을 구한 모양이었다. 술 때문에 어지간히 머리가 아픈지 다들 축 늘어져 있었다.

11시쯤, 최초의 노예 무리가 다리 입구에 모습을 보이기 시작했다. 지붕의 눈을 들통에 담아 녹이느라 도착하는 모습은 보지 못했다. 더존의 식량 부족은 별로 개의치 않았지만 물이 없으면 말도 나도 이틀 안에 죽고 말 것이다.

그 다음번쯤 지붕에 올라갔을 때 보니 간수들이 옷을 갈아입고 있었다. 하얀 가운 같았는데 얼굴까지 후드와 마스크로 가렸다.

숫자를 헤아리기도 여의치 않았다. 간수들은 모두 똑같아 보였다. 노예들은 지시에 따라 다리 이쪽에 줄지어 앉아 있었다.

잠시 후 노예들이 하나씩 불려가며 가져온 물건들을 내놓았다. 자리에서 일어나 찾은 물건을 제출하고 다리를 건너는 식이었다.

일이 끝나자, 간수 하나가 앞으로 나오더니 등에 맨 훈증기로 바닥에 쌓아놓은 더미를 꼼꼼하게 소독했다. 기이하게 생긴 물건이었다. 제초용 분무기 같기도 했고 꿀벌들을 재울 때 쓰는 연무기와도 비슷했다.

곧 이어 총성이 들리고 노예 하나가 쓰러졌다. 다음 순간 노예 둘이 일어나 다리를 건너 돌아오려고 했지만 사슬 때문에라도 성공은 불가능했다.

총성이 이어지고 하나가 먼저 쓰러졌다. 다른 노예는 10미터 이상 더 달아났다. 그는 죽은 후에도 쓰러지지 않았다. 마치 기도하는 사람처럼 무릎 꿇은 자세였는데 그렇게 죽는 사람은 처음이었다. 중력이 허락하지 않을 것 같은데.

밤이 다가오며 기온도 다시 떨어지기 시작했다. 처마에서 물 떨어지는 소리도 그치고 도로의 진창 눈도 딱딱하게 얼었다.

말은 계단참 안으로 들여놓았지만 나는 밖에서 밤을 보내기로 했다. 공기가 깨끗하기도 했지만 간수들을 경계할 수 있기 때문이었다.

지붕에서 보면 암흑 속의 모닥불은 노란 불꽃처럼 보였다. 도시는 너무도 고요해 말소리와 웃음소리가 강 너머까지 실려 왔다.

해지기 직전, 담요를 찾기 위해 이층 방 하나를 뒤졌다.

방은 믿지 못할 정도로 질서정연했다. 마른 꽃 화분은 부엌 탁자에 놓여 있고 소파에는 장식 천까지 덮어두었다. 유리장 안에는 러시아어 서적들이 보였다. 그 밖에도 TV가 먼지를 두텁게 뒤집어썼고 평범한 스탠드 등이 전선이 다 벗겨진 채 놓여 있었다.

안방 침대 커버는 보이지 않지만, 그 위에 시트와 담요를 담은 지퍼백이 두 개 놓여 있었다. 탁자 위에는 사진 한 장과 시계, 성서가 보였다.

두 번째 침실에는 싱글침대가 있었다.

경대 옆 코르크 메모판에 머리색이 검은 십대 소녀의 사진이 몇 장 붙어 있었다. 얼음낚시를 하는 사진, 솜사탕을 먹는 사진, 어딘지 알 수 없는 도시의 회전관람차 유리방에 서 있는 사진.

몇 년을 그렇게 비워두었음에도 방의 분위기는 여전히 따뜻했다. 곰팡내도 없고, 모퉁이마다 놓아둔 바퀴벌레 약냄새 너머 마른 장미 향도 은은히 묻어나왔다.

경대 두 번째 서랍에 소녀의 일기가 들어 있었다. 러시아어였지만 사실 읽지 않아도 어떤 내용인지는 뻔했다. 귀찮게 하는 남자애들을 협박과 주문으로 내쫓고, 급우 남학생들마다 애인이나 남편감으로 점수를 매기고, 여성으로서의 징후가 처음 나타날 때마다 주기를 기록해두었으리라. 이미 먼지가 되어버린 미래를 초조하게 기다리기도 했으리라. 내가 그 나이에 그랬으니까.

골디락스 이야기를 보면, 소녀가 몰래 곰 굴로 들어가 식량을 훔쳐 먹고 아예 잠까지 잔다. 문득 그 얘기를 거꾸로 뒤집으면 바로 내 처지라는 생각이 들었다. 상처투성이에 악취까지 진동하는 곰이 피와 화약 냄새를 흘리며 깨끗한 시트와 꽃의 세상에 나타난 것이다.

침대에 앉아 있는데 내 일부가 달팽이처럼 빠져나오는 기분이 들었다. 연약한 촉수를 내밀어 머뭇머뭇 햇살을 탐하는 달팽이.

그렇다. 내 삶은 전혀 인간적이지 못하다. 적어도 이곳에 살던 소녀가 이해하는 바대로의 삶은 아니다.

다시 핑 생각이 났다. 그 애의 아기가 살았다면, 그럼 난 이런 방을 만들었겠지. 연말이면 정신없이 바쁘고, 채소밭을 가꾸고, 집을 수리하고, 당연히 사랑하는 사람들을 사랑했을 것이다. 광장의 청동 두상은 장광이설로 인류에 대해 역설했을 테지만, 내가 아는 바로는 인간이 원하는 대상은 바로 이런 것들이다.

일기가 있던 경대에 콜드크림 통도 있었다. 세월이 흘러 크림은 밀랍처럼 굳어버렸지만, 그래도 손가락에 잔뜩 묻혀 터진 입술에 발랐다. 크림 맛이 비누만큼이나 달콤했다.

나는 크림과 일기를 돌려놓고 서랍을 닫았다. 그런데 서랍이 걸리는 바람에 힘껏 당겼더니 뒤쪽으로 뭔가 덜그럭거리는 소리가 들렸다. 납작하고 무거운 타원형의 물건이었다. 손으로 꺼내 들어보니 칠면조알처럼 차가웠다. 처음에는 압지대인 줄 알았는데 희미해가는 햇빛이 윗부분에 부식해 넣은 형체를 드러내주었다. 바로 기억의 돌이었다.

그날 새벽 3시경 다시 눈이 내리기 시작했다. 눈은 소리가 나지 않으니 눈 때문에 잠이 깼을 리는 없다. 아마도 방 안의 빛이 달라졌기 때문이리라. 마치 터진 베개에서 깃털이 쏟아지듯 빛이 쏟아져 내렸다. 크고 따뜻한 눈송이들.

눈은 춤추듯 침대 유리창을 지나며 별빛을 두 배로 밝혀주는 듯 보였다. 나는 소녀의 침대에 누워 눈을 지켜보았다. 마음이 너무도 평화로웠다.

나는 다시 잠에 빠져들었다. 다시 깨었을 때는 말이 푸르르거렸다. 나는 계단을 내려가며 누구든 당장 꺼지라고 소리쳤다. 공이도 당기긴 했지만 눈은 여전히 반도 뜨지 못한 채였다.

복도에 눈이 쌓여 있었다. 누군가 말고삐를 풀려고 한 모양인데 내 고함 소리에 이미 달아난 터였다. 나는 안장에 뛰어올라 놈들을 추적하기 시작했다.

범인은 한 사람이었다. 나는 자취를 따라갔다. 놈은 사슬을 한 채 어렵사리 눈을 헤쳐 나갔다. 과거 몇 놈을 사냥했지만 이 자는 정말로 간단했다. 날씨와 굶주림 탓에 완전히 탈진 상태였기 때문이다. 기껏 달아난 곳이 어두운 골목이었다. 그는 구석에 웅크리고 앉아 내가 보지 못한 채 그냥 지나가기를 기다렸다.

그는 그렇게 기다리고 또 기다렸다. 저택 안의 시신과 역병 때문에라도 나 역시 접근하고 싶지 않았지만 그렇다고 그냥 떠날 수도 없었다. 그래 봐야 또다시 문제가 생길 소지가 컸기 때문이다.

나는 한참을 기다렸다가 이렇게 소리쳤다. 얼굴을 보이지 않으면 모르는 자로 여기고 가차 없이 쏘겠다. 그리고 총개머리를 꺾어 철컥 소리를 내는 것으로 장난으로 하는 말이 아님을 각인시켜 주었다.

그가 엉금엉금 어둠 속에서 기어 나오며 제발 쏘지 말라고 애원했다. 마침 새벽 첫 동이 그의 얼굴을 환히 비추었다. 삼수딘이었다.

그가 새우 눈으로 올려다보더니 질문하듯 내 이름을 되뇌었다. 갈증 탓인지 목소리가 까마귀처럼 갈라졌다.

나는 기다리라고 말하고 물통 하나를 가져왔다. 그는 아예 두 팔로 끌어안고는 얼굴을 처박고 벌컥벌컥 들이켰다. 그가 마시다 말고 고개를 들더니 두 눈을 감은 채 헐떡였다. 안도감과 피로가 그만큼 크다는 얘기겠다. 물이 턱수염을 타고 양동이로 다시 흘러내렸다. 양동이를 돌려주기에 그냥 가지라고 말해주었다.

그가 살아 있다는 사실이 기쁘기는 했지만 그래도 가까이 두고 싶지는 않았다. 그 자리에 샤를로나 아버지가 있다 하더라도 지금 상황이라면 10미터 이내로는 찬바람만 지나가게 했을 것이다. 간수들이 저들을 심심해서 죽이려들지는 않았을 것이다. 저 거추장스러운 가면과 가운을 할 일이 없어서 꽁꽁 챙겨 입었겠는가. 더존에 대해서라면 톨라가 나보다 많이 알고 있을 것이다. 그는 목숨을 운에 맡길 사람이 못된다.

샴수딘은 내게 다른 사람들에 대해 물었다.

간수들이 강 건너에 기다리는데, 내가 아는 한 다른 노예들은 모두 죽었다고 대답했다.

샴수딘이 기대만큼 놀라지 않는 듯하여 쳐다보니 벌써 잠에 빠져 있었다. 얼굴이 한없이 늙고 공허해 보였다. 피부는 잔뜩 주름이 진 채 축 늘어졌다.

나는 휘파람을 불어 그를 깨웠다. 추운 날이라 그대로 잠들었다간 영영 돌아오지 못할 터였다.

그는 축 늘어진 채 나를 따라왔다. 나는 계단통으로 데려와 방에서 침대보를 잔뜩 덮어주었다.

새벽에 옥상으로 올라가 도시 위로 태양이 떠오르는 모습을 지켜보았다. 햇살은 두 번째 도시의 유리창들까지 아스라이 비춰주었다. 금색과 청동색, 이따금 얼음을 자를 때처럼 시퍼런 서슬이 어렸다.

나는 기억의 돌을 내려놓았다. 몇 시간 햇빛을 들이켜면 다시 살아날 것이다. 아침 햇살에 보니 돌은 훨씬 더 아름답고 칼날처럼 밝게 빛났다. 기억의 돌에는 흑단색의 막이 있었다. 앞면에는 작은 글씨로 러시아어가 적혀 있고, 일련의 버튼마다 이해 못할 기호들이 보였다. 버튼은 살짝만 건드려도 희미하게 딸깍 소리를 내며 작동했다. 뒤에도 뭔가 적혀 있었는데 내가 아는 유일한 글귀였다. 메이드 인 차이나.

간수들은 캠프를 걷고 해가 뜬 후 한 시간 만에 떠났다. 동쪽 강둑을 따라 느리게 이동했는데 나는 배를 깔고 엎드려 망원경으로 그 뒤를 쫓았다. 말도 귀향길에 부족하지 않을 만큼은 있었다. 썰매들마다 더존에서 가져온 물건들이 가득했다.

시신들은 쓰러진 자리에 그냥 두었다. 앉은 자세로 죽은 자는 밤 동안에 쓰러지고, 나머지는 다시 내리기 시작한 눈 속에 묻혔는데 너무 멀어 망원경으로도 숫자를 세기가 어려웠다.

나는 베갯잇에 곡물을 조금 넣어 샤수딘이 깨어난 후 먹을 수 있게 해주었다. 이 허름한 격리공간에 두기가 껄끄럽긴 했지만 달리 어쩔 도리가 없었다. 딱히 위험 요소로 보이지는 않았지만 그렇다고 모험을 걸 수는 없었다. 그의 몸은 물론, 그가 건드리거나 먹던 물건에 손대지 말고, 되도록 같은 공기도 마시지 않는 게 상책이다.

그는 10시쯤 일어나 놓아둔 곡물을 씹기 시작했다. 나는 계단통 위에 서서 지켜보았다.

잠과 물 덕분에 많이 좋아진 모양이었다. 병색도 크게 걷히고 자세도 어느 정도 회복했다.

간수들이 떠났으니 우리도 떠날 수 있다고 말해주었다.

“어디로?” 그가 물었다.

나는 어깻짓을 하고는 어디든 원하는 대로 가라고 했다. 난 집으로 돌아갈 거예요.

그는 여전히 불신의 표정이었다. 숲속에서의 일이 아직 께름칙했을 것이다. 나를 죽이려 했다 해도 보복할 생각은 전혀 없다고 말해주었다. 의외로 그를 용서하는 건 어렵지 않았다. 나도 그 상황이라면 마찬가지였을 테니 지나간 일은 잊자는 말도 덧붙였다.

그 말에 그가 다가오더니 악수를 청했다. 나는 오해하지 말라고 전제하고는, 마음으로야 악수하고 싶지만 더존에 병균과 맹독이 득시글하니 어쩌면 우리 중에 이미 오염된 사람이 있을 수 있다. 둘 다 무사하다는 확신이 들 때까지는 어느 정도 거리를 두는 편이 안전하다고 얘기해주었다.

샴수딘은 놀랍게도 울음을 터뜨리며, 자신이 그런 끔찍한 생각을 했다는 사실 때문에 너무나 괴로웠다며 하소연했다. 나는 이제 잊으라고 해주었다. 더 좋은 사람도 더 비참해지는 세상인 걸요.

나는 떠나기 전에 지붕에 올라가 기억의 돌을 찾았다. 느낌은 따뜻했지만 변화는 없었다. 버튼을 모조리 누르고 흔들어도 보았지만 소용없었다. 결국 쓰레기에 불과했던 모양이다.

그래서 강물에 던져버리기 위해 팔을 젖히는데 문득 흑단의 막에 햇살이 반사되어 내 눈을 쏘았다. 움찔할 정도로 밝은 빛. 나는 돌을 들고 빛 속에 이리저리 돌려보았다. 유리가 어찌나 반질반질한지 거울 같았다.

오랜 세월 내 얼굴을 자세히 본 적이 없다. 그런데 솔직히 말해 내 기억보다는 조금 더 나아 보였다.

20년의 세월은 흉터로부터 분노를 지워주었다. 그동안 나이가 들기는 했으나 얼굴 표정은 훨씬 편안해 보였다. 예쁜 얼굴은 아니다. 전혀. 하지만 더 이상 끔찍하지는 않았다. 어쩌면 지금껏 실제보다 끔찍하다고 상상했었는지도 모르겠다.

나는 거울을 구제하기로 했다. 씨앗 위에 허수아비처럼 걸면 까마귀들을 쫓아낼 수도 있을 것이다. 작물 지킴이로서 제2의 삶을 산다…… 그것도 나쁘지 않은 생각이다. 나는 부싯깃과 부싯돌이 든 외투주머니에 돌을 함께 넣었다.

사냥을 끝내고 돌아오니 망치가 하나 놓여 있었다. 샴수딘이 체인을 끊는 데 사용한 것이다. 한참을 고생해 체인을 끊어내기는 했지만 족쇄를 깨뜨리지는 못한 모양이었다.

정오쯤 우리는 더존을 빠져나왔다. 다리까지 300미터 정도는 눈진창이었다. 나는 말을 끌고 걸었지만 샴수딘보다는 10미터 정도 앞장섰다. 그가 철퍼덕거리며 걷는 소리가 가까워질 때마다 의식적으로 걸음을 재촉했다.

다리에 오르는 순간 기분이 달라졌다. 그러고 보니 도시에 있는 동안 내내 숨을 죽이다시피 했다.

최초의 시신은, 벽돌기둥에서 1미터 너머쯤에 누워 있었다. 앉은 자세로 죽은 사람. 바로 줄푸가였다. 나는 걸음을 멈추지 않았다. 내장이 부채꼴처럼 눈에 흩뿌려진 걸 보면 놈들이 산탄을 사용한 모양이다.

나는 다리 건너 캠프 지역으로 향했다. 집까지 타고 돌아갈 말이 있고 톨랴가 어느 정도 식량을 남겨 두었으리라 기대했건만, 기껏해야 빈 깡통과 병, 식어버린 모닥불 정도였다. 나는 발끝으로 불씨를 뒤척여 행여 모르고 남겨둔 먹거리가 있는지 확인했다.

샤수딘은 다리 위에서 꾸물거렸다. 돌아보니 고개를 숙인 자세로 시신 옆에 무릎을 꿇고 앉아 있었다. 아마도 사자를 위해 기도하는 모양인데, 결국 너무 가까이 접근하지 말라고 소리쳐야 했다.

그도 까마귀처럼 거친 목소리로 원망을 퍼부었다. 나는 총을 빼고 달려가며 시체를 만지면 쏴죽이겠다고 협박했다. 진창에 발이 푹푹 빠지는 덕분에 그에게 접근할 즈음에는 숨까지 심하게 헐떡였다. 그래도 총구는 정확히 그의 이마를 겨누었다.

샤수딘의 두 눈은 벌써 퉁퉁 부어 있었다. 그는 턱을 내밀어 얼마든지 쏘라는 시늉을 하더니, 곧바로 줄푸가의 시신을 돌려 소매를 잡아 일으킨 다음 어깨동무를 하고 일으켜 세웠다. 어설픈 자세 탓에 그도 일어나면서 비틀거렸다. 내가 정말로 쏠 거라고 생각했는지는 모르겠지만 그때쯤에는 정말로 개의치 않았으리라.

시신은 제방 끄트머리에 묻었다. 나는 길에서 지켜보았다. 두 손과 돌조각으로 도랑을 팠는데 기껏 30센티미터 정도의 깊이였지만 시신을 덮는 데만도 한참 걸렸다.

우리는 느린 속도로 남쪽으로 향했다. 해가 길어진 탓에 하늘이 온통 파란색과 금색으로 물들었다. 샤수딘과 나는 일몰 때까지 한마디도 하지 않았다.

행군을 멈춘 다음에는 나뭇가지를 꺾어 잠자리를 만들었다. 그가 도와주겠다고 나섰지만 다가오지 말라고 윽박지르기만 했다. 그의 외투에 시체의 고름이 여기저기 묻어 있었다. 자기 자신을 대하듯 정성껏 친구를 매장했기 때문이지만 나까지 옮을 생각은 없었다.

그의 침대는 일부러 소리가 많이 나도록 만들었다. 그래야 몰래 접근하지 못할 것이다.

3월 초라 날은 따뜻했으나 모닥불이 없으니 춥고 불편하기는 마찬가지였다. 배도 고파 잠을 이룰 수도 없었다.

우리 둘 다 병이 있는지 꼼꼼히 챙기는 중이었다. 지금 이곳에서 죽고 싶지는 않았다. 자유의 몸이 되자마자 곧바로 죽다니. 아니, 절대 그럴 수는 없다.

샤수딘이 누운 나뭇가지는 그가 뒤척일 때마다 바스락거렸다.

하루 이틀만 지나면 야생동물을 사냥하고 불을 피울 수 있을 거라고 얘기해주었다. 남쪽 강에는 물고기도 있다. 연어 철은 지났으나 민물농어와 살기는 잡을 수 있다. 물고기는 얼려서 얇게 포를 뜨면 된다. 새순과 지의류도 식용이 가능하다. 소나무 껍질로 구황식품을 만들 수도 있다. 샤수딘, 말고기 먹어본 적 있어요?

그는 없다고 했다. 모르고 먹었을 수는 있지만.

먹어봐요. 맛있으니까. 야쿠트족은 냉동 간을 날로 먹는다. 생고기 아이스크림이다.

샤수딘은 언젠가 하얼빈에서 마흔 가지가 넘는 식사를 했는데 그 중 10가지 이상이 염소 고기였다고 대답했다.

그밖엔 또 어디 갔어요? 내 질문에 그가 도시 이름을 한참 나열하고 내게도 어디를 여행했는지 물었다.

도시라면 폴린이 처음이었지만 극북은 상당히 많이 돌아다녔다.

"메이크피스, 당신은 야만인이요." 그가 말했다.

웃자고 한 얘기였지만 그래도 사실이기에 더 가슴이 아팠다. 그런 얘기에 민감한 것도 문제다. 내 방식은 거칠다. 야만적인 일도 많이 했다. 무식하기도 했지만 부모와의 거리감도 창피하던 터였다.

"문명과 도시는 매한가지요. 그리고 저곳은 도시가 아니라오. 무덤이지." 샴수딘이 말했다.

난 무덤을 많이 봤는지 물었다. 그는 너무 많이 봤다고 대답했다.

샴수딘의 설명에 의하면 다리를 건너자마자 노예들은 2인 1조로 흩어졌다고 한다.

처음에는 조금 들뜨기도 했단다. 각각 먹을 것도 있고 자유롭기도 했으니까. 도시를 처음 보는 사람들은 신기해했다. 다만 샴수딘 같은 사람들이라면 어느 정도 씁쓸할 수밖에 없었다. 다시 돌아갈 수 없는 과거. 죽은 친구의 얼굴을 꿈속에서 보는 기분이었을 것이다.

그가 잠시 얘기를 멈추었다. 줄푸가 생각 때문이리라.

노예 일부는 지도를 무시하고 음식이나 연장을 찾아 헤매었고 나머지는 내가 갔던 통로를 따라 도시 여기저기를 헤집고 다녔다.

지도를 따라가다 보니 대형 청동 두상이 있는 광장이 나왔다. 그 너머로 산업 지구가 보였는데 바로 톨랴가 폴린 66이라고 말한 곳이었다.

폴린 66은 외관도 확연히 달랐다. 교회임을 알리는 양파 모양의 지붕이나 목재 건물도 없었다. 하나같이 높은 데다 새 건물이었다. 탱크와 군용차들이 거리에 아무렇게나 방치된 탓에 줄푸가도 초조해했다. 도로에 지뢰를 매설했을 수 있었기 때문이다.

더존에 들어간 마지막 무리가 기지인들일 거라고 하자 샴수딘도 동의했다. 샴수딘은 또 소변을 보러 들어간 골목길에서 끈적거리는 넝마, 허벅지 뼈, 사슬도 봤다고 했다.

노예들도 두어 명씩 흩어져서 낡은 쓰레기를 주웠다. 인간의 천성이 원래 그런 건지 일부는 잡동사니를 들고 돌아와서는 뿌듯해하기까지 했다. 샴수딘은 노예들이 가져간 물건을 떠올리며 웃었다. 고장 난 자동차 배터리, 수조용 수도꼭지, 전기 톱날 등등.

다른 일부는 단단히 마음먹고 폐허 안쪽까지 들어갔다. 쇠 지렛대로 낡은 창고문을 따고 들어가서 임시로 만든 썰매에 물건을 잔뜩 쌓아 돌아왔다. 톨랴의 칭찬을 믿어서라기보다는 그저 기대해서였을 것이다.

샴수딘과 줄푸가도 압박을 느낀 나머지 지도에 표지된 지점까지 더 들어가 보기로 했다.

두 노예에게 나타난 곳은 놀이터였다. 놀이터 여기저기 신발과 깡통들이 널브러지고, 회전목마, 흔들오리, 그네들이 썩어가고 있었다.

밤이 기울고 샴수딘이 돌아가려 했으나 줄푸가는 지도를 잘못 그렸다며 끝내 버텼다. 군복무 시절 가끔 지도를 조작해 멍청한 상대를 속인 적이 있었기에, 그는 200미터는 더 가야 진짜 목표가 있다며 고집을 벌였다.

외벽을 타넘는 일은 만만치 않아 줄푸가는 손까지 베이고 말았다. 그는 걸레로 상처를 묶고 샴수딘을 밀어 창문 안으로 들여보냈다. 안쪽은 생각보다 훨씬 낭떠러지였다. 샴수딘은 몸이 굳은 채로 추락하는 바람에 그만 바닥에 머리를 찧고 말았다. 한참 의식을 잃은 모양인데 얼마나 되었는지는 알 도리가 없었다. 간신히 정신을 차려보니 다시 올라가기에는 창문이 너무 높았다. 손 위로 따뜻한 액체가 뚝뚝 떨어졌는데 추락하면서 코를 깨뜨리고 만 것이다.

그러다가 그곳에서 혼자 죽을 수 있겠다는 생각에 더럭 겁도 났다. 바닥은 깊고 안은 칠흑처럼 어두웠다. 다행히 한참 후에는 어둠에 적응이 되었고 추락의 통증도 크게 가라앉았다.

그는 자리에서 일어나 건물 벽을 더듬기 시작했다. 바닥이 한 방향으로 살짝 오르막이었기에 방향도 그쪽으로 잡았다. 그 길로 가면 지상으로 나갈 수 있겠다 싶었다.

지하벙커는 꽤나 넓었다. 샴수딘은 자신이 미쳤는지도 모른다고 생각했단다. 아니면 이미 죽어서 구중구천의 복도를 여기저기 헤매고 있거나.

한참을 헤매는데 발밑에 깨진 유리가 밟혔다. 고개를 들어보니 그가 들어온 바로 그 창문이었다. 기껏해야 한 바퀴를 돌아온 것이다.

미로 탈출의 희망을 포기한 것도 그때였다. 그는 신을 저주했다. 그래서 머리라도 깨뜨려 죽을 생각으로 벽을 향해 몸을 던졌는데, 갑자기 눈앞에서 어둠이 걷히지 않는가. 어쩌다 보니 내실로 통하는 문을 지난 것이었다. 철제 문 아래로 파란 불빛이 희미하게 새어들었다.

그가 손으로 밀자 놀랍게도 문이 활짝 열렸다. 거대한 창고였다. 철제 선반들이 5미터쯤 높이로 길게 늘어서 있었다.

더욱 이상한 노릇은, 파란 불빛이 창문이 아니라 선반에서 흘러나왔다는 것이다. 파란색의 플라스크들이 계속 딱딱거리며 빛을 발하고 있었다.

삼수던도 과학자였지만 도무지 정체를 알 수가 없었다. 그런 물건은 생전 처음이었다. 간수들이 건네준 도해를 찾았으나 추락하면서 지도와 도해를 모두 잃어버린 듯했다.

그 얘기를 하는 도중에 나뭇가지 부스럭거리는 소리가 들렸다. 그가 재킷 안을 뒤지고 있는 중이었다. 나는 한 손을 총으로 가져갔다. 내가 무심코 숨을 죽였던지 그가 나를 올려다보았다. 나와는 몇 미터 거리였지만 그의 얼굴은 똑똑히 볼 수 있었다. 눈가의 깊은 그림자와 촛불에 반짝이는 금니까지 모두.

외투에서 꺼낸 물건은 그곳에서 봤다던 플라스크였다. 얘기를 들었을 땐 전구를 상상했지만 그것이 발하는 빛은 밝지도 안정적이지도 못했다. 빛은 계속 움직이고 깜빡였다. 그러니까 누군가 오로라의 일부를 떼어내 단지에 집어넣으면 그런 모양이리라.

그는 물건을 우리 중간의 눈 위에 세웠다.

볼수록 신기한 놈이었다. 빛이 시선을 안으로 끌어들여 아주 작은 입자까지 구분할 수 있을 듯했다. 빛에는 질감과 깊이가 있었다. 불꽃이 그렇고 멀리서 폴린 66의 타워들을 볼 때도 그랬지만 이 빛은 물의 속성까지 더했다. 흐르고 겹치고 막히다가는 작고 푸른 불꽃들을 쏘아댔으며, 때로는 다시 힘을 모으기라도 하듯 스스로 몸을 말기도 했다. 그리고 그동안 내내 생명체가 숨을 쉬듯 쉿 하는 소리를 희미하게 내뱉었다.

샴수딘은 선반에서 두 개를 꺼낸 다음 그 빛을 이용해 지하실을 빠져나왔다.

빛이 너무 흐리고 산발적이라 멀리 뻗지는 못했으나 덕분에 그를 가둔 공간이 어떤 형태인지 정도는 알 수 있었다. 그리고 다시 한 시간을 더듬거린 후 내벽의 붙박이 사다리를 찾아냈다. 사다리는 지붕의 뚜껑 문으로 이어졌다.

철문 안쪽으로 빗장이 걸려 있었으나 문이 너무도 크고 무거운 탓에 빗장을 제거하고도 도저히 들어 올릴 수가 없었다. 지붕 틈새로 햇빛이 비집어들고 신선한 바람 냄새까지 배어나왔다. 어떻게든 빠져나가려는 마음에 주먹으로 마구 때려 조금 열기는 했는데, 그 와중에 병 하나가 아래로 떨어지고 말았다.

순간 샴수딘은 움찔하며 두 눈을 질끈 감았다. 유리가 박살나거나 불꽃 따위가 일어날 줄 알았건만 플라스크는 6, 7미터를 낙하하고도 그저 통 하는 소리와 함께 가볍게 튕겨 오르기만 했다. 물건은 거울 바닥에 등잔을 피워놓은 듯 자체의 푸른 빛 웅덩이에 잠겼다.

오랫동안 지하에 있었기에 줄푸가도 포기하고 떠났으려니 했는데 그는 바로 그 자리에서 끝까지 기다리고 있었다. 그가 머리 상처를 돌봐주고 샴수딘 몫의 식량도 내주었다.

샴수딘은 요기를 하며 줄푸가에게 자신이 목격한 내용을 설명해주었다. 그동안 친구는 낡은 벙어리장갑을 낀 손으로 신기한 듯 계속 플라스크를 어루만졌다.

복귀시간이 거의 다 되었을 즈음이었다. 줄푸가는 지금 떠나지 않으면 늦을 거라고 걱정하며 먼저 일어나 샴수딘에게 손을 내밀었다.

샴수딘은 너무 놀라서 다른 손을 보자고 했다. 줄푸가가 손을 앞뒤로 보여주었다. 세상에, 흉터 하나 없이 상처가 치료되다니!

줄푸가가 친구의 외투를 움켜잡으며 외쳤다. 오, 위대한 신이시여!

내가 정말로 플라스크의 위력인지 물어보았더니 샴수딘은 다섯 가지 방식으로 맹세를 하며 그렇다고 대답하고는 실제로 자신의 작은 상처들도 치료했다고 덧붙였다.

줄푸가는 다시 돌아가면 물건이 있는 방을 찾을 수 있겠는지 물었단다. 샴수딘은 로프와 등잔만 있다면 돌아오는 길도 어렵지 않다고 대답은 했지만 사실은 돌아가기가 두려운 쪽이었다.

갑자기 줄푸가가 안색을 바꾸었다. 한참 자신의 도해를 살펴보더니 번호 하나가 플라스크 병과 일치한다는 사실을 알아낸 것이었다. 그러나 기쁜 표정 중에도 긴장감을 감추지는 못했다. 그러니까 카드놀이에서 승리의 패를 들었는데 큰판을 먹을 수 있다는 생각에 저도 모르게 온몸이 굳고 진땀을 흘리는 형국이었다. 줄푸가는 유리병과 자유를 교환하려는 계획을 짜고 있었다.

둘이 함께 다리로 돌아간다면 간수들이 가차 없이 플라스크를 빼앗겠지만, 둘 중 하나만 돌아가고 다른 사람은 더존에 남아 병을 지키면 상황은 다를 수 있었다.

줄푸가의 제안은 이랬다. 샴수딘이 빈손으로 돌아가 이곳에서 찾은 물건을 툴라에게 정확히 설명한 다음 일주일분의 식량과 말 한

필을 요구할 것.

시간은 계속 흘러갔다. 샴수딘은 계획에 불만이었다. 원래 소심한 성격인 데다 사람을 잘 믿는 탓에, 그냥 병을 넘기고 간수의 선처를 기대하고 싶었던 것이다.

그리하여 마지막 순간 줄푸가는 샴수딘을 남기기로 마음을 정했다. 친구도 미덥지 못했지만 사실 거래도 그가 훨씬 능했다.

줄푸가 계획의 약점은 간수들에게 정보를 너무 많이 까발렸다는 데 있었다. 내가 보기에 더존에서 노예들이 어떤 물건을 찾아야 할지 정확히 아는 사람은 아포파가토 하나뿐이었다. 손이 곱을 때까지 그림을 베끼고 번호를 모조리 적을 수는 있겠지만, 세상에, 빛이 펄떡거리는 유리병이 존재한다는 사실을 누가 믿으려 들겠는가? 직접 본다면 또 모를까.

나 또한 눈으로 보면서도 믿기 어렵지 않았던가.

게다가 더존에 대한 톨라의 연설 때문에라도 간수들은 모두 공황상태였다. 당연히 최대한 빨리 일을 마무리하고 달아날 생각뿐이었다.

다리 위에서 다른 노예들이 삽과 자동차 레버, 스튜냄비 따위를 넘기는 과정을 지켜보며 줄푸가도 자신의 계산 착오를 느꼈으리라.

그들은 노예들을 풀어주지 않고 한곳에 가둬버렸다. 마치 도살을 준비하는 돼지들처럼.

결국 그는 총 맞을 각오를 하고 달아나기로 결심했다. 플라스크가 있는 데까지 돌아갈 수만 있다면 총상 정도는 쉽게 치유할 수 있다는 판단도 물론 한몫했다.

그 다음 상황은 내가 지붕에 숨어 지켜본 대로였다. 플라스크가

긁힌 상처를 치료하고 벤 손을 봉합할지는 몰라도 줄푸가의 총구멍까지 메울 수 있었을까.

식량은 부족했지만 그럭저럭 이틀간은 버틸 수 있었다. 사슬을 끊은 덕에 샴수딘도 걸음이 빨라졌다. 이렇게 빨리 이동하다 자칫 간수들과 마주칠까 불안할 정도였다.

처음 이틀은 사냥을 하거나 불을 피우지 못했다. 질병이나 방사선이 무서워서가 아니라 총성이나 연기로 우리 위치가 알려질까 불안했기 때문이다.

사흘째 밤, 토끼 두 마리를 잡고 작은 모닥불을 피웠다.

그날 저녁, 샴수딘이 열병에 걸렸다. 열이 높지는 않았으나 날이 덥다며 투정을 했는데 달빛으로 봐도 얼굴이 온통 땀범벅이었다.

그는 플라스크 병이 이런 질병도 막아줄 거라며 눈을 녹이거나 말을 먹이기 위해 행군을 멈출 때마다 몸 위에 올려놓았다. 나는 그놈의 부적이 어디 약이 되겠느냐며 놀렸지만 그는 나름대로 유리병의 효용에 대해 이론을 마련하고 나한테 시험해보라고 제안까지 했다.

"내 병균들만으로도 버거워요. 당신 병까지 옮으라고?" 내가 투덜댔다.

어쨌든 그는 마술단지를 붙들고는 땀범벅의 이마에도 대고 아픈 팔도 위아래로 문질렀다.

그러고 보니 나도 썩 좋지는 않았다. 아니, 사실 많이 좋지 않았다. 게다가 말도 자주 놀라고 잘 먹지 않았다.

주머니에서 부싯돌을 찾는데 문득 기억의 돌이 손에 걸렸다. 나는 아무 생각 없이 돌을 꺼냈다. 3일 전 집어넣을 때만 해도 죽은 상태였는데 지금은 표면이 온통 녹색불로 덮였고 그 위로 빛이 살아 깜빡거렸다.

문득 기억의 돌이 플라스크의 빛에서 에너지를 얻을지도 모르겠다는 생각이 들었다. 그러니까 고장이 났다 해도 병에 대면 고쳐진다는 얘기였으니, 그야말로 멍청하다는 생각이 들어 곧바로 거두고 말았다. 샴수딘은 내가 움찔하자 무슨 일인지 물었다.

나는 기억의 돌을 보여주며 어떻게 작동하는지 알려주었다.

내 손이 닿자 돌이 조금씩 깨어났다. 표면이 이런저런 색을 입더니 천천히 그림들이 나타난 것이다. 구세계의 도시와 거리가 살아나더니 이내 사람들과 자동차로 혼잡해졌다. 도시의 진짜 얼굴이다. 내가 본 도시는 뼈다귀에 불과했다.

처음에는 사람 없이 소녀의 목소리가 그림을 설명해주었다. 러시아어라 이해가 불가능했지만 다행히 샴수딘이 통역을 해주었다.

여기는 내가 다니는 학교예요. 여기는 우리 집. 저기, 손으로 얼굴을 가리고 키득거리는 애 있죠? 내 친구 다리아예요. 음, 아버지가 떠나시려고 짐을 싸고 계시네요.

그러고 보니 도시가 부산한 이유는 사람들이 떠날 채비를 하기 때문이었다.

소녀가 기억의 돌을 만든 이유도 이해했다. 나도 종종 이런 기념품이 있었으면 할 때가 있었다. 과거의 편린들을 짜 넣은 선집 말이다. 당연히 그녀가 이사할 때 가져갔어야 했건만 불행하게도 깜빡 잊고 서랍에 남겨둔 모양이었다.

잠시 후 소녀가 침대에 누워 있는 모습이 보였는데 영상이 크게 흔들렸다. 뒤쪽에서 여자아이의 웃음소리가 들렸다.

류디 부두시체포. 소녀가 그 비슷한 말을 했다.

샴수딘이 일어나 앉더니, 아이가 잊은 게 아니라 일부러 남겨두었다고 말해주었다.

미래의 분들께. 전 러시아 폴린에서 태어났고 지금 열여덟 살이랍니다. 여기 제 삶과 저 자신을 담았어요.

여기 제 삶을 담았어요. 저 자신을 담았어요.

샴수딘이 그 말을 전하는데 온몸에 소름이 일었다. 내가 본 곳은 삶을 소거한 도시의 껍데기뿐이었건만.

문득 하이웨이 옆에 무덤처럼 쌓여 있던 동전과 리본이 떠올랐다. 부크티가차크의 감방 벽에 새겨놓은 낙서와 텅 빈 광장을 지키는 청동 두상도 생각났다.

무슨 일이든 끝에 줄서고 싶은 사람은 없지. 보스와이트 목사는 그렇게 말했지만 그도 자기 형만큼이나 오만했다. 끝이란 내가 끝내는 곳을 말한다. 하지만 끝장을 내려면 뭐든 먼저 끝이 있어야 한다. 아직 끝이 다가오지 않았으니 영하 50도에도 비틀비틀 마구간으로 건너가 곱은 손으로 안장을 만지거나, 한여름의 먼지에 숨쉬기도 힘든 판에 말을 타고 나가는 것 아닌가?

내가 옮기는 단어 중에는 한 번도 귀로 들어보지 못한 종류도 많다. 덕분에 어떻게 발음하는지도 정확히 모르지만 어떤 단어가 만인의 두려움 이면에 박혀 있는지 정도는 안다.

사실 일어나지도 않은 일을 두고 두려워한다는 것 자체가 어불성

설이다. 굶주림, 추위, 질병은 두려워할 수 있지만 아직 일어나지 않은 일은? 그럼에도 불구하고 그것은 언제나 나를 집어삼킨다. 어둠 속에서 소녀의 말을 들으며 난 마침내 그 순간과 맞닥뜨리고 말았다.

난 소멸이 무서워요.

보스와이트도 제멋대로 지껄일 수 있다. 제정신이라면 누구나 그들 역시 무언가의 종말을 향해 곤두박질치고 있음을 안다. 하지만 세상이 계속 돌아가 자신의 장례식에서 누군가 그럴 듯한 조사라도 읊어주거나, 아니면 후손의 핏줄로나마 그들이 이곳에 살았음을 묵묵히 기억해주었으면 하는 기대감을 갖는 법이다. 이런 기대감이야말로 또 하나의 요점이다. 상식적인 사람이라면 누구나 그러기를 기대한다.

그 때문에 소녀도 시간의 바다에 메시지를 떠내려 보냈던 것이며, 덕분에 기억의 돌을 본 사람의 마음속에서 잠깐이나마 다시 살아날 수 있었던 것이다. 그녀야 이 사실을 모르겠지만 어쨌든 목적은 그랬다.

누구나 기꺼이 뭔가의 끝을 맞이한다. 하지만 누구도 원치 않는 것은 세상의 종말을 자기 눈으로 보는 것이다.

아침에 눈을 뜨자 눈이 한 뼘이나 몸에 쌓여 있었다. 미열이 있는 듯했는데 샴수딘은 더 심하게 앓고 있었다. 살갗은 잿빛이었고 호흡도 무척이나 거칠었다. 계속 괜찮다고 고집을 부리며 행군을 이어가려 했으나 결국 10미터도 채 가지 못해 넘어지고 말았다.

그는 가까이 오지 못하게 했으나 그 정도는 이미 나도 초월했다. 그가 죽는다면 나 또한 죽은 목숨이나 마찬가지이리라.

나는 그를 일으켜 세운 다음 누울 자리를 마련해 가진 담요 모두를 덮어주었다. 그리고 토끼고기로 국을 끓여 한 스푼씩 떠먹여주었는데 그동안에도 그는 내내 덜덜 떨었다.

한 차례 땀을 흘리고 나자 그가 간신히 잠이 들었다. 내 무릎을 베개로 해주고 보니 자는 모습이 정말로 아기 같았다. 다시 핑 생각이 났다. 나는 그 애의 얼굴을 그리며 샴수딘에게 사랑한다고 고백했다.

그가 중얼중얼 잠꼬대를 했다.

얼굴의 열꽃 때문인지 다시 젊어 보이기까지 했다.

한 시간 후쯤, 그가 일어나더니 불쑥 내세를 믿는지 물었다. 나는 아니라고 했지만, 누군가 그곳에 갈 자격이 있다면 당신이라고 대답했다. 그러자 그가 말했다.

"안달루시아에 가본 적이 있지요. 내게 낙원이란 안달루시아처럼 쌉쌀한 오렌지 꽃향기가 흐르는 곳이라오."

나도 항상 비슷한 생각을 했다고 대답했다. 그 몇 마디만으로도 그는 기진맥진해 나를 꼭 잡았다. 우리 둘은 외로움과 죽음의 공포 속에서 서로를 붙들고 열병을 앓듯 정을 나누었다.

다시 열이 심해지자 그는 제발 총으로 죽여 달라는 헛소리까지 했다. 그러다 정신이 나면 어린 시절 얘기를 하고 싶어 했다. 어머니가 그를 무척 자랑스러워했다고 해서 나도 당연히 그랬을 거라며 맞장구를 쳤다. 폴린의 소녀처럼 그에게도 증인이 필요했다.

해가 뜬 후 재킷을 풀어 바람을 조금 맞게 해주었다. 비쩍 마른 가슴이 불처럼 뜨거웠다.

그날 오후 얼굴 화농이 터져 온몸으로 번지는 통에 앉은 채로 잠들어야 했다. 말도 아팠지만 그놈까지 돌볼 여력은 없었다.

나는 양동이에 허브를 조금 끓여 그에게 김을 들이마시게 했다. 도움이 되었는지 그날 밤에는 더 쉽게 잠이 들었다.

첫 동이 뜨자마자 허브를 따러 나섰다. 허브는 많았다. 잎을 모으는데 사슴 한 마리가 눈에 띄었다. 총도 있었다. 난 속으로 저주를 퍼부었다. 망할, 병으로 죽나, 톨랴한테 걸려 죽나 마찬가지다. 어쨌거나 적어도 굶어죽을 수는 없지.

나도 열병으로 어지러운 탓에 사슴을 쓰러뜨리는 데 세 발이나 필요했다. 사슴을 캠프로 끌고 오기까지도 한 시간이 걸렸다.

어린 암사슴인데 무리에서 떨어져 나와 길을 잃었을 것이다.

샴수딘은 일어나 앉아 있었지만 완전히 기진맥진한 상태였다. 난 드디어 고기를 먹게 되었다고 고함을 질렀다.

간을 먹이면 좋겠다고 생각하며 제일 먼저 그 부분을 잘라냈다.

요리 준비를 하는데 그의 숨소리가 다시 덜거덕거리기 시작했다.

내가 다가가자 그가 부릅뜬 눈으로 노려보더니, 마치 마라톤이라도 마친 사람처럼 숨을 몰아쉬며 내 팔을 움켜잡았다. 아무리 물을 먹여도 혓바닥이 말라 푸석푸석하기만 했다.

총알을 사용하면 더 편하게 죽겠지만 차마 그럴 용기는 없었다.

정오. 샴수딘이 숨을 거두었다. 말도 죽었다. 하지만 나는 살았다. 이런 것도 운이 좋다고 해야 할까.

Ⅳ

집으로 가는 길

1

말이 죽었기에 이제 걸어야 했다. 샴수딘을 묻느라 시간도 많이 지체했다. 나는 남동쪽으로 향했다. 타이가를 통과하면 집으로 가는 하이웨이의 들머리가 나올 듯싶었다.

여행하기에는 최악의 계절이었다. 해동기라 아주 작은 강조차 건널 수가 없었다. 강을 건너다가 옷이 젖고 온도까지 내려가면 옷에 고드름을 매단 채 죽고 말 것이다.

나는 언제나 강하고 묵묵한 성격이었다. 하루 종일 일하고도 네 시간 정도 자면 거뜬히 일어나곤 했다. 그런데 지금은 온몸이 욱신거리고 숨도 가빴다. 매 시간마다 걸음을 멈추더니, 이제는 30분, 아니 15분마다 숨을 골랐다. 급기야는 100미터를 걷고 5분을 쉬고 있었다. 짐을 자작나무 틀에 얹어 끌고 다녔는데 두 팔을 파고드는 통에 너무도 아팠다.

얼마 안 가 너무 허약해진 나머지 사냥도 불가능했다. 땅에 발이 푹푹 빠졌다. 결국 나는 젖 먹던 힘까지 내서 낙엽송 가지를 끊어내고 침대를 만든 다음, 그 위로 기어 올라가 죽을 때를 기다렸다.

병이 전신을 두드리고 지나갈 때까지 그렇게 며칠을 누워 있었던 모양이다. 밤낮으로 하늘이 빙빙 돌았다. 사흘이나 나흘째 아침 일어나 앉아 개울물을 두 손으로 받아 벌컥벌컥 들이켰다.

도대체 왜 살아 있는 걸까. 도무지 알 수가 없었다. 폴린의 역병은 일부러 만든 것인지라, 남자에겐 치명적이지만 여자에겐 별로 맥을 못 춘다는 얘기를 나중에 듣기는 했다. 터무니없는 얘기 같았지만 솔직히 그보다 더한 헛소리도 사실로 드러나는 세상이 아닌가.

일어설 정도로 회복하자마자 짐을 싸서 비척비척 움직이기 시작했다. 고사리를 따먹으며 걸었는데 애벌레가 붙어 있어도 그냥 우걱우걱 씹었다. 그 정도로 배가 고팠다. 실탄이 얼마나 남았나 보고 사냥용으로 몇 개를 떼어놓을까 생각하는데 그 순간 너무도 끔찍한 냄새가 바람에 실려 왔다.

200미터쯤 가자 시신들이 장작더미처럼 한데 쌓여 있었다. 옷을 반쯤 입은 시체도 있었으나 대부분 완전한 나신이라 햇빛을 받아 창백한 빛을 발했다. 갑자기 입속에 든 애벌레의 잔해에서 씁쓸한 맛이 났다.

칼로 난도질했는지 상체만 남은 자도 있었다. 톨랴의 머리가 제일 위쪽이었다. 축 늘어진 눈을 끔뻑이며 땅바닥을 노려보고 있었다.

이미 부패가 진행된 터라 시신들도 하나같이 흐물거렸다. 개미들은 입과 눈을 먹느라 여념이 없었다. 죽은 지 2, 3일은 지난 듯했다.

살인자들의 흔적은 눈과 함께 녹았지만 여기저기 부츠 한 짝, 안장가방, 스튜냄비 등이 널브러져 어둠 속에서의 혈투를 짐작케 했다. 간수들도 무장이 가볍지는 않았다. 이곳 어디에서 그런 식의 총과 무기를 구하겠는가. 요컨대 이들을 제압했다면 적들의 수가 월등히 많았다는 얘기다. 어쩌면 더존을 벗어난 데다 화력을 지나치게 믿고 방심했을 수도 있었다. 행여 만취상태에 상대가 야심을 이용해 몰래 접근했다면 방어는 불가능했을 것이다.

나는 얼굴에 진흙을 칠하고 카빈 총을 장전한 다음 어두워질 때까지 길을 우회했다.

가을 이후 가장 포근한 밤이었다. 대지는 물에 젖은 개처럼 겨울을 온몸으로 털어내고 나뭇가지들은 느닷없이 축축한 눈덩이를 떨구며 적들의 발자국 소리를 흉내 냈다. 그 소리를 들을 때마다 움찔하지 않을 수 없었다.

나는 나무 아래 앉아 두 시간 정도 졸면서 새벽을 기다렸다. 눈을 떴을 때는 아직 어둡고 고요했다. 그리고 내 목에 칼이 들어오고 누군가의 손이 입을 막았다. 손에서 흙과 순록 냄새가 났다.

나는 목을 찔러오는 칼끝의 위력에 밀려 자리에서 일어났다. 겁에 질렸는지 그 옛날 호수에서처럼 오줌을 지리기까지 했다. 동녘으로 여린 빛이 번지고 있었으나 별로 달갑지는 않았다. 힐끗 턱 아래를 내려다보았는데 나를 잡은 자의 손에 톨랴의 피 묻은 시계가 매달려 있었다.

그가 나를 길로 끌고나가 나지막이 휘파람을 불었다. 숲속에서 말과 사람들이 나타났다.

시체 더미에서 3킬로미터 거리이건만.

그들은 목청을 껄떡거리며 대화를 했는데 야쿠트 말로 보였다. 야쿠트족과는 별로 접촉이 없었지만 호전적인 유목민이라는 정도는 알고 있었다. 카자흐스탄 사람들처럼 밋밋하면서도 거무튀튀한 인상에다, 헝겊자루 같은 옷을 뒤집어쓰고 있었다. 간수들의 소유로 보이는 모자와 외투도 여기저기 눈에 띄었다. 놀라운 점은, 옷을 꽁꽁 싸매고 다니긴 했지만 분명 여자들이 섞여 있었다는 것이다.

나는 눈 진창에 무릎을 꿇고 앉아 그들의 대화를 들었다. 소리로는 시장에서 엿듣는 대화 같았지만 어쨌건 나를 두고 흥정 중인 듯 보였다. 한 여자의 고음이 특히 위압적이었다. 내용은 뻔했다. 죽이느냐 살리느냐? 죽이려면 여기냐 저기냐? 저 여자 물건은 누가 챙길 것이냐?

손이 시렸다. 숲에서 넘어질 때 장갑을 잃어버린 모양인데 아무래도 상관은 없었다.

내 목에 칼을 대고 있는 자도 이따금 대화에 끼어들었다. 그의 거친 고음이 제일 듣기가 끔찍했다. 말할 때마다 칼이 더 깊이 파고드는 바람에 베이지 않기 위해 고개를 잔뜩 젖혀야 했다.

창백하고 푸르스름한 여명이 동녘 하늘을 비추기 시작했다. 극북 특유의 지고지순한 푸른 빛. 그 너머 아무도 기다리지 않는다는 것만은 분명했다. 신세계도 없고, 어머니, 샤를로, 샴수딘도 없다. 핑도 없다. 그럼에도 불구하고 나도 모르게 주기도문을 계속해서 되뇌고 있었다. 마치 비명을 지르지 않기 위해 입에 꼭 물어야 할 재갈이라도 되는 것처럼 말이다.

누군가 다가오더니 손으로 얼굴의 흙 얼룩을 닦아냈다. 새로운 목소리도 들렸다. 목소리가 한참을 떠들더니 어느 순간 성대를 누르던 칼이 사라지고 난 앞으로 쓰러지고 말았다.

땅은 축축하고 곰팡내가 났다. 한참 코를 박고 누워 있는 동안에도 그들은 신나게 말다툼을 벌였다.

몸을 일으켜 세웠지만 말리는 자는 없었다. 내 옆에는 더존의 소년이 서 있었다. 퉁구스 소년. 그와 함께 말싸움을 하던 자가 넌더리 난다는 표정을 지으며 돌아섰다.

얼굴이 빨갛게 튼 여자는 아기에게 젖을 물리고 있었다. 바로 옆에는 해쓱한 얼굴의 열 살쯤 된 여자애가 서 있었다. 눈이 어찌나 밝은지 전혀 원주민 같지가 않았다. 게다가 여우 털모자 밖으로 삐져나온 머리카락도 금발에 곱슬이었다. 나는 놀라서 비명이라도 지르고 싶었으나 소녀는 총을 겨누기라도 하듯 돌처럼 굳은 시선으로 노려보기만 했다.

야쿠트족은 한 사람씩 자기 말로 돌아가고 소년만 내 옆을 지켰다. 그래도 내 눈을 마주치기는커녕 아는 티조차 내지 않았다.

사람들이 숲속으로 흩어지기 시작했다. 아기를 안은 여자도 어느 남자의 뒤를 쫓았는데 남자는 톨랴의 재킷을 입고 있었다. 백인 소녀는 한 번도 뒤돌아보지 않았다.

이제 공터에는 남자 둘과 말 두 필만 남았다. 소년과 칼을 든 사내. 소년이 말 옆구리를 때렸지만 안장에 올라타는 대신 내게 고삐를 넘겼다. 그도 다른 말을 타고 친구 뒤를 쫓았다.

그가 언뜻 돌아보기는 했으나 여전히 이방인처럼 무심한 표정이었다. 친절이나 이해심 따위는 어디에도 보이지 않았다. 도무지 무슨 생각을 하는지 짐작이 불가능했다.

내가 도움을 주었으니 보답을 하려나 보다고 생각하면 속이야 편하지만, 보은의 분위기와도 사뭇 달랐다. 아니, 야쿠트족에게 자비라는 단어가 있는지조차 의심스러웠다.

잠시 후 그가 다시 고개를 돌려 공허한 눈으로 나를 보았다. 나뭇가지 아래를 지나며 고개를 숙였는데 눈이 그의 등으로 떨어져 내렸다. 10미터쯤 더 멀어진 다음에는 시야에서도 사라지고 말발굽 소리도 더 이상 들리지 않았다. 그 자리를 눈이 녹아떨어지는 소리가 차지했다.

강둑에서 아이를 풀어줄 때 나도 무뚝뚝했던 건 마찬가지라는 생각이 들었다. 이따금 사냥하러 갔다가도 별 이유 없이 방아쇠를 거두고, 너무 작다는 이유로 물고기를 놓아주곤 했다. 사실 동기 따위야 아무려면 어떻겠는가.

사물 자체에 정의로움이 내재한다고 생각하면 마음은 편하겠지만 경험상 그런 얘기를 믿을 생각은 없다. 아버지가 있었다면 소년의 행동을 가리키며 구원 가능성이 어떻다는 둥 헛소리를 늘어놓았을 것이다. 뭐, 아닐 것도 없다. 우박 속에 올챙이 살아남을 확률보다 더 적다 해도 불가능하다는 말은 아니니까. 하지만 내가 순록을 열 마리 잡아 고기와 가죽을 도려낸 다음, 단지 고사리 숲속으로 뒤뚱뒤뚱 달아나는 모습을 보고 싶다는 이유로 덫에 걸린 토끼를 풀어준다고 해서 나를 성 프란시스로 보겠는가? 그렇게 생각한다면 당신은 멍청이다.

말이 내 맨손을 핥았다. 가방과 장갑은 잠들었던 자리에 그대로 있었다. 나는 물건을 챙기고 뻣뻣한 몸을 말 위로 끌어올린 다음 일출을 향해 말 주둥이를 틀었다.

2

나는 왔던 길에서 멀리 벗어났다. 보스와이트가 수색대를 보낼 수도 있었기 때문이다. 속도가 느려지긴 했지만 여름이 끝나기 전에 돌아가면 되니까 바쁠 것도 없었다.

밤이면 하늘의 별자리를 보고 길을 찾았다. 레나 강이 서쪽으로 크게 휘돌아 폴린 남쪽의 기지 근처까지 흘렀다. 나는 강의 굽이를 단숨에 가로질러 하이웨이가 나올 때까지 남동쪽으로 길을 잡기로 했다. 바른 방향으로 가는 한, 길을 잃을 일은 없었다. 동서를 곧장 잇는 직선로에 오르기만 하면, 에반젤린까지는 1,500킬로미터도 되지 않으리라. 6주면 집에 닿을 수 있는 거리였다.

저녁이면 이따금 삼수딘의 파란 플라스크를 꺼내보았다. 가방 안에서 이리저리 뒹굴었음에도 흠집 하나 나 있지 않았다. 한 번은 병을 안고 잠이 든 적이 있었다. 그날 나는 밤새 악몽을 꾸었고, 햇볕을 너무 오래 쬔 듯 다음 날은 이마와 두 뺨이 얼얼하기까지 했다.

어느 날 저녁 잠시 멈춰 농어 낚시를 했다. 그리고 둥지에서 물오리알 네 개를 꺼내와 모닥불을 피우고 물고기와 함께 하나를 구웠다.

머리 위로 겨울을 난 두루미 떼가 남쪽에서 돌아오고 있었다. 희고 기다란 새들이 저물어가는 햇살에 진홍빛으로 물들었다. 퉁구스족에게 두루미는 신성한 새다. 두루미를 달력으로 활용하기도 했는데 뼈에 눈금을 새겨 달의 변화를 표시하는 식이다. 무당들은 두루미를 타고 정령들이 산다는 아홉 번째 하늘에 올라가 인간들의 영혼을 고문했다.

나한테야 한낮 동화 같은 얘기였지만 언젠가 남자 무당이 병든 여자를 고치는 모습을 본 적은 있다. 아이를 사산한 퉁구스 여인이었는데 그 와중에 자궁이 틀어졌던 것이다.

무당은 두꺼운 가죽 외투를 입고 그 위에 금속구슬들을 별자리로 만들어 매달고 다녔다. 책이 있기 전에는 무당의 외투야말로 하늘 지도였다. 무당이 한 시간 가까이 여자의 몸을 돌며 춤을 추자 마침내 북 위에 실핏줄 같은 무늬가 나타났다.

퉁구스 말을 할 줄 몰랐기에 나중에 퉁구스 혼혈 안내인을 통해 몇 가지 질문을 했다.

무당은 북을 치는 동안 공중으로 솟구치는 기분이라고 했다. 공기가 무겁고 습해진 느낌이랄까. 그의 표현에 따르면, 안개 속에서 길을 잃는 느낌이 그럴 것이다. 그러다 어느덧 안개가 열어지고 문득 홀에서 누군가의 숨소리가 들렸다고 한다. 그런 후에는 구름 꼭대기까지 올랐다가 공터에 내렸단다.

무당은 산허리 샛길을 따라가다가 아버지 해골을 지나 불 켜진 천막에 다다랐다.

병든 여인의 몸이 그 안에 있다고 했다. 돌무덤 꼴의 천막에서 덩굴이 자라나와 무당은 덩굴손을 뜯어내야 했다. 그가 다가갈수록 덩굴은 더욱 무성해져 한가운데 이르렀을 때는 사방 5센티미터 두께로 에워쌌다. 덩굴 숲은 뜨겁고 봄 맞은 사슴뿔만큼이나 가시도 많았으며 또 새 피로 가득했다. 덩굴의 심장 속에서 무언가 오그라들고 있었는데 바로 사산아였다. 아기의 영혼이 지구에서 돌아가다가

가시덤불에 갇히고 만 것이다.

무당이 거짓말을 했는지 자신도 그렇게 믿었는지는 모르겠다. 아무리 들어도 헛소리 같기만 했는데, 그가 춤을 춘 후 여인이 다시 임신했다는 얘기를 들었다.

요즘에는 무슨 생각을 하든지 결국 죽은 아이로 돌아오는 기분이다. 퉁구스 여자의 아기. 핑의 아기. 그리고 내 아기.

나는 3일의 산고 끝에 사내애를 사산했는데 지금까지 가장 고통스러운 기억으로 남았다. 도시에 혼란이 휩쓸던 와중이라 도와줄 의사도 없었다.

사람들은 아기를 데려가 어딘가 묻어주었지만 누구도 그 얘기를 다시 입에 올리지 않았다. 내가 열여섯 때였는데 그 이후로 남자를 가까이 한 적도 없었다. 얼마든지 만날 수는 있었지만 그때부터 상황이 꼬이기 시작했기 때문이다.

길을 돌고 돌아 하이웨이를 향하는 길목에 마을이 나왔다. 교회도 하나 있었다. 주변의 집들은 온통 허물어지고 잡초들이 무성했건만 교회만큼은 아무 문제없어 보였다. 대형 나무 돔도 건재하고 종도 그대로 매달려 있었다.

문을 열자 실내에서 향과 새로 칠한 도료 냄새가 났다.

저장실 쪽에서 누군가의 목소리가 들렸는데 러시아 말이었다. 난 너무 놀라 속으로 '보그'라고 탄성을 질렀다. 미친 소리 같지만 실제로 러시아인들은 하느님을 그렇게 불렀다. 이윽고 남자가 쿵쿵거리며 계단을 올라왔다. 가슴에는 책을 한 아름 안았는데 그도 나를 보고 깜짝 놀란 표정이었다.

설인을 보았다 해도 그렇게 놀라지는 않았을 것이다. 아니, 가만히 생각해보면 어딘가 닮기는 했다. 키도 크고 흰 수염도 길게 길렀으니 말이다.

대화가 가능한 공통언어는 없었지만 그래도 손짓 발짓으로 의사소통은 가능했다.

그는 마을 사제였다. 조수도 있었다. 유리라는 이름의 새까만 흑인 부사제로 역시 수염을 길렀으며 양파 냄새가 지독했다. 나이는 쉰 정도였다. 사제는 일흔다섯은 된 듯했다.

그들이 어떻게 살아남았는지, 한쪽에는 보스와이트 일당, 다른 쪽에는 퉁구스족을 두고서 어떻게 둘만 따로 살 수 있었는지, 교회는 어쩌면 이토록 멀쩡한 상태를 유지할 수 있었는지, 알 도리가 없었다. 짐작하는 거라곤 둘이 따개비처럼 교회에 딱 달라붙어 살았다는 점뿐이었다.

두 사람은 교회 마당의 작은 집에 살았다. 텅 빈 헛간 우리에 말을 넣자 두 사람이 음식을 내왔다.

절인 배추국과 약간의 소시지. 나는 식사를 마친 후 식탁 위에 내 행로를 표시해주었다. 두 사람은 내가 어디로 가는지 알자 두 눈을 굴렸다.

말이 통하지 않아 너무 답답했다. 묻고 싶은 얘기가 한둘이 아니건만.

둘은 나를 지하실로 데려가 그곳에 감춰둔 책들을 보여주었다. 나이 든 사제는 계속 책을 건네며 설명을 하고는, 이해했는지 확인이라도 하듯 나를 뚫어져라 바라보았다. 물론 알 도리가 없었지만 그가 무척 자랑스러워한다는 사실만큼은 분명히 이해했다.

유리는 내 당혹한 표정을 보고 신부를 떼어놓으려 했지만 소용없었다. 신부는 이렇게 말하는 듯 보였다. "이것 봐. 내가 모두 정리한 거야. 바로 내 밀떡이자 보혈이라네." 그가 연신 책과 두루마리의 먼지를 털어냈다.

약 한 시간 후 우리는 교회를 잠그고 집으로 돌아갔다. 유리가 허브차를 끓였다.

대화는 통하지 않아도 두 사람 사이에 앉아 있으니 너무도 느긋하고 행복했다. 이 얼마나 오랜만의 감정이라는 말인가. 뭐든 보답하고 싶었다. 그러고 보니 러시아 단어 몇 개는 알고 있었다.

나는 가방에서 기억의 돌을 꺼내 식탁에 올려놓고 폴린의 소녀를 보여주었다. 처음에는 별 반응이 없더니 대여섯 번쯤 보자 꽤나 맘에 드는 눈치였다.

아니, 무척 좋아했다. 특히 나이 든 신부는 화면을 볼 때마다 유리의 등을 때리며 좋아했다. 류디 부두시체포! 그는 세상에 그렇게 재미있는 농담은 처음이라는 듯 웃어댔다.

그렇게 좋아하는 모습에 나도 기뻤지만 그러던 중 문득 끔찍한 생각이 들었다. 신부는 기억의 돌을 현재의 모습으로 받아들이고 있는 게 분명했다. 폴린의 모습이 현재 상황이라고 여겼던 것이다. 돌의 출처를 몰랐다면 나도 마찬가지였을 것이다.

두 사람은 오지에서 종교 서적을 지키며 외부 세계의 소식을 기다렸다. 그런데 갑자기 누군가 나타나 신세계를 보여준 형국이 아닌가.

그러자 나도 마음이 무거워졌다. 아무튼 오해는 풀어주어야 했다.

"그건 사실이 아니에요. 이 그림은 과거 모습이고 여자애는 죽었어요. 도시도 이런 모습이 아니랍니다. 내가 그곳에서 왔기에 잘 알아요."

하지만 표정을 보니 내 얘기는 아무 소용이 없었다. 두 성직자는 자신들이 원하는 것만 믿었다. 그들에게 나는 행운의 메신저여야 했다. 이제 조만간 사람들이 돌아오기 시작하리라. 곰팡내 나는 침대를 햇볕에 말리고 오랫동안 버려둔 화단을 정리하고 종루의 종도 오랜 침묵을 깨고 예배 시간을 알리리라. 그러면 누군가 늙은 사제의 가슴에 메달을 달아주며 지금껏 고문서들을 보살핀 공로를 치하할 것이다.

그들이 타일 난로 위쪽 선반에 침대를 마련해주었다. 바닥이 편하다고 사양했지만 막무가내였다. 사실 편안히 잠들기에는 너무 덥고 부드러운 데다 두 사람을 현혹한 점도 미안하기만 했다. 저렇게 헛된 희망을 품는 모습에 그만 의기소침해지고 말았다.

다음 날 아침에도 둘은 여전히 기분이 좋았다. 아침으로 메밀 죽을 내주며 기억의 돌을 다시 한 번 보고 싶다고 청했다.

나는 돌을 신부에게 주며 가져도 좋다고 말해주었다. 그는 보답으로 고서를 한 권 맡기려 했으나 난 끝내 사양했다.

두 사람은 나를 텅 빈 마을의 어귀까지 바래다주고 세 번 작별키스를 해주었다.

도중에 대여섯 번을 돌아보았지만 둘은 끝내 그 자리에 서서 내 모습을 지켜보았다. 어쩌면 지금 이 순간에도 그렇게 서 있을지 모를 일이다.

대지에 봄이 무르익었다. 더 이상 눈도 보이지 않았다. 어느 따뜻한 대낮, 드디어 목욕을 시도했다. 말을 묶어놓고 개울가에서 옷을 벗었는데 두 발이 창백하다 못해 시퍼렇기까지 했다.

개울이 얕기는 했지만 물이 분 탓에 보기보다 물살이 빨랐다. 나는 두 다리를 바위에 기대 물살이 무릎을 비껴 나가게 한 다음 웅크려 앉았다. 물이 온몸을 씻겨주었다. 차가운 얼음물이 살갗에 닿자 머리에서 종소리가 울렸다.

몸을 씻은 후 옷은 빨아 바위 위에 널어놓고 말렸다.

개울가에 누워 도마뱀처럼 열기를 빨아들였다. 졸음을 몰아내려 애를 썼지만 강물소리가 자장가보다 달콤해 끝내 잠속으로 빠져들었다. 한두 시간쯤 지났을까. 깨어보니 온몸에 기운이 하나도 없었다. 햇빛에 눈앞이 하얗게 표백되었다.

제정신이 돌아오는 데도 약간의 시간이 걸렸다. 말은 나무 밑에서 풀을 뜯었고 젖은 옷도 그대로였다. 나는 벌거벗은 채였는데 발목에 진흙이 말라 마치 양말처럼 보였다.

그때 강물 소리 너머 윙윙 소리가 들렸다. 아주 희미하다가 점점 커지는 소리. 이윽고 동녘하늘 위 불과 500미터 높이에 비행기 한 대가 은빛으로 반짝거리며 날았다.

나는 벌떡 일어나 알몸으로 미친 듯이 소리치며 옷을 흔들었다. 비행기는 머리 위로 지나갔다.

방향으로 보아 극북에서 날아온 듯했다. 아마도 알래스카일까.

총을 쏠 생각을 했을 땐 이미 저 멀리 남서쪽으로 날아간 후였다.

4, 5회의 신호탄을 발사했지만 비행기는 전혀 들은 기색이 없었다. 총성이라고 해봐야 엔진소리에 묻혀 그저 희미하게 픽픽거리는 잡음으로만 들렸을 것이다.

비행기는 작은 은어처럼 파란 창공 저 너머로 멀어져갔다. 하지만 숲 너머로 사라지는 비행기를 보면서 어디로 가는 건지 확신할 수 있었다.

3

기지에 도착하기까지 이틀이 걸렸다. 나는 미친년처럼 말을 몰았다. 먹고 싶은 생각도 전혀 없었다. 이따금 안장에서 내려와 걷는 식으로 말을 쉬게는 해주었지만, 그러는 동안에도 내내 가슴은 희망으로 방망이질 쳤다.

처음 비행기를 봤을 때는 더없는 희망에 부풀었었다. 나는 표류자였고 비행기는 돛이었다. 비행기는 나를 구조하기 위해 방향을 돌리는 배였다. 예쁜 두 발로 따뜻한 갑판을 걷고 싶었다. 선박 창고에는 비단과 정향이 있고 코코넛과 오렌지가 가득할 것이다. 물론 터무니없는 소리다. 하지만 나도 어느 정도는 허영심이 있었다. 여자니까.

두 번째 비행기는 또 다른 종류의 기쁨을 주었다. 이번에는 기병대를 상상했다. 비행기는 법과 질서였다. 문득 비행기가 회오리바람처럼 기지에 닿아 지상의 오두막을 모조리 날려버리고 간수들을 갈가리 찢는 장면을 떠올렸다. 노예들이 자유를 찾아 복수를 다짐하고, 보스와이트를 찾아내어 개처럼 죽이고 노예수용소는 깡그리 불에 태워버리는 장면.

정오쯤 기지에 접근해서는 숲이 끝나기 시작하는 지점부터 말에서 내렸다. 철조망 주변은 완전히 휑한 공간이었다. 기습이나 접근을 막기 위해 처음부터 나무들을 베어버렸기 때문이다. 나는 들키지 않게 나무 뒤에 숨었다.

처음에는 망원경으로 기지를 대충 훑었다. 울타리 너머 지붕은 어울리지 않게 펠트 천으로 덮여 있었고 대장간과 조리실에서는 연기가 모락모락 피어올랐다.

바람이 공터 변소들을 지나며 윙윙 소리를 냈는데, 모두가 기억보다 작고 초라했다. 폴린의 마법을 본 탓도 있었지만 눈이 녹은 것도 큰 이유였다. 눈은 초라한 외모를 덮어주고 미화한다. 진창을 가리고 비뚤어진 풍경을 매력적으로 만들며 심지어 악취까지 막아준다.

나는 나무 뒤로 숨어 다니며 기지를 한 바퀴 돌기 시작했다. 아무도 보이지 않았다. 비행기는 정문 바로 옆, 벽에서 20미터도 채 떨어지지 않은 곳에 서 있었다.

세상에, 저렇게 아름다울 수가! 근육이나 칼날처럼 군더더기 하나 없었다. 오, 합목적의 위대한 피조물이여.

동체 위로 열기가 아지랑이처럼 피어오르는 모습이 여전히 작동 중인 것처럼 보였다.

기억이 맞는다면 분명 호수를 지났던 비행기와 같은 종류였다. 동체의 색은 빨강과 흰색이었고 꼬리에 문이 있었는데 그때 언덕에서 뜯어낸 문과 같은 모양이었다.

외모는 형편없었다. 날개가 우그러지고 여기저기 기워 붙인 걸 보면, 비행기를 날리기 위해 얼마나 애를 쓰는지 짐작이 갔다. 그렇다 해도 저 물건을 인간이 만들었다는 사실은 여전히 쉽게 믿기지 않았다.

기지는 어디나 사람의 흔적이 배어났다. 규모도 인간의 크기와 하루에 해낼 수 있는 노동량을 기준으로 만들었다. 벽을 세우거나 주변 도로를 닦기 위해 시간이 얼마나 필요했는지 대충 계산이 가능했고, 기지를 세우기 위해 어떤 연장을 사용했는지 하나하나 이름을 나열할 수도 있었다.

하지만 비행기를 만들려면 어떻게 해야 할까. 여섯 달 아니면 백 년? 저 엔진을 제작하는 데 어느 정도의 기적이 필요한 걸까?

저렇게 색 바랜 잡초 밭 위에 서 있으니 마치 목동 손에 시계를 찬 것만큼이나 뜬금없어 보였다.

나도 망가진 자동피아노에 감동한다. 강선과 해머, 그리고 피아노 롤을 읽도록 원통을 맞춰주는 무명의 조율사도 존경한다. 지식과 정보를 보존한답시고 책들도 닥치는 대로 구해냈다. 폴린도 보았고, 바로 그 유령도시를 말 타고 달리며 감동도 했다. 하지만 금속에 단어와 숫자를 불어넣어 하늘을 날게 만든다? 맙소사, 그게 기적이 아니면 뭐란 말인가?

이렇게 말하면 이단이라 하겠지만, 내가 보기에는 우리 종족이야말로 우리 이전의 어느 존재들보다 더 아름다운 모양들을 만들었다. 솔직히 신의 솜씨도 조잡할 때가 있다. 갯가재보다 추악하게 생긴 놈은 어디에도 없다. 순록도 그다지 예쁘지 않다. 걸음걸이도 볼품없지만 고삐를 당기면 똥구멍으로 질질 똥을 싸대지 않던가. 과연 우리가 긋기 전에 지상에 직선이라는 피조물이 존재했던가?

솔직히 절반쯤은 승무원들이 신이기를 기대하기까지 했다. 그런데 신들은 우리에 대해 뭘 알고 있을까? 저 하늘에서 무엇을 보고, 기지에서의 참혹한 현실을 보며 무슨 생각들을 했을까? 내가 퉁구스족과 그들의 무당, 영혼, 설인을 우습게 여기듯, 저들도 나를 그렇게 보았을 것이다.

나는 말을 타고 숲속으로 들어가 밤을 기다리며 궁리에 궁리를 더했다. 나로 말하자면 원래 천성이 급한 데다 행동도 즉흥적으로 할 때가 더 낫긴 했다. 시간이 너무 많으면 생각이 아니라 공상을 떨곤 했기 때문이다.

작은 모닥불을 피웠다. 특별한 이유보다는 쓸쓸함을 달랠 참이었기에 가늘고 긴 나뭇가지들을 하나씩 불에 놓고는 다 탈 때까지 끝을 잡고 있었다.

마른 바람이 불어 깜부기불을 오렌지색으로 물들였다.

처음 만난 후부터 비행기는 지금껏 내 북극성이 되어주었다. 그 별이 있다는 사실만으로도 내게는 위안이 되었다. 이 두 손으로 동체를 만지고 승무원들의 잔해를 묻어주었다. 내 소망을 통째로 그 속에 쏟아 붓기도 했다. 그리하여 비행기는 내 세계만이 아닌 모든 것을 담은 방주이기도 했다.

하지만 이 새로운 방주를 타고 온 사람들 문제에 이르자 도대체가 아무 생각도 할 수 없었다. 오만 가지 생각들이 머릿속을 헤집었다.

한편으로는 더 많이 알고 싶어 미칠 지경이었지만, 솔직히 지금 당장 이 자리를 떠야 한다는 쪽이 더 컸다. 첫 번째 대면이야 겉치레에 불과하다. 하지만 깊이 알다보면 결국 혐오와 실망만 남게 될 것이 너무도 분명했다.

비행기가 아무리 크다 한들 희망을 온전히 담을 수는 없는 법이다. 희망이란 그만큼 버거운 짐이다.

그래도 뭔가 있을지 모른다는 생각이 없지는 않았다. 자그마치 비행기가 아닌가. 그리하여 지금까지의 역경을 가치 있게 만들어줄지도 모를 일이었다. 하지만 현재 상황도 모르는 판에 나중에 벌어질 일을 알기란 너무도 어려웠다.

모름지기 우연이란 나중에 벌어질 일에 대한 온갖 취약한 가정 위에다 튼튼한 철교를 설계하는 데서 시작되는 법이다.

나는 정말로 오랫동안 돌아다녔다. 지금은 숲속에 앉아 쓸쓸한 모닥불에 나뭇가지를 먹이고 있다. 조금 전에는 기지 정문 옆에 텅 빈 비행기가 잠들어 있는 걸 보았다. 기억의 돌에 나오는 소녀처럼 기억을 더듬어보자면, 나는 폴린으로 되돌아갈 수도, 가는 도중에 삼수딘에게 부활의 키스를 해줄 수도 있었을 것이다. 톨랴 일당과 터덜터덜 기지로 돌아가거나, 수년간의 감금생활로, 보스와이트의 황폐한 화단으로 돌아가 몇 개월 동안 다시 고생할 수도 있었을 것이다.

계속 거슬러 오르면, 핑이 살아 있고 도시에 삶이 있으며 만사태평이었던 시절까지 갈 수도 있었다. 그러면 나는 아버지와 함께 베링 해에 서서 추크치족들이 바다코끼리의 내장을 다시 집어넣고 바다에 돌려보내는 광경을 지켜볼 수도 있었을 것이다. 그러다가 매순간 생각했다. 그래서 지금은? 아니, 여기는? 닥쳐올 일들의 요점을 가려낸 결과가 이거란 말이지?

내가 어떤 식으로 생각하든 결론은 매한가지였다. 나쁜 일이 일어난다. 도시는 불타고, 사랑하는 사람들은 죽고, 비행기는 추락한다. 나는 또 다른 비행기를 찾아 나선다. 그리고 마침내 비행기를 찾았을 때, 그 안에는 에벤 칼라드가 타고 있었다.

4

그도 많이 늙은 게 당연했다. 그 점에서는 다소 충격이었다. 한참 시간을 보낸 다음에야 그의 얼굴이 오래도록 가슴에서 별러온 젊은이의 얼굴과 겹쳐 보였다.

"언젠가 메이크피스라는 이름이 있었지."

그가 손짓을 하자 누군가 다가와 그에게 술을 따라주었다. 맹인은 천생 두목 스타일이었다. 난 그에게 다른 도시에서 왔다고 거짓말을 했다.

그는 보스와이트의 양철 책상에 앉아 특유의 백내장 눈으로 내가 있는 방향을 막연히 노려보았다. 짙은 색 정장 차림에 흰 셔츠는 잘 다려 빳빳했다.

"목소리가 낯익어. 정착민들 억양이 딱 그랬지. 어쨌든 보스와이트가 자넬 높이 평가하더군."

그는 그렇게 말하면서도 나를 안다는 기색은 전혀 보이지 않았다.

오랫동안 말을 탄 후라 온몸이 먼지투성이였다. 부하 여섯이 방 주변을 지켰는데 모두 무장했고 둘은 탄띠까지 착용했다. 내 무기는 이곳에 들어오면서 빼앗겼다.

새벽에 말을 타고 관문으로 향했다. 보초는 내 얼굴을 알았지만 에벤 칼라드의 부하로 보이는 남자도 그 옆에 서 있었다.

그들이 누군가를 초소 밖으로 불러내 말을 데려가게 했다. 모르는 남자였는데 막 잠에서 깼던지 머리에는 밀짚이 묻어 있고 얼굴도 잔뜩 눌린 자국이 나 있었다.

말을 빼앗기자 솔직히 마음 한쪽이 아렸다. 말이 없으면 빠져나갈 방법도 만만치 않기 때문이지만, 실제로는 비행기를 향한 호기심 때문에 이미 정상적인 판단이 어려웠다.

모든 징후가 좋지 않았다. 보초는 문을 열어주며 교활하고 거북살스러운 표정을 지었다. 연병장 맞은편 진창에 조잡한 나무 십자가가 서 있었는데 그 위에 시체 하나가 매달려 대롱거렸다.

바람이 많이 거세졌기에 갑자기 돌풍이 불 때마다 십자가에서 삐걱거리는 소리가 심해졌다. 시체가 돛이 되어 바람을 잡아챘기 때문이다.

얼굴이 검고 퉁퉁 부었지만 체격으로만 보아도 분명 보스와이트였다. 몸과 머리에 커다란 상처들이 보이고 손목에 못을 박았으며, 배는 가스 때문에 잔뜩 부풀어 올라 있었다.

죽은 모양새로 보아 노예들이 직접 응징의 방법을 선택한 모양이었다. 적어도 이틀은 된 모양인데 그렇다면 비행기가 착륙하자마자 노예들이 일제히 달려들었다고 봐야겠다.

솔직히 말해 움찔했다. 인민재판은 원치 않는다. 스스로 법을 만드는 사람들은 언제나 끔찍하다.

샴수딘은 문명이 곧 도시생활이라는 얘기를 했지만 잘 모르겠다. 나한테는 가로등, 배관, 학교 등 이성에 의해 운용되는 일들을 뜻했다. 계획적으로 잔혹 행위를 했다 해서 이성적인 것은 아니다. 가장 밑바닥 본능을 맹목적으로 숭배하는 행위이기 때문이다.

하지만 비행기 사람들은 현명해서 자신들이 어떤 존재인지 알 거라고 믿었다. 보스와이트 외에 죽은 사람도 없고 성채도 그대로가 아닌가. 마을은 파괴되지 않았다. 그보다는 십자가의 시체를 대가로 질서를 유지하기로 한 듯 보였다.

내 방은 떠났을 때와 마찬가지로 초라하기 짝이 없었다. 창틀의 먼지가 햇빛에 금가루처럼 반짝거렸다. 나는 창밖으로 성채가 깨어나는 모습을 지켜보았다. 아침점호 시간이 되자 지친 노예들이 사슬을 끌고 합숙소 밖으로 집합했다. 어찌나 후줄근해 보이던지.

15분 후 신임 간수가 들어와 칼라드 씨가 찾는다고 했다. 사무실에 다다를 때쯤 좋은 아이디어가 하나 떠올랐다.

가는 도중에 간수가 하는 말이, 칼라드가 한 여인의 명예를 보호하다가 두 눈을 잃었단다. 정말 웃기는 얘기다.

첫 번째 면담은 간단했다. 그는 내가 어디에 있었고 어떻게 살아남았는지 물었다. 난 최대한 답변을 줄였다. 잠시 후 내 방으로 돌아가 씻으라는 허락을 받아냈다.

누군가 음식과 물, 갈아입을 옷을 가져왔다. 거친 수건 위에는 녹색 비누까지 놓여 있었다. 나는 세면실에서 몸을 닦고 머리도 감았다. 필경 비행기에서 나온 물건이리라. 비누를 본 지가 하세월이었다. 에반젤린에서는 직접 만들어 썼는데 지방과 양잿물만 있으면 어렵지 않았다. 양잿물, 그리고 망할 년.

비누는 향내가 났고 머리카락도 실오라기처럼 부드럽게 만들어주었다. 몸을 씻으면서도 탈출 방법에 대해서만 고민했다. 새벽. 다른 말을 가져가자. 두 필.

눈물 때문에 눈앞이 아른거렸다. 멍청이처럼. 지금껏 잘 참아왔건만. 나야말로 난해한 메시지를 들고 있는 사람이다. 지금껏 내가 관리인이라고 생각했다. 그래서 종말을 막고 선조들의 전통을 보존하려 애도 썼다. 이 세상에 산다는 사실도 무척 자랑스러웠다. 하지만 난 그저 대리인에 불과했다. 아버지와 같았다. 현재를 구원하려면 처음부터 다른 세상이 필요했다.

과거를 돌아보며 내가 썼던 말을 떠올렸다. '내게 만약이란 필요 없다.'

왕고집 독신남이 사랑에 빠져 몇 올 안 되는 머리카락까지 염색했다가, 여자한테 채이고 나면 기분이 어떨지 생각해봤는가? 교회에서 꽃 장식을 하던 금주주의자 여인이 환갑잔치에 처음 셰리주를 마시고 술에 취한 채 숨을 거둔다면?

얼음 위의 고양이처럼 살금살금 조심조심 발을 내딛으며 걸었건만, 기껏 제 발로 곰덫에 걸어 들어온 기분이었다.

창문 틈새로 재앙이 숨어들어올 때도 마찬가지다. 하지만 어쩌겠는가? 누구에게나 삶은 어느 정도 재앙이다. 하지만 두 손을 비벼대며 겨우 방공호에 의탁한 주제에 다른 사람들한테 자신이 얼마나 안전한지 떠벌인다고 가정해보자. 내가 말하고자 하는 요점이 바로 그렇다. 그 사람만 빼면 다들 문제가 닥치고 있음을 알고 있다. 맹점이라는 게 원래 그렇지 않은가.

세월은 꽁꽁 얼어붙은 겨울 길처럼 눈앞에 펼쳐져 있다. 나를 지탱케 해준 희망, 숨겨둔 돈다발처럼 몰래 말했던 희망은 이제 완전히 사라졌다.

핑이나 비행기가 나타나기 전에는 도대체 어떻게 살았지? 나와 이어진 삶이 어딘가에 있고, 세상 어딘가에서 아이들이 학교에 다니고, 죽은 자를 매장하며, 자동피아노가 제대로 된 선율로 연주하고 있으리라는 기대감도 없었는데? 나는 겨우 내내 어둠 속에 앉아 촛불이 모조리 타버리기를 기다리고, 오래전에 떠나버린 삶의 메아리나마 잡으려 애를 쓰고, 어둠 속에서 걷고, 총을 청소하고, 마구간에서 안장을 벤 채 웅크리고 살았다.

내 삶은 고통이랄 것도 없었다. 그저 바람이 눈 위에 적어놓은 길고도 잔인한 농담일 뿐.

5

간수들은 정오쯤 나를 데리러 왔다. 어디선가 이상한 냄새가 나기에 물었더니, 다들 비행기 연료를 만들기 위해 정유에 매달려 있단다. 그러니까 부엌 일손이 딸려 노예 대부분이 급식을 절반밖에 받지 못한다는 뜻이었다.

그게 현명한 처사인지 넌지시 물어보았다. 비록 성격은 개 같고 무자비했지만 보스와이트도 노예들을 굶주리게 하지는 않았다. 맛이야 어떻든 먹을 것만큼은 충분했다. 배부른 자들이 말도 잘 듣는다는 정도는 그도 나도 잘 알았기 때문이다.

간수들은 연병장을 가로질렀다. 나도 잘 아는 길이지만 필경 잘 감시하라는 지시를 받았을 것이다.

들판에서는 일하는 남자들이 보였다. 언제나처럼 게으른 동작으로 잡초를 뽑고, 울타리를 수리하고, 가축을 몰고 다니며 투덜대고 있으리라.

전반적인 풍경은 예전과 크게 다르지 않았으나, 내가 없는 동안 분명 몇 가지 특별한 변화가 있었다. 보스와이트와 톨랴가 죽은 후, 기지 경영은 퓨어포이라는 자에게 떨어졌다. 정착민 출신으로 무척 내성적인 사내인데 보스와이트가 신뢰했던 이유도 그 때문이리라. 절대 지도자가 되려는 야심이 없는 것이다. 물론 다른 간수들과 갈등도 일으키지 않았다.

주인을 잃은 배고픈 돼지들. 하늘에는 정유장의 증기가 더욱 짙어졌다. 비행기에 대해 크게 낙담한 터라 냄새를 맡기도 싫었지만, 정유와 먼지와 화장실 냄새 곁으로는 분명 반란의 짜릿한 냄새도 묻어나왔다.

연회는 보스와이트의 방에서 벌어졌다. 솔직히 먹고 싶은 생각은 없었다. 방 안에는 퓨어포이와 고참 간수 대여섯 명이 함께 와 있었다. 다들 면도를 하고 제일 좋은 외투를 입었는데 서넛은 부인까지 대동했다. 에벤 칼라드 일당에게 알랑거리는 행색을 보아하니 시골 촌부들이 따로 없었다.

여자들은 별개의 식탁에 따로 모여 앉았는데 하나같이 구식 정장이었다. 보스와이트의 미망인과 어린 딸은 어떻게 된 걸까?

내 자리는 중앙 테이블에 마련되어 있었다. 에벤 칼라드가 상석을 차지하고 열네 명 정도가 식탁 주변에 서 있었다. 음식 대부분은 기지에서 조달했는데 비행기에서 나왔음 직한 종류도 적지 않았다. 이곳에서는 재배도 요리도 불가능한 것들이었기 때문이다. 여자들 식탁에는 스위트 와인, 오렌지색의 연어알 요리 약간, 각설탕과 설탕, 게맛살 통조림, 딱지 붙은 코냑 몇 병이 놓여 있었다.

간수장의 신호에 따라 우리는 자리에 앉았다.

좌중은 내내 초조하고 불안해했다. 먹어도 되는지 난감해했다.

에벤 칼라드가 손으로 코냑 잔을 돌렸다.

"여기 자주 올 생각은 없다. 나쁜 인상을 주고 싶지도 않고. 물론 처리해야 할 일도 있고 어려운 결정도 내려야겠지만, 지금 이 자리에서만큼은 신경 쓰고 싶지 않아."

그 다음에는 보스와이트 얘기를 했다. 지금도 그의 시신이 마당에서 일광욕을 하는 중이었다. 도대체 무슨 죄를 덧씌운 걸까? 저들이 그에게 바란 것보다 다소 유연했던 점이 있었겠지만 그래도 기지는 시키는 대로 잘 운영하지 않았나? 더존의 물건을 빼내오지 못했기 때문일까? 아니면 내가 모르는 정쟁이 있었던 걸까? 그러니까 보스와이트의 동생이 나를 감금한 것과 같은?

이곳에서 어떤 일이 있었는지는 모르지만, 에벤이 살고 있는 세계에 비하면 지엽적인 문제에 불과했을 것이다. 아마 그곳에서 에벤이 거머쥔 지위 때문에 이곳 북쪽에서의 모험이 필요했을 수도 있다. 지금은 나도 해협 반대편에 뭔가가 생겼다는 정도는 알 수 있었다. 그곳은 우리를 포기하지 않았다. 아니, 오히려 그곳을 구원하기 위해 우리가 필요한 것처럼 보였다.

그가 이름을 부르는 바람에 난 화들짝 정신을 차렸다.

"이 자리에 불러내서 놀랐나?"

그의 백내장 눈이 식탁 끝의 내게 날아와 박혔다.

"더존의 마지막 수색 덕분에 중요한 일을 몇 가지 망쳤어. 이곳을 떠나기 전에 진상을 알았으면 좋겠군."

그가 건배를 제안하고 술잔을 입술로 가져갔다. 테이블 주변의 간수들이 잔을 모두 비웠지만 정작 그는 거의 마시지 않았다. 퓨어포이가 다시 건배를 외친 후 사람들도 음식을 먹기 시작했다. 술잔들을 계속 비운 덕에 연회 분위기도 빠른 속도로 부드러워졌다.

바로 옆자리의 간수가 구운 고기를 접시에 덜어주었다. 내가 기억하기로는 깡패 같은 자였는데 거나하게 취해서는 어린 부인을 자랑하고, 또 내가 없는 동안 어떤 일이 있었는지 함부로 나불대기 시작했다.

“1년 전에 보스와이트한테 마지막 기회를 줬어. 알래스카에서 저 친구를 보냈을 때였지.”

그가 테이블 끄트머리의 아포파가토를 향해 고갯짓을 했다. 아포파가토는 자신도 더존에 다녀왔다고 한다. 문제는, 보스와이트가 너무 물러터졌다는 것이다. 매년 대여섯 명의 노예들을 보냈건만 성과가 전혀 없었다. 그래서 그들은 기지 전체를 한꺼번에 더존에 보낼 계획을 꾸몄다.

더존의 독이 여자들한테 영향이 없다고 말해준 것도 바로 그 남자였다. 그리고 그가 물러터졌다고 말하는 순간 내 머릿속에는 눈 녹은 다리 위에 쌓인 시체들이 떠올랐다.

“오믈렛을 먹고 싶으면 계란부터 깨야 하잖아?” 그가 말했다.

오후 시간이 지루하게 늘어졌다. 술병이 계속 들어왔다. 그래도 나는 마시지 않았다. 에벤 칼라드도 마찬가지였다. 서너 시쯤, 방의 소음은 절정에 이르렀다. 사람들이 돌아가며 저마다 특유의 건배를 외쳐댔다. 간수 부인들도 술에 취해 키득거렸다.

그때 에벤 칼라드의 목소리가 취객들의 웅성거림과 웃음소리를 뚫고 들어왔다.

“아직 메이크피스의 이야기를 듣지 못했다.”

거역할 생각은 없었지만 일단은 잔뜩 취했다고 거짓말을 했다.

장내가 일순 조용해졌다. 그는 진짜 건배는 아직 하지 않았다고 덧붙이며 더존에서 뭘 찾아냈는지 얘기를 듣고 싶다고 재차 강조했다.

그래서 내가 본 것들을 대충 얘기해주었다. 퉁구스 소년, 오염, 다리에서 노예들을 총살한 얘기 정도였다. 내가 도시로 달아났다는 얘기는 뺐다.

그 와중에도 "물러터졌다"는 표현이 자꾸 신경을 건드렸다. 그래서 줄푸가 얘기도 했다. 물러터진 총알이 그를 사과처럼 꿰어버리더군요.

모두에게 알려주고 싶었다. 여자들에게도 마찬가지였다. 어차피 이들의 이름으로 자행한 참사가 아닌가. 그리고 마지막으로 빈손으로 돌아왔다는 얘기도 해주었다.

내가 얘기를 마치자 방 안에 한기가 돌았다. 에벤 칼라드가 염두에 둔 대답이었는지는 모르지만 어쨌든 만족스러운 표정이기는 했다.

그는 내 설명에 대해 치하했다.

"거짓말은 아니겠지?"

아니라고 대답했다.

"부하들이 네 자취를 밟아 숲에서 파온 게 있거든."

그의 신호에 누군가 부대를 들고 들어왔다. 나도 아는 물건이었다. 전날 밤 잿더미 근처에 내가 직접 파묻었으니 왜 아니겠는가.

에벤 칼라드가 플라스크 병을 끄집어냈다. 병에는 빛이 물결치고 있었다. 그가 축복이라도 하듯 두 손으로 유리병을 들었다. 방 안이 어찌나 조용한지 개미 기어가는 소리까지 들을 것만 같았다.

"눈이 보였으면 좋겠다. 얘기를 들으니 무척 아름답다던데." 그가 말했다.

6

나를 거짓말쟁이로 만드는 데 무슨 이런 연극까지 필요했는지 모르겠다. 연극이 끝난 후, 에벤 칼라드는 부하들을 시켜 나를 안뜰의 방으로 끌고 갔다. 놈들은 나를 꽁꽁 묶고는 잠시 혼자 두었다가 마침내 취조를 한다고 다시 데려갔다.

그들이 데려간 곳은 또 다른 방이었는데 창마다 블라인드가 내려져 있었다. 날이 그렇게도 무더웠건만 방에는 난로를 피워놓은 데다 이따금 불쏘시개로 들쑤시기까지 했다. 아무래도 불태워 죽이겠다는 협박용이겠다. 그들은 왜 거짓말을 했으며 그 물건은 어디에서 났고 왜 감추었는지 물었다. 하지만 결국은 나를 그곳으로 돌려보내 물건을 얻기 위한 수작에 불과했다.

그들 중 하나가 두루마리를 들고 나와 내 무릎에 놓았다.

"자세히 보고 줄푸가인가 뭔가 하는 놈이 얘기한 물건하고 같은지 봐라."

종이는 모두 여섯 장인데 희미한 청색 잉크로 그린 그림들이었다. 그림은 매우 정교하고 정확했다. 그림마다 수치도 적혀 있었다. 러시아어라 판독은 불가능했으나 그림 몇 개는 알아볼 정도였다. 간수들이 입고 있는 것과 같은 유니폼과 마스크, 라이플 비슷한 화기들인데 다른 그림들은 전혀 듣지도 보지도 못한 종류들이었다.

나는 지친 표정을 지으며 고개를 저었다. 줄푸가에게서 들은 얘기라곤 플라스크뿐이라고 대답했다. 그들도 내 대답을 받아들였다.

잘 때는 혼자 있게 해주었다. 다음날 정오 무렵 누군가 문을 두드리더니 음식 쟁반을 넣어주었다. 소시지와 곰팡내 나는 빵, 비트 뿌리 수프였다. 소시지는 연회에서 남은 것이 분명했다. 맛이 가죽처럼 질긴 데다 잘린 곳마다 기름까지 엉겨 붙어있었다.

먹고 있는 중에 다시 문이 열리더니, 간수 둘이 들어와 에벤 칼라드를 방 안의 의자 쪽으로 안내했다.

"두 손이 잘 묶였는지 다시 확인해." 그가 지시했다.

문이 쾅 소리를 내며 닫히는 통에 뒤이은 정적만 더 무거워졌다.

실로 오랜만의 독대였건만 생각만큼 낯설지는 않았다.

"지금은 어떤 얼굴인가, 메이크피스. 흉터가 생겼다던데."

"별로 달라진 건 없어요. 눈은 어떻게 된 거죠?" 내가 물었다.

"긴 대답을 원하나? 아니면 짧게 해줄까?"

어느 쪽이든 상관없다고 대답했다.

그가 한 손을 천천히 테이블 위로 뻗더니 수저 손잡이 위에 가볍게 내려놓았다. 다른 손으로는 국그릇을 더듬어 찾더니, 그의 눈처럼 뿌옇게 저어놓았다.

"알다시피 에반젤린에 가기 전 에소에서 살 때만 해도 우리는 부자였다. 아, 그전에는 미국이었지. 에소는 정말 대단했어. 화산대라 도시 밑으로 온천이 흘러 파이프만 꼽으면 뜨거운 물이 펑펑 올라왔거든. 그래서 온실을 지어 1년 내내 토마토를 수확했지. 게다가 산허리라 스키를 타고 내려갈 수도 있었어. 피터폴까지는 불과 300킬로미터 남짓이었고. 그래, 그때는 에반젤린도 살기 괜찮았을 거야, 안 그래?"

그가 회상의 한숨을 쉬며 질문을 덧붙였다.

"그러다가 격변기가 닥치고 침략자들이 밀려들기 시작했다. 주로 러시아인과 에벤키족이었고, 애초부터 그곳에 살던 한국인도 일부 있었지. 그자들은 민병대까지 조직해 모두를 추방해버렸는데 땅의 주인이 누구든 개의치 않았어. 그 후 5년은 그야말로 바닥없는 낭떠러지였지. 그래서 처음에는 에소에서 달아나고 그 다음에는 제임스 하트필드 일당에게 쫓겨 에반젤린도 떠나야 했다.

우리가 허겁지겁 빠져나온 건 알지? 놈들이 횃불을 들고 우리 집으로 몰려와서는, 누군가 제임스 하트필드의 딸을 건드렸는데 내가 범인이라고 하더군.

내가 나가서 얘기해보겠다고 했지만 아버지가 말렸어. 한밤중인데다 이미 이성을 잃은 자들이라, 그 자리에서 나를 목매달 거라고 하셨지. 그렇게 설전을 벌이는 와중에 놈들이 지붕에 불을 놓은 거야. 우리는 당장 필요한 것만 챙겨 뒷문으로 빠져나왔고.

내 열아홉 번째 생일이었다. 당연히 열 받을 일이지만 별로 그렇지는 않아. 오히려 그 사건을 기점으로 내내 좋은 일만 생겼거든."

그가 묵묵히 국그릇을 젓다가 수저를 내려놓았다.

"마가단까지 걸어갔다. 그것도 여름에 말이야. 하이웨이에서 어떻게 살아남았는지 모르겠지만, 겪은 일만으로 따진다면 에반젤린의 삶은 주일학교에 불과했지. 두어 번 도로를 벗어나 타이가를 지날 때는 각다귀들한테 산채로 물어뜯길 정도였다.

한번은 무역상의 차를 얻어 타기도 했지. 오데사 출신의 유대인으로 이름이 엘리 로젠바움이라고 했는데 폴린에서 돌아오는 길이라더군. 그와 만난 건 천운이었어. 최악의 코스를 차로 건널 수 있었으니까 말이야. 베즈데호트라는 전차(戰車) 들어봤나? 엘리는 전차 안에 무기까지 잔뜩 싣고 다녔어. 나로서야 듣도 보도 못한 화기들이었지. 당시에도 바리케이드가 있었지만 기껏 보행자를 막는 용도에 불과했어. 엘리는 밤에 전차를 몰았는데 바리케이드가 나오면 아예 짓밟고 지나가버리더군. 그는 추크치 해안 마을로 가는 중이라면서 우리한테 프로비던스에 대해 경고도 해주었지. 어쨌든 프로비던스 바로 밖에 떨궈줄 때는 아버지한테 권총까지 쥐어주었어. 필요할 거라면서.

프로비던스에 가본 적 있나? 지옥이 따로 없어. 예전엔 군대도 있었다는데 이미 다 해산한 후였지. 우리가 들어갔을 때는 굶주린 수병들이 거리를 어슬렁거리며 돈을 갈취하거나 서방으로 돌아갈 방법에 골몰했어. 건물들은 더럽기 짝이 없었고. 추크치족도 러시아 놈들이 무서워 그 근방은 아예 접근하지도 않더라고. 창고에 군용 식량으로 쓰던 냉동건조 감자를 쌓아놓고 수병들이 팔고 있기에 우리는 금귀고리를 내고 네 식구가 먹을 만큼 감자를 받아왔지.

멍청한 짓거리였지만 어쩔 수 없었다. 결국 놈들은 우리를 털기로 작당을 했지. 그날 밤 폐가에 들어가 잠을 자는데 수병 몇 놈이 들어와 아버지를 패기 시작하더군.

싸우는 와중에 아버지 주머니에서 권총이 굴러 떨어져 난 놈들한테 세 발을 쐈다. 사제 총알이었는데, 첫 번째 두 발은 수병 하나를 죽였지만 세 번째가 개머리에서 터지면서 결국 눈 하나를 빼앗아가버린 거야.

어쨌든 총성 때문에 놈들은 달아나고 우리도 최대한 빨리 마을을 빠져나와 베링 해의 추크치 마을로 향했다. 물론 도보였지.

아버지는 며칠 후에 숨을 거두셨어. 우리는 어머니 물건을 추크치족에게 다 내주어 간신히 디오메드로 건너왔다. 디오메드에 추크치족만 산다는 사실 아나? 마치 우리처럼, 러시아인이나 미국인 없이 말이야.

아버지는 바다에 수장해드렸다. 그냥 물속에 집어넣은 데 불과했지만, 그래도 그편이 낫다고 생각한 거야. 낯선 땅에 묻고 싶지는 않았으니까. 물론 미국에 묻어드릴 수만 있다면 내 목숨이라도 내주겠지만, 냄새를 맡을 만큼 가까운 거리인데도 알래스카에 갈 방법은 없었어.

디오메드의 추크치족은 우리 가족에게 오두막을 내주었어. 어머니도 한동안은 학교에서 아이들을 가르쳤지만 삶이 고통스럽기는 마찬가지였지. 아버지를 잃고 집을 잃고 기껏 야만인들한테 빌붙어 살다니. 아, 그 친구들한테 유감은 없다. 우리한테 더할 나위 없이 잘해줬으니까. 하지만 그렇게 진창과 주정꾼들 속에서 짐승처럼 살려고 그곳에 온 건 아니었잖아? 원주민들이 어떤지 알지?

해협 때문에 겨울은 정말 지독하게 추웠어. 해안의 바닷물이 어는 모습을 처음 봤을 때가 기억나는군. 난 외눈으로 알래스카 쪽을 보고 있었는데 너무도 비현실적이더라고. 바다는 그림처럼 평평한데 온통 안개와 모래와 잿빛 물뿐이었지. 그때 신을 향해 이렇게 맹세했지. 저곳에 갈 수만 있다면 평생 신의 종복이 되겠다고 말이야. 그리고 그날 이후 모든 것이 달라졌다.

오두막으로 돌아갔는데 놀랍게도 엘리 로젠바움이 와 있는 거야. 추크치 어부들을 만났는데 우리 얘기를 하더라면서. 그래서 도와주러 왔다더군. 엘리는 우리가 놈에 가도록 금을 지불하고 그곳에서도 배를 수배해 배로우까지 데려다주었어.

배로우에서의 첫날 아침은 마치 악몽에서 깨어난 기분이더군. 그러니까 옛날 같지는 않았지만, 그래도 지금껏 겪은 악몽에 비해 그렇다는 뜻이야. 아침에 와플과 과일을 먹었는데 평생 그렇게 달콤한 맛은 처음이었지. 그때 이모 말씀으로는 당신 발효종이 100년도 넘었다는 거야. 그 말을 듣고는 난 어머니를 보며 입을 딱 벌렸어. 놀라서. 상황이 그렇게 열악한 데 100년이 넘은 물건이 남아 있다니.

겨울을 지내는 동안 엘리는 두 달마다 돌아와 우리를 돌봐주었어. 추코트카를 왕래하며 소식도 전해주었는데, 머지않아 깨달았지만 그가 괜히 할 일이 없어서 우리를 돌봐주는 건 아니었어. 어머니한테 반해 구애를 하던 참이었으니까.

친척들은 반대했어. 유대인이니 뭐니 하면서. 하지만 어머니는 홀몸인 데다 더 나은 청혼도 없었거든. 어머니는 친척들의 말은 들을 생각도 하지 않았어. 오히려 하느님께서 유대인을 내려 보내 우리를 구한 일이 어디 한두 번이냐며 따지기까지 했지.

두 사람은 봄에 결혼하고 나도 엘리와 함께 일을 시작했다.

엘리는 한창 잘나가는 사업가였어. 밀주와 총알 따위를 수집하거나 퉁구스족을 매수해 더존의 물건들을 빼낸 다음 알래스카로 건너가 팔아치우는 일이었어. 브로커들이 사방에서 사제 비행기를 몰고 와 그를 만났지. 물건을 어디에서 가져오는지 감을 잡고는 가격을 흥정하려 들었지만, 어차피 아무도 따라할 수 없는 일 아냐?

나도 그와 함께 여행을 다니기 시작했지. 덕분에 극북 지역은 너만큼 잘 알고 퉁구스족의 사고방식에도 빠삭해졌지. 엘리도 나중에는 나한테 의지할 정도였으니까. 우리는 폴린 전 지역을 훑고 물건을 빼내 미국으로 가져갔는데 문제는 매번 인력을 구하기가 어려워진 거야. 퉁구스 놈들이 병에 걸리거나 죽기 시작하면서 작업을 거부했거든. 결국 번번이 다른 마을을 끌어들일 수밖에 없었지.

어쨌든 더 쉬운 방법이 필요하다는 생각은 들었다. 식량을 위해 목숨을 거는 인간들은 얼마든지 있으니까. 우리는 일꾼들을 찾아다녔고 그러다가 이곳을 찾아낸 거야. 예전에 요새로 쓰던 곳인데, 이곳에 사람들을 끌어들인 다음 매년 두 번씩 그곳으로 보내 밥값을 하게 했어.

처음엔 내가 직접 인력을 골랐다. 더존에 들어가 본 적은 없지만 그래도 종종 그 부근에 머물기도 했지. 방사능 따위는 아무것도 아니었어. 그보다 진짜 끔찍한 놈이 있는데, 그놈을 빠져나오게 할 수는 없었다. 그래서 처음 두 번은 일꾼들을 기지로 데려갔지만, 덕분에 너무 많은 사람이 병에 걸리는 바람에 결국 모두 죽이고 다시 시작하기도 했다.

우리도 좋아서 하는 일은 아니야. 마음이 편하지도 않고. 하지만 더존의 물건이 없으면 우리도 버티지 못해. 이건 단순한 문제다. 떳떳한 일은 못 되지만, 그렇다고 아내와 가족들한테 퉁구스족처럼 살라고 할 수는 없단 말이다.

솔직하게 말하면 여기 노예들 대부분은 더존을 보지도 못한다. 노인들은 기지가 아니라면 벌써 몇 년 전에 죽었을 거야. 잃어버린 세월과 얻은 세월을 같이 놓고 본다면 결국 공정한 거래 아닌가? 내 생각은 그래."

그가 한참 동안 침묵을 지켰다.

"나머지 눈은 어떻게 잃은 거죠?"

"백내장 때문이지. 태양을 너무 많이 본 탓이야. 하지만 네가 누군지 알 정도로는 충분히 볼 수 있다."

그는 의자에 앉은 그대로 자세를 바꾸며 말을 이어갔다.

"세월이 흐르면서 수집은 점점 어려워졌다. 쓸 만한 물건도 줄고. 하지만 들은 바에 의하면 최고는 아직 그곳에 남아 있어. 나도 본 적이 있어서 안다. 그래서 아포포가토를 보낸 거야. 다니엘의 불을 찾아서. 그런데 보스와이트 놈이 장난을 치기 시작한 거야.

놈은 처음에는 통째로 삼킬 생각이었어. 난 결혼하고 아이들까지 생기면서 점점 투사로 변했다. 내가 전선에 나가 똥물에 발을 담가야 식구들이 버젓한 생활을 할 수 있으니까. 그런데 보스와이트는 미인하고 결혼해 딸을 낳고 정원을 만들더니 아예 그 안에서 아이스크림을 빨고 자빠졌더군."

순간 에벤은 자신도 추악한 놈이라고 욕하는 소리를 머릿속에서 들은 듯했다. 양심을 흔드는 소리. 그에 발끈한 듯 에벤은 덧붙였다.

"나도 내키지 않았지만 어쩔 수 없었다. 집에 가면 여편네는 아무것도 몰라. 애들도 모르고. 그 일을 하는 이유도 가족이 몰라야 하기 때문이지. 이건 선악의 선택이 아니라, 우리가 어떤 생활방식을 선택하고 감내하느냐의 문제야.

똑똑해 보이기는 쉽지만 유용한 일은 또 다른 얘기다. 너희들은 그저 너희가 속한 세상에서만 사는 거야. 노예들은 나 때문에 먹고 산다. 저 바다 건너에도 미래 도시들이 있지만 역시 내가 이런 일을 하기 때문에 존재해.

이 정도의 질서를 이루는 데만도 벌써 몇 년이 걸렸다. 시간이 다 어디로 갔느냐고? 어느 날 갑자기 세월은 흐르고 우린 늙어버렸지. 정말 무자비한 세월 아니야? 지금은 내 아이들한테도 아이가 있다. 막내 손녀는 정말 예뻐."

그가 자족하듯 미소를 흘렸다.

"지금 세계와 과거를 비교할 생각은 없다. 우리도 소박하게 산다, 메이크피스. 비행기 때문에 곡해할 필요는 없어.

지금 우리한테는 없는 물건들이 많다. 방법을 모르기에 더 이상 만들지도 못해. 선조 정착민들한테야 쉬웠겠지만 혼란의 와중에 모두를 잃고 만 거야. 그나마 난 뭔가를 만들려 애쓰고 있잖아? 너도 알겠지만 미래를 감당하는 일은 끔찍한 임무다. 도대체 그 일이 나한테 떨어지리라고 누가 상상이나 했겠나?"

"겸손하지 않아도 돼요. 누구도 더 잘할 수 없었을 테니. 이 세계 어디나 당신 손자국으로 덮여 있더군요."

지금껏 조용히 그의 말을 들었다. 옛 얘기들은 전혀 의미가 없었다. 그보다 더 참혹한 이야기라면 얼마든지 있었다. 하지만 그는 바보가 아니다. 분명 내 목소리에서 증오심을 읽었으리라.

"너한테 손가락 하나 대지 않았다, 메이크피스. 추악한 일이야 많이 했지. 그건 인정하겠다만 넌 아니야. 내가 아니라는 말이다. 물론 그렇게 믿는다고 해도 원망은 않겠다. 사실은 네가 상상하는 것보다 더 끔찍하니까."

그가 희멀건 눈으로 나를 노려보았다. 갑자기 온몸이 피로하고 욱신거렸다. 수프 말고 독한 술이라도 있으면 좋으련만.

"루디 벨라스케스 기억하지? 5년 전쯤 알래스카 사무실을 찾아왔더군. 몇 년 동안 보지 못했지만 이름을 알기에 안으로 들게 했지. 처음에야 그동안 어떻게 지냈느냐 운운하며 인사치레가 오갔지만 나도 바쁜 사람이잖아? 그래서 곧바로 찾아온 이유가 뭔지 물었지. 그랬더니 병에 걸렸다고 하더군. 물론 목소리를 듣자마자 그 정도는 눈치 채고 있었어. 잔뜩 갈라진 데다 힘도 없었으니까. 두 손을 사시나무처럼 떨기도 했고. 지금도 그렇지만 마침 배로우에 아는 의사가 한 명 있기에 차라리 잘된 일이라는 생각도 들었어. 사람들과 얘기하다 보면 다들 돈을 빌리거나 일자리를 달라는 식이었으니까 말이야. 그래서 기꺼이 돕겠다고 얘기하고는 곧바로 내보낼 참이었는데, 느닷없이 의사는 필요 없다는 거야. 그보다 나하고 은밀히 할 얘기가 있다면서.

지금은 그런 일 안 해. 나도 아직은 눈치가 남았고 말썽에 휘말리고 싶지도 않거든. 아무래도 눈이 보이지 않으니까 불리하지. 그래서 사업을 할 때도 꽤나 조심한다네. 그때는 그 친구를 다시 앉히고 경호원들을 방 밖으로 내보냈다.

다시 긴 침묵이 이어졌지. 난 시간이 없다고 투덜댔어. 루디는 그러고도 아무 말이 없다가 다짜고짜 나보고 용서해 달라는 거야. 나한테 몹쓸 짓을 저질렀다면서. 그래서 신경 쓰지 말라고 했지. 좋든 나쁘든 과거에 대해서는 신경 껐으니까 거짓말은 아니었어. 더군다나 루디가 양심에 거리낄 짓을 했다고는 생각하기 어려웠거든."

내가 아는 내용은 달랐지만 말은 하지 않았다.

"루디는 그 일 때문에 늘 괴롭다고 했어. 그러니까 얘기를 듣고 난 후 용서 여부를 결정해 달라는 거야. 모두 나한테 달렸다면서. 그러니까 고해성사 같은 거겠지.

그날 밤, 루디는 폭도들과 하트필드 집을 침입했어. 자기가 직접 고용했다고 실토하더군. 착수금은 미리 주기로 하고 옛날 소방서 옆에서 만났는데, 가보니까 모두 술에 취해 있었대. 예감은 이상했지만 그래도 계속 일을 진행했지. 놈들은 처음부터 통제 불능이었어. 내 집으로 들이닥친 이후에는 완전히 제멋대로였고. 나머지는 아까 얘기한 대로다.

내가 얼마나 놀랐는지 상상할 수 있겠나? 루디도 그 때문에 너무도 고통스러워했어.

나는 이렇게 말했다. 너한테 필요한 건 내가 아니라 네 자신의 용서라고. 참회가 진심임을 알았기에 처음부터 내가 단죄할 일이 아니었지.

루디는 내 대답에 크게 만족하고 돌아갔지만 사실 내 마음은 그다지 편치 못했어. 뭔가 잘못된 거야. 내가 아는 루디는 절대 그런 일을 할 놈이 아니거든? 누구든 시련에 적응이야 해야겠지만 루디가 남의 집에 침입해 강도짓을 했다고? 너무 혼란스러워서 부하 몇을 시켜 그 뒤를 미행하게 했어.

나중에 보고를 들어보니, 먼 친척들과 함께 사는데 허물어진 집들만 가득한 거리라는군. 지반의 얼음이 녹으면서 건물이 가라앉고 있지만 돈이 없어서 보수는 꿈도 못 꾼다는 거야. 루디는 하루 종일 잔뜩 기울어진 집 침대에 누워 양동이에 피를 쏟고 있다더군.

그래서 그 친구를 찾아가 이렇게 말했지. '루디, 네 얘기 때문에 나도 생각 많이 했다. 아, 그렇다고 용서하지 않겠다는 말이 아냐. 그건 이미 끝난 얘기다. 아니, 어떤 점에선 오히려 내가 고마워해야겠다. 놈들이 나를 마을에서 쫓아내지 않았다면 지금처럼 이렇게 성공하지도 못했을 테니까.' 문득 이런 생각도 들더군. 어쩌면 이 역겨운 방에서 죽어가는 사람이 나였을 수도 있지 않겠어?

나는 계속 말했지. '그러나 내가 고민하는 건 이 부분이다. 네가 네 스스로 제임스 하트필드 집을 털 결심을 했다는데, 도대체 그 얘기를 믿을 수 없다는 거지.'

그러자 그가 덜거덕거리는 목소리로 대답했어.

'내가 안 했습니다.'

'그렇다면 왜 그런 짓을?'

'시킨 사람이 있었으니까요.' 그가 대답했어.

'그래, 누구지?' 내가 물었고.

'제임스 하트필드.'

내가 잘못 들었거나 아니면 그 친구가 아파서 돌아버렸나 했는데, 그 순간 머릿속이 번개를 맞은 듯 환해지는 거야.

변호사들이 뭐라더라? 쿠이 보노? 그러니까 누가 득을 보느냐가 관건이라는 거지. 딱 맞는 얘기야. 네 아버지 친구들이 등을 돌렸다고 했지? 다른 뺨을 내미는 행위가 멋져 보이기는 해도 현실과는 동떨어진 짓이지. 물론 네 아버지도 잘 알았어. 하지만 어떻게 정상에서 내려와 마음을 고쳐먹었다고 얘기할 수 있을까? 그렇게 꼿꼿한 사내가.

어쨌든 영리한 사람이니 시대의 흐름 정도는 읽었을 거야. 어쩌면 두 손을 들어 보이며 이렇게 고백하고 싶었는지도 모르지. '내가 틀렸다. 상황은 통제 불능이야. 마이클 칼라드가 맞았어. 우리는 무장을 해서 재산을 지켜야 해.' 하지만 네 아버지 문제는 지는 법을 몰랐다는 데 있어. 항상 옳아야 했으니까. 심지어 자신이 틀렸을 때조차 말이야.

네 아비 때문에 애태운 사람은 내 아버지였다. 마을에 온 지 얼마 안 지난 터라 네 아버지의 자비에 기댈 수밖에 없었거든. 그때만 해도 네 아버지는 흔들리는 영혼들을 모두 자기편으로 끌어들였어. 그래, 그래서 궁지에 몰렸을 때 더 고민이 많았을 거야. 불편한 선택을 한 것도 그 때문이겠지."

마치 현자라도 된 것처럼 에벤은 모든 것을 이해한다는 표정을 지었다.

"루디 말로는, 네 아버지가 찾아와 계획을 설명했다더군. '자극이 필요할 때다, 루디. 깡패들을 데리고 우리 집에 쳐들어와 대충 망가뜨려다오. 사람은 다치게 하지 말고 그냥 이것저것 때려 부수기만 하는 거야.' 그 사건을 빌미로 우리한테 책임을 미루고 마을에서 몰아낸 다음, 무기 소지 찬성 여론을 바꿔보자는 의도였던 거야. 지금도 네 아버지 목소리가 들리는 듯하다. '우리 주님을 보호하는데 왜 베드로까지 칼을 들어야 하는가!'

루디도 돈을 받고 싶지 않았다. 네 아버지를 존경해서 하는 일이니까. 내가 알까봐 전전긍긍하기도 했고. 깡패들을 매수할 생각도 없었지만 네 아비가 사람을 사라며 돈을 준 거야. 물론 그렇게까지 할 생각이야 아니었겠지. 네 일은 그저 재수가 없었던 거야. 루디 말로는, 아버지도 그 때문에 크게 괴로워했고 양심의 가책 때문에 자살했다더군.

루디는 너를 좋아했다고 했다. 그래서 그 사건으로 네가 달라졌다며 괴로워했어. 사건 이후, 어두운 여자가 되었다면서 말이야. 늘 활달하고 생생했는데. 내 기억으로도 넌 꿈이 컸다. 동쪽, 그러니까 미국으로 떠나겠다며 큰소리를 쳤지. 그래, 어느 모로 보나 시골 오지의 촌년은 아니었다. 그 후에 너희들도 에반젤린의 잔해 속에서 도망자들처럼 살았다는 얘기도 루디한테 들었다. 그때 너를 매일 봤다더군. 말을 타고 동네를 돌아다니는 모습 말이야. 뭐라더라? 그래, 망령처럼 떠돌았다고 표현하더군. 네가 변한 모습을 보면서 가슴이 찢어질 것 같다고도 했고. 나도 네 모습을 기억한다, 메이크피스. 햇살처럼 총명하고 예뻤어. 다들 메이크피스 하트필드한테 넋을 잃었지.

더존에 대해서 왜 거짓말을 했는지는 이해한다. 하지만 우린 적이 아니야. 나를 봐. 세월은 나도 비켜가지 않았어. 두 차례만 더 비행기를 띄우면 너도 이곳에서 나갈 수 있다. 저 비행기를 타고 배로우에 함께 가는 거야. 너도 맘에 들 거다. 사람들도 아주 잘 산다. 옛날 이곳처럼. 다들 친절하고 예의바른 사람들이야. 그래, 비로소 조금씩 아이들에게 남겨줄 만한 사회를 건설하고 있다. 아버지들이 모두 네 아버지 같지는 않아, 메이크피스."

그가 일어나 주머니에서 뭔가 꺼내더니 식탁 위에 내려놓았다.

"널 위해 디저트를 가져왔다."

그러고는 마지막으로 한 마디를 덧붙였다.

"내 말에 상처를 받았다면 미안하다만, 너도 사실을 알아야 한다고 생각했다."

그는 간수를 불러 함께 방을 빠져나갔다. 나가는 길에 작은 턱에 걸려 잠시 비틀거리기는 했지만 그 밖에는 그가 맹인이라는 사실조차 느끼기 어려울 정도였다.

간수가 손을 느슨하게 풀어준 덕에 식사를 마칠 수 있었다. 수프는 식은 지 오래였다.

처음에는 사과를 두고 간 줄 알았는데 곧 정체를 알 수 있었다. 생전 처음으로 만난 과일, 바로 오렌지였다. 나는 손톱으로 껍질을 갈라 향이 새어나오도록 해두었다. 껍데기 안에 온갖 꽃과 민트, 잘 녹은 설탕이 들어 있는 듯했다. 한참 후에는 파도 냄새도 났다. 나는 도저히 그것을 먹어버릴 수가 없었다.

그날 밤 전기폭풍이 휘몰아쳤다. 그렇게 위협적인 규모는 생전 처음이었다. 번개는 우르릉 쾅쾅 천둥을 두드리며 동쪽 해변과 그 너머 에반젤린 방향으로 뻗어나갔다. 하늘은 깜깜해지고 이따금 번쩍하며 섬광을 뿜어대기도 했다. 우박이 어찌나 큰지 정말로 공습이라도 당하는 줄 알 정도였다. 벼락이 마당을 두드리고 숲을 뒤흔들고 노예 막사의 지붕을 두드렸다.

지구상에서의 임무가 오로지 바르게 행동하는 데 있는 사람들과 평생을 살아온 사람이 나다. 때문에 나답지 않게 같은 습관이 밴 모양이다.

내가 서 있는 세상은 정의가 무너진 곳이다. 정의란 아버지가 원하던 북쪽 지방과 같다고 늘 믿었었다. 그것은 햇빛, 지도 위의 지명, 나침반의 바늘만큼이나 실재하며, 의무, 사랑, 하느님과 양심에의 순종이라는 면에서도 절대불변의 사실이라고 믿었던 것이다. 하지만 극북 세계는 지나치게 북쪽으로 몰린 탓에 나침반조차 방향을 잃고 무기력하게 빙글빙글 돌 뿐이다. 극북은 지도에서 녹아 없어졌다. 극북은 어느 방향에나 있었다. 그러나 극북은 어디에도 없었다. 나의 극북은 너무도 오랫동안 비행기였다. 차이는 있지만 에벤 칼라드도 그 점은 마찬가지였다. 나를 잡아둔 건 악운들만이 아니었던 것이다. 머나먼 도시가 지니고 있을 질서와 정의가 나의 세상에도 의미를 던져 주리라는 희망, 그 희망도 나를 잡아두었던 것이다. 하지만 그런 곳은 이미 지나쳐온 지 오래이다. 나는 지금껏 어둠 속에 서 있으면서 열쇠구멍으로 비집고 들어오는 빛만으로 방 전체를 보려고 애쓴 꼴이었다.

자정이 지나고 한참 후에야 우박 폭풍이 멈추고 바람도 잠잠해지고 맑아졌다. 나는 양철 컵으로 문을 두드려 간수를 부른 다음 에벤 칼라드에게 할 말이 있다고 전했다.

7

에탄올을 증류해 비행기 보조탱크를 채우기까지 다시 하루하고도 한나절이 걸렸다. 두 차례의 비행은 물론 돌아가는 길에 기지로 귀환하지 않도록 충분히 연료를 채워야 했다.

그들은 나를 옛 방에서 자도록 해주었다. 나는 새벽에 잠을 깨어 비행기 옆에 대기했다. 담갈색의 새벽, 말들을 뒤쪽 이동 트랩으로 싣고 있었다.

기름과 알코올 냄새에 놈들이 뒷걸음치려 했지만 간수들이 강제로 밀어 넣고 비행 중에 움직이지 못하도록 멜빵으로 단단히 고정해 두었다. 옛날에는 퉁구스족들도 비행기에 순록을 태워 운반했다는 얘기를 들었다. 우리는 말과 말 사이에 자리를 잡았다. 일부는 상자에 걸터앉고 다른 사람들은 좌석에 앉았는데, 비행기 양쪽의 걸쇠가 낡은 탓에 심하게 흔들리기는 마찬가지였다. 기내는 하늘색이고 스텐실로 러시아 문구들이 인쇄되어 있었다. 아무래도 마구간에 들어앉은 기분 이상은 아니었다. 지상에서 이륙하는 것도 가능해 보이지 않았다.

한 시간 가까이 기다린 끝에야 프로펠러가 돌기 시작했다. 덕분에 내 선택에 대해 생각할 시간이 너무도 많았다. 삼수딘이 있었다 해도 이번 거래를 인정했을 것이다. 문명은 도시생활이요. 그는 그렇게 말했다. 이 자리에 함께 있으면 좋으련만. 변화를 선택하기엔 난 너무 늙었어요.

에벤이 마지막으로 탑승했다. 그는 간수들의 도움을 받아 앞자리에 앉아 헤드기어를 쓰고 조종사와 얘기했다.

비행기는 이륙 전에 기지 밖의 잔디를 우르릉거리며 달렸다. 사실 어찌나 느린지 이륙했다는 사실조차 비행기가 숲에 다다라서야 알았다. 기장이 이륙을 잘못 계산했는지 갑자기 엔진 소리가 달라지더니 훽 치솟기 시작했던 것이다. 보이지 않는 중력이 나를 의자 밑으로 짓눌렀다.

말들이 차라리 나보다 차분해 보였다. 이륙하면서 잠시 흔들리기는 했지만 그 와중에도 계속 먹이 가방의 여물을 씹고 있으니 말이다.

나는 어설픈 자세로 몸을 틀어 창밖을 보았다. 비행기는 기지를 넓게 선회하며 점점 지상과 멀어졌는데, 그 아래로 장난감 같은 요새가 널리 펼쳐져 있었다.

노예들이 일하다 말고 일제히 돌아서서 하늘을 올려다보았다. 손을 흔드는 사람도 있었다.

주변 땅은 갈색이고 해묵은 곰 가죽처럼 색도 바랬다. 극북의 분위기는 여름과 겨울뿐이지만 그 차이가 너무 크기에 마치 다른 곳에 온 듯한 착각을 불러일으켰다.

마침내 비행기가 타이가 위를 날았다. 이쪽에서 저쪽 지평선까지 온통 신록뿐이었으나 하얀 실개천들이 여기저기 흠집을 내놓기도 했다. 엄청난 규모에 목덜미까지 따끔거렸다. 저 멀리 지구의 굴곡이 희미하게 드러났다.

조종실의 우르릉대는 잡음 때문에라도 대화는 불가능했다. 일부는 꾸벅꾸벅 졸기도 했다. 내 옆에 앉은 사람들은 비행 내내 신경에 거슬렸다. 나를 집요하게 감시했기 때문인데, 내가 기꺼이 돕기로 했다는 사실을 믿기 어렵다는 투였다.

조종간을 빼앗아 모두를 끌고 숲 아래로 곤두박질치는 것도 어렵지 않아 보였지만 난 약속을 지키는 사람이다.

말을 타고 몇 주일은 달려야 했을 거리를 불과 한나절에 주파했다. 정오쯤 조종실에서 더존을 통과하고 있다는 신호가 들렸다.

폴린이 얼마나 장관인지 알고 싶으면 하늘 위에서 보기를 권한다.

도시 전체가 햇볕에 탈색된 채 고장 난 기계 부품처럼 발아래 펼쳐졌다. 중앙광장에서는 거리가 일제히 부채처럼 열리고 도시 옆구리를 따라 두드린 아연판처럼 강이 굽이치며 찌무룩한 햇빛을 우리에게 반사해주었다. 대형 두상은 기껏 청동색 여드름처럼 보였다.

비행기는 강변의 기다란 평지에 상륙했다. 상륙하는 동안 가속도가 붙는 듯하더니, 어느새 나무들이 쏜살같이 비행기 옆을 지나쳤다. 이러다가 충돌하는 것 아닌가 하는 생각도 들었으나 비행기는 돌부리에 한두 번 튀어 오르다가 마침내 멈춰 섰다.

비행기에서 내리는데 여름 햇살이 지독했다. 프로펠러가 서서히 멈추자 그 자리를 시끄러운 벌레 울음소리가 대신했다. 우리가 땅에 닿는 순간부터 모기떼가 달려들었다. 머리 망을 뒤집어쓰기는 했지만 놈들은 어느 순간 맨살을 찾아 앉아서는 죽을 때까지 버티거나 아니면 피에 잔뜩 취해서는 비틀거리며 날아갔다.

비행기에서 짐을 내리는 데도 꽤 시간이 걸렸다. 말들도 구슬려 트랩 아래로 끌어내려야 했다. 남자들은 줄담배를 피우며 끊임없이 다투고 소리쳤다. 아무래도 장소가 장소인지라 불안할 수밖에 없으리라.

시체 더미에서 풍기는 악취 때문에 우리는 다리와 상당한 거리를 두고 캠프를 쳤다. 생활도 지난번과는 사뭇 달랐다. 이번에는 기지에서 침구와 신선한 음식, 깨끗한 땔감까지 가져왔기 때문이다. 추워서가 아니라 벌레들을 몰아내기 위해서였다.

그날 밤 기장은 비행기에서 잤지만 나머지는 공터에서 밤을 보내며 교대로 근무를 했다. 누군가는 퉁구스족을 감시해야 했다. 물론 나도 감시했다. 그들은 여전히 내가 마음을 바꾸었다는 사실을 믿지 못했다.

아포파가토는 안전을 위해 머리를 깎으라고 했다. 더존을 나올 때 낙진의 오염을 최소화하기 위해서다. 그래서 첫 동이 뜨자, 나는 이발 기계를 빌려 머리를 밀고 면도기로 마무리했다.

간수들은 아직 꿈속이었다. 에벤 칼라드는 개인 텐트를 썼고 보초 둘이 지켰다. 그의 말마따나 이런 사업을 하려면 보신도 확실해야 할 것이다.

나한테 연장은 몇 가지 있지만 무기라고 할 만한 종류는 없었다. 저들의 배신을 막을 방법도 없다는 얘기다. 그저 죽일 생각이라면 빨리 해치우기만을 바랄 수밖에.

머리카락이 사방에 쥐 털처럼 떨어져 내렸다. 내 예상보다 짙은 색이었으나, 그래도 그 속에서 생전 처음 새치를 보았다. 손으로 밋밋한 두개골을 두드려보니 미끈거리는 느낌이 이상했다. 그나마 손으로 쓰다듬는 기분은 괜찮았다. 따뜻하기도 하고 맥박도 있었기 때문이다. 문득 핑 생각이 났다.

나는 에벤이 나에게 진실을 말했다는 사실을 의심치 않았다. 그쯤은 믿을 수 있었다. 내게 보안관 일을 가르친 빌 에반스는 용의자를 판단하는 나름의 방법이 있다고 했다. 그 방법이 늘 맞아 떨어지지는 않았으나 그래도 사람을 판단하는 데 적잖이 도움이 되었다. 빌은 그 방법을 정반대 법칙이라고 불렀다. 상대의 진실은 그에 대해 알고 싶어 하는 내용과 정반대라는 얘기다. 누군가를 이해하고 싶으면 그의 그림자부터 잡아야 한다. 빌의 판단에 따르면, 절대 상종 못할 인간은 늘 선에 대해 떠벌리고 다니는 부류였다.

아버지는 당신 뜻대로 살기 위해 스스로 포기한 문명의 이기들을 생각할 때마다 자부심을 갖곤 했다. 부와 도시생활에 매달려 있는 사람들을 향해 세상의 변화를 보지 못하는 얼간이들이라고 비아냥거리기도 했다. 하지만 아버지가 에벤 칼라드보다 나은 게 뭐란 말인가?

에벤은 잔인하고 무뚝뚝하고 현실적이다. 기독교도를 자처하지만 진짜 신앙은 오히려 퉁구스족에 가깝다. 원시종교는 옳고 그름을 나누지 않는다. 선의 개념 따위로 무당을 현혹하지도 않는다. 다만 세상이 돌아가는 이치와, 삶에 이롭고 이롭지 않음을 구분할 뿐이다. 당연히 위선 따위가 스며들 여지는 없다.

아버지가 바친 기도는 위선자의 기도다. 입으로야 선과 희생을 떠들었지만 그의 신은 그저 당신의 허영이었을 뿐 희생은 결국 내 몫으로 떨어지지 않았던가.

더존으로 들어간 때는 동이 트고 몇 시간 후였다. 눈 녹은 도시는 사뭇 달라 보였다. 대로마다 밤나무가 꽃을 피우고 보도는 어디나 나뭇가지들에서 떨어진 수액으로 끈적거렸다. 그럼에도 한여름의 폴린은 전반적으로 어딘가 더 어둡고 치명적이었다. 겨울에는 꽁꽁 얼었거나 동화에 나오는 공주처럼 깊은 잠에 빠져 있었지만, 여름이 되자 공주는 그냥 죽은 공주가 아니라 시체에서 구더기가 들끓는 공주였다.

샴수딘이 얘기한 장소를 찾은 건 오후나 되어서였다. 가져온 연장으로 벽에 지지대를 설치하는 데 다시 한 시간이 걸렸다. 난 그 중 하나에 로프를 묶었다.

마침내 깨진 창을 비집고 들어가 지하실로 뛰어내렸다.

샴수딘의 설명과 꼭 같지는 않았다. 그의 얘기대로라면 저장고는 창문 가까이에 있어야 했지만 어디에서도 보이지 않았고 방도 생각보다 훨씬 넓었다. 통로는 거의 도로 너비인데 숨은 채광창이 빛을 더해주었다. 중앙 통로에서 10미터 정도 간격으로 다시 통로가 뻗어나갔다. 그의 말대로 미로이긴 했으나 하얀 타일바닥 위에 흙과 마른 핏자국이 남아 있었다. 물론 샴수딘이 남긴 자국이다. 나는 그의 안내를 받으며 통로를 따라갔다.

그의 흔적을 쫓자니 마치 부상당한 짐승을 추적하는 기분이었다. 잔뜩 몸을 웅크린 채 어딘가 탈진한 몸을 쉬고 있을 불쌍한 짐승. 흔적은 또 그의 절망에 대해 말해주었다. 자취를 남긴 사람은 며칠 후면 죽을 운명이었다. 그를 좇아 미로 깊숙이 들어갈수록 도대체 내 목숨은 얼마나 남았을까 궁금해졌다. 배신에 대한 생각도 했다. 다리로 돌아갔을 때 저들이 나를 쏠 확률은 5 대 5 정도다.

저장고는 그의 설명보다 훨씬 깊었다. 램프와 계단도 몇 개나 내려갔으나 그 점은 아예 언급조차 없었다. 다른 사람이었다면 절대 찾지 못했을 곳이다. 빠져나갈 희망을 완전히 포기하지 않았던들 이렇게 건물 깊이 들어올 리가 없었기 때문이다. 그는 모든 것을 체념한 채 아무 통로에나 접어들고 방향을 꺾었기에 우연히 이곳을 찾아냈다. 그런 점에서라면 신이 그를 이끌었다고 봐야겠지만, 우리는 그의 종말을 기억하고 있다.

건물 안으로 깊이깊이 내려가자 미닫이문 한쪽의 머리 높이에 피 묻은 손자국이 보였다. 그 너머가 드디어 저장고였다.

방 안에는 층층이 선반마다 플라스크 병이 가득했고 병마다 푸른 빛이 깜빡였다. 처음에는 모두 똑같아 보였는데 자세히 보니 형체와 디자인이 조금씩 달랐다. 똑같은 모양이 하나라도 있는지조차 자신이 없을 정도였다.

평생 이렇게 이상한 곳은 처음이지만 어딘가 분명 예기치 못한 분위기도 있었다. 무덤이라기보다는 성소처럼 보였기 때문일 것이다. 그렇다 해도 나로서는 상상해본 적도 없는 종교이리라. 문득 조상의 무덤 속에 떨어진 무당 생각이 났다. 그 순간 이 유리병 하나하나에 인간의 영혼이 담겼다고 해도 난 믿었을 것이다.

이곳을 어슬렁거릴 생각은 추호도 없었다. 나는 네 개를 가방에 넣고 잽싸게 빠져나왔다.

기지에 있을 때 노예들은 "초과달성"에 대해 농담을 하곤 했다. 팀에 신입이 들어와 지나치게 열심히 일하는 바람에 상대적으로 게을러 보일 때 하는 투정이었다. 처음 한두 번은 농담처럼 흘려 말했지만, 상대가 그 일에 목숨이라도 걸듯 죽어라 매달리면 그 다음에는 구타가 뒤따랐다. 구타보다 심한 경우도 많아 한번은 삽에 발가락을 끊긴 남자도 보았다. 오래 묵은 노예들이라면 기대치를 넘어서봐야 좋을 게 없다는 정도는 파악하고 있다.

나도 초과달성을 피하려 애를 썼다. 저장고에는 비행기에 열 번은 실을 만큼 플라스크가 많았지만 한꺼번에 많이 가져가봐야 저들한테 토사구팽 당할 일밖에 더 있겠는가. 자칫 놈들이 배로우행 티켓을 철회할 수도 있었다.

밤나무 가로수 길로 돌아와 왼쪽의 다리 방향으로 접어들 때쯤 저녁 햇살도 담갈색으로 물들고 있었다. 멀리 말발굽 소리와 웃음소리가 콘크리트 강둑을 따라 메아리쳤는데, 마치 총성이 울려 퍼지는 것만 같았다.

나는 말에서 내린 다음 벽돌기둥까지 걸어서 이동했다. 기다리는 사람은 간수 둘뿐이었다. 나는 가방을 콘크리트 분리대 너머로 던져 간수들이 살펴보게 했다.

말은 매어두고 연장은 벽돌기둥의 도시 쪽에 내려놓았는데 역시 합의한 대로였다. 나는 바지에서 점심에 남겨둔 사과를 꺼내 말에게 주었다. 말은 불안한 듯 주둥이를 갖다 대며 코를 푸드득거렸다. 잠시 후 말이 혀를 말고 씹기 시작했다. 나도 옷을 벗었다. 벌레들이 물기 때문에 신속하게 움직여야 했다. 난 곧바로 알몸이 되었다. 그러고는 열심히 손바닥으로 모기들을 쫓으며 간수들이 불러주기를 기다렸다.

구경꾼들도 조금씩 늘어나고 있었다.

여분 옷은 어디에도 보이지 않았다. 죽이려면 지금 죽여라, 이놈들아. 난 속으로 중얼거렸다.

고함소리가 들렸다. 에벤과 아포파가토가 비행기 근처에 있다가 천천히 다리 쪽으로 말을 몰았다. 간수들이 그의 신호를 기다렸다.

에벤은 전혀 서두르는 기색이 없었다. 말이 그의 눈을 대신해 부서진 자갈길을 선택했다.

"어떻게 됐나?" 그가 외쳤다.

"개시는 했어요." 내가 대답했다.

"네 개뿐입니다만 상태는 모두 좋아 보입니다." 가방을 지키던 간수였다. 그가 하나를 들어 햇빛에 비춰보았다. 지시를 기다리는 동안 두 눈이 재빨리 내 맨살을 훑어 내렸다.

에벤이 안장에서 라이플을 꺼냈다.

"저 안에 훨씬 많아요. 수백 개는 되지만 꺼내오려면 시간이 필요해요."

내 목소리는 가늘고 초조했으며 조금은 두려움까지 배어나왔다. 저들 앞에서 벌거숭이로 죽고 싶지는 않아. 그보다 더한 치욕이 어디 있단 말인가.

에벤이 라이플로 내 목소리를 겨냥했다.

"말을 죽여라. 얘기한 대로." 그가 지시했다.

나는 경계를 넘어갔다. 간수들이 소독용 비누를 내 몸에 퍼붓고

갈아입을 옷을 주었다. 비눗물에 눈이 쓰라렸다. 나는 바지를 입고 부츠를 신었다. 부츠가 큰 탓에 그 안에서 두 발이 수영을 했지만, 그보다는 안도감에 젖어 차라리 울 것 같았다. 저녁 햇살도 그 순간만큼은 삶으로 넘쳐나는 듯 보였다. 앞으로도 영원히 살면서 지금처럼 아름다운 모습들을 모조리 품고 싶었다. 비행기에서 본 폴린, 기억의 돌에 나오는 소녀, 사람 한 명 없이 고요하기만 한 에반젤린, 작은 불빛들로 가득한 밤하늘까지. 이따금 다른 별에서 또 다른 메이크피스를 볼 것도 같았다. 손주들에 둘러싸인 채 마지막 여생을 즐기는 메이크피스. 알래스카에 가면 나도 나이를 먹을 것이다. 다른 일을 할 시간도 있고, 내가 미처 누리지 못한 삶도 있으리라. 배꼽이 찬란한 평화로 꿈틀거렸다.

"말을 쏴죽이면 너무 불쌍하잖아요. 내일도 탈 생각을 했는데." 내가 말했다.

에벤이 어깨를 으쓱했다.

"아포파가토, 어떻게 생각해?"

아포파가토가 고개를 저었다.

"열두 시간 내에 증세가 나타날 겁니다. 절대 불가예요."

"잘 들었지?"

에벤이 두 손으로 총을 꺾어 내게 개머리를 내밀었다. 총구 아래쪽에 레버가 달린 구형 연발인데 나보다 100살은 더 먹어 보였다. 잿빛의 금속과 밤나무 색의 나무가 무척이나 아름다웠다. 난 총이 멋지다고 얘기해주었다. 빌 에반스한테도 비슷한 총이 있었다. 그가 사용했던 권총 총알도 그만큼 컸는데.

"윈체스터. 그 총에 얽힌 뒷얘기도 있지만 나중에 얘기해주겠다." 에벤이 대답했다.

말의 이마에 흰색 별이 있었다. 나는 그 별을 겨냥했다가 다시 내렸다.

"놀랄지도 모르니 말 위에서 내리는 게 좋지 않나요?" 내가 그들에게 경고했다.

아포파가토는 다리 위로 내려섰지만 에벤은 꿈쩍하지 않았다.

"내 걱정은 마라, 메이크피스. 어서 처리해. 다른 짐승이라도 무사해야 하잖아."

내가 방아쇠를 당겼다. 총이 딱 소리를 토하며 어깨를 때렸다. 말이 앞발을 들고 요동치다가 곧바로 통나무처럼 쓰러졌다.

에벤의 말도 총성에 놀라 앞발을 들다가 미끄러지고 말았다. 한순간 그가 말의 균형을 잡는가 싶었는데 결국에는 함께 무너지고 말았다. 말이 몸을 뒤틀다가 땅바닥에 쿵 소리를 내며 부딪쳤다. 처음에는 에벤의 다리가 부러진 줄 알았으나 그는 잽싸게 두 다리로 일어났다. 아포파가토가 얼른 달려와 말을 달랬다. 그러자 에벤이 그에게서 고삐를 낚아채고 안장에서 고삐를 꺼내더니 짐승을 마구 때리기 시작했다. "이런 망할 년."

그는 미친 듯이 악다구니를 쓰며 말이 눈을 까뒤집을 때까지 매질을 했다. 몇 번 때리고 나면 화를 가라앉을 줄 알았건만 분노에 저절로 가속이 붙었는지 에벤은 점점 더 야만적으로 변해갔다. 어느 고대도시의 폭군이 저랬을까? 고통과 고통의 두려움에 말의 배에 경련까지 일어날 정도였다. 그래도 그는 비명을 지르며 매질을 멈추지 않았다. 주변의 간수들도 말을 죽이라고 부추겼다. 그는 계속 무자비하게 채찍을 휘둘렀다. 그 행동이 갑자기 어찌나 익숙하던지 마침내 침대 삐거덕거리는 소리를 떠올리고야 말았다. 그가 침을 튀기며 다시 욕설을 퍼부어댔다. 이미 희미해졌지만 낯익은 목소리로. "이런 망할 년!"

그리고 그가 나를 돌아보았다.

"총 내놔, 메이크피스. 뭘 꾸물거려?" 그가 헐떡이며 고함쳤다.

망할 년. 그 단어가 염산을 뿌리기라도 한 듯 기억 속으로 번져 나갔다. 등 뒤의 유령도시에서 새소리가 시끄럽게 들려왔고, 다리 아래 물살은 한순간 겨울처럼 얼어버린 듯했다. 나는 각도를 잡기 위해 오른쪽으로 중심을 이동했다. 헐렁한 부츠 발이 엄청나게 느리게 움직였다. 머릿속에서 빌 에반스가 사격 위치로 이동하라고 고함을 질렀다. 오른쪽으로 이동. 오른쪽 다리로 움직이되 절대 다리가 꼬이면 안 된다.

간수들은 여전히 웃기만 했다. 한 명은 돌아서서 담배에 불을 붙였다. 에벤이 총을 기다리다 못해 내게 인상을 썼다.

그가 미처 눈썹을 치뜨기도 전에 그에게 두 발을 박아 넣었다. 그가 다리 너머로 날아가 버렸다.

급류가 한순간에 그를 삼켰다. 필경 물속에 얼굴을 처박은 채 죽었으리라. 다른 간수가 무기를 잡으려 해서 그도 날려버렸다. 나머지 두 놈은 충격적인 광경에 넋을 잃은 터였다. 아포파가토가 아무 대꾸 없이 자기 말을 내주었다.

8

사력을 다해 말을 몰고 싶었지만 그 후 며칠간 크게 아팠다. 평생 그렇게 고통스러운 적이 없었다.

다음 날 아침 토악질을 시작했다. 음식을 먹을 수도 삼킬 수도 없었다.

처음에는 다들 두려워하는 바로 그 병이라 생각했는데, 알고 보니 병인은 더존이 아니라 샴수딘이었다. 역사상 가장 오래된 병.

그렇게 성급한 관계가 이런 식으로 발전하다니, 상상도 못한 일이었다. 이미 한 달도 더 지난 일이라 아무 생각도 하지 않았건만. 월경이야 늘 불규칙했다. 기지에서는 영양도 부족하고 일도 고되었기에 매달 이놈의 육신이 차라리 장사를 때려치웠으면 하고 은근히 바랐었다. 유감스럽게도 여자의 몸은 집요하기가 이를 데 없다. 마치 정신 나간 여인숙 주인처럼 오지 않을 손님을 위해 매일 밤 깨끗한 침대보를 준비하는 격이 아닌가.

여름이 오가는 동안 대륙을 통과했다. 마지막 길을 남겨두고 북쪽으로 접어들 때쯤에는 밤에 서리가 내리고 처음으로 녹색의 오로라를 보았다.

지난 몇 년간의 풍파에 하이웨이는 크게 망가져 있었다. 덕분에 때때로 속도를 줄이거나 말에서 내려 걸어가야 했지만 상관은 없었다. 서두를 필요도 없거니와 귀향에 대해 생각할 일도 많았다.

그때만큼 북쪽 지방이 아름다워 보인 적은 없었다. 나는 아주 사소한 일에도 마음이 끌렸다. 바위의 줄무늬. 러시아인 노예들이 지

몰로스트라고 불렀던 인동덩굴 열매의 파란 왕관. 얼룩고양이 한 마리가 키 큰 잡초 밭 사이를 어슬렁거렸다. 오래전에 죽은 애완고양이의 새끼가 야생으로 컸으리라. 놈은 나를 보더니 달아났다. 인간의 얼굴을 본 적도 없을 텐데. 인근에 다 무너진 집도 한 채 보였다. 그 안에서 볼일을 보다가 네잎클로버를 발견했다.

예전에도 예기치 않은 곳에서 동물이나 식물을 봤지만 지금은 거의 이틀마다 마주치는 듯했다. 한번은 앵무새도 보았다. 맙소사, 개구리밥처럼 밝은 녹색에 저 화려한 부리라니. 자두나무도 보았다. 게다가 원숭이까지 보았다. 정말이다. 원숭이는 분홍빛 얼굴 가장자리를 작은 사자 갈기로 장식하고는 자작나무에 앉아 이를 드러내며 내게 말까지 걸었다.

어떻게 그곳에 있는지는 모르겠지만, 막연하나마 난파된 방주에서 살아남았으리라는 생각은 들었다. 어떤 일이 있었는지 상상해보았다. 배는 이 근처 어딘가에 박살난 채 널브러져 있으리라. 동물들은 난파선 우리를 부수고 자유를 찾았다. 그리하여 혹한의 땅에 흘러들어온 강을 따라 북쪽을 향해 기거나 뛰어온 것이다.

아주 오랜만에 만족감이라는 기분을 느꼈다. 세상은 처음으로 더 이상 싸울 상대가 아니었다.

고향집에 다다랐을 때는 비가 내렸다.

비록 막바지나마 여름이 아직 남아 있는 점도 다행이었다. 나는 열심히 일해 땅에서 식량을 확보하고 여분의 공간도 마련했다. 첫눈이 내릴 때쯤에는 배가 너무 불러 아침 순찰을 포기했다.

사실 진통이 시작했을 때도 마구간에 있었다. 나는 마구걸이 못을 단단히 붙들고 끝까지 두 발로 버텼다. 내 비명소리에 말들이 기겁을 했다. 다행히 처음보다는 훨씬 빨리 끝이 났다. 마침내 고통으로 허리를 굽히자 아주 고약하게 생긴 놈이 퍽 하고 터져 나왔다. 아이는 퉁구스족의 검은 산발과 가무잡잡한 얼굴을 하고 손발을 꼼지락거렸다. 그리고 목청이 터져라 울어댔다. 비명보다는 고양이 소리에 가까운 울음이었다.

9

언젠가 그간 구해낸 책을 세어보았다. 무기고에 쌓아둔 책이 2,075권, 집 안에 있는 책이 177권이었다. 샤를로의 옛 침실에는 양초 16박스도 쟁여두었다. 박스 당 한 다스씩이었고 심지를 짧게 유지한다면 두 시간 이상은 태울 수 있는 양초였다. 한 박스면 열이틀은 계속 밤을 밝힐 수 있으므로 다 합치면 6개월치가 넘는다.

게다가 여름에 불을 밝힐 이유는 거의 없다. 6월이면 촛불 없이도 한밤중에 책을 읽을 수 있다. 하기야 책을 누가 읽겠는가. 책은 언제든 머리만 아프게 만든다.

촛불에 대한 요점은 이렇다. 조만간 양초를 더 뒤져볼 참이다. 당장 찾아낼 자신도 있다. 하지만 언젠가 더 이상 약탈할 곳도 없고 양초도 모두 사라질 것이다. 심지도 사라지고 두고 온 영혼의 단지들도 사라지리라.

그렇게 되면 추크치족처럼 고래기름 등불을 만들거나 아니면 어둠 속에서 사는 데 익숙해져야 한다.

이 도시에는 더 이상 찾아낼 생명도 없다.

우리가 아직 마지막은 아니다. 일 년 전쯤인가는 벨라스케스 집 굴뚝에서 연기가 피어오르는 것도 보았다. 처음에는 두려웠지만 결국 이방인들로 드러났다. 남자와 여자, 그리고 다섯 달 정도 된 아이 하나.

어떻게 이곳에 들어왔는지는 모르겠지만, 그 남자도 내게 설명할 방법이 없었다. 남자는 중국인 아니면 한국인 같았고, 여자는 야쿠트족과 러시아인 혼혈로 보였다.

서로 접촉은 없지만 지나칠 때마다 고개인사 정도는 한다. 가을에 그 집 현관 툇마루에 양배추와 호랑이연고를 약간 놓아두었더니 보답으로 김치를 주었다. 지난겨울은 혹독했다. 어린 시절의 겨울만큼이나. 다행히 그들도 버텨낸 모양이다. 3월 말, 그가 썰매에 얼음을 잔뜩 싣고 호수에서 돌아오는 모습을 보았다. 아내와 아기는 한동안 보지 못했다.

그럭저럭 살 만하면 이곳에 정착할 가능성도 있다. 생계도 꾸리고 아이도 하나둘 더 낳을 것이다. 어쨌든 확률은 반반이다. 항상 그렇지 않은가?

열다섯 살부터, 내가 아는 세상이 지옥으로 변하는 과정을 지켜보았다. 그나마 순리대로 움직이는 게 있다면 집 뒤쪽 500평 정도의 채소밭인데, 계절이 바뀌면 그마저 들쭉날쭉 제멋대로 자란다.

시간도 촉박하다. 지금도 원하기만 하면 떠날 수 있다. 다시 남쪽으로 가거나 아니면 배를 찾아 미국으로 건너가면 그만이다. 하지만 그간 겪은 일을 알고 있으니 당장은 가능성이 없다. 내가 바라던 일들은 거의 예외 없이 다른 모습으로 드러났다. 이 생애에서는 더 이상 돌아갈 곳이 없다.

내가 탔던 비행기가 내가 본 마지막 비행기였다.

이 글에서 써내려간 세월들은 내 삶의 가을에 해당한다. 이제 그마저 겨울로 접어들려 한다. 그러고 보니 변하지 않은 것도 있다. 노년은 언제나 혹독하다는 사실.

나는 늙고 말라간다. 매년 권총 벨트를 조이지 않으면 비쩍 마른 엉덩이에 걸리지도 않는다. 기운도 나날이 쇠하지만 그래도 매일 새벽이면 말을 타고 도시의 잔해를 한 바퀴 순찰한다. 남은 것도 거의 없지만 그 정도라도 어떻게든 지켜내고 싶어서다. 내 사랑, 이제 당신을 볼 날도 머지않았어요.

도로는 오랫동안 조용했다. 움직이는 놈이라고는 여름 시즌의 먼지바람뿐이다. 이따금 그것을 보노라면 의아할 때가 있다. 그 많던 생명은 다 어디로 갔을까?

지금쯤 기지도 없어졌을 것이다. 내가 만든 갈고랑쇠는 허물어진 대장간 귀퉁이에서 여전히 반짝이고 있을까?

노예들도 조만간 폭동을 일으킬 기세였다. 아무리 지렁이라도 밟으면 꿈틀할 수밖에 없다. 그런데 그러면 또 뭐하지? 들고 일어선다 한들?

간수들을 모두 죽이고 나면 그 다음엔 여자들을 두고 싸우다가 숲 속으로 뿔뿔이 흩어질 것이다. 자식이 있다면 결국 그 아이도 길고양이 신세로 전락하고 말 것이다. 얼어붙은 난로 주변을 알짱대며 낯선 그림자를 볼 때마다 움찔하는 고양이처럼.

가을이면 두루미들은 남쪽으로 떠난다. 황무지도 매년 조금씩 늘어나고 타이가 숲은 도시의 다른 부분을 자꾸만 침범한다. 그리고 달이 바뀔수록 떠날 시간도 가까워진다.

내가 떠난다면 이런 식이 될 것이다. 5년이나 10년 후일 것이고,

운이 좋다면 더 빠를 수도 있으리라. 어느 추운 날 아침, 말에서 떨어지거나 잠든 사이에 난로에 불이 붙는다. 양배추 밭에서 기절할 수도 있다. 이제는 쇠할 대로 쇠한 터라 저놈의 김매는 일도 장난이 아니다. 그러다가 쓰러지면 진창에 코를 박고 마지막 숨을 쉬게 될 것이다.

죽음에 대한 두려움은 코딱지만큼도 없다. 내 장례식에 올 필요도 없다. 다만 그대들한테 남겨줄 세상에 대해선 여전히 마음이 아프다. 더욱이 내 어린 시절과 너무도 다를 수밖에 없을 그대들의 어린 시절. 그 문제에 대해선 정말로, 정말로 유감이다.

이 책을 그대들이 읽을 수 있게 만들 생각도 했었다. 그대들에게 나눠주기 위해 꼼꼼히 필사도 하고 아버지의 사전을 참조해 교정도 볼 참이었다. 하지만 그대들에게 남겨줄 최고의 선물이 있다면 바로 그대들 자신의 백지일 것이다. 이 책은 내가 구해낸 여타의 책들과 함께 남겨둘 생각이다. 기억의 돌처럼 말이다. 아니면 여행을 떠날 때마다 나뭇가지에 걸어두는 퉁구스족의 리본도 괜찮겠다. 한쪽 끝에 제발 종말만은 막아달라고 작은 기도를 적어도 좋겠다.

이곳을 떠날 각오를 했다면 윈체스터를 챙기고 가장 빠른 말 두 필을 골라라. 여행은 어느 밝은 겨울날이 좋겠다. 그러면 행여 바람이 잔잔한 어느 날, 나는 소방탑에 올라가 네가 북쪽 눈밭에 길게 그려놓은 발자국을 보며 이렇게 중얼거리리라. 그래, 핑이 고향으로 돌아가고 있어.

(끝)

무라카미 하루키의 후기

마르셀 서루의 소설 『먼 북쪽』을 손에 쥔 것은, 유명 여행 작가이자 소설가인 그의 아버지 폴 서루에게 개인적으로 추천을 받았기 때문이다.

폴은 아이를 셋 가졌는데 마르셀은 그 중 둘째다. 둘째와 셋째는 영국인 아내인 앤 캐슬과의 사이에서 태어났고, 폴과 앤이 이혼한 뒤로도 형제는 영국에서 교육을 받고 자랐다. 첫째는 미국인 아내와의 사이에서 낳았는데, 이에 대해 말하자면 이야기가 무척 길어지므로 이쯤에서 마무리하자.

셋째 루이 서루는 TV 저널리스트이자 저술가로, 주로 영국에서 활동하고 있다. 한마디로 말하자면 '영국의 마이클 무어' 같은 존재로 무척 인기가 좋다. 이 사람이 쓴 논픽션 『이상한 것의 부름』은 주오코론신샤에서 출간되어 좋은 반응을 얻은 바 있다. 영국 사람의 시선으로 미국을 심도 있게 취재한 무척 기발하고도 재미있는 책이니, 한번 읽어보시는 것도 좋겠다.

그의 형인 마르셀 서루도 TV 다큐멘터리 방송의 리포터나 사회자 일을 하면서 한편으로 소설을 쓰는데, 동생이 먼저 전국적으로 인기를 얻는 바람에 형의 존재감이 조금 희미해졌다. 작풍도 다소 수수해서 아버지 폴은 '저래서 괜찮을라나' 하고 염려를 한 모양이나, 이 장편소설 『먼 북쪽』으로 보기 좋게 히트를 쳤고, 소설가로서 높은 평가를 받았다. 이 책은 전미도서상 최종후보까지 올랐고, 프랑스에서 '주목받지 못한 작품상'을 수상했다. 하와이에 있는 폴의 자택을 방문했을 때, 그는 스스럼없이 이 책의 이야기를 꺼냈다. 그는 "이게 꽤 재미있는 소설이에요."라고 말했다. 나는 "꼭 읽어보겠습니다."라고 그에게 대답했는데, 솔직히 말하면 '전미도서상 최종후보라고 다 좋은 건 아니니까' 하는 조금 회의적인 태도였다. 독자 여러분도 아시다시피, 취향에 맞지 않는 소설을 의리 때문에 읽는다는 건 상당히 고된 일이다. 그런데 서점에서 직접 구입한 뒤, 일단 손에 잡고 페이지를 넘기기 시작하자 정말 재미있어서 단숨에 다 읽어버렸다. 다 읽은 직후에는 '이 책은 내가 번역을 해야겠다' 하는 생각마저 들었다. 요즘 읽은 책 중에서 가장 마음에 와 닿는 소설이다. 이야기의 추진력도 강하고, 다 읽은 후에 마음에 드리우는 여운도 상당하다. 그리고 무엇보다 의외성에 가득 차 있다. 내 생각에 소설에서 의외성이란 무척 중요하다. '재미있기는 한데, 비슷한 걸 어디서 읽은 것 같다'는 감상을 독자가 받으면, 그 소설은 그만큼 타격을 받기 마련이다.

마르셀 서루는 1968년에 우간다의 수도 캄팔라에서 태어났다. 아버지가 그곳의 대학에서 교편을 잡고 있었기 때문이다. 그 뒤에 아버지의 일 관계로 싱가포르로 이주해 그곳에서 2년을 살았다. 그리고 다시 영국으로 돌아와 케임브리지 대학에서 영문학을 배우고, 예일 대학으로 유학을 갔다. 거기서는 소비에트와 동유럽을 주제로 삼아 국제관계 연구를 했다. 그의 아버지는 "우수한 고등교육을 받은 덕분에 러시아어도 유창하다."고 했다. 현재는 TV 프로그램에 자주 출연하면서 주로 러시아나 환경 문제에 관한 취재를 한다. 또 2009년에는 일본을 방문해 심도 있는 취재를 했고 '와비사비의 탐구'라는 특별 프로그램의 사회를 맡았다. 소설가로서는 2002년에 소설 『마이크로프트 홈스의 고백』으로 서머싯 몸 상을 수상했다.

이런 경력을 보면 재주꾼이라고 부를 수밖에 없을 것 같다. 부친이 굳이 그를 걱정할 필요도 없을 것 같지만, 부모 입장에서 노파심을 거두기란 좀처럼 어려운 일일 테다. 폴은 "방송 일을 한 건 소설로는 먹고살 수 없었기 때문"이라고 했다. 덧붙이자면 서루 일가에는 재능이 출중한 이들이 많다. 마르셀의 숙부인 알렉산더 서루도 현역 작가이고, 사촌인 저스틴 서루는 유명한 배우로 영화에 출연하면서 동시에 극본도 다수 썼다.

『먼 북쪽』의 줄거리는 여기서 상세하게 밝히지 않겠다. 본문보다 먼저 후기를 읽는 독자도 있을 테고, 내용 전개를 사전에 밝히는 일은 별로 하고 싶지 않기 때문이다. 특히 이 소설은 앞이 보이지 않는다고 할까, 이야기가 점점 생각지도 못한 방향으로 흘러가므로 미리 내용을 알게 되면 재미가 떨어진다. 가능하면 아무 사전 정보 없이 이야기를 즐기셨으면 좋겠다.

다만 마르셀 서루가 이처럼 독특한 장편소설을 어떻게 쓸 수 있었는지에 대해서는 어느 정도 언급할 필요가 있을 것 같다. 그 동기를 아느냐 모르느냐에 따라 이 소설을 읽는 법은 꽤 달라질 것이다.

마르셀이 직접 쓴 '들어가는 글'에 따르면 그가 이 소설의 줄거리를 떠올린 것은 2000년 12월 우크라이나를 여행할 때였다. 영국의 한 방송국에서 제작하는 특별 프로그램을 위한 구소비에트 지역의 취재 여행이었다. 그는 그때 러시아를 네 번 방문했다. 비행기와 순록 썰매를 번갈아 타면서 극한의 북부 시베리아를 여행했고, 폭격으로 붕괴된 체첸의 수도 그로즈니를 현지 취재했으며, 여전히 혼란스러웠던 아제르바이잔과 우즈베키스탄도 방문했다.

그는 그때 체르노빌 근교에 사는 '갈리나'라는 이름의 여성을 취재했다. 원자력 발전소 폭파 사고 현장에서 반경 30킬로미터 안쪽 지역으로는 사람의 접근을 일절 금지하는데, 그녀는 그 금지령을 무시하고 고향의 작은 마을로 돌아가 농사를 짓고 산다. 이곳에는 그런 사람들의 수가 적지 않아, 그들을 '복귀 거주자'라고 부른다. 그녀는 오십대 후반의 과부로 홀로 소와 닭을 치고, 방사능에 오염된 땅에서 양배추를 키웠다.

여기서 갈리나가 보내는 생활은 마르셀의 눈으로 볼 때 지극히 원시적인 생활이었다. 마치 인류의 먼 과거로 돌아간 것 같은 극한에 가까운 단순한 생활이었다. 그는 이 여성을 만나서 이야기를 나누고 생활하는 모습을 관찰하면서, 그녀의 대담함, 실천력, 유능함, 자립심, 그에 더해서 자기연민의 편린조차 보이지 않는 모습에 감탄한다.

그 후 마르셀은 지구온난화 문제를 주제로 한 영국 방송국의 특별 프로그램 제작에 관여하는데, 그는 그때 취재를 하면서 통감한 내용에 대해 이렇게 적고 있다.

"예전에는 본능이 담당하던 자연 본래적 절차와의 관계성을 우리 다수가 이미 잃었다고 느꼈다. 우리는 별로 망설이지도 않고 일반적이지 않은 것들을 받아들였다. 그리고 어쩌다보니 이 역사적 순간에 삶을 부여받았다는 순수한 우연을, 너무나도 당연히 여겨왔다. 몇 세기에 걸친 기술 혁신이 있었고, 투자가 있었고, 희생이 있었다. 그리고 지구 자원을 마치 '물처럼' 써왔다. 그 덕에 우리는 아무 생각 없이 생활할 수 있게 되었다. 추위도 더위도 느끼지 않고, 자동차 엔진과 전화기의 마이크로프로세서와 냉장고 안의 식품이 어떻게 해서 여기에 있는지조차 알지 못한 채."

"2004년에 체르노빌을 다시 방문했을 때, 나는 이런 식으로 생각하기 시작했다. 만일 사태를 되돌려보면 어떨까 하고. 현대 사회에서 갈리나는 그저 무지한 여자일지도 모른다. 그녀는 인터넷도 휴대전화도 스시 레스토랑도 모른다. 하지만 영락해버린 세계에서는, 기근과 역병과 전쟁, 혹은 체르노빌에서 일어난 것 같은 공업 사회가 불러온 재난으로 곤궁의 처지에 몰린 세계에서는, 또 제임스 러브록이라는 학자의 무시무시한 예언이 묘사하듯 대변동이 일어난 세계에서는, 내가 알고 있는 전문 지식 같은 것은 아무런 가치도 가질 수 없다. 어느 버섯을 먹어도 될지 판단하는, 양배추를 재배하는, 음식을 보존하는, 이런 유의 지식을 모르면 살아남기가 매우 어렵다. 또 남성보다는 여성이 보통 오래 살므로, 이 행성에서 인류라고 하는 존재의 마지막 모습은 체르노빌 '거주 금지구역'의 원시적 생활에 가까운 것이 되는 것은 아닐지. 내 머리에 퍼뜩 이런 생각이 떠올랐다. 사람들이 떠난 땅은 다시 야생이 힘을 되찾고 있었다. 여자들은 이미 아이를 낳을 수 있는 나이가 지나버려 후대를 품지 않고, 오염된 땅에서 작물을 키우고 있었다."

내가 『먼 북쪽』을 다 읽고 '이 책을 번역해야겠다'고 생각한 것은, 분명 2010년 여름이었다. 즉 2011년 3월에 도호쿠 지방을 강타한 대지진보다 앞선 일이다. 하지만 지금 시점에서 이 소설을 읽을 독자들은, 지진과 쓰나미 그리고 후쿠시마 원자력 발전소의 비참한 사고를 어쩔 수 없이 머릿속에 떠올릴 것이다. 굳이 말할 것도 없이, 3월 11일을 경계로 세계를 보는 우리의 관점은 많든 적든 바뀌어버렸다.

나는 소설가로서, 이 소설에서 우리가 무엇을 느끼고, 무엇을 배워야 하는지 같은 이야기는 별로 하고 싶지 않다. 이 글은 어디까지나 픽션이며, 잘 만든, 터프한 이야기다. 굳이 분류를 하자면 '근미래 소설'이 될 것이다. 만일 이 작품에 어떤 계시나 교훈이 포함되어 있다고 해도, 그건 어디까지나 개인적인 것이며 부차적인 것에 머물러야 한다고 생각한다.

그럼에도 이 소설에 등장하는 몇 가지 현실적 묘사는 우리에게 은연중에 소름을 돋게 한다. 그리고 우리는 이 소설에서 묘사하는 사태가 그저 픽션의 장치가 아닌, 외면할 수 없는 하나의 현실, 혹은 현실에 딸린 것이자 현실을 조망하는 것임을 이미 알아버렸다. 우리가 이야기라는 장치를 헤쳐 가는 동안 발견하는 것은 통절할 정도의 공감이다. 구체적으로 말하자면, 그곳에 떠오르는 것은 체르노빌과 후쿠시마 사이를 엮는, 굵고 뜨겁게 맥박 치는, 비통한 이야기의 동맥이다.

하지만 그렇다 쳐도, 이 책을 다 읽었을 때 남는 것은 퍽이나 무겁다. 지진이 일어나기 전에도 이것은 상당히 무거웠지만, 3월 11일이라는 혹독한 분수령을 지나고 다시 읽어보니, 말할 것도 없이, 여기에는 또 다른 종류의 무게가 있으며, 다른 종류의 감명이 있다. 훌륭한 이야기에는 늘 예감이 포함되는데, 그 예감은 현실의 공기와 맞닿으면서 구체적인 성찰이 되며, 이것이 다시 새로운 예감을 낳는다. 이것은 분명 이야기만이 제공할 수 있는 특별한 순환이다.

이 소설만큼 한 명이라도 더 많은 독자에게 감상을 듣고 싶다고 생각한 적은 없다.

덧붙이자면, 교정자인 도이 나오코 씨와 주오코론신샤의 편집자 요코타 도모네 씨에게는 번역의 체크 등의 일로 큰 신세를 졌다. 혼자서는 도저히 다 해낼 수 없었을 것이다. 깊이 감사드린다.

텍스트는 페이버앤페이버 사에서 나온 오리지널 판을 사용했다. 다른 판본과는 일부 내용이 다르다.

2012년 3월

무라카미 하루키

(번역: 박지석)